Quase só Coisas Mortas

QUASE SÓ COISAS MORTAS

KRISTEN ARNETT

Tradução
Camila Von Holdefer

Rio de Janeiro, 2024

Copyright © 2019 Kristen Arnett. Todos os direitos reservados.
Copyright da tradução © 2023 por Casa dos Livros Editora LTDA. Todos os direitos reservados.

Título original: *Mostly Dead Things*

Todos os direitos desta publicação são reservados à Casa dos Livros Editora LTDA. Nenhuma parte desta obra pode ser apropriada e estocada em sistema de banco de dados ou processo similar, em qualquer forma ou meio, seja eletrônico, de fotocópia, gravação etc., sem a permissão do detentor do copyright.

Publisher: *Samuel Coto*
Editora executiva: *Alice Mello*
Editora: *Lara Berruezo*
Editoras assistentes: *Anna Clara Gonçalves e Camila Carneiro*
Assistência editorial: *Yasmin Montebello*
Copidesque: *Thaís Lima*
Revisão: *Vanessa Sawada*
Ilustração de capa: *John James Audubon*
Design de capa: *Jakob Vala*
Adaptação de capa: *Guilherme Peres*
Diagramação: *Abreu's System*

Dados Internacionais de Catalogação na Publicação (CIP)
(Câmara Brasileira do Livro, SP, Brasil)

Arnett, Kristen
  Quase só coisas mortas / Kristen Arnett ; tradução Camila Von Holdefer. – Rio de Janeiro : HarperCollins Brasil, 2024.

  Título original: Mostly Dead Things
  ISBN 978-65-6005-120-1

  1. Romance norte-americano I. Título.

23-180848   CDD-813.5

Índices para catálogo sistemático:
1. Romances : Literatura norte-americana   813.5

Eliane de Freitas Leite – Bibliotecária – CRB-8/8415

Os pontos de vista desta obra são de responsabilidade de seu autor, não refletindo necessariamente a posição da HarperCollins Brasil, da HarperCollins Publishers ou de sua equipe editorial.

HarperCollins Brasil é uma marca licenciada à Casa dos Livros Editora LTDA.
Todos os direitos reservados à Casa dos Livros Editora LTDA.
Rua da Quitanda, 86, sala 601A – Centro
Rio de Janeiro, RJ – CEP 20091-005
www.harpercollins.com.br

Resolver problemas é uma forma de caça.
É um prazer selvagem, e nascemos para isso.

— Thomas Harris

A felicidade é uma imensa pilha de tripas.

— Provérbio de camiseta

para michael michael motorcycle

ESFOLAR

ODOCOILEUS VIRGINIANUS — FIBROMA CUTÂNEO DE VEADO

Como fatiamos a pele:
Com cuidado, isso é um fato. Cortar com precisão parece a mesma coisa, mas não é. Pense da seguinte forma: você tirou um filete da polpa de uma manga para um pote de salada de frutas. Você fez isso com atenção, preservando a polpa doce e amarela, ou com o distanciamento clínico de um cirurgião?
Tem que ter certa ternura. Tem que ter certo amor.
Nosso pai disse isso enquanto deslizava a faca no pelo de um veado-de-cauda-branca macho. Aquilo era incomum. Ele nunca deixava a gente se aproximar da mesa enquanto trabalhava.
Você tem que querer. Ele apontou para a garganta, dando batidinhas suaves com a ponta de um dedo. *Comece abaixo do pescoço, aqui. Como se estivesse abrindo o zíper de uma jaqueta.*
Milo e eu nos esprememos de ambos os lados da mesa de metal enquanto nosso pai abria gentilmente o corpo, as mãos firmes nas luvas azuis, como se estivesse fazendo o parto de um bebê. Tínhamos nove e dez anos, e tratávamos a oficina e suas criaturas como nossa própria loja de brinquedos. Outras crianças tinham bichinhos de pelúcia; nós tínhamos lagartos preservados, percas montadas e chifres recobertos com verniz.

Me dá um espacinho, gente.

Nós dois recuamos meio passo, então nos aproximamos alguns segundos depois. O bicho era grande, mas eu já tinha visto maiores. O sangue do veado já havia sido drenado e ele estava inerte, os membros esparramados como um fantoche desarticulado. Tinha um chifre de nove pontas, e o homem que o trouxera até a loja era um cliente habitual, alguém que nosso pai convidava para beber cerveja na nossa sala de estar.

Por que o veado inteiro? Não era só uma cabeça, o animal inteiro ia ser processado: peito, traseira, pernas. Eu não conseguia imaginar por que alguém manteria a coisa toda como um troféu; a maior parte dos caçadores deixava os restos para apodrecer no bosque depois da preparação de campo.

Os olhos do nosso pai brilhavam de empolgação. Era um desafio novo para ele, um jeito de usar a criatividade no trabalho. Ele cantarolava baixinho. Aquilo me fez querer cantar também.

Lá dentro estava fresco, com o zumbido constante do ar-condicionado central, mas ainda úmido o bastante para o suor brotar do buço. O letreiro na frente da oficina era tão grande e amarelo quanto tinha sido quando nosso avô tocava o lugar: TAXIDERMIA DOS MORTON (E MAIS). A marquise promovia ofertas, o que quer que estivesse sobrando naquela semana: orelhas de porco, chifres de veado, peles de coelho.

Nosso pai não olhou para a gente enquanto falava, só manteve a voz em um zumbido baixo que vibrava no meu cérebro: *Se não for feito com algum tipo de sentimento, os clientes reparam. Não vai parecer real.*

Havia baldes aos nossos pés para quaisquer vísceras em excesso que os clientes ainda não houvessem descartado, tonéis brancos de plástico que em algum ponto abrigaram picles em salmoura amarela. Algumas entranhas a gente guardava, outras não, mas sempre nos certificávamos de que o chão estivesse limpo. O cheiro de água sanitária saturava a nuvem que era meu cabelo escuro, mesmo quando minha mãe o prendia em uma trança.

Tanto Milo quanto eu usávamos aventais de empacotadores do supermercado Publix amarrados ao redor do pescoço em voltas com nós duplos. Embora eu fosse um ano mais velha, Milo era quase um palmo mais alto — era mais alto do que qualquer um na quarta série. A gente se inclinou ao lado dos cotovelos do meu pai, tentando apreender os movimentos da faca, até que ele limpou a garganta e nós dois recuamos de novo. Ele usava um avental preto emborrachado que enxaguava na pia dos fundos, fazendo os restos intestinais das nossas autópsias diárias deslizarem com detergente com cheiro de limão. Minha mãe lavava os nossos e os pendurava no armário da frente, ao lado dos tênis enlameados e capas de chuva e suéteres cheios de teias de aranha que só usávamos uma vez por ano.

Jessa-Lynn, segura firme o pescoço. Fui até a frente da mesa e meti as mãos no pelo até comprimir a espinha e os tendões sob os dedos. Resisti ao impulso de massagear com força, de deixar as mãos rastejarem feito aranhas coluna acima e abraçarem o focinho.

Agora venha aqui, filho. Ele não vai morder.

De trás da bochecha felpuda do veado, observei meu irmão pegar a faca do meu pai, um escalpelo de dois gumes. Na mesa ao lado estava a meia-lua da lâmina de esfolar que ele usava para remover os nacos molhados de carne da pele. A curvatura dela captou a luz, piscando prateada debaixo dos bulbos fluorescentes que se alinhavam nos painéis do teto.

Assim? Milo agarrava a lâmina do jeito que agarraria um graveto afiado, algo para esburacar e mutilar. Ele ficou impaciente e quase deixou cair o escalpelo enquanto escavava no couro do veado.

Deixe eu te mostrar. Solte o pulso. Segure firme, devagar. Não fundo demais.

Preparar queria dizer que nosso pai esfolaria o bicho por inteiro até chegar ao esqueleto. Ver onde o tiro penetrou e reconstruir o corpo do animal, reforçando-o com retalhos grossos de lã, chumaços de algodão e uma armação sólida para segurar a pose. A maior parte das oficinas trabalhava só com manequins e formas pré-moldadas, mas meu pai gostava de criar os próprios — mesmo que isso significasse que cada peça demorasse duas semanas a mais do que em uma oficina concorrente. Clientes à procura de trabalho especializado estavam dispostos a pagar pelo esforço adicional, mas a maioria não estava interessada na arte que meu pai queria fazer com as presas deles. Isso não importava para o papai, ele ia dedicar tempo mesmo assim. Ainda que isso significasse perder oportunidades de negócios.

Ele tem um pedaço cartilaginoso aqui, mais força.

Segundo nosso pai, os clientes queriam algo dominante na pose do animal. Quase todos eram caçadores e, se escolhiam ter a presa montada, eles a queriam maior do que em vida, como se o animal pudesse ressuscitar e atacar. Queriam mais avantajado, mais forte, mais musculoso. Nosso trabalho era atender a esse desejo, ainda que a pessoa tivesse atirado no animal pelas costas enquanto ele fuçava em uma lata de lixo.

Milo suava pela gola da camiseta. Estava gelado na parte de trás da oficina, uns quinze graus para manter a putrefação inevitável sob controle, mas parecia que meu irmão tinha acabado de voltar correndo do parquinho. *Não sei, não. Tipo isso?* Ele puxou a faca; denteada, movida depressa demais. Houve um rasgo surdo. *Desculpa, desculpa!*

Grunhindo, meu pai pegou a mão do meu irmão e a guiou de volta ao trabalho. *Isso vai ter que ser consertado. Você terá que costurar isso depois que a gente curtir a pele, assim as linhas não vão aparecer tortas.*

Desculpas não iam consertar o couro. Sempre haveria uma cicatriz, algo fora do lugar para espelhar o enorme buraco de bala atrás da orelha de tufos peludos. Peles rasgadas não eram o ideal, mas havia jeitos de cobri-las: lama salpicada em um tornozelo ou o pelo penteado por cima de um jeito que sugerisse massa muscular sob a pele. Corri os polegares pelo pescoço do bicho até o lugar mais macio no centro da garganta. A pelagem branca havia crescido em uma profusão oval, delimitada pelo manto mais espesso e mais liso que lhe cobria as costas — o pelo denso que crescia por conta do inverno, mesmo na Flórida. No geral meu pai firmaria os chifres do veado em um dos trilhos denteados que pendiam do teto. Nunca estivemos tão envolvidos no processo antes; com toda certeza, nunca tínhamos sido autorizados a usar as ferramentas dele ou a cortar qualquer uma das peles preciosas dos clientes.

Aí. Empurre com força, logo abaixo do jarrete. Você vai ter que escavar de cima até embaixo, como se estivesse abrindo uma lona. Deixe a faca virar uma extensão do braço.

Os cortes do nosso pai eram impecáveis. Ele vinha fazendo esse trabalho havia quase trinta anos, junto com o próprio pai, que morreu no ano que o Milo nasceu. Nas fotos, nosso avô parecia uma versão mais durona e mais grisalha do meu pai: com tatuagens, uma camiseta e o cabelo ficando branco, o tipo de homem que só sorria quando precisava alongar a boca. A foto dele ainda estava na frente da oficina, ao lado da caixa registradora. Eu me sentava entre o leão-da-montanha que ele havia abatido e empalhado e uma placa de MELHOR TAXIDERMIA DA FLÓRIDA CENTRAL com os anos afixados abaixo dela, recuando até 1968.

Milo e a lâmina desaceleraram. Tinham atingido uma obstrução atrás da pata traseira direita. Meu pai tomou o escalpelo do meu irmão e se agachou para olhar a situação, erguendo a carcaça e virando-a com destreza. Com uma das mãos puxou e esticou a pele enquanto com a outra deslizou a faca sob o caroço que se sobressaía no pelo. Ele rompeu depressa a carne e cutucou por baixo dela, agitando e erguendo a ponta da faca até que a massa ficasse exposta.

O que é que é isso? O rosto de Milo estava da cor das cinzas. Os lábios dele, em geral rosados — tão rosados que os garotos da escola debochavam que ele usava batom —, tinham desbotado até virarem uma fenda pálida.

Tumor de veado. Nosso pai cavoucou o caroço até ele começar a se soltar da carne gordurosa e das veias em torno. *Tamanho bem legal. Talvez dez centímetros de largura.* Ele sopesou a massa na mão, o azul vibrante da luva contrastando com o vermelho-escuro e coagulado do tumor. Cavoucou nele com a lâmina de esfolar, testando a resistência do nódulo. *Acho que nunca vi um desse tamanho. Quase sempre só umas coisas verruguentas ao redor do pescoço. Às vezes na virilha.*

Milo cobriu a boca com as duas mãos. Um ruído alto retumbou no peito dele, um barulho como o de engrenagens em funcionamento, e então ele se virou e vomitou. Ele tinha comido sopa de tomate e queijo quente uma hora atrás. Quase tudo foi parar no balde de plástico enorme, mas uma parte respingou no piso de concreto, com alguns pedaços aterrissando no sapato do nosso pai.

Os olhos do bicho estavam abertos, a superfície turva e começando a endurecer e enrugar ao longo dos cantos onde a água havia penetrado. Milo continuava a vomitar no balde enquanto nosso pai espreitava da mesa. Ele trouxe panos molhados da pia do canto. Esperou até Milo ter terminado, ainda caído no chão, antes de empurrar um para ele. *Pegue o esfregão com sua mãe lá na frente e limpe isso aí. Limpe tudo.*

O tumor estava na mesa de metal, a escalpela do meu pai ainda cravada nele. Ele pegou a faca pelo cabo e pressionou os dois lados da massa com os dedos até ela sair com um puxão. Limpando-a com o outro pano, ele se virou e a ofereceu para mim. Lá em cima, o ar-condicionado zumbiu voltando à vida. O ar no meu pescoço era gelado enquanto eu pegava a faca. Era sólida na minha palma, a curvatura do cabo se encaixando direitinho na dobra onde a mão se fechava. Ele me chamou para junto da mesa, e parei na frente dele, contemplando o volume substancial do bicho.

Tá vendo aqui? Ele segurou meu pulso, apontando com gentileza a faca na direção da ferida aberta, agora exposta ao oxigênio e escurecendo. *A gente vai ter que consertar isso. Você consegue alcançar abaixo da perna e fazer a costura em volta do dorso?*

Estando tão perto, fui envolvida pelo odor do pós-barba dele. Aquilo me fazia lembrar de árvores de Natal: pinho e almíscar, um cheiro que não afugentaria um veado. Atrás da gente, Milo arrastava o balde amarelo do esfregão. Um pouco da água respingou por cima da borda e no piso enquanto ele lutava para passar pela porta. Nossa mãe o chamou da parte da frente da loja. Meu pai deu às costas ao meu irmão e se inclinou para cochichar na minha orelha.

Você nasceu para isso. Como seu pai.

Parecia natural; parecia que eu tinha feito aquilo a vida toda. Conseguia enxergar o lugar exato onde ia posicionar a lâmina e esfolar o animal, sabia como íamos reproduzir o esqueleto com armações, enchimentos e moldes ondulados. Conseguia enxergar onde o couro curtido ia se encaixar na preparação: um veado forte e robusto, a cabeça erguida, farejando o vento. Introduzindo a pontinha da lâmina na abertura, puxei-a para a frente com cuidado. Eu me permiti amar o bicho em cima da mesa. Acariciei o corpo macio e querido.

Meu pai pôs a mão no meu ombro e o apertou de leve. Inclinada para a frente, apoiei meu braço no metal frio da mesa e olhei o interior da cavidade em que a carne se separava da pele. No centro escuro da carcaça, vi meu futuro mapeado em cartilagem.

Eu era filha do meu pai, e o amava furiosamente. Tínhamos mãos idênticas e nenhum de nós conseguia enrolar a língua. Ambos usávamos os anelares para estalar os dedos, algo que achávamos engraçadíssimo. Havia linhas de expressão permanentes entre os nossos olhos. Gostávamos da borda da pizza e da acidez do limão espremido na água. Havia uma segurança em ver meu próprio reflexo. Nosso amor em comum pelos animais; o jeito como podíamos ficar em um cômodo e permanecer em silêncio, à vontade na nossa própria pele contanto que estivéssemos juntos. Ninguém me conhecia como ele. Ninguém o entendia como a filha dele.

Nem tão diferentes da gente, Jessa. Ele puxou minha trança. *Só tripas e sangue.*

Éramos uma família de taxidermistas.

Éramos colecionadores, desmanteladores e artesãos. Reconstruíamos a vida a partir dos restos da morte. Animais que podiam ter desaparecido sob as intempéries passaram a viver indefinidamente depois dos nossos cuidados. Nosso coração estava na curva de um lábio bem contornado ajeitado sobre dentes pintados. Via a mão do meu pai nas orelhas do coelhinho que ele criou para o meu irmão; aquele que pedalava uma bicicletinha de boneca. Ela estava nos olhos de vidro de um furão albino cujas pálpebras meu pai esculpiu com a maior ternura. Criávamos melhor do que todos os outros porque amávamos mais aquilo, porque conhecíamos aqueles animais melhor do que qualquer um poderia conhecer. Aquilo era nosso porque o adaptamos para que fosse nosso. Meu pai me talhou para auxiliá-lo; para ser a que ajudava a segurar as pontas. Ele era o eixo central que mantinha nossa família unida, mas era eu que o apoiava. Eu sempre conseguiria aguentar o fardo porque ele me disse que eu era forte. Porque ele me disse que eu era a única que conseguiria.

Tentei me dizer isso enquanto encarava o sangue e a massa coagulados no piso de concreto da nossa oficina. Enquanto examinava as gotículas que pontilhavam a parede de blocos de cimento em um padrão de Rorschach que meus olhos identificaram como uma borboleta, como dois homens apertando as mãos, como a entrada de um poço que se abria para algo infinito. Deixei os olhos acompanharem a linha de visão do caos vermelho, cuja origem era o lugar macio no crânio do meu pai. Algum lugar perto da têmpora, mas não dava para eu ter certeza. Era difícil olhar por mais do que alguns segundos. Difícil acreditar que era real.

Atrás de mim, suave, o rádio tocava Randy Jackson. Ele estava na cadeira dele, caído por cima do balcão de metal onde havia passado boa parte da vida. O rosto para baixo, cabeça voltada para o lado de modo que eu conseguia distinguir os pelos do bigode. O olho que eu conseguia ver estava fechado. Os óculos de armação de metal tinham escorregado até o meio do nariz no momento em que ele tombou, um dos lados caído torto atrás da orelha, de modo que o cabelo se eriçou até um ponto grisalho. Ele vestia o avental por cima da camisa xadrez que minha mãe tinha lhe dado no aniversário tantos anos atrás; aquela que eu dizia que deixava ele parecido com o homem das toalhas de papel Brawny. Eu quase conseguia acreditar que ele tinha caído no sono no meio de um projeto, o que às vezes acontecia. Trabalhando nas primeiras horas da manhã, costurando meticulosamente a pele sob uma luminária alta. Se ele acordasse e reclamasse comigo por ficar encarando. Se sorrisse para mim para que eu pudesse me sentir bem. Se estivesse respirando. Se não tivesse tanto sangue.

Era o animal inteiro exposto diante de mim de novo; nada natural e desconhecido. Aquela foi a primeira colaboração com meu pai. Aquela seria a última.

Doeu vê-lo daquele jeito, ferido e exposto aos elementos. Eu me concedi um momento para admirar o rosto dele. Ele às vezes parecia bem mais velho do que os sessenta e seis anos, mas a morte o havia tornado jovem outra vez: as bochechas macias e soltas, lábios tenros e em parte abertos. As mãos dele, sempre se mexendo, enfim imóveis.

Mesmo sabendo que não devia, tirei os óculos dele e alisei o topete no cabelo espetado. Desloquei as mãos da mesa e as coloquei no colo dele, apoiando uma em cada coxa, como ele sempre gostava de se sentar à mesa do jantar enquanto minha mãe preparava a refeição. Afrouxei o relógio do pulso com os dedos tremendo, o relógio que havia sido do meu avô antes de pertencer a ele. Aquele que eu cobiçava porque era o favorito do meu pai e porque ele o estimava. Coisas que eram dele e que eu queria que fossem minhas. O relógio dele. Todas as melhores facas. A oficina. O orgulho dele.

Peguei a arma do lugar onde estava no chão. Coloquei-a no balcão ao lado da carta que ele havia deixado com meu nome escrito em letras maiúsculas. Ele tinha me ensinado a atirar com aquela arma. Tinha me levado ao quintal dos fundos, só nos dois, e me ajudado a puxar o gatilho. Fiquei assustada, mas queria parecer durona, porque meu pai não suportava bebês chorões. Ele sorriu e me disse o quanto estava impressionado com a minha mira e a minha segurança. Pôs a mão no meu ombro e o apertou, como sempre fazia quando estava orgulhoso de mim. Ele sempre ficava mais orgulhoso quando eu me recusava a demonstrar fraqueza.

Minha miniaturazinha, disse. *A melhor atiradora da Flórida.*

Então fui até os fundos e saquei o balde do esfregão e a água sanitária, encarando fixamente a água à medida que batia na tina amarela. Disse a mim mesma que eram os vapores que me faziam lacrimejar enquanto mergulhava a ponta do esfregão no líquido, e aí começava o processo demorado de limpar a bagunça. Deixei a carta no balcão até conseguir me controlar, me perguntando se diria alguma coisa que me ajudaria a entender o animal diante de mim.

1

Junto com o típico conjunto de chifres e os troncos nodosos de pinheiro que emolduravam nossa entrada, a vitrine de vidro laminado diante da oficina exibia um bode, uma pantera-da-flórida e um javali selvagem. O javali e a pantera estavam ali havia tanto tempo que os considerávamos parte da família. Eu tinha montado o bode fazia só umas semaninhas. Era um Bagot inglês preto e branco, marcado como "vulnerável" na maior parte das listas de espécies ameaçadas de extinção. Tinha uma pelagem tão macia que você achava que estava acariciando veludo.

Porém quando cheguei na manhã seguinte eles não estavam nos lugares habituais na vitrine, recriando uma cena de *Wild Kingdom*. Em vez disso, a pantera estava apoiada atrás do bode, a boca escancarada em um rosnado transformada de repente em uma expressão de êxtase desavergonhado.

— Por quê? — Me virei para a minha mãe, que estava usando a camisola floral cor-de-rosa favorita com uma renda franzida em torno da garganta. Ela estava sentada de lado em uma cadeira dobrável de metal que tinha armado no meio da calçada, segurando uma xícara de café vazia e um cigarro. — Só... me diga por quê.

— É autoexplicativo. — Ela deu uma tragada e bateu as cinzas na caneca, que balançava no joelho.

Era a segunda vez em um mês que ela havia representado uma cena de sexo diante da vitrine da nossa loja. Enquanto a pantera dava duro no bode, o javali selvagem olhava com lascívia para os dois, por de trás de um fícus de plástico enorme que reconheci como um ocupante de longuíssima data da sala de estar dos meus pais. Mesmo agora, aos trinta e poucos, conseguia lembrar com nitidez de quando meus pais o trouxeram para casa — algo verde e "vivo" para dar uma alegrada na monotonia insossa das cabeças de animais decapitadas que forravam as paredes atrás dos sofás e da poltrona do meu pai.

Binóculos tinham sido apoiados nas presas amareladas do javali. Havia camisinhas jogadas ali em volta, algumas das quais haviam sido abertas, como tripas balançando dos galhos das plantas nos vasos. Um segundo olhar revelava que as patas da pantera estavam raladas no lugar em que inicialmente a cola e os pinos a prendiam a um galho de carvalho.

— Dê uma boa olhada — falei. — Se esbalde aí antes que eu arrume tudo. — Minha manhã descontraída arrancando peles e bebendo café tinha ido para o espaço, substituída pelo aborrecimento de restaurar pelo danificado e tingir montagens novas. Era provável que levaria dias para consertar a pantera.

O sol já estava fazendo a umidade da manhã evaporar e aquecendo o pavimento. Tinha visto a picape do Travis Pritchard parar no estacionamento da Dollar General do outro lado da rua. Essa parte da cidade só tinha empresas familiares antigas e casas residenciais, lugares sujos e insípidos com quintais imensos. Ruas esburacadas se encontravam em ângulos estranhos sem o auxílio de qualquer placa de pare, ranchos de estuque em uma miríade de tons de castanho espremidos entre uma lavanderia, uma Legião da Boa Vontade e uma sapataria. Uma revenda de carros usados ocupava a maior parte de um terreno duas ruas depois de uma lanchonete onde eu fazia a maior parte das minhas refeições, lojas de conveniência espalhadas pelo perímetro. Era quarta-feira — dia de "pague um, leve dois" para o bando de aposentados das Torres, um condomínio fechado composto de velhinhos locais e de outros que tinham vindo em busca do clima quente. Logo uma multidão ia se reunir para ver a última exibição profana da Libby Morton. A ideia de expulsar septuagenários escandalizados a essa hora da manhã revirava meu estômago.

Peguei o cigarro da mão dela e dei uma boa tragada antes de esmagá-lo debaixo da bota. O bode estava plácido, me avaliando com os olhos amarelos semicerrados. Virei de costas, assim não ia ter de vê-lo na sua indignidade.

— Podemos voltar lá para dentro agora?

— Prefiro me sentar aqui.

— Na real queria que você não se sentasse.

Minha mãe balançou a cabeça, liberta do cabelo na altura da cintura que tinha desde que meu irmão nasceu. Quando questionada a respeito da decisão de tosar tudo, ela mencionou um artigo de revista que tinha lido quando levou meu pai para uma das consultas dele com o médico. Tinha algo a ver com o cabelo prolongar o luto: com como as células mortas que restavam em um corpo vivo podiam aumentar a duração da dor. Levei algum tempo para me acostumar com a cabeça raspada. Quando a luz incidia do jeito certo, era como olhar para uma versão em miniatura do meu irmão. Os dois tinham o mesmo maxilar robusto e a pele amarelada, um nariz longo e estreito emoldurado por sulcos profundos que quase pareciam parênteses. O cabelo restante ainda era quase todo escuro, mas agora havia tufinhos brancos junto com partes expostas do escalpo que se sobressaíam como remendos nos lugares onde ela tivera um certo excesso de zelo com a lâmina.

— Por favor? — pedi, olhando para a Dollar General. Travis meteu a cabeça pela porta da frente e acenou.

Ela deu um suspiro profundo e apoiou o queixo na mão.

— Vou me sentar aqui por um minutinho. Vá fazer suas coisas.

Uma corredora matinal passou depressa em elastano roxo cintilante, descendo até a rua para desviar da gente na calçada, quase tropeçando e causando um acidente quando assimilou a cena na vitrine.

— O que é que é *isso*? — perguntou ela, o queixo tão caído que eu quase podia contar os molares.

Minha mãe pôs a mão no coração.

— É o meu trabalho.

— Vou fazer um café. — Esfreguei uma mão no rosto e desejei que fosse tarde o suficiente para abrir uma cerveja. Pelo menos o lugar ao lado estava vazio. Por algum tempo aquilo tinha sobrevivido a duras penas como um restaurante kitsch e vintage de quinta categoria, mas ninguém o tinha alugado nos últimos dezoito meses. Meu pai sempre dizia que que preferiria comer algo que *eu* tivesse cozinhado a gastar dinheiro em um lugar que nem conseguia fazer um queijo quente.

— Café? Mãe? — repeti.

Ela assentiu e me dispensou com a mão, apontando para várias áreas de interesse na exposição. Eu a ouvi mencionar alguma coisa sobre a libido naturalmente alta da pantera enquanto a porta se fechava com um clique atrás de mim.

— Puta que me pariu.

A bagunça era ainda pior de perto. Pedaços de pelo e folhas cobriam o chão, como se os animais tivessem arrancado nacos da pele um do outro. Havia um enorme corte na cauda do javali que quase me fez chorar. Virei para o outro lado, enojada com minha mãe e comigo mesma por não ter lidado com aquilo antes. Engoli em seco, imaginando o que meu pai diria se pudesse ver a destruição que ela havia feito com o trabalho dele. Ele ficaria tão decepcionado.

Essa situação de merda estava ficando corriqueira. A exibição lasciva original fora montada menos de um mês depois de enterrarmos meu pai. Naquela manhã a loja estava escura feito breu, e esbarrei em cheio no urso — só que eu não sabia que era um urso; achei que tinha flagrado um invasor. Quando o construiu, meu pai havia reforçado o torso largo com tábuas. O soco que dei nele quase quebrou minha mão.

Tentei dar um sentido à cena enquanto as luzes fluorescentes no teto tremeluziam espasmódicas até acender. O colchão do quarto de hóspedes estava enfiado junto ao vidro, coberto com os lençóis da minha avó. O guaxinim que eu montara na semana anterior estava vestido com uma camisola de cetim, véu de noiva pendendo delicado sobre o rosto. A mão erguida fazia um gesto amoroso para o urso, parado ao lado da cama, usando cuecas boxer folgadas customizadas, feitas com duas capas de travesseiro. Reconheci a estampa na mesma hora: eram do jogo de cama do Homem-Aranha do Milo.

Também houve outros incidentes: um desfile de animais paramentados com lingerie e posicionados diante de espelhos, e crânios de jacaré com calcinhas enfiadas nas bocas abertas e pendendo dos dentes. Sabia que meu pai ficaria chateado com alguém pingando lubrificante no precioso leão-da-montanha dele. Ele com certeza ficaria chateado com o pelo rasgado. Mas ele não estava ali para dizer alguma coisa a respeito daquilo, e minha mãe era minha mãe. Eu tinha pouco controle sobre o que ela fazia. Eu não conseguia deixar de sentir que o estava decepcionando, mais uma vez. A carta dele, pousada ao lado da minha cama, ficava na cabeça.

Confio em você pra lidar com as coisas. Preciso que você lide com tudo agora.

— Tenho que lidar melhor com isso — murmurei, balançando a cabeça. — Você tem que lidar melhor com isso.

Nossa pequena cozinha ficava na parte de trás da loja, perto da entrada da oficina, mas ainda na linha de visão da caixa registradora e das barras de chocolate sortidas que as crianças gostavam de meter no bolso. Procurei filtros de café no armário e não encontrei nenhum, lembrando tarde demais que estávamos sem havia uma semana. Coei em uma toalha de papel amassada.

Minha mãe costumava limpar a loja, mas, com exceção das novas funções de decoradora de vitrine, ela tinha deixado de dar as caras por completo. A poeira revestia os itens à venda, assentando no dorso dos bebês jacarés e do peixe laqueado até parecer que eles estavam ficando peludos. Os pés de coelho em tons fluorescentes estavam encardidos, como se eles tivessem corrido por entre poças cheias de lama antes de perderem as patas.

Lá fora, minha mãe ainda estava tagarelando a respeito da própria pornografia. Além da corredora, ela conseguira fisgar o Travis, que estava parado, olhando a cena como uma criança diante de um Papai Noel de shopping. A camisola cor-de-rosa da minha mãe ficava luminosa na luz do sol, revelando o contorno das pernas e do tronco. Eu não tinha total certeza de que ela estava usando calcinha.

Enxaguei uma caneca suja e esfreguei as manchas com um trapo que encontrei ao lado da pia. Aí servi café e tomei um gole escaldante, me recostando atrás da caixa registradora. Minha mãe gesticulava para o Travis e a corredora, que tinha sacado um celular e estava tirando fotos.

O início de uma dor de cabeça de tensão borbulhava na parte de trás da testa.

Travis ainda estava parado do lado de fora quando minha mãe voltou a entrar na loja. O sino badalou com impaciência quando ela empurrou a porta, a cadeira de metal dobrável enfiada debaixo do sovaco. Estava usando as pantufas felpudas que meu pai lhe dera de Natal alguns anos atrás. Folhas e lama escorriam pelos lados e pela parte de trás das carinhas de coelho. Havia chovido na noite anterior, o que significava que ela tinha saído de casa a pé só Deus sabia a que horas da noite.

— Valeu — disse ela, pegando meu café e me entregando a caneca cheia de cinzas de cigarro. Ela tomou um gole e fez uma careta. — Tá horrível.

— A gente tá sem filtro de café.

— Alguém devia comprar mais. O gosto é de sujeira.

— Me desculpa — respondi, tentando não trazer à tona o fato de que ela em geral comprava o café, os filtros e os sacos de lixo. Meu pai teria prendido a lista de compras na direção do carro dela. Teria dito o nome dela daquele jeito exasperado que demostrava que ele a amava mesmo que ela o deixasse maluco.

— Deus do céu, que cansaço.

Ela se recostou contra o balcão, e as costelas se moveram visivelmente sob o corpete de babados da camisola. Estava fumando de novo, algo que ela não fazia desde que éramos crianças. As bolsas sob os olhos estavam fundas e bem escuras, como se alguém tivesse pressionado os polegares na carne dela. Queria sacudi-la e perguntar por que ela tinha que tornar as coisas mais difíceis do que já eram, por que não podia só agir normalmente para que a gente pudesse seguir em frente do jeito que o papai queria, mas em vez disso fui até os fundos e liguei para o meu irmão.

Ele atendeu no quarto toque, a voz ainda pastosa de sono. Perguntei-me se havia alguém ali com ele, mas meu instinto me dizia que estava sozinho. Ele não tinha saído de verdade com ninguém desde que a Brynn deixara ele e as crianças. Nós dois eternamente de luto por ela, embora tivesse ido embora fazia anos. Estava tarde, ainda assim. Previ que ele estivesse no trabalho, ou pelo menos na estrada. Milo, o cara que nunca conseguira descobrir o que queria fazer da própria vida. Ele avisava que estava doente segunda-feira sim, segunda-feira não. A filha dele estava prestes a começar o Ensino Médio e era ela quem tinha de fazer as compras porque ele sempre esquecia coisas como leite e pão. *Você não tem nenhuma ética profissional*, disse nosso pai uma vez, e Milo sorriu como se fosse um elogio.

— Vem buscar sua mãe, ela fez aquilo de novo — falei, observando-a na luz pálida que era filtrada pela janela. Ela tinha se virado para encarar a cena diante da loja, esfregando um pé empoeirado de coelho entre os dedos.

— Jesus. Deixa só eu pôr uma calça.

— Não precisa se preocupar, ela não tá usando.

— Chego em dez minutos. Não deixe ela sair.

Desliguei e me perguntei como passaria o restante do dia, para não falar o restante da semana. Nosso pai tinha morrido havia seis meses e esperavam que eu assumisse o controle de tudo; que tomasse conta da loja sozinha, tentasse descobrir o que fazer com o florescimento do talento criativo da minha mãe. Era exaustivo.

— Uma coisa de cada vez — falei, sacando um velho bloco de rascunho. — É o que resta.

Era mais fácil trabalhar desse jeito: seguir em frente aos pouquinhos, desempenhar cada pequena tarefa com cem por cento do meu foco. Uma coisa concluída, e então outra. Deixando elas se acumularem até não restar espaço para pensar em qualquer outra coisa.

Um montão de cabeças de veado. O robalo do Bud Killson precisava de uma demão de goma-laca e um par de olhos novos. Havia o esfolamento interminável, pilhas de coisas armazenadas no congelador. Peles para remover e tingir. Deixar as banheiras de ácido escoarem e então tornar a enchê-las. Esfregar todas as bancadas nos fundos, passando alvejante no piso. Sempre havia algo a ser feito.

Tinha visto meu pai trabalhar daquele jeito minha vida inteira. Listas, rotina. Não havia tempo para estresse quando você tinha que manter um cronograma. Lembrar disso descontraía meus membros e soltava meu maxilar.

Eu era capaz de dar conta. Só precisava ser o papai.

— Seu irmão tá aqui — gritou minha mãe, largando a xícara de café. — Quem sabe ele consegue me dar uma carona até em casa.

Milo pulou da camionete e deixou o motor ligado. Parecia que ele tinha dormido de roupa e estava com uma barba irregular de uns dois dias. Dispensando minha oferta de café com um aceno da mão lá da soleira da porta, ele pegou o braço da minha mãe e a fez entrar na camionete. Ela não discutiu, só bocejou e rearrumou a camisola para cobrir as pernas nuas. Estavam muito finas; as veias corriam azuis pelos tornozelos.

— Vem jantar amanhã — convidou ela. — Vou cozinhar o suficiente para todo mundo.

Jantar na casa da minha mãe significava sentir tudo. Não era como a loja, com as ferramentas, o desinfetante e o trabalho. Havia muito do papai vivo na casa: a poltrona com o estofamento dos braços solto e pendendo, brochuras de romances policiais com as capas viradas para baixo no chão, as camisas sem botões empilhadas de qualquer jeito ao lado da máquina de costura da minha mãe. O frasco verde da loção pós-barba que ele sempre usava ainda estava pousada ao lado da pia do banheiro, a tampa virada de cabeça para baixo perto da torneira.

— Tenho que fazer umas coisas por aqui — falei. — Tem um cliente vindo.

— Te vejo às seis.

Não discuti, só acenei enquanto eles manobravam a camionete para sair da vaga. Quando me virei, o Travis Pritchard estava parado na frente da vitrine de novo. Ele segurava o boné em uma das mãos e esfregava a outra com muita delicadeza pelo couro cabeludo cheio de fiozinhos grisalhos. As mangas da camisa eram curtas demais, revelando um pedacinho da pele acima do cotovelo toda vez que ele erguia o braço.

— Você não tem que voltar pro trabalho?

Enganchei os polegares nas presilhas do cinto e ergui os jeans caídos. Ao contrário da minha mãe, tinha ganhado peso no ano que passara. Bebia demais, dormindo a maior parte das noites na loja. Minha barriga caía por cima da calça e a deslocava quadril abaixo. Nada servia direito. Tudo o que eu tinha ficava desconfortável.

— A Marleen tá no caixa.

Nosso reflexo se mesclou com a cena no vidro: a pele curtida dele e os olhos escuros e afundados, minha compleição atarracada com a indumentária de sempre — jeans velhos que precisavam ser lavados, camisa de flanela esfiapada e um rosto redondo tão cheio de sardas que eu ainda era barrada nos bares. Pairávamos como fantasmas acima dos animais, mais voyeurs até mesmo do que o javali selvagem.

Atrás da gente, um ônibus parou no estacionamento, transportando um carregamento de aposentados.

— Parece que o pessoal das Torres decidiu vir um pouco mais cedo hoje — comentei.

Travis resmungou e se virou com relutância para olhar para o outro lado do estacionamento, onde o ônibus começava a baixar o primeiro dos usuários idosos de cadeiras de rodas.

— Sua mãe tem talento mesmo, sabia?

Não era assim que eu teria descrito o uso da taxidermia para simular fodas, mas o deixei dar a opinião dele. Minha mãe sempre teve um pendor para o artesanato. Artes domésticas, como meu pai as chamava. Ela bordava, costurava as próprias roupas, fazia cerâmica, mantinha álbuns de recortes. Era aquela bosta de arranjos florais, o tipo de coisa que mães fazem porque precisam de atividades para passar o tempo. Sabia que ela gostava de arte porque meu pai mencionou isso uma vez enquanto estávamos recheando gansos-do-canadá. Ele mencionou que ela quisera fazer esculturas, então balançou a cabeça e me mostrou a melhor maneira de posicionar as asas das aves de modo a não ficarem assimétricas. Eram só umas coisas que ela fazia. Nada importante. Nada que interferisse no nosso tempo juntos.

Travis voltou para a Dollar General e eu entrei para avaliar os danos. Era fácil mexer a pantera, mas sabia que as patas demandariam algum tempo. Afora a reconstrução da cara, eram sempre a parte mais difícil de executar. Parecia que minha mãe tinha de fato arrancado o gato direto do galho. Tufos do pelo ainda estavam presos na madeira.

A montagem tinha sido aplainada com um torno para criar uma superfície lisa. Quando a virei, ali estavam elas, gravadas na parte posterior: PTM. Meu dedo percorreu o sulco das iniciais do meu pai, do mergulho delicado do P aos picos estreitos do M. Ele extraíra o galho de uma tora maior que caiu no nosso quintal depois de uma tempestade. Meu pai tinha um olho bom para a cena e a composição. Ele conseguia construir adereços a partir de qualquer coisa: peças de mobília descartadas, paletes de madeira, velhas molduras de janela. Ele olhara aquele emaranhado de galhos caídos e vira o arranjo perfeito, uma montagem tão bem-feita que fazia o gato parecer pronto para saltar sobre uma presa desavisada.

Eu lhe trouxe um trenó abandonado uma semana antes de ele morrer. Era antigo, a tinta vermelha áspera se desprendendo e caindo aos pedaços, as ranhuras manchadas de ferrugem. Tínhamos patos naquela semana. Patos selvagens de um branco imaculado, com bicos e pés de um laranja brilhante. Pus o trenó em cima da bancada de metal ao lado dos corpos e perguntei se ele achava que era uma boa combinação — aquela mistura fora do comum.

Perfeito, disse ele. *Exatamente o que eu teria escolhido.*

Lembrar de como ele se deixou cair naquela mesma bancada arruinou a lembrança para mim. Atirei o galho no canto e derrubei um suporte com pequeninos crânios de jacarés laqueados. Eles pipocaram pelo chão, girando e batendo um contra o outro. Alguns deles quebraram, expelindo dentes que se espalharam pelo chão como arroz cru.

Ignorei aquela bagunça e me concentrei em remover com cuidado as camisinhas do fícus. Minhas mãos estavam cobertas de lubrificante espermicida. Foram três lavagens enérgicas para remover a gosma. Tinha medo de olhar para o pelo do Bagot, porque era óbvio que minha mãe não tinha sido nem um pouco cuidadosa. Deixei-o apoiado na vitrine. A luz realçava de forma delicada o trabalho que eu havia feito na cara e nas orelhas dele, fazendo com que parecesse inquisitivo e alerta. Foi a única sensação boa que tive a manhã inteira, a de olhar bem para o bode e saber que pelo menos eu não tinha ferrado com aquilo.

Pelo bem das minhas costas, deixei o fícus onde estava.

— Vem aqui, rapaz. — Puxei as ancas do javali para mim até ele raspar no linóleo. — Vamos dar uma olhada em você.

Quando removi o binóculo das presas do javali, a extremidade direita lascou, deixando um pó branco no chão.

Fazia semanas que não tínhamos nenhum pedido novo, com exceção de algumas coisinhas de pouca monta e do eventual cliente habitual que deixava uma caça lamentável, mas aquilo não pagaria as contas. Problemas de dinheiro eram outro legado que meu pai me deixara. Sempre achei que ele fosse tão competente, que havia administrado tudo de modo a poupar para coisas como as compras do mês ou o seguro do carro. O que eu descobrira fora um buraco negro de dívidas. *Me desculpe*, ele tinha escrito, a caneta abrindo feridas no papel. *Me desculpe mesmo.* Dei uma olhada na bagunça acumulada pela loja: o lixo repleto de moscas, pilhas de contas e de revistas especializadas escorregando dos balcões e caindo no chão, poeira e fios de cabelo embolados espalhados por tudo.

O sino retiniu quando a porta da frente se abriu. Uma mulher estava parada na soleira. O sol da manhã entrava pela abertura e envolvia a figura na sombra, mas, levando em conta as roupas e os sapatos chiques que ela usava, não me parecia alguém que eu conhecia.

— O que aconteceu com a exibição? — Ela apontou para a vitrine. O javali continuava ali de um jeito bizarro com a presa meio quebrada, como um paciente desconfortável no consultório de um dentista.

— Com o quê?

Ela modelou o ar com as mãos, como se tentasse esculpir a imagem.

— Você sabe, a cena na vitrine. A minha amiga Denise me mandou uma foto. Topou com ela no trajeto da corrida hoje de manhã.

— Não era para aquilo ter sido colocado ali.

— Por que não? — Ela contornou com precisão o entulho no chão. Usava sapatos de couro envernizados que deixavam as pernas enormes e uma saia executiva com uma prega na parte de trás. Limpei as mãos nos jeans e examinei minhas botas de trabalho, que tinham manchas de verniz e produtos de curtimento acumulados.

— Era obsceno — falei. — Minha mãe está passando por um momento difícil.

A mulher era uns trinta centímetros mais alta do que eu, esbelta, angulosa e linda. Ela parou perto do javali e se ajoelhou ao lado dele, examinando sua cara. Um dedo longo investigou a presa quebrada.

— Me chamo Lucinda Rex — disse ela, pondo a mão em concha na cara do animal. — Sou responsável pela galeria lá no Morse.

— Jessa Morton.

Me servi de uma xícara do café fraco que ainda restava no fundo do bule com a intenção de me dar algo para fazer com as mãos, que de repente estavam suando.

— É uma coisa fascinante. — De onde estava ajoelhada, ao lado do javali, ela olhou para cima. Os olhos dela eram escuros e tinham cílios espessos. — Você quem fez esses?

— Boa parte. Alguns meu pai fez.

— São muito vívidos. — Ela se levantou do chão e continuou parada ao lado do javali. A presa quebrada pressionou a pele macia da perna dela e deixou um arranhão cor-de-rosa.

Lucinda era o tipo de moça para quem eu gostava de olhar, mas que no geral evitava porque eram muito classudas para mim. Meu tipo habitual eram mulheres caóticas, do tipo que ia a um encontro comigo e inevitavelmente saía do bar com outra.

— Procurando por algo específico?

— Sim. Quanto por este aqui?

— Quanto? — repeti, vendo-a acariciar a cabeça do javali. As mãos eram delgadas e os dedos eram muito longos. Imaginei-os tocando meu rosto, acariciando uma linha de um lado a outro da minha clavícula. — Quanto.

— Dou três mil por ele.

— O quê? — O máximo que qualquer um já tinha gastado na nossa loja fora pouco mais de mil, e havia sido um trabalho feito por encomenda.

Franzindo a testa, ela trouxe a bolsa até o balcão do caixa.

— Não é o suficiente?

Balancei a cabeça.

— Não tá certo... a presa tá quebrada, tá vendo? Vou ter que consertar.

— Nem dá para ver. — Ela não estava olhando. — Eu adoraria ver o que sua mãe conseguiria fazer com algo assim.

Ela tinha que estar brincando.

— É, certo.
— Acho que está ótimo.
Era óbvio que não estava.
— Precisaria consertar primeiro.
— Claro. Mas vou me adiantar e comprar agora. Só venho pegar depois. — Ela me deu um olhar avaliativo, os lábios dispostos em uma linha fina. — Ou você entrega?
— Claro, podemos fazer isso. — Nunca fizemos isso.
— Maravilha. — Ela desenterrou um cartão de crédito de um montinho gigante, um sortimento empilhado como cartas em um baralho. — Espero você amanhã à tarde.

Passei o resto do dia dando uma ajeitada no javali. A presa tinha ido para o espaço, e a pelagem estava desgastada e frágil por ter sido exposta à poeira e ao sol durante tantos anos. Remendar os buracos sem os retalhos adequados era um trabalho complicado. Consertar aquelas cagadas ficou bem mais difícil, mas eu não venderia algo destruído para a Lucinda. Por três mil limpinhos, o trabalho teria que ser impecável.

Meu pai havia patenteado algumas das próprias receitas de curtimento, coisas que ele tinha aperfeiçoado ao longo dos anos, truques que aprendeu com o próprio pai. Deixada à minha própria sorte, eu não conseguia fazer metade do trabalho que ele fazia. Não tinha as conexões ou a experiência. A maior parte do que criei partia do instinto, do que ele chamava de meu talento natural. Ele me havia sido útil no passado, mas meu pai estava ali para segurar as pontas. Quando pedia para ele me ensinar, sempre deixava para depois.

Vai ser mais rápido se eu apenas fizer, diria ele a respeito da sua técnica de vitrificação especial para truta. *É mais demorado ensinar do que apenas fazer.*

Tive que recusar três trabalhos diferentes porque não conhecia o verniz e ele nunca achava que era o momento certo de me mostrar. Desde a morte dele, eu me perguntava com frequência se ele não me ensinara esses truques porque ainda esperava ter o filho certo para dividi-los com ele.

Era uma preocupação sem sentido. Tudo o que eu podia fazer era o que vinha fazendo: correr sem descanso, todos os dias, até o cérebro fritar. Trabalhava até as mãos escorregarem e eu abrir um talho na ponta dos dedos. Eviscerava peixes até as roupas federem a lago. Raspava até os músculos gritarem. Aí eu podia dormir de novo e acordar no dia seguinte, lançada mais uma vez no ciclo sem fim de tentar, tentar, tentar. Ser aquilo de que ele precisava.

Precisar. Era uma palavra que meu pai raramente usava. Ouvira ele dizer *querer* e *esperar*. Mas nunca havia nada do tipo *precisar*, uma palavra que implicava desamparo e fragilidade. Uma palavra que o fazia parecer mais distante de mim do que nunca, afundando, se debatendo sozinho enquanto esperava alguém para salvá-lo. Enquanto esperava que eu salvasse tudo. Então eu trabalhava. Era o que o meu pai teria feito. *O melhor jeito de superar qualquer coisa em casa é apenas focar no trabalho*, diria ele, sorrindo durante uma montagem. A gente riria disso, dele falando da minha mãe daquele jeito. Que era demais voltar para casa, para ela. Que ele precisaria de uma folga de alguém que cuidava de tudo para ele para que pudesse fazer as coisas que mais amava.

— Foco — falei, examinando as pernas do javali. — Não estraga tudo.

Minha mãe não tinha sido muito cuidadosa ao posicioná-lo, provavelmente porque o animal tinha duas vezes o peso dela. Havia rasgos compridos ao longo da barriga que exigiram remendos e um que precisei recobrir por completo. Bebendo infinitas latas de cerveja, minha cabeça entrou no piloto automático, como sempre fazia quando estava recriando. Deixei as mãos executarem o pensamento por mim, elaborando algo a partir do emaranhado de couro, estofamento e arame. Limpei a pelagem. Passei um brilho nos cascos. Remendei as falhas nas orelhas. Pensei em Lucinda: os dedos compridos, as pernas compridas. A boca dela quando ela deu um meio-sorriso para mim na loja. Me perguntei se ela ficaria satisfeita com o trabalho, então fiquei irritada comigo mesma por querer vê-la de novo. No geral nunca queria ver alguém, e era assim que gostava da minha vida: simples, sem confusão.

Milo deu uma passada por volta das nove na manhã seguinte, trazendo um café em cada mão. Peguei os dois e me sentei com uma perna de cada lado da mesa. Estava com um cheiro azedo, as mãos manchadas com pigmento depois de tentar uniformizar os remendos na parte inferior do animal. Não estava perfeito, mas me tranquilizei com o pensamento de que Lucinda não repararia mesmo.

— Não acredito que você vai se livrar dele. — Ele acariciou o javali no focinho rugoso antes de inserir dois dedos nas narinas e retorcê-los. — É como vender um membro da família.

Dei um tapa para afastar a mão dele, com medo de que fosse ferrar com a pintura.

— O dinheiro vai me ajudar a dormir à noite.

O primeiro café que sorvi tinha um bocado de creme barato e viscoso. Devolvi para Milo, que tomou uns goles antes de deixá-lo na mesa de metal ao lado das minhas ferramentas.

— Você não se sente mal por ele ser um Prentice Morton original? Não sobraram muitos.

Suspirando, sacudi os ombros até a espinha estalar.

— Nós dois somos os únicos originais que importam. Pelo menos vamos ser pagos.

Milo pegou uma cadeira da escrivaninha e a levou até o lado oposto do javali. O rosto dele se contraiu enquanto examinava o flanco, ruguinhas profundas se formando no canto dos olhos.

— Tá bom, mas nunca vai ser como os do papai. Tem algo de errado com a cor, não tá igual no pescoço.

Que raios ele sabia de tudo aquilo? Ele nunca teve que passar horas na loja, igualando pigmentos, suando em bicas diante de uma pelagem que não queria encaixar direito.

— Vai tomar no cu, nenhum é como os do papai.

Milo ergueu as mãos.

— Só tô dizendo que você não pode fazer tudo sozinha.

— Você não devia estar trabalhando? — perguntei.

Ele encolheu os ombros e se recostou, bebendo mais café.

— Meti um atestado.

Desde pequenos, era meu irmão o flexível, a pessoa que ouvia e se solidarizava. Ele ficava em casa com minha mãe enquanto meu pai me levava aos lugares: saindo juntos bem cedinho de manhã para passeios em que íamos pescar ou caçar, indo até a Home Depot para escolher apetrechos para o projeto de um canteiro no quintal dos fundos. Ele nunca convidava meu irmão para ir junto; ele o achava birrento e dado a acessos de choro. *Seu irmão é um pouco sensível com tudo*, disse ele um dia no almoço, tirando picles do pastrami e passando para mim. *Ele tem sentimentos demais. Eu amo ele. Apenas não entendo ele, só isso.*

— Você tá bem? — perguntou Milo, se inclinando mais para perto de mim. Ele enfim tinha se barbeado, e havia pontinhos de sangue seco no queixo dele. — Você tinha que comer.

— Foi mal, é só o cansaço. — Pus o café na mesa e me levantei. Por um momento o mundo ficou escuro e com uns pontinhos cintilantes, e esperei até a tontura passar antes de continuar: — Me ajuda a carregar esse filho da puta até a camionete.

Cada um de nós pegou uma ponta e o manobramos pelos fundos da loja até a viela. No fim da rua, a luz brilhava no lago como uma linha de purpurina prateada. Estava úmido e abafado e fazia quase trinta graus. Previa que ultrapassaria os trinta logo,

logo, e não me agradava deixar o javali na parte de trás da caçamba. A cola e os tingimentos tendiam a derreter no calor. Mais de uma vez tínhamos perdido chifres ou globos oculares quando alguém deixava nosso trabalho no carro enquanto ia às compras. Nosso pai sempre dizia às pessoas para tratar a taxidermia como tratariam um animal vivo: nunca deixem um cachorro em um carro trancado; nunca deixem uma cabeça empalhada de veado no banco da frente.

Apanhei uma lona azul nos fundos da loja e a pusemos em cima do javali, fixando-a com cordas elásticas nos quatro cantos. As presas e o dorso do animal escoravam o meio da lona e se sobressaíam em uma saliência brilhante que me fazia temer pela segurança dele. Subimos na camionete, e Milo saiu da viela para a rua.

— Vamos comer alguma coisa. Você não pode viver de cerveja.

— Não me parece uma boa ideia. — Nosso pai nunca teria deixado um animal empalhado no porta-malas da camionete, mas também nunca teria feito uma entrega de um a alguém. — Pode foder com o javali.

— Ele já tá fodido, e a gente tem que tomar café.

Milo esfregou uma mão na barriga côncava. Ele usava uma velha camiseta do Ensino Médio, uma rosada com um bolso frontal esticado pelo tabaco de mascar que tinha enfiado ali. A cor dele estava mais amarelada do que o normal, uma tonalidade doentia antinatural. Eu convivia pouco com ele nos últimos tempos — ocupada demais com o trabalho e evitando a enxurrada dos sentimentos dele —, e me dei conta de que ele parecia pior do que eu. *Como ele cuida da filha se está com essa cara?*, me perguntei. *Como a filha de Brynn está sendo alimentada?*

Até mesmo pensar no nome de Brynn fazia o cérebro mergulhar em imagens dela: os dentes tortos e a boca vermelha larga, uma garota com tanta luz interior que quase doía olhar para o rosto dela. Aquela que era dona dos meus pensamentos desde a infância. Lembranças da Brynn metiam navalhas no meu estômago, nunca borboletas.

Mas engoli essas imagens em seco e foquei na comida. Eu bem que podia comer alguma coisinha. Assenti para o Milo, e ele sorriu, virando à esquerda, entrando na rua da lanchonete.

— Talvez seja o momento de falar em pôr o negócio à venda.

— Milo dirigia com a mão esquerda, o cotovelo se projetando da janela enquanto esmurrava as marchas com a direita. — A economia não tá grande coisa, e não tem a grana do seguro de vida já que... você sabe.

O meu irmão nunca tinha poupado um dólar na vida. Ele parecia tão cheio de si, falando de uma coisa com a qual nunca teve de se preocupar. A coisa mais próxima que ele tinha de uma poupança era o porquinho laranja e azul da Universidade da Flórida da filha. Queria dar uma bifa nele.

— O que é que você entende de tocar um negócio?

— Você vai acabar perdendo tudo o que economizou. Precisa ser realista.

Eu já tinha colocado grande parte das minhas economias na loja, mas não diria isso para o Milo. Ser realista significava encarar nossa situação de frente, e a verdade era que eu era a única que tomava conta das coisas. Eu não tinha ninguém a quem pedir ajuda. Aquilo me deixou irritada, que o meu irmão fosse capaz de me levar para tomar o café da manhã e me dizer o que fazer quando nunca teve que lidar com qualquer uma das merdas que vieram no pacote. Ele não tinha encontrado nosso pai, massa encefálica escorrendo da cabeça para a mesa de metal onde tínhamos curado nossa primeira pele.

— Você podia contribuir com uns trocados, quem sabe — falei, removendo o revestimento que começava a se soltar do painel. — É sua família também.

Milo apertou o volante com mais força, e olhei pela janela. Sabia que não era justo dizer algo assim. Não era responsabilidade dele ajudar a pagar por uma loja com a qual meu pai nunca quisera que ajudasse. Eu podia não entender nossa mãe, mas pelo menos ela sempre demonstrou que se importava. Meu pai tratava Milo como um inconveniente, um conhecido de quem ele não gostava tanto assim, alguém ocupando espaço na casa.

— Tô tentando ajudar — disse Milo, pondo uma mão hesitante no meu joelho. Aquele tipo de toque parecia forçado, diferente de qualquer coisa que já tivéssemos feito um com o outro. Ele e eu éramos colegas que se davam as mãos. Dávamos tapinhas nas costas um do outro quando nos abraçávamos.

— Vamos só mudar de assunto — falei. — Tô cansada pra caralho.

O estacionamento do Winnie's já estava metade cheio. Esfreguei os olhos grudentos e pisquei para tirar um cílio que havia se alojado sob uma pálpebra. O sol me atingiu quando saí da camionete, e fui dar uma olhada no javali, aninhado sob um oceano de plástico azul.

— Tá tudo bem? — Milo coçou o cabelo bagunçado e apertou os olhos para mim.

— Ele vai ficar bem. Vêm e vão, certo?

O restaurante cheirava a torrada queimada e gordura de bacon. Milo nos conduziu até o fundão, ao lado da cozinha. Brynn e eu tínhamos frequentado o Winnie's durante anos, só nós duas, e aí tínhamos trazido o Milo. E aí duas pessoas de novo: os dois sem mim. Garçonetes flanavam pelas portas de vaivém, idênticas umas às outras exceto pela cor metalizada do cabelo: moedinha acobreada, amarelo barba de milho, o magenta de um pôr do sol especialmente flamejante. Uma cabeça brilhante parou diante da nossa mesa com o bloquinho de notas já enfiado no avental. As mãos eram pássaros; uma esvoaçou até o decote para brincar com um botão, enquanto a outra puxava um brinco.

— Querem o de sempre, gente? — perguntou ela, a boca lustrosa e vermelha. A voz era baixa e áspera, como se precisasse limpar a garganta. — O de hábito? Café?

— Quem sabe o dobro, Molly. Jessa e eu tivemos uma longa noite.

Ao contrário de Lucinda com a beleza descompromissada, essas mulheres eram agressivamente sexuais. Milo e eu tínhamos um tipo, e a Marsha se encaixava bem nele: predadora, confiante, voluptuosa. Brynn tinha ido embora fazia muito tempo, mas estava metida entre a gente como uma divisória que não conseguíamos abaixar direito. A minha melhor amiga e esposa do Milo, uma mulher que ambos tínhamos conhecido a vida toda. Ela ainda ditava como víamos um ao outro. Como víamos outras mulheres.

Ele girou a aliança em torno do dedo em círculos lentos, meditativos. Ela tinha ido embora fazia anos, e ele ainda assim não tirava aquilo. Ele já tinha conseguido a melhor garota; tinha se casado com a Brynn, que era mais curvilínea, mais engraçada e mais cruel do que qualquer uma. Marsha deslizou uma mão pelo pescoço dele, e Milo deu aquela risadinha estranha e aguda que dava sempre que alguém prestava muita atenção nele.

Olhei pela janela e mantive os olhos no javali.

SUS SCROFA — PORCO-BRAVO

Não havia espaço na cama para outro corpo, mas isso não impediu Brynn Wiley de subir atrás de mim. Ela se enrolou ao lado da parede, pernas ainda com traços da manteiga de cacau que não tinha sido absorvida pela pele. Um pé com meia se insinuava entre as minhas panturrilhas enquanto eu continuava deitada perfeitamente imóvel e tentava fingir que o meu coração não estava se preparando para escapulir por baixo da caixa torácica. Duas das nossas amigas estavam escoradas diante de nós no chão enquanto assistíamos a um filme no meu quarto. Era meu aniversário de dezesseis anos, e eu não tinha pedido um carro; queria conjuntos de ferramentas de esfolar e a chance de trabalhar um pouquinho no javali que tínhamos conseguido para a loja.

Por que você é sempre tão quentinha?

Lábios viscosos de gloss colados à minha orelha. Mais tarde eu encontraria uma mancha vermelha ali e desejaria que fosse permanente; que ficasse marcada ali para sempre.

Você tem que raspar. Pontas dos dedos tocavam meu joelho, seco e cheio de cicatrizes. *Você é nojenta, sabia disso?*

Era difícil saber o que estava acontecendo no filme quando alguém me tocava de um jeito que era como se a minha pele tivesse sido removida. Cada terminação nervosa estava exposta e esgarçada. Suzanne e Lizbeth riram, e aí uma das duas passou a tigela de pipoca para o colchão, perto da minha cabeça. Uma mão deslizou por baixo da minha camiseta. O frio da pele da Brynn irradiou até a parte de baixo da minha pélvis. As mãos dela resvalaram, dedilhando minha carne de forma indiscriminada. Ela encontrou as protuberâncias das minhas vértebras, pressionou os dedos por entre as ripas das minhas costelas, pôs a palma da mão em concha em torno da saliência do meu quadril. A música do filme não estava alta o suficiente para cobrir os sons que minha boca queria fazer: sons de animal ferido, choramingos vindos do fundo do peito. Sentei e dobrei os joelhos debaixo de mim, pondo a tigela de pipoca entre a gente. Brynn sorriu, o canino esquerdo torto com um brilho azul radioativo da luz do televisor. Ela abriu a boca e pratiquei o arremesso de pipoca lá dentro, uma por uma.

Quando o filme terminou, preparamos uma pizza congelada no micro-ondas porque éramos preguiçosas demais para preaquecer o forno. Brynn arrancava e atirava bocados para o lulu-da-pomerânia da minha mãe, Sir Charles. Ele regurgitou o quarto pedaço no tapete da sala de estar ao lado da família de quatro codornas que meu pai e eu tínhamos empalhado dois anos antes.

A gente devia sair. Brynn estava usando uma camisola do Garfield que tinha desde a quarta série. Só roçava a parte de cima das coxas dela. A cara do Garfield estava tão esticada sobre os peitos que ele não parecia mais um gato. Quando ela apoiou o quadril no balcão da cozinha, pude ver parte da bunda se sobressaindo na calcinha de bolinhas cor-de-rosa.

O quarto do Milo ficava no final do corredor que dava na cozinha. Eu só conseguia divisar a forma esguia no brilho da luz do ventilador de teto. Ele tinha quase quinze anos e já tinha um e oitenta de altura, magricela a ponto de ser emaciado. Sabia que ele gostava da Brynn, sabia que gostava dela porque ele olhava para ela do mesmo jeito que eu. Como resultado, nos falávamos menos, ambos fugindo dos sentimentos indesejados, pouco dispostos a revelar as emoções que queríamos cobrir como pele descascada, queimada de sol. Brynn se espreguiçou, os braços espichados acima da cabeça até a cara do Garfield ficar comprida como a de um monstrengo de Halloween, e a porta dele se fechou com um clique de novo.

Brynn queria que a gente pegasse a cerveja do meu pai e dirigisse até a loja. Brynn queria que a gente bebesse a cerveja e olhasse os animais empalhados. Brynn queria que a gente brincasse de esconde-esconde lá com todas as luzes apagadas. Era meu aniversário, e o que eu queria era a Brynn.

Fui no banco da frente do carro dela enquanto as outras meninas se amontoavam lá atrás. Baixamos os vidros e deixamos o ar úmido da noite entrar. Insetos se aproximavam do carro a sessenta quilômetros por hora, atingindo os faróis e esborrachando-se no para-brisa. Brynn fumava e me dava baforadas onde os lábios dela tinham deixado marcas de coração. Ela entrou no estacionamento e parou na frente. Saímos, e cada uma tomou uma cerveja, e aí imediatamente pegamos a segunda. Abri a porta dos fundos para a gente entrar, as luzes apagadas. Tateando a parede, todo mundo tropeçava atrás de mim, com exceção da Brynn, cuja mãozinha tinha encontrado o meio das minhas costas. Dedos se esticaram pela minha espinha até que jurei que podia sentir todos os metacarpos e tendões. Quando enfim a tivesse, mapearia a pele dela. Despindo-a, descobriria as articulações, o esqueleto, entenderia intimamente a mecânica do corpo dela; a sensação dele colado ao meu.

As luzes tremeluziram e se acenderam, fluorescentes e piscando espasmodicamente. Suzanne gritou alto o suficiente para quem sabe acordar o javali, preparado pela metade sobre a mesa de metal no centro do cômodo. A cara dele pendia para a frente, aberta por baixo, sem o peso das presas. Elas estavam em pé, posicionadas uma ao lado da outra como punhais amarelos. Descarnada, a estrutura do javali espreitava. Os ossos dele eram tão humanos, tão parecidos com os nossos. O esqueleto era triste e pequeno sem o peso dos músculos e da gordura para cobri-lo.

Indiquei a parte da frente da loja para as outras e lhes disse para beber o resto da cerveja. Contei que havia chocolates e pacotes de carne seca sabor teriyaki embaixo do balcão, escondidos no armarinho ao lado da caixa registradora.

As ferramentas do meu pai tinham sido guardadas, com exceção de uma faquinha esquecida na bancada. Larguei minha cerveja e peguei a lâmina. Mais do que tudo, queria mostrar para Brynn do que eu era capaz. Sabia que ela nunca tinha me visto como alguém que ela quisesse, não do jeito como eu a queria. Eu era menininha demais, era mais do mesmo. Mas podia provar meu valor de maneiras diferentes.

Eu traria o animal de volta à vida. Ele se espreguiçaria e sairia correndo, esticando o pescoço, arqueado e triunfante. Ou eu podia fazê-lo parecer acanhado e meigo, um animal de desenho animado. Eu criaria qualquer coisa, criaria tudo. Minhas mãos comandavam a carne, extraíam a vida das garras da morte. Eu tinha o poder em mim.

É isso que você gosta de fazer? Esfolar essas coisas? Ela passou uma mão pela pata traseira do javali — pelo fêmur grosso, raspado e descorado. Então levou o polegar daquela mão até minha boca. Ela o pressionou ali por um segundo, como se comprimisse um botão de pausar, e aí se inclinou para mim com uma exalação de hálito fermentado. Quando nos beijamos, esmagadas contra a mesa de metal, não liguei que a faca caísse, ou que a cerveja dela tivesse virado e escorrido para os pés do javali.

Os olhos dela estavam semicerrados e sonolentos, as bochechas com covinhas. Era um rosto macio como uma rosquinha com cobertura, todo ele açucarado. Nossas bocas se encontraram de novo. Meu coração martelava loucamente no peito, se agitando atrás das costelas como um animal em uma toca. Queria acariciar o pelo nos braços dela, seguir as linhas da verruga enorme no pescoço, roçar as clavículas ossudas visíveis pela camisola. Ela levou minha mão até embaixo e puxou-a pelas pernas dela, grudentas, úmidas de suor e pegajosas pela umidade. Pressionando os dedos no V da virilha, encontrei o cerne quente, emaranhado. Deixei os dedos bem ali, as bocas ainda se devorando. Esfregando a calcinha de algodão, tão parecida com a minha.

Não havia nada a dizer, e aquilo parecia natural. Enfiei nela através da calcinha, nós duas respirando com dificuldade, ouvindo o barulho das nossas amigas no outro cômodo. Quando uma delas derrubou alguma coisa, Brynn e eu nos afastamos em um pulo. Ela estendeu a mão para a cerveja e quase a virou de novo antes de tomar um longo gole. Minha própria boca estava seca, mas não conseguia beber mais. Fomos até a frente da loja com nossas amigas. Desligamos as luzes, brincamos de esconde-esconde. Brynn e eu nos escondemos atrás do urso com a pelagem desgrenhada. Nossos corpos como sombras. Mãos se encontrando no escuro. Lábios roçando de leve. Toda vez que nos separávamos, conseguia sentir os vestígios dela em mim: a saliva dela, a minha saliva, mãos repletas do cheiro dela.

Quando nos arrastamos para a cama às três horas da manhã, Brynn deu boa-noite e aí se virou para ficar de frente para a parede. Rolei para o lado e observei o relógio, mas, em vez dos números, só ficava vendo tudo aquilo que eu queria se estendendo diante de mim. Tudo revelado de forma nítida, se mostrando de forma clara e precisa. Fácil de compreender como a estrutura óssea esperando por mim nos fundos da loja. Só tinha de pôr os ossos do jeito que queria, e eles podiam ser todinhos meus.

2

Milo vasculhou o painel da camionete em busca de moedinhas, desalojando guardanapos de fast food amassados e folhas de carvalho secas.

— Detesto essa construção de merda.

A galeria era um dos lugares novos que tinham surgido há pouco. Havia lojas de móveis retrô e bares de cerveja artesanal no que costumava ser um centro comercial. Os recém-chegados renovaram as partes deterioradas da área central da cidade, pintando paredes e repavimentando as ruas com tijolos até que os pneus de todo mundo quicassem a velocidades superiores a vinte quilômetros por hora. Aquilo não era novidade para mim. Era o que os habitantes da Flórida Central faziam: pavimentavam tudo, assim podiam esquecer o que estivera ali antes. Parques temáticos e cadeias de restaurantes eram erguidos por cima de casas e bibliotecas. Bancos tomavam o lugar de negócios familiares. Havia autoestradas construídas por cima de áreas históricas; lugares onde você não saberia que alguma coisa acontecera a menos que uma pessoa lhe contasse ou que você lesse a respeito em um livro. O território onde os seminolas um dia viveram fora arrasado para criar um espaço para uma parque de diversões, que por sua vez fora reaproveitado como um prédio comercial, que então se tornou um supermercado Publix. Ninguém nem mesmo parecia se lembrar do que veio antes. Um tipo de amnésia local, meu pai chamava. Aquele trecho particular de Morse abrigava uma loja de eletrodomésticos com um cartaz decadente da ACE cobrindo a maior parte da vitrine da frente, uma cooperativa de alimentos de produção local e a galeria. Embora a maior parte dos prédios fosse de tijolos, o espaço de Lucinda Rex era pintado de um cinza ardósia simples. Nada sugeria que aquilo sequer fosse um negócio, exceto pela porta da frente, que trazia o nome REX gravado no vidro, como se pudesse haver um dinossauro alojado nas dependências.

— Não faz mal que você esteja faltando tanto no trabalho? — perguntei. — Eles vão te demitir?

Ele deu de ombros e enfim desencavou alguns trocados soltos.

— Se fossem me demitir, já teriam feito isso a essa altura. — Seis moedinhas de vinte e cinco centavos se aninhavam na mão dele, junto com duas embalagens de canudos e uma batata frita velha. — Trabalho lá faz tanto tempo que hoje acho que eles nem sequer lembram que sou pago.

Milo tinha estacionado na rua, na frente de um dos parquímetros. Estava quebrado, mas ele tentou pôr as moedinhas ali mesmo assim. Em vez de aceitá-lo, o parquímetro ficava cuspindo o trocado de volta na mão dele.

Outra moedinha.

— Hã — disse ele.

Outra moedinha.

Eu amava meu irmão, mas o jeito como ele vivia fazia nenhum sentido. Sem regras, sem listas. Sem se importar se as contas tinham sido enviadas para pagamento ou se a camionete ficaria sem gasolina na autoestrada e ele tivesse que andar cinco quilômetros no calor da Flórida para buscar um refil. Um dia ele me disse que ficaria feliz em viver em uma tenda se aquilo significasse nunca precisar ter um emprego. Ele dormia até meio-dia com frequência e ficava acordado até o amanhecer lendo livros na cama. Como uma eterna controladora, eu achava aquilo desesperador. Eu jamais seria o tipo de pessoa que conseguiria parar de se preocupar. Brynn amava a absoluta falta de raiva e indignação dele. *Você me dá o suficiente disso aí*, ela dizia. *Deixa ele ser só o Milo. Como um copo de leite morno. Puro e feliz.*

— Vou falar com a moça — disse ele. — Descobrir onde ela quer que a gente entregue o pacote.

Milo largou outra moedinha e, quando ela rolou para fora, pôs uma quinta.

— "Entregue o pacote"? Você fala como se a gente fosse entregar um quilo de cocaína.

— O que é que você acha que tem dentro do javali?

— Você é uma imbecil do caralho, não acredito que a gente é irmão. — Ele enfiou as moedinhas no bolso e se encostou na camionete. — Acho que esse troço tá quebrado.

— Porra, tá brincando.

Era esquisito o entorno naquela parte da cidade. Não parecia a velha Flórida. A calçada fora subjugada pelo lava-jato e não restou qualquer vida vegetal, exceto por uma fileira de cactos bem pequenininhos, assentados no cascalho que adornava a extremidade do prédio. A porta que levava à galeria era matizada com uma cor escura com um interfone colocado ao lado da maçaneta. Pressionei o botão vermelho na parte de baixo. Ele zumbiu e o trinco abriu com um clique.

Milo e eu olhamos um para o outro e rimos.

— Se eu não voltar em dez minutos, chama a polícia.

— Se não voltar em dez minutos, eu te deixo aqui e você pode ir andando para casa.

Lá dentro estava uns bons quinze graus mais frio do que na calçada. Era mal iluminado, e o piso era pintado de preto. O lugar era desorientador, e achei que isso dizia muito sobre Lucinda Rex — que ela fosse o tipo de pessoa que desejaria deixar você confusa; talvez o tipo que armaria uma situação para que, quando você tropeçasse no fim do corredor, ela estivesse ali esperando por você, calma e composta com perfeição. Eu sempre ficava impressionada com pessoas que conseguiam pensar tão à frente. Embora planejasse tudo, de algum jeito minha vida era feita de uma série interminável de surpresas indesejadas.

O corredor abria para o galpão propriamente dito. Objetos enormes se encontravam envoltos em lonas ocre. Alguns manequins sem roupa estavam inclinados contra a parede oposta. Alguns estavam sem pernas, outros sem braços, e um corpo contorcido no canto não tinha cabeça. Instalações de luz pendiam do teto, posicionadas para incidir nas paredes, no piso e nos corpos dos manequins.

Lucinda veio andando dos fundos, vestida toda de preto.

— Ótimo, você chegou. Onde está?

Havia uma qualidade envolvente na forma como ela se portava, tão ereta que podia ter uma vareta encravada na calcinha. No mesmo instante me peguei oscilando, tentando ficar mais alta nas minhas roupas imundas.

— Ainda está lá fora. Não tinha certeza de como você queria fazer isso.

— Só traga num carrinho pela porta da frente. — Ela me encarou sem piscar, e tentei encarar de volta da mesma forma, e aí olhei para o chão.

Eu sempre era atraída para um certo tipo de energia. Um tipo específico de mulher, que era segura de si e que sabia que podia fazer e obter o que quer que quisesse. Lucinda sorriu, toda ela dentes, maxilar robusto e belíssimo cabelo. Voltei depressa pelo corredor, tentando não manchar o piso.

Lá fora, Milo estava dando uma olhadinha no javali.

— Ele parece bem. Um pouco vesgo talvez.

— Ele sempre foi vesgo.

Desatamos a lona e a erguemos, tirando-a dali. Milo subiu na caçamba da camionete e empurrou o animal para a frente até eu conseguir puxá-lo pela borda. Passamos pela porta e nos deslocamos pelo corredor comprido. Pelo de javali salpicado em todos os cantos.

— Pode colocar aqui. — Lucinda ficou parada na extremidade esquerda da sala, ao lado de um dos objetos cobertos por uma lona. Só de saber que ela estava me olhando fazia minhas mãos tremerem. Fui forçada a cerrá-las bem firme na traseira do javali.

Assim que o pusemos no chão, desejei que nunca o tivéssemos trazido. Ele parecia fora do elemento dele, e muito menor do que fora na loja, onde sempre figurou como um rei governando seus súditos inferiores. Pensei na Brynn e em como a mão dela tinha um dia tocado a perna dele, os dedos deslizando pelo osso agora envolto em pelo.

Lucinda se abaixou e avaliou a presa que tinha se partido. A saia dela subiu bastante, revelando um bocado da coxa — ela tinha pernas lindas, as linhas dos músculos se sobressaindo até eu conseguir ver onde eles se conectavam com o tendão, deslizando pela articulação.

— Está bem melhor. Muito lisinho. Mal consigo ver a rachadura agora.

— Que bom. Digo, valeu.

Milo estreitou os olhos. Ele sabia, dava para ver, e aquilo me deixou nervosa. Ele ficou observando o jeito como minhas mãos se retorciam na barra da camisa para que eu pudesse parar de limpar as palmas nos jeans.

— Então, o que é que você vai fazer com ele? — Ele deu palmadinhas na anca do javali. Pó se elevou e ficou pairando no ar.

— Ele faz parte de uma instalação. Eu esperava que a mãe de vocês estivesse interessada em colaborar.

— Nossa mãe? — Eu não conseguia imaginar o que nossa mãe faria em uma galeria de arte. Pintura facial era a única arte pública na qual ela já se tinha se envolvido, no festival de outono. Ela fazia tudo à mão livre: animais, robôs, fadas. As crianças fizeram fila em volta do prédio por conta dela.

— Queria ver se ela participaria.

— Acho que nã...

— Aqui. Só dê meu cartão a ela. — Lucinda me estendeu um. Era preto e com escrita branca em alto-relevo. Quando a mão dela tocou a minha, pude ver o quanto ela era durona; a força nos dedos, a linha comprida, delgada dos antebraços. Até mesmo ver aqueles pequenos músculos me fazia querer deslizar a mão pelo corpo dela e sentir o restante. Toda vez que encontrava uma mulher na qual estava de fato interessada, começava a pensar nela em termos de como podia desmembrá-la. Era irritante.

Limpei a garganta e recuei um passo, examinando o cartão.

— Não tenho certeza de que ela vai querer participar.

Milo estendeu a mão em direção à lona ao lado do javali e ergueu uma ponta.

— Então, o que você tem aqui embaixo? Esse lugar é bem vazio.

— Por favor, não toque em nada. — Lucinda tirou a ponta da mão dele. — Diga para a sua mãe me ligar, eu adoraria conversar com ela.

— Pode deixar. — Milo assentiu e olhou para mim, fazendo sinal em direção à porta.

— Ah, e eu estaria muito interessada em dar uma olhada nos outros animais que vocês têm em exibição na loja. Me avisem se estiverem dispostos a se desfazer deles. — Lucinda deu um sorriso largo, e quase consegui contar todos os dentes brancos perfeitos

53

na cabeça dela. Com o terninho executivo preto, ela parecia uma predadora linda e perigosa. Imaginei-a montada em um galho, agachada sobre um rebanho desavisado de veados.

Às vezes odiava meu jeito. Ser capaz de olhar para uma mulher inacreditavelmente linda e imaginá-la montada como um animal morto me fez pensar no que havia de errado com o meu cérebro.

Fui em direção à porta.

— Ligue se precisar de mais alguma coisa, ou se precisar de ajuda com o javali.

Lá fora, deixei o sol me aquecer até o sangue circular quente de novo. Meu couro cabeludo queimava onde meu cabelo se dividia, a trança caindo no meio das costas. Torci e puxei a mecha de cabelo, tentando colocar os pensamentos em ordem.

— O que é que foi isso? — Milo destrancou meu lado da camionete e aí deu a volta pela frente para entrar no lado dele. — Você tá a fim dela?

— Não foi nada. A gente vendeu o javali. Agora a gente pode gastar o dinheiro com comida ou outra coisa.

Voltamos para casa pelas ruas secundárias. Abaixei a janela e deixei o ar me inundar. Estava ensolarado e quente, mas nuvens cobertas de preto já ferviam no horizonte, bem acima do lago. Lucinda era bonita, mas eu podia aprender a esquecer. Já tinha feito aquilo antes.

Peguei uma mãozada de ar, abrindo os dedos ao vento. Passamos pela velha loja de conveniência que já tinha sido um Chevron, um Texaco e mais há pouco uma 7-Eleven.

— Dá para você me deixar na loja? Vou agilizar algumas cabeças de veado. Tenho que pôr o trabalho em dia.

— Você tem que pôr o sono em dia. — Ele virou na nossa rua, em direção à loja. — Não é saudável o que você tá fazendo. Até o papai ia pra casa às vezes.

O que eu poderia ter dito, mas não disse: o papai tinha uma esposa e uma família para as quais voltar, não um apartamento de merda sem ar-condicionado central e com uma infestação de baratas debaixo da pia pestilenta da cozinha. E ainda assim não foi o suficiente para mantê-lo vivo. Ele tinha um negócio e tinha a própria casa, tinha uma esposa e filhos que o amavam. Até netos. Com tudo isso, ele deixou o corpo para trás para alguém que o amava encontrar. Uma bagunça para a filha limpar.

Pesquei as chaves no bolso. O bode ainda se achava na vitrine, parecendo solitário sem os parceiros sexuais.

— Talvez a gente possa chamar a mamãe para criar algo mais apropriado. Não faria mal manter ela ocupada.

— O quê, você não quer ela circulando naquela galeria esquisita? Meu pai ia querer que eu mantivesse nossa mãe em casa. Gostaria que eu cuidasse dela como ele teria cuidado: lhe dando uma lista de tarefas, fazendo com que se sentisse necessária. Ele não era o tipo de pai que falava dos próprios sentimentos, mas às vezes vinha com umas bordoadas do nada. Certa vez, depois de algumas cervejas, ele tinha sorrido e se inclinado como se fosse oferecer um conselho sábio. *Sua mãe é meio engraçada*, disse ele, tocando meu braço. Rindo. *Às vezes ela faz coisas que não fazem sentido nenhum. É parte do charme dela, mas isso significa que a gente tem que ficar de olho. Não queremos que se meta em encrencas.*

— Acho que a gente pode encontrar algo para ela fazer mais perto de casa — comentei. — Ela não precisa daquele tipo de agitação.

— Agitação? Ela não é uma criancinha, Jessa.

— Bom, ela com certeza tá agindo que nem uma.

Ele parecia infeliz, e eu não conseguia entender a razão. Ele queria nossa mãe com rédea solta para criar qualquer que fosse o pornô animal que desejasse? Achava legal que ela corresse por aí no meio da noite?

Milo suspirou, e saí da camionete antes que ele pudesse dizer o que quer que estivesse prestes a jogar na minha cara. Me sentia um nervo exposto, provavelmente devido ao estresse, à falta de sono e ao fato de que não transava havia seis meses.

— Te vejo no jantar — disse ele, apontando um dedo para mim pela janela da camionete. Acenei para ele e entrei, os trovões já ribombando à distância.

Todas as luzes estavam apagadas, e deixei-as assim. Meus olhos estavam irritados e remelentos. Estava cansada de tudo. Devíamos estar recebendo clientes na loja, mas ninguém aparecia. A maior parte do nosso trabalho era feita aos pouquinhos, caçadores medianos telefonando em busca de uma estimativa de preço. Os que davam uma passadinha para olhar tinham se reduzido a zero.

Sentei em uma cadeira ao lado de um suporte com revistas de caça obsoletas e me abaixei para desamarrar as botas. As meias que eu usava estavam furadas nos dois calcanhares; elas não formavam um par, e não as lavava fazia um tempinho. Cada parte doía, como se eu estivesse me deixando abater por uma gripe leve. Aquilo me acontecia sempre que ficava ansiosa com os negócios, e nos últimos tempos tudo se resumia aos negócios. Como não tínhamos dinheiro, como não sabia o que fazer em relação à minha mãe, como eu não era o homem que meu pai fora ou jamais seria, mas talvez ele não fosse o homem que eu tinha achado que ele era. O que é que eu sabia de coisa alguma, afinal?

Me recostando, apoiei a cabeça em uma camiseta enrolada, uma com uma imagem de um veado com uma mira vermelha sobre o corpo esguio. Peguei no sono ali, dizendo a mim mesma que seria só um minutinho, e aí começaria a trabalhar em uma das várias peças armazenadas no congelador de esfola. Tudo parecia mais fácil à beira do sono.

* * *

A casa dos meus pais se encontrava iluminada por círculos amanteigados de postes rivais. Havia casas dos dois lados, mas ninguém vivia nelas. Placas de ALUGA-SE oscilavam o tempo todo em gramados da frente repletos de ervas daninhas. Ficavam alagados o ano inteirinho. Mosquitos e suas larvas sacolejantes eram criados em valas de água morna e parada até encobrirem o céu. Eles drenavam nosso sangue, vampirinhos que abraçavam nosso pescoço e nossa panturrilha, deixando para trás vergões de um cor-de-rosa brilhante.

A entrada do cemitério local ficava no fim da rua. Milo e eu brincávamos de esconde-esconde ali quando éramos crianças. Foi onde compartilhamos os nossos primeiros cigarros e os nossos goles de uísque de principiantes, as costas apoiadas no único mausoléu do lugar. Pertencia aos Lanier, uma família que morreu antes de nascermos. Acompanhávamos as gravações com os dedos até sermos capazes de assinar os nomes durante o sono. Eles eram como a família que nunca tínhamos conhecido, zelando por nós enquanto corríamos em meio aos túmulos cheios de mato. Esquecemos dos corpos enterrados abaixo de nós na terra, focados demais na nossa diversão.

Foi onde enterramos nosso pai. O lugar da minha mãe estava vazio ao lado do dele, sepulturas que compraram em dose dupla quando a morte parecia algo bem distante. Que estranho saber que o corpo do meu pai estava enterrado a menos de um quarteirão da casa dele. Como se apenas pudesse se levantar uma noite e vir para casa, abrir a porta da frente com a chave reserva e se sentar confortavelmente bebendo cerveja na poltrona. Assistir ao *Late Show*. Desabar na cama ao lado da minha mãe. Dormir como se não tivesse nos deixado, e para sempre.

Estacionei atrás do meu irmão, tapando a mancha de óleo no lugar onde a camionete do meu pai costumava vazar antes da minha mãe vendê-la. Aquela mancha nunca mais aumentaria, e de fato me parecia menor, o contato quente do sol e a chuva insistente se esforçando para corroer a memória dela.

Morcegos cindiam o céu roxo, entrando e saindo dos galhos dos carvalhos que delimitavam a casa em mergulhos rasantes. A luz acima da porta tinha queimado mais uma vez, e a correspondência estava amontoada dentro da caixa de correio de metal. Peguei os catálogos variados, contas, algumas embalagens pequenas que davam a impressão de serem DVDs e espanei as mariposas mortas que fizeram da caixa de correio seu túmulo.

Destranquei a porta e entrei, passando pelas fotos emolduradas da nossa família, retratos de estúdio em roupas de domingo. Meu irmão de catorze anos parecia alto, desengonçado e espinhento no melhor terno, eu mesma atada feito um leitão em um vestido de festa cor-de-rosa cheio de babados que só usava se alguém me ameaçava de morte. Meus dentes estavam à mostra no registro, como se estivesse me contendo para não morder a mão do meu irmão, que estava pousada de um jeito bizarro no meu ombro.

Arranquei as botas ali mesmo no saguão, afundando de meias na maciez laranja e amarela. O micro-ondas zumbia na cozinha. Minha mãe estava aquecendo um Pirex cheio de uma mistura de vegetais congelados, e minha sobrinha, Lolee, estava sentada perto do balcão, partindo Oreos e raspando o recheio. Ela os amontoou até ter pilhas iguais de creme e biscoitos.

— Vai comer esses biscoitos?

— *Nah*. — O monte de biscoitos foi jogado sem cerimônia na mesma lata de lixo em que minha mãe atirou a bandeja pegajosa de isopor com pedaços de frango. Lolee apanhou os disquinhos de glacê e os enrolou entre as palmas, formando uma bola compacta. Então deu uma mordida enorme. Grudou creme no aparelho, e ela se virou para mim e deu um sorrisão.

Pegando um biscoito da bandeja de plástico, me sentei e removi o miolo, aí o estendi para ela. Antes dela, Brynn tinha comido o recheio. Sentávamos uma ao lado da outra na cozinha, observando minha mãe preparar o jantar. Quase toda terça-feira ela improvisava um frango à *cacciatore* feito com molho de espaguete de vidro e pimentões em excesso, assados só o suficiente para que a gente não pegasse salmonela.

Lolee tinha cabelo loiro comprido que descolorira até ficar branco nas pontas. Estava quebradiço e começando a ficar verde por conta dos mergulhos reiterados na piscina pública. Ela era toda cheiros juvenis de verão: brilho labial frutado, spray corporal e o odor forte de cloro. Uma Brynn em miniatura, se Brynn fosse o tipo de garota que tivesse crescido com adultos que se importavam com ela. Na idade da Lolee, Brynn e eu estávamos fazendo merda. Ela já pensava em ir embora na época em que tinha catorze anos, se perguntando como poderia escapar, quando o tempo inteiro eu pensava em como prendê-la comigo para sempre.

— Precisa de ajuda, mãe? — perguntei, sem me dar ao trabalho de levantar. Minha mãe odiava ter ajuda com qualquer coisa na cozinha. Ela largou a tampa do Pirex no balcão e o tinido soou como um grito.

Ela trouxe um rolo de massa folheada e o largou no balcão. Segurei um lado do rolo enquanto a Lolee pegou o outro. Ela desenrolou o papelão enquanto nós duas puxávamos. Aquilo explodiu com um "poc" alto, e massa escorreu da abertura.

— Pega a assadeira — disse minha mãe, puxando algo do forno elétrico. — Cacete, queimou.

Ajoelhando-me no chão, saquei a melhor travessa, com manchas marrons de ferrugem de anos de spray de cozinha queimando a superfície dela. Lolee arremessou pedaços do biscoito para mim. Peguei pouquíssimos; a maior parte escorregou para debaixo da geladeira até minha mãe dar um tabefe na parte de trás da cabeça de Lolee, e aí beliscar a bochecha e esfregar o pescoço dela.

Lolee era toda detalhezinhos. Usando uma camiseta e shortinho jeans desfiado, ela tinha arrancado os chinelos, que ficava cutucando com os dedos dos pés. Tinha o brilho da Brynn e minha mandíbula — forte, como se o contorno proeminente do músculo viesse de abocanhar e morder. Havia uma dureza nela que só se revelava em alguns momentos. Sabia que não era minha; esses elementos eram dos Morton por associação, a doação do material genético do meu irmão, mas ela era minha no coração. Eu a segurava no peito quando ela era pequena e roçava a cabecinha penugenta de bebê. Estorninho, filha passarinha que nunca viria do meu próprio ovo.

Enrolei a massa em pequenos triângulos e enfiei a travessa no forno junto com o frango. Havia cervejas na velha geladeira lá de trás, e minha garganta cansada teve a impressão de que uma gritava meu nome. Deixei minha mãe com a comida e minha sobrinha com os biscoitos e fui procurar Milo.

Ele estava escorado na velha poltrona do meu pai na varanda dos fundos. Já abrira a segunda cerveja, a primeira, vazia, jogada ao lado da bota no piso de concreto liso.

— Falei para ela da moça no troço de arte. De como ela te deu um cartão. — Ele não olhou para mim ao dizer isso, só descascou o rótulo da cerveja. O rótulo se desprendia em filetes molhados que ele então esfregava nos jeans sujos. Os pedaços saíam rolando e se amontoavam como pele velha. Era como uma força moribunda.

— Não queria que você tivesse dito isso pra ela. — Era com Milo que eu podia, no geral, contar no quesito estabilidade, porém nos últimos tempos ele vinha me surpreendendo. Dizendo coisas, tomando decisões. Eu não gostava daquilo.

Só tinha mais três cervejas, uma na porta e as outras duas metidas entre uns carrés de veado que definitivamente tinham estragado. A última vez que comemos uma carne fresca foi quando meu pai saíra com o Andy Reeling, que vivia algumas ruas adiante, e voltara trazendo dois veados grandes na caçamba da camionete. Ele havia montado ambas as cabeças e estipulado um valor para o Andy, do tipo pague uma, leve duas. Disse que não, a gente não precisava de mais cabeças na nossa sala de estar, e tinha razão — já havia várias afixadas em todas as paredes, espreitando os visitantes com os olhos vítreos e vazios.

Quando éramos crianças, Milo e eu tínhamos lhes dado os nomes dos sete anões, além de alguns acréscimos que inventáramos: Soneca era o com os olhos semicerrados; Dunga, o com a língua pendendo de leve para fora e para a esquerda; Feliz, com o sorriso perpétuo — estava mais para um esgar de dor, provavelmente —; além de Corno e Manso, pela frequência com que meu pai gritava essas palavras para o televisor durante os jogos dos Bucs.

O pátio continha as relíquias da mobília do passado. A mesa de carteado da nossa mãe com o tampo de vinil feito em pedacinhos nos lugares em que ela usara um estilete enquanto fazia o álbum de recortes, a cadeira de balanço com espaldar de vime que perdera quase toda a tração e uma namoradeira de estampa floral reduzida a farrapos pelos arranhões dos cachorros.

Sentei na ponta da cadeira de balanço e abri uma cerveja com o abridor de garrafas do chaveiro. O velho do papai, o relevo no topo no formato de uma perca dourada, a boca bem aberta para morder a tampa. Não estava com ele quando atirou em si, e fiquei feliz por isso. Ainda assim, quando abri a cerveja, Milo e eu nos encaramos e aí desviamos o olhar. Lembrei do meu pai sentado na varanda dos fundos com a própria cerveja, a perca pendendo do chaveiro, que sempre formava uma protuberância no bolso dos jeans dele. A lembrança amargou a cerveja, fez a língua e os dentes doerem. Como as mãos dele seguravam a cabeça do peixe, o som sibilante do ar sendo liberado quando a tampa se soltava. Milo e eu correndo pelo jardim, vendo ele beber. Eu queria ser igualzinha a ele. Alta, bonita, sempre imperturbável. O tipo de pessoa que podia lidar com qualquer coisa que você atirasse na cara dele. O tipo de homem que podia beber uma cerveja em dois grandes goles e depois sorrir, totalmente satisfeito com a vida que havia construído.

— Lembra quando a Brynn me deu aquele abridor de garrafas que se parecia com o do papai e ele quebrou na primeira vez que usei?

É claro que eu lembrava. Fui eu que ajudei a escolher. Estávamos comprando presentes de Natal no shopping e ela me pediu para encontrar algo para o Milo. "Você conhece ele melhor do que eu", dissera ela, e eles já estavam casados fazia um ano.

— Lembro que você tentou colar ele com supercola.

— Não queria que ela soubesse que eu já tinha feito merda.

Ele tinha dado um colar com um pingente de coração para ela, um daqueles troços que os homens sempre compram e que as mulheres jamais comprariam para si. Ela o pôs para ir até meu apartamento, e, quando tirou a roupa, o colocou sobre um abajur empoeirado no quarto. Com os olhos turvos da ressaca, o vi pendurado ali na manhã seguinte. As minúsculas lascas de diamante brilhavam à luz do sol, rindo de mim. Ela nunca o pediu de volta, e eu nunca ofereci.

— Acho que fiz muita merda. — As mãos de Milo remexiam na garrafa de cerveja, raspando mais papel molhado, enrolando a coisa pegajosa com os dedos até formar bolinhas.

Brynn era um tópico que não discutíamos. O que é que havia para dizer? Ela tinha ido embora. Tinha nos deixado. Eu mal tinha estômago para as minhas próprias lembranças; não queria lidar com as dele.

Depois de Brynn, ele ficou menos boa-praça e mais inacessível. Faltava ainda mais no trabalho, deixava as crianças na mão. Não dava as caras nos eventos esportivos e nos recitais de dança. Esquecia aniversários. Ainda sorria o tempo inteiro, mas não era o tipo de sorriso que mexia com os olhos. Felicidade artificial, do tipo que eu criaria em um animal que estivesse tentando tornar dócil. Mudei de assunto antes que avançássemos demais em terreno piegas. Não era nada difícil ele começar a chorar.

— Você acha que a mamãe devia topar. Ir trabalhar com a moça.

Ele encolheu um dos ombros, um *talvez* não verbal que vinha aperfeiçoando desde que era criança e não queria falar. Era minha chance de ajudar a resolver o que havia de errado, de lhe fazer perguntas. De levá-lo a se abrir. Mas falar de coisas nunca foi minha especialidade. Eu era aquela a quem você recorria quando queria que algo fosse feito. Trocar o óleo, construir o deque nos fundos, grelhar o peixe. Demonstrava meu amor trocando pneus e pondo a bateria para funcionar. Milo era aquele que escutava. Ele sempre fazia as pessoas se sentirem valorizadas e queridas. Eu amara Brynn primeiro, mas abrira mão dela por ele, sabendo que tomaria conta dela melhor. Alguém para lhe dizer todas as coisas importantes e românticas que minha boca parecia não conseguir cuspir.

— A gente só precisa encontrar outra coisa para a mamãe fazer — falei. — Manter ela ocupada.

Milo revirou os olhos.

— Ela já vive ocupada. Não tá funcionando tão bem assim.

Depois que o papai se matou, nós dois conversamos com ela a respeito de se consultar com um terapeuta. Ela se recusou totalmente e não falou com nenhum de nós por uma semana. Ficou ofendida por termos apenas perguntado, como se fosse perfeitamente normal perambular por aí no meio da noite, montando *peep shows* na nossa vitrine da frente. Pensei no javali de novo, solitário e pequenino na galeria de Lucinda, e esperei que ela cuidasse bem dele. Era meio como se eu tivesse dado os pertences de uma ex--namorada para outra mulher.

— Você acha que a gente devia falar do terapeuta de novo? — perguntei. — Talvez isso ajudasse.

— Eles não têm arteterapia nos centros de terapia? Isso não é algo comum?

— Mas por que é que ela precisa trabalhar com *arte*?

— Ela gosta. Você sabe que ela trabalhava com arte no colégio antes de se casar com o papai. Esculturas e essas merdas. — Milo deu um peteleco em uma formiga-de-cupim gorda do braço da cadeira. Ela pousou no chão perto da minha bota.

— Eu não sabia que ela gostava tanto disso.

Milo bufou e se balançou para trás na poltrona.

— Você não sabe um bocado de coisas sobre a mamãe, Jessa.

Eu não achava necessário tomar conhecimento de mais coisas sobre a minha mãe para além da existência dela na periferia da minha vida. Ela lavava nossas roupas e fazia as compras. Preparava nossa comida, esfregava e tirava o pó, podava a árvore. Era meu pai que eu admirava. Era com meu pai que queria me parecer. Mas aí ele tinha se matado e me deixado a carta, e tudo o que eu achava que sabia se mostrou equivocado. Eu tinha várias teorias sobre o porquê de meu pai ter me escolhido para encontrá-lo, mas a que me mantinha acordada à noite era a ideia de que ele sabia que eu era como pedra por dentro. Que talvez ele tenha achado que eu o trataria como uma carcaça de veado.

Será que eu teria feito isso?, me perguntei. Havia uma parte de mim que seria capaz de compartimentalizar a morte dele, de esfolá-lo e tratá-lo apenas como outra peça da loja?

— Mesmo na arteterapia eles te fazem falar — disse. — Então ela teria que lidar com a merda.

— Talvez *você* devesse fazer terapia.

— Vai se foder — retruquei, mas não havia raiva por trás da resposta.

Tinha sido eu quem chamara a polícia. Eu tinha identificado o corpo do nosso pai no necrotério. No intervalo de vinte e quatro horas, tinha visto o pai que me trouxera um sanduíche do Publix de almoço naquela tarde, o morto coberto de sangue naquela noite e o corpo azulado e nu estendido sob as luzes fluorescentes no hospital municipal às seis horas da manhã seguinte. Minha mãe tinha visto nada daquilo. Em alguns momentos eu temia que ela não acreditasse de fato que ele estava morto, que talvez só achasse que tinha saído para pescar por algumas semanas.

— Talvez eu consiga achar alguma coisa pra ela fazer na loja. Organizar qualquer merda, ou limpar a parte da frente.

Cantarolando, ele se inclinou para trás na poltrona e virou o resto da cerveja. Pôs a garrafa vazia no armário ao lado, uma das relíquias que tinham atravancado meu quarto antes de serem relegadas à varanda dos fundos. Agora ele armazenava nossas garrafas vazias, algumas ainda metade cheias, contendo bitucas de cigarro submersas e carcaças de insetos.

— A gente vai dar um jeito. — Troquei a garrafa de uma mão para a outra, ouvindo o murmúrio das vozes deslizando regulares pela fresta na porta de vidro de correr.

Milo se inclinou para a frente mais uma vez e esfregou as duas mãos no cabelo. Os ombros dele me fizeram hesitar; curvado para a frente, ele se parecia tanto com o nosso pai.

— Sobre os negócios. Tava pensando que a gente podia contratar mais alguém.

Minha cabeça doía violentamente, os elásticos da trança puxando o couro cabeludo. Queria voltar para a oficina, focando toda a energia no falcão com o qual estivera lutando — olhando o bico, o movimento do pescoço, as asas estendidas e prestes a voar, quase, mas não ainda, apanhando uma corrente de ar.

— Milo, cai na real. Você sabe que eu não posso.

— Só alguns dias por semana, um trabalho de meio período.

No quintal, o vento espalhava os entulhos do jardim que haviam se acumulado nos meses que se seguiram ao falecimento do meu pai. Folhas e areia batiam contra a cerca. Olhei fixamente para o velho bebedouro de pássaros, rachado e repleto de sujeira. Pardais saltavam para dentro e para fora dos detritos, sacudindo com delicadeza a água imunda do corpo com chacoalhadas ágeis.

Milo se recostou de novo, a mandíbula contraída.

— É um pouco minha também. Tenho alguma voz ativa.

— Não faz isso.

— Tenho alguma voz ativa, porra.

A gente não discutia muito, mas havia uma coisa que continuava a machucar meu irmão, de maneira contínua. O filho esquelético com os olhos pálidos da mãe e ombros inclinados, indícios da sua personalidade ansiosa.

— Quando o Bastien chegou?

— Ontem à noite. Tá dormindo no meu antigo quarto. — O vermelho subiu pelo vestígio de barba no pescoço de Milo, cobrindo tudo como uma alergia. O constrangimento dele era feroz, uma coisa feia e suja de que eu quase podia sentir o gosto. — Achei que ele podia ficar com a mamãe por um tempo. É uma coisa boa, não? Outra pessoa para ficar de olho nela?

— Sei lá.

— Ele tem falado de comprar uma dessas casinhas que ficam aparecendo na televisão. Aquelas que têm tipo menos de cem metros quadrados. Dá para pôr uma casa inteira de tamanho normal dentro? — Milo sorriu e balançou a cabeça. — Melhor que um apartamento, ele diz.

Mordi a polpa da bochecha, revolvendo a carne com os molares. Bastien era o mais velho da Brynn e tinha acabado de sair da segunda passagem pela reabilitação. Não era parente de sangue, não dos Morton, mas se parecia tanto com a Brynn que Milo não conseguia deixar de amá-lo. Da última vez que esteve na cidade, ele tinha penhorado as joias da minha mãe e passado cheques sem fundo no valor de oitocentos mangos.

— Ele tá melhor. Dá para ver no tom de pele dele.

Milo olhou para mim e vi que ele acreditava no que estava dizendo. Vi que ele precisava sentir que aquilo era verdade, por um tempinho só, apenas para fazer as coisas parecerem sólidas de novo. *Precisar*, meu pai escrevera. Precisar significava ser vulnerável. Era uma das coisas mais assustadoras que eu era capaz de imaginar. Precisar de qualquer coisa significava ser vulnerável aos ataques. Significava que não tinha controle de si mesma.

— Só se ele estiver disposto a pegar no pesado. — Eu não conseguia dizer não para o meu irmão. Não quando era o filho da Brynn. — Se fizer merda ele já era. Tô falando sério.

— Beleza. — Milo levantou e sacou outra cerveja para si. — Ele tá indo bem. Só precisa de alguma coisa para se manter ocupado.

Atrás do meu irmão, uma sombra preencheu o vidro de correr. Bastien estava de pé com o braço comprido aninhado em torno da porta, como se estivesse se segurando no lugar. Parecia melhor do que da última vez que eu o vira. A pele estava sem a nojeira da acne e ele havia perdido um bocado do tom amarelado. Vestia uma camiseta branca limpa e uns calções de banho com uma padronagem em tons variados de azul, palmeiras claras estampadas sobre um volume de ondas azul-marinho. Reconheci nelas as roupas do Milo.

— A vovó disse que o jantar tá pronto. — Quando sorriu, os dentes dele estavam escuros na boca, quase como se fossem feitos de madeira. A linha do cabelo já estava recuando, rastejando em direção à parte de trás do crânio, como se escapasse da expressão dura dos olhos. — Tem mais dessas? — Ele apontou para a garrafa fechada aninhada na palma da mão de Milo. — Vai bem com o frango.

— Vá pegar a jarra de chá na geladeira, diga para a vovó que vamos em um minutinho.

Me perguntei o quanto ele havia ouvido da nossa conversa. Bastien se parecia um bocado com a mãe nisso de deixar você saber só o que ele queria que soubesse. Todo o resto ficava trancado a sete chaves.

Milo escondeu as duas últimas cervejas no armário mofado onde nossa mãe gostava de estocar conservas — estavam atrás de potes de vidro de marmelada de laranja e geleia de morango que tinha ficado da cor de molho de carne —, e aí entramos. Ainda era o cheiro de casa, mesmo que em uma versão tênue. A loção pós-barba do meu pai tinha ficado mais fraca. Não havia tantos curtidores e formaldeído, um odor que ele sempre trazia no corpo.

O cheiro, eu tinha aprendido, era algo que sempre seria capaz de me dar uma porrada.

LEPORIDAE, DA ORDEM DOS LAGOMORFOS — LÁPAROS

O movimento sob minha mão quebrou o feitiço. *Não para. Por que parou?* Dedos bem abertos na pele nua, esconjurei a agitação. Me permiti pensar que era algo anômalo. Talvez o estômago dela estivesse embrulhado, algo que poderia com facilidade ser curado com antiácidos. *Aqui. Assim.* Brynn tirou a palma da minha mão de onde estava, em concha no umbigo dela, e a arrastou para baixo, mais para baixo, até roçar a renda fina da calcinha. Sombras lambiam a pele dela, deixando salpicos de um cinza gotejante nos seios e quadris. A chuva martelava a entrada da garagem e os carvalhos enormes com uma batida forte e contínua que se converteu em ruído branco. Estávamos encapsuladas em um ninho de cobertores que cheirava à loção pós-barba do meu pai e ao talco de limão da minha mãe.

Uma única batidinha contra a minha têmpora. *Pra onde você foi?* O nariz dela mergulhou no meu pescoço. Ela fungou, se remexendo, e curvei a cabeça para o lado, tentando prendê-la ali. Meu braço deslizou pela barriga dela e então voltei a sentir: um tipo de espasmo, uma contração na parte inferior da barriga dela.

Uma nova vida borbulhava e pipocava. Eu já sentira aquilo ali antes. Nós duas sabíamos o que significava. Ela rolou para longe e apoiou a cabeça no braço dobrado, olhando da janela para fora. *É*, ela suspirou. *Eu sei.*

Naquela manhã eu tinha dito "coelhinho, coelhinho" para o meu sobrinho de quatro anos quando entrei na cozinha dos meus pais. Ele estava parado ao lado do balcão enquanto minha mãe pressionava metades de laranjas em um espremedor. Sorri para ele e ele sorriu de volta, a boca um bloco sólido cor de laranja onde havia mordido um pedaço desgarrado.

Que *nham, nham*, murmurou Bastien, a língua percorrendo a casca. Ele se engasgou e ouviu-se um som molhado, pegajoso. O pobre bebê da Flórida não conseguia lidar com o pólen permanente, flutuando pelos nossos carros e manchando as estradas de amarelo. Aquilo o fez pigarrear e ofegar, uma tosse de fumante em um menino de quatro anos, olhos claros eternamente afundados e com manchas roxas.

Mantém a gente a salvo de monstros.

Tirei a casca do meio dos lábios dele, atirando-a no lixo lotado. Milo nunca tirava o lixo, dizia que estava cansado demais quando chegava em casa do trabalho. Brynn dizia que ele nunca tinha tempo para ela, que eles não transavam mais, e por mim tudo bem.

Significa boa sorte. Se você disser isso no primeiro dia do mês, tudo vai sair perfeito, bem como você queria.

Bastien fechou os olhos. *Coelhinho, coelhinho.* Ele ergueu um dedo e soprou nele, como você sopraria uma vela de aniversário.

Choveu todos os dias naquele mês de maio, o céu afogando o mundo às quatro da manhã antes de o sol nascer mais uma vez para fazer a água que restava na calçada evaporar. O mundo se abriu e exalava frescor, fazendo o verde se infiltrar em tudo. Dirigi com os vidros abaixados e inalei o mundo: o cheiro úmido da terra molhada em um canteiro de obras, barro laranja liquefeito e convertido em poças molhadas no campo de beisebol da escola secundária, o xampu frutado à medida que o cabelo açoitava meu rosto. Até mesmo a lixeira pestilenta ao lado de um semáforo tinha algum atrativo; tudo fervilhava de vida. Havia pássaros construindo ninhos nos beirais da oficina de taxidermia. Quando um dos bebês caiu e quebrou o pescoço, passei uma tarde inteira preservando-o com cuidado para o Bastien.

Todo dia minha mãe fazia ovos mexidos com queijo cheddar, o prato favorito do Milo. Os três haviam se mudado de volta para a casa dos meus pais com a justificativa de poupar dinheiro e comprar a deles. O antigo quarto do Milo fora convertido em um ateliê de costura, então os três se escoraram no meu quarto de criança. Eles dormiam toda noite debaixo de pôsteres esfarrapados que continuavam afixados nos velhos lambris de madeira escura: bandas de que a Brynn e eu costumávamos gostar e filmes a que havíamos assistido no Ensino Médio. Meu irmão, que eu amava, se enroscava com a mulher que eu amava sob a minha colcha vermelha e branca. Milo disse que ficava contente que a Brynn passasse o tempo inteiro comigo, já que ele estava sempre fora. Disse que sabia que eu ia tomar conta dela e me certificar de que estivesse feliz. Ele sorriu ao dizer isso, sem pensar nem por um instante que eu tocaria a mulher dele assim que ele saísse pela porta.

Como ele podia não saber?, eu me perguntava. Como podia achar que algo diferente estava acontecendo, quando sabia que ela tinha sido minha primeiro?

O emprego do Milo na concessionária da Lexus ficava a quarenta e cinco minutos de distância. Ele se levantava cedo e chegava em casa tarde, fazendo horas extras e trabalhando em feriados.

Era um bico mal pago que não requeria nenhuma experiência anterior, o que era bom porque o currículo dele ocupava menos da metade de uma folha de papel. Ele tinha conseguido o emprego graças a um dos colegas do Ensino Médio. Era a primeira vez que ele tentava de verdade, e não combinava com ele.

"Se eu aguentar o período de experiência de noventa dias, vou receber uma promoção", explicou. "Só tenho que aguentar esses primeiros noventa dias e aí as coisas não vão mais ser assim. Ter nosso próprio canto. Ter mais um filho."

Nos dias de folga, ele ficava na cama até o meio da tarde e então se aventurava na cozinha em busca de um sanduíche antes de desmaiar no sofá de novo. Ele parecia cansado o tempo todo, a pele acinzentada e o cabelo escorrido de tão oleoso. As camisas polo nunca estavam limpas. Brynn às vezes lavava roupa, mas nós duas agíamos como crianças em férias de verão. Ela deixava minha mãe fazer as tarefas enquanto andávamos por aí e víamos televisão. Quando o Milo chegava em casa, a primeira coisa que fazia era beijar a Brynn. Ela se inclinava com tanta força que eu conseguia ouvir os dentes deles batendo.

Você cuida tão bem da gente, dizia ela, desenhando uma linha pela bochecha dele com uma unha que eu tinha pintado para ela. *Que outra pessoa me amaria tanto? Ninguém que fosse mais querido que você, amorzinho.*

Ele então parecia melhor, e eu sabia que aquilo tudo valia a pena para ele — as longas horas, o trânsito, só para voltar para casa, para ela e para o Bastien. Entreouvindo essas conversas sussurradas, tentava me imaginar na posição do meu irmão e não conseguia fixar a imagem. Sabia o que ela queria de cada um de nós; as coisas que lhe dávamos. Fiquei observando meu irmão se matar de trabalhar, vi como ele ainda era capaz de estar emocionalmente disponível para ela, e desejei poder ser o tipo de pessoa que conseguia fazer ambas as coisas.

Eu voltava para casa todo dia no meu horário de almoço da loja, comendo as cascas que sobravam dos sanduíches de manteiga de amendoim e mel do Bastien. *Gosto da nossa pequena família.* Brynn enfiava uma mão sorrateira na dobra do meu cotovelo. Eu a deixava ali acumulando suor, o meu e o dela. Algo que eu podia levar para casa e reter ao final do dia quando bebia rum com coca no meu apartamento ao lado do ar-condicionado estragado. Bêbada, pensando no tipo de pessoa que eu era: tomando das pessoas com quem eu me importava, tomando porque, se não levasse o que precisava, eu podia morrer.

Sentamos na sala de jantar e comemos sanduíches de almoço. Bastien sorvia leite salpicado de cereais de um Tupperware amarelado. Entre bocados de Cinnamon Toast Crunch, ele tocava os coelhinhos no cesto com uma mão carinhosa — os láparos nos quais meu pai e eu tínhamos trabalhado com tanto amor durante várias semanas para aperfeiçoar a meiguice felpuda que se via em bebês mamíferos. Meu pai os havia encontrado em uma caixa de papelão dentro da nossa garagem, aconchegados em um ninho de jornais e guias telefônicos picados.

Asfixiados. Monóxido de carbono do motor do carro. Ele pôs um na palma da mão em concha, o corpo do tamanho de um pãozinho. Quando o tomei dele, o pescoço despencou para trás até a cabeça pender sobre os meus dedos, mole e balançando.

Vou dar para a sua mãe. Acariciei as costas felpudas. Ainda estavam quentes. *É um bom presente de Páscoa. O Pedro Coelho, né?*

Cada um de nós pegou dois, dividindo os corpos ao meio a partir das barriguinhas brancas. Mal havia o que remover, eles eram tão novinhos. Os crânios eram delicados, do tamanho de um damasco. Escovei-os com cuidado com uma escova de dentes, lavando a pelagem na pia da oficina. Sequei-os com um secador

de cabelo na potência mínima. Um blush de farmácia coloriu cada bochechinha redonda de um cor-de-rosa delicado e fofo. Escureci as linhas das pálpebras com canetinha Sharpie. Os olhos escuros de Pedro foram extraídos de uma bolsinha de miçangas que uma tia bem-intencionada certa vez me dera, de um estilo que Brynn descreveu como *o que uma mãe de família de quarenta e poucos anos escolhe para ir a um encontro depois do divórcio.*
Minha mãe segurou os bebês e arrulhou como se eu enfim tivesse lhe dado netos. *Queridos.* Ela me beijou na bochecha e apertou meu ombro. *Meus filhos mais comportados.*

Brynn se virou para a minha mãe e ergueu a caixa de cereal. *Vou ter que sair para ir na loja se quiser escapar do furação.* Ela ainda estava usando a camiseta de dormir e uma cueca boxer do Milo. A abertura na virilha estava solta; uma calcinha clara ficava aparecendo.
Eu vou. Minha mãe já estava com a bolsa pendurada no ombro. O cabelo escuro e comprido lambeu o chão quando ela se inclinou para beijar a cabeça do Bastien. *Volto em uma hora.*
Atrás de nós, a geladeira emitiu um clique e ligou de novo, funcionando com intensidade suficiente para chacoalhar as caixas de arroz instantâneo empilhadas na parte de cima. Bastien baixou a colher, e leite escorreu da tigela, derramando no jogo americano acolchoado. Os olhos dele estavam sonolentos; ele oscilava na cadeira. Instalei-o diante da televisão e meti uma manta em volta dele, salpicada de pelos cinzentos de cachorro e farelos do chão. Ele chupou o dedão e fungou, as alergias dando as caras de novo. Um dos cachorros veio e se enroscou ao lado dele.
Brynn e eu fomos para o quarto dos meus pais porque eu não podia foder ela no mesmo lugar em que ela dormia toda noite com

meu irmão. A cama que tinha sido minha era agora a cama deles; uma cama para duas pessoas que haviam firmado um compromisso de vida entre si. Eu conseguia sentir ele ali com a gente no meio dos lençóis, triste e magoado, o que me dava vontade de chorar. Ficamos paradas no vão da porta do quarto dos meus pais e não olhamos uma para a outra. Não era a primeira vez que aquilo acontecia, e não seria a última. Para levar aquilo adiante, eu deixava Milo flutuar até virar um pontinho distante na minha cabeça, um borrão indistinto que eu podia fingir que era algo completamente diferente. Não era o meu irmão. Não era parte de mim. Brynn se inclinou na minha direção e deixou a cabeça cair no meu ombro. O tempo sempre era curto demais. Tudo o que tínhamos eram as tardes, uns poucos minutinhos entre turnos de trabalho.

Será que algum dia vou enjoar disso? Fiz a pergunta em voz alta, embora já soubesse a resposta. Você não enjoa do que lhe dá sustento quando está faminta.

O que é que acontece agora? Ela olhou da janela para fora, a mão pressionada contra a barriga. Me enrosquei junto às costas de Brynn e pus a mão em cima da dela. Não havia mais calor o suficiente sem os cobertores, mas não me importei. Não dissemos nada; só ficamos ouvindo a chuva diminuir até restar só os pingos caindo no toldo de metal da janela.

Acariciei o ventre dela com um dedo. *Coelhinho, coelhinho,* foi meu desejo, murmurando as palavras na sua nuca molhada.

3

Mantínhamos nos fundos da loja uma caixa de armazenamento que continha restos de partes de animais. Era o que meu pai chamava de *pedacinhos*, coisas que mantínhamos ali como material suplementar quando havia pressa e precisávamos de mais fragmentos. *Nunca se sabe*, disse ele quando perguntei por que diabos íamos precisar de um único pé de pato, as membranas amarelo--alaranjadas e pretas. *Não vou jogar fora algo que a gente pode usar.* A poupança era algo que eu tinha incorporado ao meu próprio método de trabalho. *Boletos*, uma palavra escrita com letras maiúsculas piscando em néon no meu crânio e que me mantinha acordada à noite. Se houvesse uma oportunidade de cortar custos, eu estava disposta a avaliá-la.

Partes apareciam e desapareciam sempre que um volume de trabalho especialmente grande se apresentava. O gaveteiro continha uma mistura estranha: cascos decepados de veado ainda presos aos tornozelos, pés de coelhos com dedinhos a mais, mandíbulas desencontradas de jacarés. Tínhamos penas de cardeais, tentilhões, garças, corvos e gaios — eriçadas e lisas, aveludadas e espetadas. Havia chifres de todas as cores e formatos, galhadas, partes de ossos, amostras de pelo, caudas soltas. A caixa tinha compartimentos distintos, cada gaveta com seus conteúdos escritos em fita adesiva azul. Olhando para ela de uma boa distância, você quase podia se convencer de que estava olhando para um verdadeiro gabinete de curiosidades.

Era um lugar legal para se ir em busca de partes de taxidermia para sacanear um amigo, e, com meu pai morto, essas brincadeirinhas pagavam o aluguel. Fixei galhadas em cabeças de coelho recheadas com filetes de espuma, envernizei sapos que serviam de suporte para pequeninas mesas de carteado, fervi um milhão de crânios de jacaré, as bocas recheadas de dentes pontiagudos pintados de azul e laranja para torcedores do futebol americano da Universidade da Flórida. Transformei patinhos filhotes em sereias, as caudas de um verde dourado cintilante. A caixa de partes se esvaziou até eu passar a desenterrar coisas surradas que estavam nas gavetas desde que me conhecia por gente. Uma pele de cobra coral se desintegrou nas minhas mãos, enrolada em um carretel que antes contivera resmas de renda fúcsia para um dos projetos de costura de minha mãe.

Era a velha coisa de sempre, a velha coisa de sempre. Até olhar para a caixa me deprimia. Estava entediada e infeliz, e sempre que ficava desse jeito eu começava a pensar em sexo. Lucinda Rex passava um bocado pela minha cabeça. Era exatamente o que eu não devia fazer, me fixar em uma mulher que mal conhecia, sem contar que era uma cliente. Mas, enquanto trabalhava, minha mente vagava para onde queria. Fazia um bom tempo desde que me sentira atraída por alguém daquele jeito. Eu frequentava bares e conhecia mulheres, mulheres que nunca mais via depois daquelas noites bêbadas e desfocadas em quartos de hotel ou apartamentos imundos, mas elas não eram como Lucinda. Lucinda era o tipo de mulher que eu sabia que podia me magoar se lhe desse a chance.

Muitas vezes me pegava comparando o corpo flexível de um veado com o contorno das longas pernas dela ou com a linha rija do pescoço. Desmontando um antigo suporte com mariposas felpudas afixadas com um alfinete, me perguntei quais ruídos ela faria se eu lambesse o ponto macio abaixo da orelha dela. Sempre que pensava assim, eu cortava a ideia sem piedade — no geral comprimindo o polegar contra a ponta do escalpelo. Lucinda não era complicada como a Brynn, mas havia uma dureza nela que me assustava. Mulheres que partiriam o coração e sorririam em seguida. Era mais fácil rumar para algum bar fora da cidade e encontrar desconhecidas. Depois de algumas cervejas, não dava para dizer qual era diferença entre minhas mãos e as delas.

Mas nos últimos tempos, depois de foder essas mulheres sem nome, eu sempre pensava em Lucinda. No cabelo escuro, nos pulsos finos. À noite, na cama, sonhos em que Brynn aparecia se diluíam em um miasma de Lucinda até parecer que eu estava ensanduichada entre os corpos delas. Acordava cedo, começando a trabalhar antes do sol nascer para tentar me livrar das imagens que deslizavam pelo cérebro como em um retroprojetor repetitivo.

Querer e *precisar*. Duas palavras da carta do meu pai que significavam tanto e tão pouco. Eu nunca soube o que queria. E não queria precisar de nada. Era melhor não precisar de nada; o nada não magoava você quando partia.

Eu ficava um bocado sozinha na loja na maior parte dos dias, mas certa tarde o Bastien pegou a camionete do Milo e deu uma passada lá com a Lolee a caminho do lago. A contagem de amebas tinha sido alta naquele verão. Cartazes foram afixados por toda a Flórida Central alertando quanto aos perigos de submergir a cabeça. Os lagos e os reservatórios eram armadilhas letais, com bactérias prontinhas para rastejar por canais auditivos e transformar cérebros em mingau. O sol de agosto cozinhava os lagos da cidade até lembrarem banheiras com água morninha. O cheiro que se desprendia de qualquer extensão de água era sulfuroso.

Minha sobrinha levava uma toalha enrolada em volta do pescoço como um lenço e usava os óculos de sol de aro de tartaruga da minha mãe. Ela parecia uma Brynn em miniatura, quadril arqueado e cabeça inclinada. O sol escapando pela porta dava ao cabelo dela um brilho branco.

— Você quer ir? — Bastien tomou um gole de Gatorade de laranja de um copo de plástico da Universidade da Flórida Central. Ele tinha frequentado um único semestre, desistindo depois de acumular dívidas de cartão de crédito de centenas de dólares.

— Estou tentando dar uma limpada aqui. — Eu não tinha feito muita coisa, só varrido uma pelota de poeira do tamanho da minha cabeça até o meio do linóleo. Houvera um cliente o dia todo, comprando só um ímã dizendo EU AMO MEU BEAGLE. Fora uma venda difícil por um mango e cinquenta.

— Eu podia fazer isso. Ficar e olhar a loja.

Ele cutucou uma pilha de revistas especializadas, parando meio de lado para mostrar que de qualquer forma não estava interessado.

Lolee estava pendurada na porta, se arrastando para a frente e para trás de modo que a sineta tocava a cada poucos segundos.

— A gente pode levar a boia. — Os óculos escorregaram para baixo no nariz achatado, e ela os empurrou de volta para cima com a palma da mão. — Você pode me puxar para lá e para cá, tipo quando eu era pequena.

— Você ainda é pequena.

Brynn e eu saíramos um bocado com a Lolee na boia no verão em que Brynn deu no pé. Nós nos alternávamos deslizando pelos juncos, lodo e algas cobrindo nossas pernas até os joelhos. Brynn se queixava do calor enquanto limpava o rímel que escorria dos olhos e me disse várias e várias vezes que mal podia esperar para viver em algum lugar com uma temperatura que vez ou outra ficasse abaixo dos vinte e cinco graus. Dois meses depois ela deu o fora, indo para um lugar mais quente que a Flórida com um estranho que conheceu na lavanderia. Certa vez encontrei uma foto dele na internet. Um cara baixinho, musculoso e que estava ficando careca. Ele não se parecia em nada com a família Morton. Não mostrei a foto para o Milo. Por mais que aquilo fizesse eu me sentir mal, não tinha certeza do que faria com meu irmão. A autoestima dele parecia uma coisa frágil; um ovo de passarinho oco.

— Onde está o pai de vocês? — perguntei. — Ele não devia estar criando vocês?

Milo nunca estava por perto. Nenhuma reunião de pais e mestres, nenhuma assinatura em boletins, nenhuma viagem às nascentes ou à Disney World. Ele evitava a filha porque ela se parecia demais com Brynn? Eu via a mãe nos dois olhos enormes da Lolee, na covinha no queixo dela. Às vezes olhar para a minha sobrinha era como cutucar uma ferida. A dor estava ali, mas ainda prazerosa, uma lembrança de que Brynn havia existido e nos amado.

— Por favor, você nunca faz nada comigo. — Lolee fez um biquinho, o cabelo comprido quase raspando o linóleo. A sineta acima da porta chacoalhou e guinchou. — Por favor, por favor.

— Tá. Só... para de fazer isso.

Mostrei ao Bastien a velha caixa de chaves amarela atrás do caixa. Disse a ele que as ligações eram direcionadas para a parte dos fundos da loja a menos que você atendesse ao segundo toque. Havia um cliente que apareceria às três e que tinha pagado adiantado. A montagem estava guardada nos fundos sob uma lona para evitar pegar poeira.

Os olhos escuros dele cintilaram sob as lâmpadas fluorescentes quando puxei a cobertura plástica. Bastien assentia enquanto eu apontava a torção no pescoço do veado e a boca aberta — um pedido do cliente. A língua repousava atrás de uma fileira de dentes que eu havia escovado com um produto para limpar dentadura. O veado havia levado um tiro na mandíbula, e eu tivera de reconstruir parcialmente o osso, preenchendo metade dele com arame e feltro. Pegara alguns dentes emprestados de outra cabeça, ainda armazenada no congelador. Eu me cortara com a lâmina trabalhando com o arame, e um pouquinho do meu sangue havia escorrido no pelo. Vez ou outra, quando enviava uma peça dessas, com pequenos fragmentos de mim mesma nela, sentia que uma parte minha estava partindo para viver uma vida melhor em outro lugar.

Lolee e eu deixamos o Bastien ali na loja e descemos a rua até a beira do lago, que ficava a alguns quarteirões de distância. Ela trotava na frente com a parte de cima do biquíni amarelo néon com costura preta, a camiseta já arrancada e pendurada no braço. Segurei a toalha para ela, ouvindo seus chinelos se estatelarem de um jeito irritante contra o asfalto. Estava assustadoramente quente. O suor descia pinicando pelo meu pescoço antes de termos sequer andado um quarteirão.

Na margem do lago, lanchas circulavam pela superfície espelhada, puxando boias que ricocheteavam umas nas outras e disparavam pelo ar mormacento. A água agitada espirrava nos juncos e batia na costa, deixando rastros viscosos de algas para trás. O ar cheirava a fumaça de carne assada.

Era igual a quando Milo e eu éramos crianças, correndo junto à água com nossos amigos enquanto nossa mãe gritava com a gente para ficarmos longe das taboas; que havia cobras enroscadas no meio dessas plantas, só esperando a gente passar correndo para morder nossos tornozelos.

Como estávamos tão velhos quando parecia que só uns poucos segundos tinham se passado? Milo abatido e sempre ausente, Brynn inalcançável. Mas aqui estava sua filha, sua pequena gêmea. Logo, logo ela partiria também. Tudo crescia e voava para longe.

Lolee andou até uma mesa de piquenique meio submersa na grama alta. O sol estava menos inclemente ali, e me sentei de costas para as árvores e descansei os pés em um pneumatóforo.

— Pode ir — lhe disse.

Um bando de crianças tinha se reunido ali perto ao lado do cais e acenavam para atrair a atenção dela, os braços se cruzando e descruzando acima da cabeça. Ela abandonou a toalha e os chinelinhos e me deixou sentada ali, farejando o ar morno com cheiro de churrasco. Subiu na garupa de uma moto aquática Sea-Doo, segurando firme na cintura de um menino. Ela gritou quando ele acelerou, o som como um liquidificador triturando um tubérculo. Quando aceleraram e deram meia-volta, o cabelo voou atrás dela.

Brynn adorava andar de barco, jet ski e moto. Ela se segurava nas laterais de jipes e ficava em pé nas traseiras de camionetes, gritando para pessoas aleatórias na rua. Quando Milo comprou a primeira camionete, Brynn se adonou da traseira dela. Ela se estendia ali em uma toalha, shorts arregaçados até a virilha, desabotoados e com o zíper aberto, se bronzeando. Ele a levava ao drive-thru do McDonald's e a deixava pedir sundaes de um dólar deitada no leito, devolvendo o dinheiro pela janela aberta. Ele lhe disse que a amava em uma dessas voltinhas, gritando para ela enquanto ela batia as mãos no teto da cabine. Olhei pela janela do passageiro e engoli a tristeza com outro gole de cerveja bosta.

Você não sabe o que é o amor, pensei, com vontade de dar uma bifa nele. O amor era a queimação contínua da azia. O amor era um soco na pança que perfurava o baço. O amor era um telefone quebrado que se recusava a completar a chamada. Milo disse para a Brynn que a amava, e eu podia ver pelo olhar dele que ele achava que as palavras eram um encantamento mágico. Diga a palavra "amor" e o amor está ali para você; diga a palavra "amor" e a outra pessoa sente o amor também.

O que eu devia ter dito a ele naquele dia: o amor faz você virar uma ferida aberta, vulnerável a infecções. Mas ele era jovem na época e eu também, e eu desejava a felicidade deles mais do que desejava a própria felicidade. Então engoli a dor e me permiti fingir que o amor podia florescer se eu não ficasse no caminho.

Crianças perambulavam pela vegetação rasteira atrás de mim, os corpinhos tropeçando nas samambaias nodosas e nas ipomeias pendentes. Virei para o outro lado no banco, a madeira espetando minha coxa e prenunciando farpas. Olhei para um ponto além das touceiras de barbas-de-velho e arbustos de palmeira que se espalhavam como dedos abertos.

Duas garotas de cabelo escuro estavam agachadas na areia.

Elas pareciam ter uns dez anos e estavam em uma pequena extensão de vegetação, olhando para baixo, para o corpo de uma garça. Uma das asas dela apontava para o céu, estendida como se estivesse em voo. Usando pedaços de pau, elas cutucavam a parte de baixo da ave. A garota de rabo de cavalo empurrou forte o suficiente para o pedaço de pau enfim ceder e se partir dentro do corpo.

— Olha essa gosma nojenta.

— Tem insetos nos olhos, uns pretinhos. A gente tá pisando em formigas?

— É provável.

A outra garota espiou debaixo da asa, o cabelo cheio de nós caindo sobre os olhos.

— Tem um buraco assustador nela.

Minha bota partiu um galho caído. Elas ergueram a vista ao mesmo tempo, os olhos arregalados. Não reconhecia nenhuma delas. A garota com o rabo de cavalo soltou o pedaço de pau que estava segurando. A outra apertou o dela contra o peito, onde deixou um rastro de sujeira preta no tecido. Ela me fez lembrar da Lolee quando pequena, meio suja e cheia de lama, como se acabasse de voltar esbaforida do parquinho.

— A gente não tocou nela. — Ela esfregou a mão na mancha, tentando limpar. — Só tava dando uma olhada.

— Pássaros têm todo tipo de doença — falei. — Vocês não deviam brincar com eles.

— A gente sabe. — A garota com o rabo de cavalo recuou, e a outra a seguiu. Eram mais ou menos da mesma altura. A mesma tez, olhos escuros em rostinhos contraídos. Irmãs, talvez primas.

— Ah, é? Então vocês deveriam saber que até mesmo cutucar uma coisa morta com um pedaço de pau pode liberar bactérias no ar. É provável que vocês estejam inalando elas agora.

As duas garotas prenderam a respiração ao mesmo tempo, como se pudessem segurá-la até o perigo passar. Dei um passo para trás e abri espaço para elas passarem pelo mato. Elas passaram, evitando o meu corpo, correndo depois de afastar o arbusto de palmeira-azul atrás de mim.

Eu me abaixei ao lado da ave. Era um espécime um tanto grande, porém em estado muito avançado de decomposição para cogitar montá-lo. Peguei um dos pedaços de pau largados e o usei para virar a ave até ela ficar estendida na areia, asas bem abertas, peito projetado para cima, as costas curvadas. A julgar pela rigidez do pescoço, dois dias haviam se passado. A ferida na lateral ficava logo abaixo da caixa torácica. Era escura e circular, uma pequena depressão que devia ter sido causada por uma pistola de ar.

Embora a ave já estivesse se decompondo, as asas estavam em bom estado. Usando o canivete, soltei-as na articulação mais próxima ao torso. Enquanto fazia isso, uma barata-da-madeira saiu rastejando do orifício no corpo e disparou para o mato.

Cavando um buraco com o salto da minha bota, empurrei os restos até a abertura e arrastei a pilha restante de volta sobre ele. Pus as asas na mesa de piquenique e esperei Lolee terminar. Mal dava para vê-la na água, circulando na garupa do jet ski. O condutor virou bruscamente e o impacto a derrubou. Quando emergiu, ela se debateu e berrou. Ele estendeu a mão para ajudá-la a subir, e ela o puxou até a água, lhe dando vários e vários caldos. Ela era tão parecida com a Brynn que abria um buraco no meu peito. Encarei bem o sol até que o mundo ficou azul e manchado. Quando meus olhos encontraram a mesa de novo, tudo se movia, como se eu tivesse olhado para uma daquelas gravuras de ilusão de ótica por tempo demais. Tudo eram pontinhos, rabiscos, lascas. Nada fazia sentido, não importava com quanto afinco eu tentasse decifrar.

— Posso ficar com isso?

Eu tinha enfiado as asas da garça em uma sacola de supermercado, e minha mãe não conseguia parar de olhar para elas.

— Por quê?

Eu ia colocar as asas na caixa de sobras assim que tivesse acabado de limpá-las. Já havia sacado o detergente que ficava ao lado da pia nos fundos da loja.

— Um projeto.

Vai saber o que aquilo significava. Eu havia pensado no que meu irmão me dissera a respeito da arte da nossa mãe — em como ela achara que aquilo era algo que faria da vida antes de se casar com nosso pai e ter dois filhos. Eu não entendia muito disso. Sobretudo de escultura. Não sabia bem que é que as partes de animais tinham a ver com aquilo. Achei que ela ia no máximo frequentar umas aulas de cerâmica. Uma dessas aulas em que as mulheres bebiam vinho e confeccionavam uma caneca de café para levar para casa no fim da noite, algo que ela podia fazer com algumas das amigas.

— Que tipo de projeto? — perguntei.

— Um projeto artístico.

Ela não desenvolveu, só estendeu a mão. Enrolei as alças nos dedos dela e ela os fechou, levando a bolsa para perto do peito. Imaginei os insetos subindo pelo plástico, rastejando pela blusa dela, e estremeci.

— Você devia me deixar limpá-las primeiro.

— Você não tem outras coisas para fazer? Não tem veados montados guardados no congelador?

Ela já havia extraído diversas coisas da caixa e espalhado pela mesa. Havia um morcego que eu recolhera uns anos atrás, um buraco em uma das asas estruturadas como uma pipa furada. Ela também tinha afanado uma cauda de raposa surrada, sapos calcificados, um casco de tartaruga partido e uma pele de um gato frajola que tinha sido atropelado por um dos nossos vizinhos.

— A gente tem mais coisas desse tipo?

— Estamos ficando sem — falei, cutucando um pedaço de uma couraça de tatu. Ela se descolou feito mica. — Isso aqui é tudo que temos.

Os atropelamentos eram uma ótima maneira de manter a caixa cheia, mas estava sendo negligente com minhas rondas matinais desde que assumira a loja. Não me dava ao trabalho de patrulhar as margens da rodovia, perscrutando-as em busca de carniças que não haviam fermentado no calor escaldante da Flórida.

Pensei em delegar a tarefa das rodovias para o Bastien, que havia abandonado o local depois de eu tê-lo flagrado orientando minha mãe até a caixa de pedaços. A imagem dele recolhendo tripas de gambá no calor de mais de trinta graus me trouxe um pouquinho de conforto.

— Só queria saber o que é que você vai fazer com essas coisas.

Havia um pequeno buraco na lateral da sacola plástica. Até mesmo pensar em percevejos fazia o cabelo coçar.

Ela saqueou o armário ao lado da pia, surrupiando vários potes de olhos de vidro e pigmentos. Havia um talho na parte de trás da cabeça dela, que fora raspada de novo. O corte tinha secado com um pedaço de papel higiênico grudado nele. Aquilo me lembrou das vezes em que eu ficava vendo ela depilar as pernas na pia do nosso banheiro quando era pequena. Creme de barbear pingando dos tornozelos; água quente correndo sem parar, enchendo o cômodo de vapor e deixando minha pele escorregadia.

— Estou juntando umas coisas para a Lucinda Rex — disse ela. — Só uma pequena apresentação.

Desejei pelo que parecia a milionésima vez que minha família pudesse ficar afastada das mulheres na minha vida. Já imaginava minha mãe convidando a Lucinda para o jantar. Talvez ela se sentasse entre o Milo e eu à mesa, deslizando uma mão para cima e para baixo da nossa coxa. Talvez ela se mudasse para lá e dormisse no meu antigo quarto. Me belisquei, e com força, na pele macia da parte de dentro do braço.

Minha mãe se virou para o gaveteiro.

— A gente tem alguma tintura preta?

— Quem é "a gente"?

— Você entendeu o que eu quis dizer, sabichona.

Ela já tinha escancarado todas as gavetas da oficina. Garrafas e jarras se espalhavam pelas bancadas, abarrotadas de botões, de linhas de sutura grossas e do brilho imaculado dos utensílios: facas, esfoladores robustos, raspadores e alicates de corte.

Ela se virou de volta e apontou para mim com um dos furadores que costumávamos usar para abrir buracos nas peles depois de tingi-las.

— Então?

Minha mãe parecia saudável. As bochechas haviam ficado um pouco mais cheias e a pele tinha uma cor melhor; mais rosada, menos amarelada. Que mal havia em deixar essa pequena coisinha para ela? Se ia ajudá-la a lidar com o suicídio do papai, eu deveria cercear seu acesso à loja e a coisas que já eram dela para início de conversa? Eu não sabia se isso significava permitir que minha mãe fizesse sua arte sexual esquisitona ou não. Se fosse qualquer outra pessoa, eu provavelmente teria achado engraçado: texugos apalpando coelhos, um flamingo cor-de-rosa abaixando o pescoço esguio a fim de chupar um esquilo. Animais feitos para parecerem ferozes de repente se tornavam vulneráveis, predador e presa igualados pela disposição da mandíbula ou a posição das patas. A obra era boa. O fato de que a idealizadora era minha mãe era o que me desanimava.

Me ajoelhei ao lado do armário debaixo da pia e vasculhei as caixas de tintura de cabelo compradas na Dollar General. Na maior parte do tempo comprávamos o que quer que estivesse na promoção pague um, leve dois, então o leque era limitado.

— A gente não tem preta.

— Que tal cinza-escura ou preta-clara?

— A gente tem noz-moscada, acobreado intenso, marrom-claro e platinado perfeito.

— Não quero nenhum desses. — Fui fechar o armário, e ela interpôs uma mão. — Espera. Deixa eu ver a noz-moscada.

Ela revirou a caixa nas mãos, cerrando os olhos para a modelo na parte da frente.

— Não, não vai funcionar. Marrom demais. Vou ter que comprar uma.

Havia um cesto trançado no chão. Eu o vira centenas de vezes na minha vida; era o cesto onde minha mãe sempre colocava os pãezinhos e bolinhos de milho com uma toalhinha de mão dobrada. Ela atirou todos os pedaços que pegou na caixa no cesto. Tudo se misturou no fundo: partes de pele e de cartilagem. Esperava que ela fosse jogar o cesto fora depois de terminar.

— Vou trabalhar nisso em casa. — Ela esfregou uma mão pela cabeça, deslocando o pedaço de papel higiênico e desgrudando a crosta macia que tinha se formado. O sangue pingou da ferida, uma lambida cintilante riscando a nuca. — Você pode levar o Bastien para casa? O Milo vai trabalhar até tarde de novo. Teria sido fácil pegar um lenço da caixa junto à pia, mas não peguei. Só deixei o sangue escorrer pelo crânio da minha mãe. Deixei ela sair, o gotejar se deslocando em um ziguezague que por fim atingiu a gola da camisa. Podia ouvi-la lá fora, falando com um cliente. As mesas de trabalho estavam uma bagunça — caixas e armários escancarados, pequenos fragmentos de pelo entupindo o ralo da pia. Meu pai jamais teria aceitado aquilo. Mas, de novo, meu pai não estava vivo. Ele não tinha mais poder de voto.

ARDEA ALBA — GARÇA-BRANCA-GRANDE

No tempo que levei para escalar a escada, Milo havia subido no telhado da casa da árvore. Ele tinha doze e eu treze, mas o corpo dele já tinha o comprimento de alguém muito mais velho, os membros se projetando magros e esquisitos, como caramelo derretido. Milo era alto, mas não era grande e não tinha coordenação. Não praticava qualquer esporte e não tinha nenhum amigo além de mim. Passávamos quase o tempo todo juntos. Nós dois e a Brynn, meu irmão e eu a seguindo como cachorrinhos apaixonados.
Você não podia esperar?
Podia, disse ele. *Mas não esperei.*
Achamos a casa da árvore no quintal dos fundos do imóvel hipotecado, três abaixo do nosso e bem ao lado do cemitério. Quando olhávamos pelos entalhes do murinho de madeira, conseguíamos ver um fio de água à distância. Batizei-o de imóvel do lago, ainda que a vista real consistisse em essência em túmulos deteriorados que brotavam como dentes irregulares.
Não vou subir aí, falei. *Nunca mais vou descer.*
Tô cagando para o que você faz. Só me dá minhas coisas.
Nossa mãe tinha inscrito a gente no acampamento de verão, que na verdade eram só tardes no Y fazendo artesanato com

outras crianças que definitivamente não queriam estar lá. Éramos velhos demais para uma creche e novos demais para ficar sozinhos em casa. As crianças que tinham dinheiro iam para colônias de férias ou retiros de jovens da igreja, mas não a gente. Nosso pai tinha nos concedido uma folguinha do trabalho na loja. Ele tinha dito que eram férias mais do que boas, ou a gente preferia dar uma passada lá e raspar os restos das cabeças que ele estava esfolando?

Entreguei o vidro do Milo, me esticando na ponta dos pés para alcançar a mão pendente. No Y, naquele dia, tínhamos aprendido a fazer manteiga com uma garota só três anos mais velha do que eu. Ela prendia o cabelo ruivo comprido em um rabo de cavalo lateral com um daqueles elásticos torcidos com miçangas enormes e azuis nas pontas. Milo disse que as miçangas pareciam bolas, que ela tinha bolas azuis no cabelo, e Brynn não conseguia parar de rir. De repente ela achou que o Milo era hilário, e o quis com a gente o tempo todo. Aquilo me fez odiar meu irmão, que absorvia a atenção e só ficou mais irritante por conta dela.

Não vou te dar esse pão, disse a ele, pondo o saco entre os meus pés. *Não tem o suficiente.*

Não vou comer manteiga sem pão. É nojento.

Sacudimos nossos vidros. Levaria ao menos trinta minutos para a massa virar soro de leite. Tínhamos nos abastecido com todos os nossos ingredientes na cozinha abafada e os levado conosco, deixando nossa mãe martelar os peitos rosados para o frango com parmesão da noite.

Passávamos os finais de tarde na casa da árvore, já que as pessoas que moravam no imóvel hipotecado haviam se mudado. Eles viveram ali por menos de um ano. O homem era mais novo que nosso pai, com os braços e a cintura finos e os quadris largos. Ele construiu a casa da árvore com alguns amigos em um só dia — todos sem camisa e suados, bebendo cerveja no calor da tarde.

Milo e eu os espiávamos do cemitério, abaixados atrás das covas dos Davidsons e dos Meekins. Nossos joelhos eram testemunha, formando sulcos profundos enquanto ficávamos abaixados durante horas na terra inclemente. Ele tinha gritado *cerveja* e *mais cerveja* tantas vezes que Milo e eu brincamos que aquele devia ser o nome da mulher dele. Não sabíamos ao certo por que eles tinham construído a casa da árvore. Eles não tinham filhos.

Tá demorando demais. O vidro de Milo estava encrespado de bolhinhas com todos os chacoalhões, mas eu ainda não conseguia ver nenhuma manteiga se formando. O meu não parecia muito diferente.

Deixa de ser mulherzinha, porra. Continua.

Brynn chegaria logo. Ela tinha que cuidar do irmão mais novo por uma hora enquanto a mãe dela tinha uns compromissos. Gideon não era o que eu chamaria de fofo. Ele era pálido e tinha olhos azuis lelés e vazios. Brynn sempre falava que queria ter bebês, mas eu não achava que eles eram grande coisa. *Você nunca pensa em se casar?*, ela me perguntava, franzindo a ponta de um lençol por cima da cabeça para parecer um véu. *Seu irmão provavelmente vai ser um bom marido. Ele meio que tá ficando mais bonitinho.* Para ela parar de falar do Milo, lhe dei o resto do meu Ring Pop de framboesa azul. Nunca pensei em me casar, mas às vezes desejava que Brynn e eu pudéssemos apenas viver juntas quando fôssemos mais velhas.

Ei, olha só. Milo deu um tapão na parede bem perto do meu rosto.

O quê? Eu estava quase terminando; dava para sentir. Alguma coisa dura estava se embolando contra o vidro a cada movimento do meu pulso, um tipo de ruído surdo que me fez pensar nas cápsulas gelatinosas de vitamina E que minha mãe tomava para o cabelo e as unhas.

Tem alguma coisa saindo de trás do banco.

Me inclinando para a frente por cima da balaustrada de madeira, senti que ele cedeu um pouco sob o meu peso e recuei depressa. Havia algo se agitando sob o banco.

É um pássaro.

É um avião, disse Milo, sacudindo o vidro.

Deixa de ser cretino. É uma garça. Talvez uma biguatinga?

Não pode ser, longe demais da água. Ela tá um lixo.

Vou jogar um pão para ela.

O braço comprido dele voou para baixo, arrebatando a sacola plástica que continha o restinho de um pão. *Não, não joga! A gente não tem muito sobrando.*

Calma aí. Abri a sacola e enrolei um pedaço branco com a parte posterior da mão. *Só vou usar um pouco.*

Minha mira era bem boa. A bola se inclinou na lufada da brisa quente, girando, e pousou a um metro e meio do banco. O pão ficou escondido nas ervas daninhas dispersas, ignorado pelo pássaro.

Me dá um pouco. Entreguei um pedaço maior do que o meu. A mira dele não era excelente. A bola de pão pousou ao lado de umas lápides cobertas de vegetação onde não podíamos nem ler as inscrições; algo tipo Adler ou Addison. Mas não fazia mal que ele tivesse errado. A ave tinha enterrado o corpo debaixo do banco até eu só conseguir ver a ponta da asa esbranquiçada se sobressaindo entre as ripas.

Em vez de desperdiçar mais pão, descartei a sacola e dei meu vidro para o Milo.

Continua sacudindo.

Pulando a cerca para o quintal do meu vizinho, atravessei os amontoados de touceiras de ervas daninhas, nuvens de mosquitinhos se erguendo das poças que jamais secariam enquanto durasse o verão. Meus tênis absorviam a lama; o que de início eram Keds falsificados brancos estavam chegando ao fim do verão da cor da sujeira, a parte da frente preta porque a Brynn escrevera

93

os nomes de todos os meninos que amara durante o ano letivo. Meus tênis diziam BRIAN e RICKIE e DAVID e aí BRIAN de novo; Brian, que se sentava na minha frente na aula de matemática; Brian, com o cabelo escuro bagunçado que caía em um olho; Brian, que sempre ficava com o cheiro da carne do almoço se tivesse jogado basquete.

Brynn e eu costumávamos nos sentar uma ao lado da outra no chão do ginásio durante a Educação Física, passando uma única bola de chiclete entre a gente. Eu mascava uma linha de um lado e ela mascava uma linha do outro, até formarmos um tipo de padrão listrado. Ela escrevia o nome do Brian e eu mascava o chiclete dela, concentrada nos seus dedos em concha em torno do meu tornozelo enquanto escrevia. Da última vez que fez aquilo, vi ela escrever o M maiúsculo e senti meu coração vacilar. Tomei o pincel atômico da mão dela. *Chega*, falei. *Vai desenhar no seu tênis.*

Quanto mais perto eu chegava da ave, mais estranha ela parecia. O pescoço estava torcido ao lado da raiz de uma árvore. Uma das asas estava quase toda dobrada para trás. Quando me viu contornando a lateral do banco, o pescoço se inclinou ainda mais, até me encarar de cabeça para baixo.

Me ajoelhando na terra molhada, estendi uma mão cuidadosa em volta dela. Com definitiva certeza uma garça; uma garça grande, de um branco imaculado com um bico laranja barulhento que se abria um bocado. Ela soltou um silvo prolongado. A asa que não estava dobrada estava apoiada junto ao corpo em formato de flecha. Notei que um dos pés amarelos estava torto por completo, era provável que quebrado.

Me traz uma toalha, gritei. *Rápido.*

Milo voltou trazendo uma das nossas toalhas boas, de visitas. Eram de um cor-de-rosa claro com um bordado costurado nos cantos; aquelas que nunca secavam nossa mão, só deslocavam a água para lá e para cá.

Idiota. A mamãe vai surtar.
Ele trouxe a Brynn junto. Ela se ajoelhou ao meu lado na lama, cheirando ao spray corporal de framboesa com o qual tinha se encharcado o verão inteiro; um frasco meio cheio que havia encontrado em uma gaveta no Y. *Coitadinha. O que a gente faz com ela?*
Vou enrolar ela, aí a gente vai levar lá para a casa da árvore.
E depois?
Cuidar dela até ficar boa, expliquei. *Curar ela.*
Brynn ergueu uma sobrancelha. Ela tinha ficado muito boa nisso. Ela também era boa em sorrir com só um canto da boca, e em inclinar a cabeça em uma direção que fazia o rabo de cavalo roçar no ombro. Ela me deixava com a sensação de que eu não tinha a menor ideia do que estava fazendo com meu próprio corpo, de que cada partezinha dela estava sob controle. Milo sempre a observava também, com um olhar esquisitão. Quando ficava daquele jeito, eu o beliscava até ele parecer normal de novo. Ela era minha — era para eu gostar dela, eu olhar para ela. Mas nós éramos as únicas amigas dele, na real, sem nenhuma outra menina por perto para encarar. Contanto que mantivesse os comentários para si, ele podia pensar o que quisesse.
Distrai ela, tipo sacode os braços ou algo assim. Agitei a toalha na minha frente, como um toureiro. *Aí vou pegar ela.*
Parado do outro lado, Milo se inclinou para a frente e sacudiu o vidro de manteiga na cara do pássaro. A garça recuou e eu trouxe a toalha para perto, enrolando-a em torno do corpo magro, erguendo-a com firmeza, como ergueria um cachorro molhado para tirá-lo da banheira. Ela se debateu um pouco, mas o esforço pareceu esgotá-la. O pássaro ficou mole quase na mesma hora.
Nossa procissão seguiu pela trilha de terra que atravessava o coração do cemitério: eu carregando o pássaro, Brynn pisando duro com as sandálias plataforma e Milo, que sempre vinha por

último, não importava onde estivéssemos ou o que estivéssemos fazendo.

Subi a escada com uma mão só, apertando o pássaro contra o peito, embrulhado como um bebê. A casa da árvore era feita basicamente de madeira compensada — todos os quatro lados e o telhado —, com tábuas pregadas de modo desordenado como piso. Ela ficava a um metro e meio de altura no carvalho, e a varanda era um ótimo lugar para se apanhar uma brisa.

Sai da frente, disse Brynn, subindo depois de mim e golpeando a parte de trás dos meus joelhos. Eu de fato não queria entrar. Uma das maiores baratas que eu já tinha visto estava rastejando pelo teto mais cedo. Uma daquelas que às vezes voam. Me enfiei ao lado da balaustrada enquanto Milo subia por último. Ele ainda segurava o vidro, sacudindo-o em torno da cabeça.

Dá para parar?, perguntei. *E cadê o meu?*

Ele apontou para o cemitério e riu.

Vamos entrar logo. Brynn espetou um dedo sob a barra da toalha e a puxou para cima para revelar o pescoço encolhido da garça, com as peninhas brancas eriçadas. Ela parecia sonolenta e fofa, embrulhada como se tivesse pegado um resfriado.

Só um segundo, falei. *Deixa eu olhar lá dentro primeiro.*

A Jessa tá surtando por causa das baratas. Milo forçou o pé na porta de entrada, metade dele na varanda, metade lá dentro. *Ela tá com medo de um inseto que tem tipo uma fração do tamanho dela.*

Qual é. Brynn segurou o cotovelo dele. *Só mata ela, Milo.*

Havia uma compreensão nos olhos da Brynn quando ela olhou para mim. Eu realmente era só uma garota para ela; uma que tinha medo de barata, enquanto meu irmão, que não conseguia sequer raspar a parte interna de uma pele de guaxinim sem ficar verde, era aquele que sempre seria chamado para ajudar. De nós dois, era ele o sensível. Eu ficava acordada até tarde com ele quando ele tinha um pesadelo e ficava com medo de monstros imaginários que se escondiam debaixo do cesto de roupa suja. Era ele que chorava em filmes tristes e que deixava nossa mãe consolá-lo quando se machucava. Era eu a durona, mas, porque era uma garota, aquilo era tudo o que a Brynn via. Milo, um gatinho assustado do primeiro ao quinto, sempre seria o cavaleiro.

Eu consigo. Tomei impulso, mas Milo pôs uma mão no meu ombro, me fazendo tombar sobre os calcanhares de novo.

Deixa que eu mato, você as odeia.

Não tô com medo. Eu não ligo.

Lutamos enquanto eu tentava avançar aos trancos e Milo ficava me empurrando para trás. Brynn estava presa entre a gente, as mãos dela se erguendo para bater na nossa cara.

Parem com isso, gritou ela. *Vocês são dois idiotas.*

Houve um último empurrão do Milo, cujos braços eram um tanto mais compridos do que os meus. Caí para trás sobre a balaustrada e a ouvi rachar, o som como o de gelo atirado em um copo de água morna. Então o pássaro e eu despencamos da beirada.

Aterrissamos com força em alguns galhos de carvalho caídos. Fiquei ali deitada chutando folhas, tentando recuperar o fôlego que havia perdido. Virei a bochecha para a terra e escutei o sangue martelando nos ouvidos, esperando o mundo voltar aos eixos de novo.

Alguém me virou de barriga para cima. A Brynn estava chorando, e então gritou. Milo arrancou o pássaro dos meus braços. A toalha estava manchada de terra e de algo mais escuro. Eu tinha caído em cima do pássaro com todo o meu peso. A cabeça dele pendia frouxa da abertura na parte de cima, sangue e um fluido espesso e viscoso pingavam do bico aberto.

Puseram meu braço quebrado em uma tipoia de pano. O osso do meu ombro tinha se partido tão no alto que não conseguiram pôr um gesso nele. O remédio para a dor me deixava sonolenta demais para andar ou falar muito. Estava feliz por isso; não queria mais pensar no pássaro, no aspecto dele quando o Milo o ergueu acima da minha cabeça, sangrento como um bebê abortado.

Naquela noite acordei de um pesadelo no meu quarto, o ombro latejando, chamando pela minha mãe. Ela segurou minha cabeça no colo enquanto eu soluçava, tirando o cabelo suado do meu rosto com movimentos carinhosos. Limpou o ranho do meu nariz com a manga da camisola e nos cobriu com o cabelo comprido que tinha, uma cortina que cheirava a sono e ao limão fermentado da pele dela.

As mãos dela acariciaram com calma minhas bochechas e a pele abaixo dos meus olhos. *Você não quis matar ela. Ela já estava com dor. Às vezes a gente apenas não consegue consertar as coisas.*

E eu sabia que ela tinha razão, porém uma parte pequenina e escura de mim vira como as penas do pássaro brilhavam magníficas à luz do sol e quisera fazer com que ficasse ao meu lado para sempre. Então estava chorando por causa disso: pelo fato de que eu era o tipo de pessoa que desejaria a morte de uma criatura só para fazer com que fosse minha.

4

Treinei Bastien na parte da frente da loja e o familiarizei com a mercadoria. Era estranho iniciar um colaborador em coisas que eu conhecia desde antes de usar aparelho fixo. Eu crescera brincando com crânios bovinos e camundongos liofilizados, remexendo casualmente em tigelas de dentes de tubarão porque gostava da sensação pontiaguda entre os dedos.

— Falta muito? — Bastien varria o concreto, juntando flocos de espuma e fragmentos de galhadas da cabeça do veado que eu estava montando fazia uma hora.

— Difícil saber.

— Talvez, tipo, quarenta e cinco minutos? Quinze?

— Não sei.

A espuma que havia escolhido era grande demais. Não estava conseguindo colocar a galhada onde queria, e, em vez de arrancar o couro e começar de novo, tentei esticá-lo com as mãos. Martelei uma das pontas na mesa de preparação de metal e a lasquei feio. Foi um erro de principiante, um que eu não cometia desde que estava no Ensino Médio.

— Mas você acha que vai acabar logo?

— Talvez.

Era uma distração isso de ter outro corpo vivo na oficina comigo. Eu não conseguia me concentrar. Bastien gostava de conversar enquanto trabalhava. Ele era irrequieto e espástico, andando para lá e para cá na oficina para pegar uma das ferramentas que eu estava usando, ou para acariciar um pedaço da pele do veado. Ele tinha pegado olhos de vidro de todas as cores e começado a separá-los em pilhas que eu teria de guardar antes de irmos embora. Vi ele pegar a linha resistente que eu usava para costurar e enrolá-la em volta da palma da mão, fazendo algo que lembrava uma pulseirinha da amizade. Aí ele desistiu e atirou o emaranhado no chão.

— Ainda tem algo para fazer lá na frente? — perguntei.

— A porra do chão tá tão limpa que dá para comer nela. — A vassoura parou por um segundo. — Foi mal.

— E a correspondência que pegou chuva?

Ele arrastou os pés até o canto e usou a ponta da vassoura para alcançar a sujeira que sempre se acumulava ali. As pontas das orelhas dele estavam vermelhas e a nuca, um pouco queimada de sol. Eu me perguntei como ele passava o tempo quando não estava na loja trabalhando. Os amigos dele não eram uma boa companhia.

Ele cavoucou a poeira, e algumas cerdas se quebraram.

— Tá espalhada na vitrine da frente por onde entra quase todo o sol.

— Legal. Valeu.

— Meio que pensei em tirar o bode dali, tia Jessa. — Ele virou a vassoura para cima e dedilhou as bordas desgastadas, quebrando mais pedaços, que se espalharam pelo concreto.

— Por quê? Tivemos um tráfego de pedestres mais intenso na última semana do que no último mês.

A poeira se elevou e se agitou no ar em torno dele, formando um halo.

— O pelo dele tá desbotando. Parece empoeirado ou algo assim.

— Merda.

— É.

Baixei o descosturador e flexionei os dedos rígidos. A cara aberta do veado olhava para mim, meio atordoada por causa dos olhos de vidro tortos. Eu ia ter que refazer tudo.

— Vamos mudar ele de lugar agora. Talvez pôr outra coisa ali.

Lá na frente estava tão limpo quanto o Bastien disse que estaria. A poeira permanente que havia se acumulado nas prateleiras não tinha resistido ao desinfetante. As pilhas de cartas ao lado da caixa registradora foram separadas em um sistema de bandejas de plástico, com etiquetas de "vencidas", "em aberto" e "pagas" — a última era uma única folhinha amassada, o que eu achava que podia ser um erro.

Cada um de nós pegou um lado do Bagot, sem querer virá-lo e deixá-lo cair; era provável que isso arrebentasse as costuras dele, e eu teria que empalhar e recosturar tudo.

— Você pode buscar a vovó na galeria hoje?

Quase tropecei em uma pilha imensa de pele de cobra que ele havia posto no caminho.

— Você não pode pegar ela?

— Na real eu não devia dirigir.

Não tinha previsto que teria de ver a arte da minha mãe, pelo menos não de imediato. Sabia que ela ia à galeria quase toda tarde, mas imaginei que fosse só uma maneira de a manter na linha enquanto exorcizava do sistema qualquer furor artístico bizarro. O plano não incluía dar uma olhada no que quer que ela tivesse criado. Tinha certeza de que não era nada que me agradasse.

Bastien cambaleou até a parede oposta, onde o sol da vitrine da frente não batia.

— Ela quer te mostrar uma coisa.

— Cacete. Tá bom. — Larguei o bode de um jeito um pouquinho menos gentil do que deveria. Examinei o focinho. — Você tem razão, ele tá bem surrado. — A pele tinha ficado deformada com a luz do sol incidindo direto nela. As duas orelhas estavam com uma crosta, e as narinas do bode apresentavam uns ligeiros craquelados. — Ele precisa de hidratação.

— Consigo fazer isso.

— Eu faço quando voltar. — Só que eu tinha que ir às compras e pegar o uniforme da banda marcial da Lolee na lavanderia e dar uma passadinha nos correios para enviar algumas encomendas.

— Só precisa de uns emolientes. Vou tomar cuidado.

— *Emolientes*?

Ele se agachou diante do bode e examinou os cascos, que também estavam um tantinho escamosos.

— É. Vaselina.

— Você nunca fez isso antes.

Sacando um bloco do bolso de trás, ele rabiscou algumas anotações.

— Vi você fazer algumas vezes. O vovô também, quando eu era pequeno. Também existe essa coisa chamada internet. Você pode pesquisar uma caralhada de coisas ali.

Meu pai teria amado ensinar os segredos do ofício, se Bastien alguma vez tivesse demonstrado interesse quando ele estava vivo: como empinar uma orelha, o melhor jeito de desossar uma caça pequena sem arruinar a pele. Se ele ainda estivesse vivo, poderíamos estar os três na loja, e não apenas eu tentando fazer tudo sozinha nas coxas. Lembro da primeira vez que meu pai me mostrou como limpar e restaurar dentes. Levou o dia inteiro, mas quando terminamos, a aparência deles era quase perfeita na mandíbula do veado. Havia algo tão satisfatório nisso: trabalhar em uma peça até deixá-la perfeita. Eu podia ensinar o Bastien a criar assim, eu achava. Eu podia lhe mostrar algumas das coisas que meu pai havia me mostrado.

— Tá. Vamos ver. — Peguei as chaves da camionete atrás do balcão.

— Certo. — Ele esfregou a nuca e encarou as anotações.
— Vou só começar com algumas das coisas menores, e você pode conferir meu trabalho depois.

Quando saí, ele estava sentado no chão diante do bode, medindo o pescoço e a cara dele com as mãos. Ele parecia prestes a falar, e o animal também, como se já estivessem se comunicando. Havia mantimentos e o uniforme da Lolee para buscar, mas o que eu queria, mais do que qualquer outra coisa, era uma cerveja. Passei pela oficina de reparo de ar-condicionado com as palavras AQUECIMENTO E REFRIGERAÇÃO gravadas em letras pretas ao longo das vitrines, pela barbearia onde Milo e eu tínhamos cortado o cabelo pela primeira vez, e parei no estacionamento do único bar em que meu pai e eu bebíamos. Não havia carros ali fora, e vi isso como um bom sinal.

Um casal estava metido no mesmo banco de uma mesa de canto, mas com exceção deles e do barman eu estava sozinha. Sentei em um dos banquinhos vermelhos de vinil e o barman largou uma cerveja na minha frente. Jimmy tinha mais ou menos a idade do meu pai. Eles haviam estudado juntos na escola secundária, a mesma que Milo e eu frequentamos. Ele usava o tipo de camisa que meu pai sempre odiara ver em caras da Flórida: uma coisa cor-de-rosa floral com palmeiras em estilo havaiano, desabotoada a ponto de revelar uma faixa de pelos grisalhos. Uma corrente dourada se aninhava no meio deles.

Eu gostava de ficar ali. Era fresco sem ser úmido, pouco iluminado de um jeito que deixava meus olhos confortáveis. Lá fora, um verde suculento que pulava na cara vindo de todos os lados se mesclava à luz do sol de uma forma tão agressiva que era certo que te daria catarata lá pelos 65 anos, mas no bar você podia fingir que o mundo exterior não existia mais.

Estava tocando um rock clássico, e o bartender cantarolava junto. Bebi minha cerveja em goles longos e lentos e pedi mais uma. Meu pai e eu frequentáramos aquele lugar durante anos, quase sempre nas noites de quinta ou sexta-feira depois de fecharmos a loja. Bebíamos umas duas cervejas cada um e nos sentávamos em silêncio, sem necessidade de falar de algo em especial. Minha mãe esperava pelo meu pai em casa, e ninguém esperava por mim. Ele nunca queria saber com quem eu estava saindo. Nem uma única vez perguntou por que eu estava sempre sozinha; eu nunca levei ninguém para jantar ou para conhecer minha família. Qualquer coisa que tivesse a ver com sexo o deixava extremamente desconfortável. Ele não gostava de piadas sujas; jogou fora os catálogos da Victoria's Secret da minha mãe porque achava as fotografias ofensivas. *Que lixo*, disse ele quando entrou na sala e flagrou o Milo e eu assistindo a uma comédia em que duas pessoas faziam um sexo constrangedor. Milo protestou dizendo que aquilo era para ser engraçado, mas nosso pai apenas desligou a televisão e nos disse que o sexo não era motivo algum de riso.

Nossa família não era religiosa. Nenhum dos meus pais jamais falou da retidão moral do que quer que fosse. Nós só não discutíamos os assuntos uns dos outros. Basicamente recontávamos as mesmas velhas histórias, uma nostalgia de coisas que repassáramos milhares de vezes antes, envernizando as lembranças para que brilhassem e escondendo as partes feias. Eu me perguntava muitas vezes porque não conseguíamos falar do presente, por que o passado continha todas as promessas enquanto o futuro se estendia diante de nós feito água parada.

Meu pai e eu tínhamos vindo beber cerveja na semana anterior a que ele se matou. Ele se sentou ao meu lado no banquinho e fez uma piada boboca de tiozão sobre ursos-polares. Eu ri, sem saber que ia encontrá-lo em uma poça da própria massa encefálica menos de três dias depois. Esvaziei depressa minha segunda cerveja e não gostei tanto dela quanto da primeira.

* * *

Com o avental de trabalho, minha mãe parecia uma professora de Arte do Ensino Fundamental. Era uma coisinha preta com bolsos imensos, e ela o vestia por cima de uma camiseta de quando havia repintado a casa. Não reconheci a calça jeans com que ela estava, mas talvez fosse porque nunca a usava. Minha vida inteira ela disse que jeans apertavam a bunda dela.

— Humpf. — Ela se agachou, e os jeans ficaram tão justos na bunda dela que passaram a ser três tons mais claros. — Huumpf. Um lápis se sobressaía dos dentes cerrados. Ele oscilava para cima e para baixo enquanto ela avaliava uma pilha de partes diante de si. Ela se agachava até embaixo, inclinada a tal ponto que tive certeza de que a calça ia rasgar no meio. Dei um puxão nos meus próprios jeans, que subiam cada vez mais pela minha virilha, e tentei não dizer nada maldoso a respeito da monstruosidade que minha mãe estava congregando.

Havia uma miríade de latas de látex líquido, tintura para cabelo e bisnagas de tintas com glitter que usávamos em camisetas no Ensino Médio. Ela tinha dissecado quase todos os animais extraídos da caixa de partes, tirando as asas do morcego, trinchando a cara de um esquilinho. A cara se encontrava afastada do resto de uma forma bizarra, encarando extasiada a obra que minha mãe montava com cola quente industrial.

Ela deixou cair o lápis. Ele rolou pelo chão, parando perto de umas latas de tinta spray.

— Droga — disse ela, rastejando até lá.

— Não é incrível? — Eu nunca vira Lucinda Rex tão casual, de calça jeans e camiseta como minha mãe. O cabelo escuro estava puxado para trás com um elástico cor-de-rosa. Ela usava óculos, uma armação enorme que abarcava um bocado do rosto. Era uma combinação bem fofa no geral, e senti que minhas mãos começavam a suar de novo.

— O que é que você está fazendo, exatamente? — perguntei, imaginando se meu próprio cabelo estava daquele jeito estranho, com os fiapinhos saindo da trança.

— Sua mãe está testando novas técnicas. Acho que o trabalho está ficando bastante bom.

— Claro. — Para mim parecia que um caminhão tinha passado por cima de uma lixeira cheia de animais atropelados, mas eu não diria aquilo para a Lucinda.

— Temos massa corrida? — Minha mãe pegara a cabeça do esquilo e estava afixando aquilo à couraça solta de um tatu, usando a cola quente. Quando afastou a pistola, o fio se partiu no ar, dando ao esquilo um topete de plástico.

— Claro, Libby. Deixa eu ver o que consigo encontrar.

No chão ao lado da minha mãe havia uma bandeja com rodinhas. Tinha uma tampa em cima, como se ela estivesse prestes a desfrutar de algum serviço de quarto. A toalha era branca e novinha.

— Vai comer um sanduíche?

— O quê? — Ela escavou a couraça do tatu com um estilete, soltando fragmentos aleatórios. — Ah, o almoço. Esqueci de novo.

— O que é isso, então? — Virei o guardanapo e olhei para uma enorme variedade anatômica. — São...?

— Algumas vulvas. Tem um saco escrotal em algum lugar...
— Ela arrancou a toalha da minha mão e revelou o resto, uma bandeja de metal enorme coberta de órgãos sexuais. — Ah, aqui está. — Ela espetou a faca em uma bola enrugada rolando no canto.

— O que é que você vai fazer com isso?

— Você vai ver.

Ela voltara a atenção para o estilete; continuou a forçar a faca nas laterais da couraça do tatu, abrindo buracos do tamanho aproximado de uma moedinha.

Lucinda voltou trazendo vários tubos de cola.

— Aqui está. Não tinha certeza de qual funcionaria melhor, então trouxe tudo o que a gente tinha.

O trabalho pervertia todas as coisas que eu amava na taxidermia. As nossas peças, produzidas do jeito correto, deixavam os animais inteiros e parecendo vivos — como se pudessem descer da montagem e sair andando direto para os bosques. Os animais da minha mãe eram desfigurados e disformes, amontoados como lixo. Aquilo tirava a dignidade deles.

— Dá para a gente ir agora? — perguntei, comprimindo a ponte do nariz. Desejei ter bebido outra cerveja no bar, ou que tivesse ligado para o Milo vir buscá-la.

— Vai sentar lá na frente se isso te incomoda tanto.

— Não me incomoda. — Encarei o esquilo, a carinha esticada em um esgar de dor, embora eu soubesse que ele não podia mais sentir nada.

— Claro que incomoda. Mas quer saber? Eu não ligo.

Minha mãe rompeu a carapaça do tatu, abrindo-a como um pão de sanduíche. A partir daí, começou a emplastrar toda ela em uma tela branca larga montada em um cavalete ao lado. Parecia que alguém tinha tentado colocar gesso e fracassado.

O focinho preto emergiu da massa corrida, buscando ar.

— É horrível — disse, incapaz de aguentar mais. — Mal consigo olhar.

— Ah, sério? Horrível? — Ela abriu o tubo de cola e a esparramou pela tela e por cima da couraça do tatu, espalhando-a até o esquilo ficar totalmente submerso. — Então é mais horrível do que destripar animais e raspar tudo o que têm por dentro? Mais horrível do que empalhar cabeças e montar elas nas paredes da sala de estar das pessoas?

— O papai ia odiar. — Disso eu sabia; meu pai teria dado uma olhada para aquela pilha de órgãos sexuais e partes taxidermizadas e tido vontade de queimar tudo.

— Que bom. — Um golpe especialmente forte deixou um buraco na tela. — Ah, cacete. — Ela se virou, o queixo contraído de raiva. — Aquele homem me disse o que fazer durante toda a minha vida adulta. Do que eu podia gostar, do que era aceitável falar. Era como viver dentro de um punho cerrado.

— Não é verdade — eu disse, mas sabia que era. — Ele só se preocupava com você. Queria o que fosse melhor.

— Não preciso me preocupar com o que ele ia gostar, não é? Ele se foi. Não importa.

As pupilas dela ficaram maiores e engoliram o restante das íris. Parecia que eu estava gritando com uma criancinha pequena e que não tinha paciência, não com duas cervejas se revirando no meu estômago. Queria ir para casa e tirar uma soneca.

— Estou indo lá para a frente. Me procura quando tiver acabado.

Passei por Lucinda ao sair. Ela estava inclinada sobre o balcão, falando ao celular. Sabia que ela devia ter ouvido nossa discussão, e me envergonhava que ela soubesse detalhes íntimos dos nossos assuntos pessoais. Então fiquei com raiva, me perguntando por que ela deixava que uma mulher que com certeza precisava de terapia para lidar com o luto perdesse tempo com um monte de genitálias e de animais mortos.

Ela acenou animada para o meio da sala do outro lado do piso laminado preto. Mexeu a boca para formar a palavra *incrível*. Fez um ok, depois gesticulou de novo.

O javali que eu trouxera na semana anterior estava ereto em uma plataforma, cortado ao meio. Intestinos despencavam de ambos os lados, um vermelho líquido que chegava a formar uma poça no chão com um som de respingo que vinha de um alto-falante alojado no teto. Ele usava um estetoscópio pendente, que terminava em um ressonador cheio de lantejoulas enfeitado com uma tonelada de cristais transparentes. Falos ampliados de forma grosseira esculpidos com o que parecia ser massinha de modelar foram enfiados nos pedaços de intestino. A língua do javali fora retirada da mandíbula, removida e drapeada na lateral, pintada com o mesmo vermelho viscoso, uma baba cartunesca. Um dos intestinos havia sido havia sido puxado para a frente e pendia do outro lado da boca junto com um consolo cor de pele horrivelmente grande. Os olhos tinham sido substituídos por dois objetos verdes. Não dava para eu ver direito o que eram.

Me virei para Lucinda.

— O que é isso? — Ergui dois dedos até meus próprios olhos, aí apontei para o javali desmembrado.

Ela se inclinou sobre a escrivaninha para acionar um interruptor. Lâmpadas piscaram e iluminaram o animal por dentro, piscando de forma espasmódica — vermelho e verde, serpenteando pelos intestinos e formando uma poça no chão. Os olhos brilharam como os de uma bruxa, me encarando fixamente por cima das duas presas amarelas que permaneciam intocadas.

— Ela achou no sótão dela. — Ela abriu bem os olhos e assentiu energicamente, os óculos escorregando do nariz. — Luzinhas de Natal. Sua mãe é um gênio.

MACACA RADIATA — MACACO-DE-BOINA

Aos onze anos, nunca tinha tido um bichinho de estimação meu. Um sem-número de cães punham nossa casa de pernas para o ar, correndo desenfreados quando não estavam caçando com meu pai, de tocaia no terreno em volta da nossa rua sem saída como um bando de crianças que comeram açúcar demais. Havia o lulu--da-pomerânia, Sir Charles, mas aquele cachorro mordia qualquer pessoa que não fosse minha mãe. Se tivéssemos sorte, às vezes Milo e eu nos deparávamos com uma ninhada de gatinhos de rua escondida debaixo do galpão nos fundos. Eram pretinhos e malhados, os olhos leitosos de pus. Tentávamos lhes dar nomes, mas à noite eles voltavam a ser gatinhos sem dono. Nosso pai não nos deixava ficar com eles.

Muitas pulgas, dizia ele.

De Natal, pedi alguma coisa que se contorcesse. Não me importava o que fosse. Podia ter sido uma das tarântulas que eu tinha acariciado na loja de animais ou os lagartos se aquecendo nas pedras falsas. Gostava dos sapinhos com a pele néon, menores que meu polegar. Gerbis. Uma tartaruga. Só queria algo que pudesse segurar; algo que se movesse e respirasse e retribuísse meu afeto.

Mas por que a gente precisa de outro animal?, perguntou meu pai, meio deitado na poltrona. Ele parecia grogue, tirando cochilos intermitentes a tarde inteira, enterrado sob uma montanha de cobertores. *Já tem corpos demais nesta casa.* Os meses que antecederam as festas de fim de ano tinham sido tensos. Nosso pai estava em casa na maior parte das tardes, de mau humor e adoentado. A pele dele, sempre oleosa em excesso, ficara seca e fina feito papel, e a cabeleira em geral rebelde tinha recuado ao longo do crânio até que ele raspou o troço. Ele até tinha se livrado do bigode. Aquilo me assustava, ver aquele rosto estranho na minha sala de estar. Milo e eu ficávamos fora de casa quando ele estava lá, sem saber o que poderia deixá-lo irritado. Ele gritava quando falávamos alto demais, nos disse que as coisas estavam com um cheiro esquisito. Ouvi ele vomitando no banheiro dos meus pais e gemendo como se estivesse à beira da morte. Quando perguntei para a minha mãe o que estava acontecendo, ela disse que ele tinha pegado uma virose.

Estamos indo à falência, sussurrou Milo certa noite enquanto nos escondíamos na varanda dos fundos. Nosso pai reclamava de alguma coisa aos berros pela terceira vez naquela noite e nossa mãe tentava acalmá-lo. *Isso aconteceu com a família de um menino da escola e aí os pais dele se divorciaram.*

Não acho que a gente esteja falido. O papai não estava trabalhando, mas ainda havia um bocado de clientes regulares. Ele tinha ido só dois dias naquela semana antes de passar o resto do tempo enfiado no quarto. Eu andava pelo corredor silenciosa como um fantasma, certa de que os passos podiam acordá-lo. Ele tinha empilhado várias colchas diferentes, embora a casa estivesse úmida e abafada naquele inverno.

Minha mãe parecia quase tão acabada quanto ele. Ela telefonava mais do que nunca para nossa tia, e só fazia isso quando estava de verdade estressada. *Não vão bem*, ouvi ela dizer ao telefone enquanto fumava um cigarro. Ela soprava baforadas ligeiras pela janela aberta da cozinha. *Ele não suporta ficar indefeso.* A força era importante para o nosso pai, em todos os âmbitos da vida. Ele se mantinha em forma usando um conjunto de pesinhos na nossa garagem. Usava fortalecedores para as mãos com regularidade, trabalhando os músculos das palmas e dos dedos. O corpo dele era um templo, a coisa que lhe permitia realizar o trabalho que mais amava. *Você não pode ser taxidermista se não tiver o corpo certo,* ele me disse, apontando para a linha marcada dos bíceps. *Tem que cortar carne. Tenho que serrar osso.*

Meu pai era alto, porém nós dois tínhamos o mesmo tipo de corpo: naturalmente musculosos e com uma constituição de buldogue. Meu irmão, esguio e leve, mal conseguia erguer o menor dos halteres acima da cabeça. Nosso pai tentou fazer ele malhar, mas Milo não estava interessado. Ele gostava de ler. Ele queria passar o tempo jogando videogame. Ele falava dos sentimentos que tinha de um jeito que fazia meu pai se encolher de vergonha. *A força também está aqui,* meu pai me disse, dando batidinhas na têmpora. *Você não tem como ser forte de corpo se não for forte na mente.*

Na manhã de Natal, nossos pais se sentaram com canecas de café, o suor brotando em gotículas das têmporas, enquanto abríamos presentes no quintal dos fundos — o único lugar da casa onde de fato dava para colocar uma árvore de Natal. Nossa mãe gostava de decorar todas as peças empalhadas lá dentro. Punha touquinhas de Papai Noel nas cabeças de veado e pendurava fios de prata nos esquilos. Lâmpadas vermelhas faiscantes pendiam das orelhas da raposa-do-ártico que meu pai mantinha na salinha.

Milo e eu nos sentamos de pernas cruzadas no chão. O papel de embrulho aderia aos nossos dedos grudentos, aqueles de lojas de 1,99 com cores que derretiam nas nossas mãos, garantindo impressões digitais radioativas que manchavam tudo o que tocávamos.

Ah, meu Deus, minha mãe exultou quando rasguei uma caixa três vezes reutilizada da J. C. Penney. Em meio ao caos de papel de seda branco estava um conjuntinho de tricô carmesim. *Você vai usar um bocado. Tão bonitinho.* Ela o pegou e o segurou contra o meu peito. *Uau, lindo.*

Minha mãe me comprava coisas que nunca viam a luz do dia, que nem sequer tinham as etiquetas removidas. Às vezes a Brynn pegava as coisas que eu não queria, como a maquiagem ou o gloss grudento que sempre lambuzava meu queixo, mas a maior parte das roupas era grande demais para o corpo magrinho dela.

Milo abriu pacotes de meias e cuecas, várias facas e um afiador assassino que daria um jeito de parar no meu quarto. O último presente meu pai pôs diante de mim, embrulhado em papel pardo. Sentado pálido na luz do sol, mal conseguia beber o café. Eu ficava assustada vendo ele tão doente — minha mãe estendia o braço e esfregava a coxa dele com a mão, como se estivesse tentando aquecê-lo.

Vai lá. Vamos ver. Ele usou a ponta do dedo para abrir uma extremidade, a fita durex já descolando com a umidade. Meu coração martelava dentro do peito enquanto eu imaginava um amiguinho que viveria no meu quarto. A caixa era pequena demais para conter um filhotinho de cachorro, mas pensei que eles podiam ter me comprado um iguana, ou mesmo uma dessas tartarugas-do--deserto que podiam comer alface na palma da mão. Milo olhou para cima, os olhos indo da caixa no meu colo para o nosso pai, que não havia lhe entregado nada.

Pelo se sobressaiu da aba no topo. Tirei dali um macaco usando cartola e fraque. Ele tinha um monóculo em um dos olhinhos castanhos e brilhantes. Parecia o mr. Peanut, o mascote da Planters.

Gostou? Meu pai fez cócegas na penugem que cobria a parte de cima da gravatinha minúscula. *Meu pai fez para mim quando eu tinha a sua idade. Agora é seu.*

Uma rosa de seda fora espetada no paletó dele. Era muito bem-feito: a boca em perfeita proporção, dentes ajeitados em fileiras brancas e retinhas. A cauda se curvava em torno do corpo, rodopiando em uma queda suave para envolver a parte de cima de uma bengala laqueada. Olhei para a carinha pequena e sorridente, e quis atirá-lo varanda afora. Era idêntico àquele macaco do filme, que transmitia a peste para todo mundo.

Valeu, eu amei, falei, tentando esconder meu desgosto. O pelo dele era escorregadio demais, como se estivesse molhado.

Segurei-o com cuidado enquanto meu irmão comia balinhas amarelas e cor-de-rosa de um tubinho com o formato do Batman. Minha mãe recolheu os pratos do café da manhã, grudentos dos restos dos pãezinhos de canela, copos de suco salpicados de polpa ressecada dos lados. Olhando para mim, meu pai bebeu um gole de café e deu um sorriso largo. Os lábios dele estavam pálidos, e havia uma ferida vermelha-viva no canto.

Cadê o meu?, perguntou Milo, resvalando de joelhos no meio dos restos de papel de embrulho. *Tem algo especial do vovô para mim também?*

Nosso pai se levantou sem responder e nos deixou na varanda.

Quer segurar? Estendi o macaco e o balancei, a cartola oscilando para a frente e para trás na cabeça.

Milo chupou os lábios por entre os dentes e piscou depressa. *Fica com ele*, falou. *É feio.*

Naquela noite meu pai abriu um espaço nas estantes diante da minha cama, empurrando para baixo a caixinha de música com a bailarina que se retorcia de um jeito esquisito ao som da Quinta Sinfonia de Beethoven e as bonecas russas que contavam a história dos três ursos. Ele pôs o macaco, chamado de capitão Peterbrook, bem no centro. O macaco se apoiava na bengala, um braço esguio e comprido para sempre erguido na altura do monóculo.

Agora tá ótimo. Meu pai o ajeitou mais algumas vezes, torcendo o corpinho com cuidado para que recebesse a melhor luz. Ele tossiu e se inclinou contra a parede por um instante antes ajeitar o macaco de novo. *Aí. Perfeito.*

Meus pais deixaram a porta aberta como sempre, a luz do corredor penetrando para lançar um brilho na textura do teto. Uma nesga iluminava o capitão Peterbrook, que parecia alguém que tinha fugido de um hospício. Eu me virei e olhei para a parede oposta, tentando não pensar no macaco descendo no meio da noite, a bengala batendo de leve no piso. Ainda estava acordada uma hora depois, ouvindo o murmúrio das vozes dos meus pais na sala.

Se eu sair dessa, vai ser um milagre.

Dá para parar, por favor. A voz da minha mãe soava pastosa, como se tivesse chorado. *Só por um dia. É Natal.*

Tô te dizendo, nunca mais vou fazer isso. De jeito nenhum, pô.

O capitão Peterbrook me encarava malicioso lá do poleiro, os dentes brilhantes e pontiagudos.

Brynn amou. Ela o balançava como a um bebê e arrulhava coisas sem sentido para a cara feia dele, querendo despi-lo como se fosse uma Barbie. *O paletozinho! É tão fofo!* Ela o agarrou bem apertado contra o peito, e a cartola saiu do lugar. *Se você não quer, posso ficar com ele?*

Eu não queria o macaco, mas tinha medo do que o meu pai diria se visse que ele não estava lá. Ele não tinha ido trabalhar nenhum dia da semana depois do Natal. O rosto estava magro como o de um esqueleto. A irritação vermelha nos lábios havia ficado tão feia que ele tinha começado a esfregar vaselina nos cantos. *É só brincar com ele quando você vier aqui.*

Ela sacou um pente de plástico da bolsa e escovou o pelo fino e macio da barriguinha sob o paletó. O macaco estava virado com a cabeça para baixo no colo dela, uma das mãos matreiras meio pousada na saia. *Vou cuidar tão bem dele, eu prometo.*

Um aquário para um sapinho teria cabido com perfeição na estante, ou mesmo uma gaiola para um hamster. Em vez disso havia só o macaco, uma coisa encrespada e feia com a pelagem empoeirada e o paletó bizarro de agente funerário. Era o exato oposto do que eu queria — algo quentinho e carinhoso, algo novinho em folha que pudesse ser só meu.

Brynn levou o macaco para a escola e todo mundo teve vez de brincar com ele. No fim do dia, estava completamente despido. Havia pedaços no ônibus escolar, pelo ao longo do chão, grudando nos sapatos das pessoas. Sem as roupas, ele parecia mais humano e envergonhado. Havia buracos no pescoço onde o paletó fora desprendido. Queria chorar vendo ele daquele jeito, todo nu e desamparado.

Sozinha no quarto, encarei o espaço vazio na prateleira onde o macaco costumava viver. Alguma coisa viva — um periquito, até mesmo um peixinho dourado — teria tornado tudo isso mais tolerável. Peguei as outras peças empalhadas do meu quarto e as atirei debaixo da cama: um beija-flor sorvendo uma delicada flor de hibisco, meu gatinho laranja com os olhinhos fechados, a pele de veado que eu mantinha ao pé da cama da mesma forma como uma pessoa poderia ter largado um cobertor.

Escrevi o nome da Brynn de canetinha na parte da frente do meu tênis, ao lado do meu. Uni nossos nomes com corações redondos e desproporcionais, pressionando os dedos nos lábios e depois na borracha. Aí esfreguei tudo até ficar só uma sujeira preta enorme.

5

Lolee e eu estávamos sentadas junto ao balcão da cozinha da casa dos meus pais jogando Jenga e trocando histórias de menstruação. Elas ficavam mais e mais gráficas à medida que removíamos os blocos da pilha oscilante, assentando-os com delicadeza no topo.

— Teve uma vez que eu soltei um coágulo do tamanho de uma lesma de jardim. Ele ficou preso do lado do vaso. Quando esmaguei ele com os dedos, ele parecia uma lesma também. — Lolee retirou o bloco com leveza, mal balançando a torre.

Cutuquei vários possíveis alvos.

— Uma vez tirei um absorvente interno em um banheiro público. Quando atirei ele no lixinho de metal, ele caiu no chão e rolou por baixo da cabine. Parou do lado do sapato de uma mulher.

— Duvido.

— Juro por Deus.

— Ela pisou nele?

Um bloco se soltou e tudo balançou, mas não tombou.

— Ela meio que deu um chutinho nele.

— Nojento. — O timer apitou por causa dos biscoitos pré-prontos. Ela pegou a luva térmica, dois dinossauros desenhados que mordiam ambos os lados da assadeira. Estávamos brincando de festa do pijama, mas na real eu estava servindo de babá porque estava todo mundo ocupado e Lolee estava em uma idade em que era considerada *nova demais* para ficar sozinha, o que em uma tradução livre queria dizer que *podia convidar um menino para ir até lá e se tornar promíscua.* Era algo que minha mãe tinha me pedido, não o Milo. Meu irmão nunca sabia o que a filha dele estava fazendo. Quando Lolee precisava de alguém, ela me chamava, ou a avó. Milo era como um tio engraçado que lembrava de trazer sorvete para casa, o tipo de pai que levava você para o parque de diversões em vez de obrigar a fazer a lição de casa. Lolee o amava, mas dava para ver que ela não achava que ele era confiável. Milo dizia que apareceria para o café da manhã, e você o veria duas semanas depois quando ele desse uma passadinha para tomar uma cerveja. Sem indícios do que estivera fazendo. Sorrindo, feliz. Despreocupado.

Era eu quem falava com a Lolee a respeito do corpo dela e do que podia esperar dele. Eu tropeçava nas palavras, mostrando as ilustrações na caixa de absorventes como uma espécie de guia prático. Apontando para o útero, o colo do útero, as linhas pequeninas em rosa-bebê e branco, desenhos de dedos e desenhos de vaginas. Ela ria, e então eu ria, e era esquisito, mas pelo menos estava feito.

Lolee se sentou diante de mim, apoiando os pés descalços nos suportes do meu banquinho.

— Manchei os lençóis bem feio uma vez — disse ela. — O sangue passou para a calcinha, para a minha camisola, para os dois lençóis e para o edredom. Sonhei que estava nadando no lago.

— Já aconteceu comigo.

Pegamos biscoitos da chapa de metal, queimando os dedos, lambendo as gotas de chocolate derretido das mãos. Toda vez que tocávamos um bloco, deixávamos manchas gordurosas para trás.

— Tenho uma boa — disse. — Uma vez eu estava ficando com uma garota no banco de trás do carro dela. Estava bem escuro e a gente não se deu conta de que a menstruação dela tinha descido até chegarmos em casa.

Lolee fez uma pausa enquanto cutucava um bloco.

— Você tá mentindo.

— Abri a porta do carro e a luz do teto ligou. Foi aí que a gente viu o sangue. Tivemos que passar em um posto de gasolina e nos lavar na pia do banheiro.

— Credo. Que nojento.

A torre caiu, e choveram blocos de Jenga no chão da cozinha. Um deles escorregou para baixo do fogão. Eu me apoiei nas mãos e joelhos para recuperá-lo. Quando não consegui alcançar, apanhei a espátula que usamos para os biscoitos e fiz movimentos amplos debaixo do eletrodoméstico, liberando o bloco junto com uma variedade de farelos, alguns bolinhos de batata velhos e algo que um dia pode ter sido um nugget de frango.

— Quem era a garota? — Lolee esgravatou em busca de migalhas de biscoitos perdidas.

— Ninguém que você conhece. — Como eu podia dizer que a garota era a mãe dela? Que, quando a Brynn viu o sangue nas minhas mãos, riu até chorar? Que tinha uma coroa amarronzada em volta da minha boca no lugar em que eu a tinha chupado até dizer chega? Era uma lembrança agridoce. Na noite seguinte ela tinha saído com o Milo, e, quando ele voltou para casa depois do filme, havia manchas de batom no pescoço dele. Não tínhamos falado disso; nunca falávamos disso.

Normalmente minha mãe tomava conta da Lolee, mas ela estava na galeria de novo. Ela passara todas as noites lá nas últimas semanas, organizando uma espécie de mostra artística, ou pelo menos foi isso que Lucinda disse quando fui buscar minha mãe. Ela a descreveu como inacreditável, inovadora, uma em um milhão. Todas essas expressões me levaram a acreditar que eu odiaria cada detalhe, mas Lucinda era bonita e eu não diria algo maldoso.

Lucinda tinha uma voz rouca que soava como se ela estivesse com um perpétuo resfriado. Ela mantinha o cabelo amarrado em cima da cabeça e uma mecha solta enrolada de um jeito fofo na orelha. Linda de um jeito que não indicava nenhum esforço, o tipo de mulher cuja vida inteira é mapeada e planejada e perfeitamente conduzida sem a necessidade de fazer qualquer esforço em absoluto. Alguém assim ia sem sombra de dúvida se escafeder ao primeiro sinal de desordem. Se eu lhe contasse a história da nossa família, toda morte e abandono e comportamento excêntrico, ela dispensaria minha mãe? O constrangimento podia valer a pena, se significasse que minha mãe pararia de esfregar o pornô taxidermístico na cara das pessoas. Mas a questão era irrelevante, porque eu mal conseguia encadear três palavras na frente dela.

Lolee pôs um filme e se sentou de pernas cruzadas no chão. Ela pintou as minhas unhas dos pés com esmalte verde-meleca e tentei parar quieta. Ela desenhou uma listra na unha do meu dedão e mandou uma mensagem de texto no celular; fez outra lista, mandou outra mensagem. Tirou uma foto do meu pé e aí me enviou.

"Tô bem aqui. A gente não precisa trocar mensagens."

"Cala a boca e fica parada, você vai sujar o tapete."

Depois disso ela pintou as unhas de todos os animais empalhados da sala. A lebre no suporte da lareira ficou com o rosa-bebê; os furões branquinhos ao lado da tevê ficaram com o azul-marinho. Escolhi vermelho para as garras do tartaranhão-azulado. Parecia que ele tinha acabado de dar um rasante e de matar alguma coisa.

— Me consegue umas batatas fritas. — Lolee puxou o capuz cinza para cima. Tinha orelhinhas de coelho costuradas na parte de cima que bamboleavam quando ela sacudia a cabeça.

Nos amontoamos no banco da frente da minha camionete. Tinha colocado os chinelos dela porque ela disse que minhas botas iam estragar o esmalte. Eram um tamanho menor, e meu calcanhar desprotegido raspava o chão cheio de areia sempre que eu pisava na embreagem. Ela brincava com o rádio e eu dirigia sem destino, pegando batatas fritas no drive-thru do McDonald's e buscando sorvete no posto de gasolina. Estava cheio de gelo e tivemos que comer em volta das partes ruins com as colherinhas de madeira que eles deixavam ao lado do caixa.

Se eu olhasse para ela com o canto do olho, sentia que estava andando de carro com a Brynn. Ela colocou os pés no painel e puxou meu cabelo quando tirei sarro da sua língua presa infantil. A voz era igual à da mãe, meio gutural e com uma propensão a se elevar em um tom agudo no final das frases, sobretudo se estivesse se queixando de alguma coisa. Eu não era o tipo de pessoa que fazia amigos com facilidade. Eu tinha sido próxima da Brynn, e havia Milo, e aí o meu pai. Brynn tinha ido embora, meu pai estava morto e Milo estava tão aprisionado dentro da própria cabeça que não havia como falar com ele a respeito de coisa alguma. Passava várias madrugadas estacionada na frente da televisão ou na loja, bebendo cerveja até não conseguir enxergar direito e até não me importar se as pelagens se recusavam a me responder.

A necessidade, eu pensava, *é um invasor sorrateiro*.

Levamos nossa comida para o lago. Ainda havia algumas luzes no estacionamento, mas estava basicamente escuro. Nossos passos no cais eram guiados pela pura sorte e pela lua leitosa brilhando através do manto de nuvens. Lolee se agarrou no meu braço e segurei o saco com o resto das batatas fritas, a gordura encharcando a sacola de papel e sujando minha camisa.

Um cheiro mineral úmido se desprendia da água. Ele banhava o cais em rajadas suaves, batendo na costa e deixando para trás trilhas escorregadias da lama dos juncos.

— Eu quero nadar — disse Lolee, se livrando dos sapatos.

— Tá escuro demais.

Ela tirou a camiseta e o short, pulando na água vestindo apenas sutiã e calcinha. A água se agitou. Quando voltou a emergir, a cabeça dela estava lustrosa como a de uma foca.

Dei batatas fritas na boca dela quando ela veio espadanando até o cais, se agarrando à madeira com os dedos murchos, reclamando das farpas. Os lábios estavam cobertos de saliva e brilhavam à luz da lua. Aquilo me fez lembrar de quando era pequena, de como só queria comer se alguém a alimentasse. Brynn a chamava de bebê passarinha, e ela se parecia com uma, com o rostinho pontiagudo e o nariz bicudo. Ela tinha tanta cólica que mantinha a casa inteira acordada todas as noites. *Nunca mais vou fazer isso, nunca mais vou ter outro bebê*, disse Brynn. Ela passava Lolee adiante sempre que podia — para a minha mãe, para mim, para estranhos no supermercado. *Só quero uma folga*, me falava. Havia círculos roxos sob os olhos dela, como se tivessem sido desenhados de canetinha. *Se pudesse fazer tudo de novo, teria pensado na faculdade com mais cuidado. Talvez devesse ter ido embora logo depois do Bastien.*

— Tem muita alga aqui. — Lolee chutou com força, e a ondulação se espalhou pela costa com o ímpeto.

— Provavelmente é uma cobra.

— Sim, claro. — Ela espirrou uma mãozada de água do lago em mim, e tirei o saco do caminho para que não ficasse ensopado.

— Estou apoiada em tantos pneumatóforos. Vou cair e arrebentar minha bunda.

— Eu puxo você assim.

Ela nadou ainda mais longe, pernas brancas se agitando.

— *Naaah*. Tem farpas.

Nossas batatas estavam frias, mas na real eu não estava mais com fome. Só estava brincando com a comida. Encharquei o saco inteiro de ketchup e fiquei a olhando nadar ainda mais longe, longe o bastante para a cabeça virar só um pontinho preto se sacudindo na superfície.

— Volta agora — gritei, mal conseguindo enxergá-la. Ela se agitou um pouco mais na água, nomeando cada movimento que havia aprendido nas aulas de natação.

— Nado peito, cachorrinho. — Ela se movia aos arranques, a água se abrindo em torno dela. — Borboleta, cachorrinho. Nado livre, cachorrinho.

Ofegante, ela chegou ao cais e ergueu a mão. Puxei-a depressa, mas ela ainda raspou a parte de cima da coxa.

— Jesus! Eu disse que teria farpas.

Luzes iluminaram a água de vermelho e azul, que se combinaram e mancharam tudo de roxo. Uma porta de carro bateu, o som ecoando no lago.

— Rápido, põe a roupa. — Enfiei a camiseta amarela nela quando ela demorou demais para pegá-la. O shortinho emperrou na metade das pernas enquanto ela o puxava na pele molhada.

O policial veio caminhando pelo cais e acendeu uma lanterna na nossa cara. Fiquei diante da Lolee, que enfim tinha conseguido colocar o short por cima da calcinha.

— O parque fecha depois de escurecer.

— A gente só tava jantando. — Ergui o saco de papel amassado, mas a luz não saía do meu rosto.

— Vocês estão comendo na água? — O feixe da lanterna mudou para Lolee e flutuou pelo cabelo úmido, dois círculos molhados delineando o lugar em que o sutiã tinha ficado ensopado do lago.

— A gente já tava indo embora.

— Mostra um documento.

O oficial era jovem e não o reconheci. Muito loiro e com um maxilar pontiagudo. Ele tinha um cheiro de almíscar, como uma colônia que tinha ficado parada na prateleira de alguém por tempo demais. Vasculhei o bolso de trás dos jeans e saquei a carteira. Era de velcro e fez um barulho constrangedor quando a abri.

Ele pegou minha carteira de motorista e gesticulou para Lolee.

— Preciso do seu.

— Ela tem catorze anos. — Ele faiscou a lanterna nos meus olhos de novo. Aquilo queimava, uma bituca acesa de cigarro pressionando meu cérebro. Tentei sorrir. — É minha sobrinha.

Ele ainda estava com minha carteira de motorista, olhando bem para ela como se pudesse se transformar se ele a sacudisse.

— É assim que você cuida de criança?

— A gente só tá se divertindo um pouco. É sexta à noite.

O feixe saiu do nosso rosto e dançou na beira da água, entre as fileiras de taboas e juncos. Pontinhos verde-azulados cintilantes se acendiam de dois em dois.

— Vai ser bem divertido quando a gente tiver que vir aqui amanhã para drenar o lago porque um jacaré arrancou seu braço.

Já tinha acontecido antes, alguns verões depois do Ensino Médio. Vimos no noticiário na sala da casa dos meus pais, Brynn empoleirada no colo do Milo e eu segurando Bastien. *Espero que vocês nunca sejam tão idiotas, meninos*, meu pai disse, balançando a cabeça. Brynn e eu olhamos uma para a outra e tentamos não rir. Nós três nadávamos no lago na maior parte das noites de verão, nem sempre usando roupas. *Jacarés são nojentos*, Brynn retrucou, estremecendo, e aí o Milo enfiou as mãos dos dois lados da cintura dela e berrou "isca de jacaré" até que ela gritou, e eu levei Bastien para o outro quarto para não ter que assistir.

O policial devolveu minha carteira de motorista e nos escoltou até o estacionamento. Ele continuou a me passar um sermão sobre os perigos de se nadar à noite nos lagos da Flórida enquanto encarava os círculos redondos nos seios da minha sobrinha. Estendi o moletom que ela havia trazido e a ajudei a vesti-lo, fechando o zíper até a garganta.

— Se você fizer esse tipo de coisa de novo, vou ter que te levar pra delegacia.

Não conseguia imaginar um desperdícios de impostos maior.

— Com certeza.

O policial voltou para o carro e saiu dirigindo. Fiquei ali parada me sentindo estúpida e irritada comigo mesma, me perguntando o que a Brynn pensaria de mim por fazer algo tão sem sentido e perigoso com a filha dela. Provavelmente riria. Provavelmente faria a mesma coisa. Joguei nosso lixo na lixeira ao lado do estacionamento, e uma horda de moscas pretas saiu voando e voltou a se acomodar. Pedaços de pinha cutucaram a sola de um dos meus pés descalços.

Lolee pôs a mão no meu braço.

— Onde está o outro chinelo?

— Flutuando ao redor dos jacarés. Te compro um novo.

Fomos para casa pelas estradas secundárias que contornavam o lago. Procurei luzes faiscantes no retrovisor, mas as ruas continuavam escuras.

Havia uma máquina de café expresso na sala dos fundos da galeria. Assim que eu entrava, Lucinda sumia detrás do balcão preto e branco lustroso, e eu ouvia os engasgos da máquina. O cheiro de queimado encobria o cheiro horroroso de tinta molhada que assombrava o lugar. Então ela me estendia uma xícara e ficava em silêncio enquanto eu bebia. O ritual ajudava. Na maioria das vezes eu chegava uma pilha frenética de nervos, tensa demais para pensar direito. Eu não gostava de estar em lugares onde me sentia fora do meu elemento. Gostava de estabilidade, do conforto de conhecer o entorno e de saber o que esperar.

Lucinda ficou ali parada com suas roupas lindas, e parecia já saber que eu era uma perda de tempo. Com a Brynn eu tinha um buraco permanente na boca do estômago. A certeza abrasadora de que nunca ficaria com ela. De que nunca a havia tido de fato do jeito que queria. Essa era uma experiência diferente.

Eu sentia que Lucinda estava esperando que eu fizesse um movimento errado.

— Outro? — perguntou Lucinda, apontando para trás.

Balancei a cabeça e mal bebi o que estava segurando.

Lá na frente era melhor. Era muito difícil ver minha mãe dissecando animais que eu e meu pai tínhamos passado tanto tempo construindo. Ela desfazia pontos e retalhava peles, puxando o descosturador através de tecido e arame. Colava lantejoulas verdes em narinas, fios de ranho brilhosos pingando. Criava fluidos com látex. Fazia poças de sangue coagulado. Aí havia os apetrechos de submissão, comprados em lojas online. Eles enviavam caixas sem identificação para a casa da minha mãe que se empilhavam em torres inclinadas do lado de fora da porta da frente.

Eu não conseguia processar a maneira como minha mãe utilizava o sexo na arte. Era como se a morte do meu pai tivesse soltado um parafuso nela, um que estivera no lugar durante todo o casamento. Quando meu irmão e eu estávamos amadurecendo, minha mãe nunca falava conosco a respeito de sexo. Nunca mencionou uma única coisa que me faria pensar que ela era capaz de criar arte com brinquedos sexuais. Ela às vezes brincava com o Milo fazendo provocações sobre garotas, mas era sempre algo leve. Nunca algo gráfico ou profano. Ela nem gostava de tocar na maior parte das coisas empalhadas. Nem uma vez perguntou ao meu pai se podia ajudar na loja, até onde eu saiba.

Vou te falar deles, ela tinha dito quando puxou os apetrechos sadomasoquistas das caixas. *Tem muita coisa que você tinha que saber.*

Não queria saber nada daquilo. Minha vontade era saber menos.

Minha mãe tapava com mordaças de bola bocas que tinham sido abertas com alicates, deslocava dentes e arrancava línguas finas feito papel. Ela as enfiava dentro de uma bolsa de plástico transparente pendurada no dorso de um castor, o ânus uma ferida aberta cercada por mais lantejoulas, essas vermelhas. Havia algemas forradas com pele vermelho-alaranjada de raposa. Ela utilizava uma pistola de pregos para fixar grampos de mamilo em uma fêmea de alce cujas pernas ela havia serrado na altura dos joelhos.

Era como assistir a um filme sangrento de baixo orçamento. Queria avançar para o final, para chegar na parte onde podíamos fingir que nada daquilo tinha acontecido. Essa não seria uma daquelas coisas a respeito das quais poderíamos falar com carinho, uma lembrança divertida que discutíamos bebendo café. Seria algo que destruiria todo mundo e faria com que nunca mais conseguíssemos olhar uns para os outros. Na semana anterior, quando me recusei a ir lá atrás dar uma olhada nas peças, minha mãe mencionou meu pai de novo.

Se você soubesse quantas vezes ele passou por cima de mim, quantas vezes tirou algo de mim, você não me negaria essa bobagem.

Cansada de pensar nisso, pousei a xícara no balcão e esfreguei os olhos.

— Quer se sentar? — perguntou Lucinda. — Vem aqui.

Eu não tinha visto ninguém exceto Lucinda entrar nas salas dos fundos, além de uma outra pessoa — uma mulher baixinha, definitivamente mais masculina, que no geral usava botas de trabalho e uma jaqueta jeans surrada com a gola rasgada e bótons de bandas que eu desconhecia por completo. Trocávamos um aceno de cabeça ocasional, mas ela nunca falava com ninguém além de Lucinda. Elas pareciam... próximas.

Talvez fosse outra artista da galeria. Talvez estivesse criando uma série de exposições terríveis que poderiam constranger a família *dela*. Embora ela não parecesse estar lá por causa da arte. Ela parecia estar lá por causa da Lucinda.

Estava mais gelado na parte dos fundos. O ar-condicionado inundava os dutos e eriçava as mechas de cabelo nas minhas têmporas. Uma escrivaninha que era grande demais para o cômodo ocupava um canto inteiro do escritório. Estava repleto de papelada desorganizada e canecas vazias. A máquina de café expresso estava no pequeno armário do outro lado, e os papéis em volta dela estavam cobertos de respingos escuros. Guardanapos amassados e embalagens de sanduíche de plástico estavam espalhadas em torno de uma lata de lixo transbordando. Pousei minha própria xícara em uma pilha de envelopes e tive que pegá-la quando uma avalanche deles se esparramou no chão.

— Este é seu escritório? — perguntei. Era a antítese da figura pública dela. Tudo estava sujo e desorganizado. Caixas abertas e lenços de papel forravam o chão. Era difícil se deslocar sem tropeçar em algo.

— É aqui que deixo as coisas. Faturas, o que for. — Ela era mais relaxada ali do que lá na frente. Os ombros caíam e a boca parecia menos severa, mais suave. Ela passou a mão pelo cabelo e me encarou. Desviei o olhar.

Pôsteres emoldurados cobriam as paredes. Dois eram tirinhas em preto e branco, cartuns vintage mostrando mulheres vestidas com roupas da década de 1940: chapéus e casaquetos. As outras eram impressões coloridas que pareciam ter saído da capa de romances antigos. Havia títulos como *Women in the Shadows* e *Queer Pulp*. Me voltei para a porta. Parecia mais seguro olhar para lá.

— Gosto dos quadros de arte que você tem — falei, aí limpei minha garganta. — É legal.

Ela riu.

— Dessa arte você gosta. — Todos os ângulos retos dela se suavizavam quando ela sorria. Ela ficava mais jovem e bem mais acessível. O queixo se arredondava e as sobrancelhas se erguiam. — O que você acha do trabalho da sua mãe? — Uma covinha se formou em uma bochecha. A bochecha esquerda. Era um entalhe profundo, como se alguém a tivesse raspado com uma unha.

— Detesto — falei, surpresa porque ela teve que perguntar.

— É medonha.

— Por que você acha isso?

— Tá de sacanagem? — Me perguntei se ela estava de gozação com a minha cara. Toda a suavidade e a desorganização sendo a possibilidade de um truque só para me fazer relaxar. Peguei um peso de papel de uma prateleira abarrotada de livros, lançando-o de um lado para o outro nas mãos. Era de mármore e tinha o formato de um ovo. — Toda a coisa sexual. Você viu os adereços que ela trouxe. Brinquedos e por aí vai.

— Isso incomoda você?

— Claro que incomoda. Ela é minha mãe.

Lucinda desabotoou o paletó e o colocou sobre as costas da cadeira da escrivaninha. Estava usando uma camisa branca fina que era quase transparente.

— E não é porque ela está desconstruindo seu trabalho?

Ela ainda estava sorrindo, mais do que antes, e eu decidi que estava sim meio de gozação com a minha cara.

— Não gosto disso — admiti. — Mas o troço do sexo me dá arrepios. Não faz sentido.

— Tenho certeza de que ela te explicaria se você pedisse. Ela me contou tudo a respeito da influência repressora do seu pai. Ela só está exorcizando tudo de uma vez.

— Ela falou com você a respeito do meu pai? — Ergui uma mão. — Não faz mal. Não quero saber.

Bisbilhotei um pouco mais no escritório. Uma caixa de papelão estava aberta perto da porta. Uma bola de carne cinzenta e enrugada se sobressaía.

— Isso é o que eu acho que é? — eu perguntei, esperando que não fosse.

— Foi entregue hoje.

Quanto mais eu me aproximava, mais inveja sentia.

— Por favor, me diz que você não vai deixar minha mãe chegar perto disso.

— Vai para a exibição, sim.

Longas presas de marfim se curvavam a partir da base do crânio. A tromba estava enrolada em volta da cabeça, as orelhas puxadas para trás envolviam a carinha dócil. Os olhos tinham cílios espessos; ele parecia prestes a piscar para mim.

— Onde diabos vocês conseguiram um elefante empalhado?

— Favor de um amigo.

Estremeci ao imaginar o que minha mãe faria com a beleza daquela criatura; provavelmente cortaria a língua fora e substituiria por um pinto de borracha gigante.

— Deixa eu comprar de você.

— Você não conseguiria pagar. — Ela se sentou na cadeira de couro da escrivaninha, balançando para trás e cruzando as pernas.

— Te devolvo o dinheiro que você pagou pelo javali.

— Custa bem mais do que isso.

Não duvidava de que fosse verdade. E não fazia diferença — já havia gastado o dinheiro que ela tinha me dado, além de todos os recursos da minha conta poupança.

— O que é que ela vai fazer com ele? — perguntei. Imagens do elefante coberto com apetrechos de submissão pipocaram no meu cérebro. — Deus do céu. Vai ser terrível.

— Incomoda você tanto assim?

— O que é que você pensaria se sua mãe enfiasse um plug anal em um coiote empalhado e aí colocasse ele em exibição para todo mundo ver?

— Eu ia perguntar para ela por que ela fez isso. O que isso significava para ela.

O ar na sala pareceu opressivo demais. Conseguia sentir a fragrância que Lucinda estava usando. Tinha uma espécie de cheiro de sobremesa, coco, ou quem sabe amêndoa.

— Você não devia ter que perguntar para a sua mãe por que é que ela está de gracinha com brinquedos sexuais, ou por que ela está trucidando todas as coisas que você se esforçou tanto para criar, para começo de conversa. Se ela está de luto, por que não vai conversar com alguém como uma pessoa normal? — Os olhos do elefante eram intensos e castanhos. Havia bolsas de ruguinhas delicadas embaixo deles, pequenas reentrâncias onde a carne tinha se franzido. — Só queria que as coisas parassem de ser tão bizarras o tempo todo, caralho.

Tinha algo de complacente em Lucinda naquele momento, no silêncio dela. Talvez fosse a desorganização do escritório. Eu nunca teria feito aquilo com a Brynn, que despejaria tudo em cima de mim o tempo inteiro, mas ai de mim se eu precisasse conversar a respeito de alguma coisa. Ela teria corrido direto para a porta.

— Deixa eu te levar para jantar. — Lucinda passou os dedos compridos pela costura no couro da cadeira. As unhas estavam pintadas com um esmalte clarinho e bem brilhoso, as pontas como meias-luas brancas. Eram unhas bonitas. Unhas de mulher.

— Não precisa fazer isso. — Fiquei constrangida, como se tivesse vomitado na frente dela. Minha barriga doía.

— Eu quero. — Ela apontou para a caixa. — Você pode tocar nele se quiser, sabe.

Eu nunca tinha trabalhado em um elefante. Nunca tinha visto um em pessoa, na verdade. Tinha uma linda textura envelhecida que era supreendentemente macia. Imaginei como seria trabalhar com uma pele tão enrugada e tão grossa. Como eles curvaram e ajeitaram a tromba, manuseando os ligamentos? Eles usaram arame ou escoras de madeira para a sustentação interna? Enchimento?

— Leve sua mãe para casa e aí vamos comer alguma coisa. Tudo indicava que a mulher que ficava visitando a galeria seria um problema, mas pela primeira vez na vida não me importei. Era boa a sensação de ter outra pessoa tomando a decisão. Quando ela se levantou da cadeira, chegaram lufadas do cheiro de confeitaria de novo: doce, tipo um bolo de açúcar. Ela era trinta centímetros mais alta do que eu de salto alto, mas nunca me senti tão franzina, embora devesse pesar pelo menos dez quilos a mais. O braço dela pousou furtivamente na minha cintura e meus músculos se descontraíram, a carne relaxando de pouco em pouco, como se estivesse caindo no sono. Não pareceu repentino. Pareceu inevitável, como se Lucinda estivesse me puxando para ela há muito tempo.

— Você não saiu com muitas mulheres, né? — A boca dela estava perto da minha testa, lábios macios e lisinhos e só um pouquinho rosados. A respiração era úmida contra a minha pele.

— Eu não chamaria isso de sair — falei. Quando me estiquei para beijá-la, ela sorriu e se inclinou para me envolver com os braços. O gosto dela era o do último gole de café que tinha bebido. Fechei os olhos e me deixei absorver por ele.

ALLIGATOR MISSISSIPPIENSIS —
JACARÉ-NORTE-AMERICANO

Os caras do colégio atraíram o jacaré. Brynn não gostava daquilo, mas no geral estava junto, o que significava que eu tinha que ir também. Eles levavam engradados de cerveja barata e erguiam fogueiras com as velhas árvores de Natal ali do rio, que ficava a mais ou menos quarenta minutos do nosso bairro. A gente tinha pegado uma carona nas bostas de carros dos meninos, sem ar--condicionado, motores turbinados se estrebuchando, os vidros abaixados até ficarmos quase cobertas de condensação. *Dava para você dormir no carro?*, perguntava Brynn, enroscada em alguém na frente da fogueira, ou bebendo cerveja com outro garoto na beira da água. *Por favor? A gente precisa da barraca.*

Caras bêbados cantando, ululando, uivando, os faróis altos das camionetes perfurando a margem repleta de juncos. Olhos de jacarés, brilhantes como estrelas, piscavam para nós e se deslocavam para águas mais profundas.

Eu me sentava perto da Brynn pelo tempo que ela permitia. Um rock agressivo e barulhento pulsava sem parar nos aparelhos de som das camionetes. As luzes ricocheteavam na água, e depois de algumas cervejas o corpo ficava à deriva e flutuava lá com a vida selvagem. Você sentia que podia desaparecer no bosque e que isso não teria importância; sentia que talvez nunca mais ouvissem falar de você e que isso não faria mal nenhum.

Quando a fogueira era acesa, eu a perdia. As árvores eram retiradas dos quintais ou abandonadas pelas famílias bem depois do fim das festas de final de ano. Algumas delas já estavam marrom-escuras e soltando as agulhas, as cascas caindo no banco de trás dos carros, deixando nossa roupa com cheiro de seiva de pinheiro. As fogueiras começavam pequenas, porém depois de um tempinho ficavam colossais, quase do nível do incêndio criminoso, com os garotos dispostos a acender qualquer coisa contra a qual pudessem riscar um fósforo. Nós nos abaixávamos junto às barracas na medida em que as árvores se avultavam como lâmpadas de mil watts, disparando fragmentos de fios dourados no rio.

Um tom rosado iluminava o rosto da Brynn, maravilhado com a mágica. Ela ficava olhando para o fogo, para os garotos; eu ficava olhando para ela.

Milo não era amigo desses caras. Às vezes ele ia até lá e se sentava comigo, nós dois olhando para a Brynn, nenhum de nós falando sobre o que aquilo significava. Quando passávamos um tempo juntos, só falávamos de coisas da família ou de idiotices, víamos tevê juntos, bebíamos cerveja no cemitério.

Milo já tinha atingido a altura máxima na época; estava mais alto do que nosso pai, mas não era corpulento. Esbelto, nossa mãe dizia. Eu era um carvalho em comparação, a metade inferior robusta com os quadris largos e as coxas grossas, sem ter uma bunda grande o suficiente para compensar a bola redonda e gelatinosa que era minha barriga. Brynn era o contrário de mim em todos os sentidos: loira quando eu era morena, magra quando eu era rechonchuda, os seios empinados e cheios quando os meus eram pequenos e caídos.

Você parece uma toupeira. Uma pessoa toupeirinha, dizia Brynn, cutucando minha barriga, cutucando as gordurinhas das costas que escapavam da alça do sutiã, agarrando as partes macias e carnudas das minhas coxas. *Jessa, toupeirinha fofa.* A taxidermia requeria músculos. O universo organizara minha forma física tendo em vista aquilo em que ela seria mais útil: ficar de pé durante horas, curvada em cima de carcaças. Minhas mãos fortes eram capazes de unir filamentos e cortar cartilagem, os olhos apertados e aproximados, prontos para avaliar o menor dos defeitos em uma pelagem.

Homens mais velhos rondavam as cercanias desses acampamentos, caras grisalhos e barbudos com os dentes amarelados de tanto mascar tabaco. Eles gostavam de circular na beira do rio, berrando xingamentos que eram para ser elogios. Um deles tinha uma van saída direto da *Sessão da Tarde*: branca e enferrujada, as palavras BONS MOMENTOS pintadas com spray na lateral. Ele nos chamava pela janela com o vidro meio abaixado, querendo pôr uma música para a gente.

Brynn e eu nos escoramos uma na outra em um tronco atarracado enquanto a maioria dos garotos estava nos barcos, enchendo o saco uns dos outros e dos animais silvestres. Milo se sentou na terra aos nossos pés, pegando uma folha de palmeira e trançando as tiras em volta de uma latinha de cerveja. Lindy estava com a gente, uma das namoradas dos caras que não conhecíamos. Ela usava uma camisetinha azul-clara e um shortinho, coisa que a maioria das garotas usavam na escola. O cabelo dela tinha sido tão descolorido que ela teve que cortar a maior parte abaixo das orelhas; branco cintilante, meio que brilhando sob as luzes da van enquanto o cara lá dentro se inclinava pelo vidro aberto e nos chamava mais uma vez.

Brynn me empurrou até eu quase cair em cima do Milo. *Ele tá falando com você.*

Não quero falar com ele.

Ele era mais velho que meu pai, o rosto curtido pelo sol. O cabelo grisalho era espetado e gorduroso, como se ele passasse a maioria das noites dormindo na van. A camisa estava esgarçada em volta do pescoço.

Só vai. Você nunca fala com ninguém.

Por *ninguém* ela queria dizer garotos. Nenhum dos garotos jamais quis ter algo a ver comigo, e tudo bem. Eu não queria me enroscar com eles nas camionetes ou ouvir eles se xingarem, cambaleando, o suor cheirando à bebida barata que eles nunca conseguiam tolerar. Odiava como todos fediam a cachorro molhado, a virilha à mostra como se achassem que alguém ia querer olhar. Eles não eram como meu irmão. Não dava para falar com eles.

Milo sabia quando falar e quando calar a boca. Ele não tinha nojinho de menstruação nem fazia comentários estúpidos sobre as mulheres serem mais fracas que os homens. Ele gostava de filmes piegas e sentimentais e era carinhoso com os animais. A compaixão que demonstrava com as outras pessoas fazia com que eu quisesse ser mais parecida com ele. Era assustador vê-lo assim tão aberto. Aquilo significava que seu coração podia ser arrancado e dissecado.

Brynn me empurrou para fora do tronco e minha bunda caiu na terra úmida. Lindy riu e pegou meu lugar, as duas aconchegadas juntinhas com uma garrafa de Fireball que o namorado da Lindy tinha lhe dado antes de se pirulitar no barco. Brynn pôs as mãos nos ombros do Milo, e ele se inclinou para trás, descansando a cabeça nos joelhos dela.

Ele não olhou para mim. Só se virou e encarou a água enquanto a Brynn traçava pequenos círculos no pescoço dele com a ponta dos dedos. *Vou fazer aquela brincadeira da pele arrepiada com você*, disse ela, e eu parei de olhar.

Bamboleei de um jeito bizarro até a van, desdobrando os punhos da minha camisa de flanela até ultrapassarem minhas mãos. Era marrom, como tudo o que eu usava, e puída. Era do Milo, até que ficou muito pequena para ele. Seis meses antes eu nadava nela, mas tinha começado a esticar no centro, os botões que cobriam minha barriga ameaçando saltar. Quando cheguei à van, olhei para trás de novo. Brynn fez um gesto para eu ir em frente e aí se virou, se inclinando para cochichar alguma coisa no ouvido do Milo. Ele se abaixou um pouco e sorriu, estendendo uma mão para trás, até o pescoço dela. Minha garganta doeu ao ver os dois se tocando com tanta intimidade. Me virei de novo e abri a porta do passageiro.

O interior da van cheirava a cerveja choca. O homem se recostava no banco de um jeito despreocupado, as pernas estendidas em torno da circunferência da direção. Ele tinha um rosto largo e vermelho com uma barba rala escura e irregular. As roupas dele estavam úmidas e aderiam ao corpo, como se estivesse suando, embora a van estivesse com o ar-condicionado ligado em uma temperatura que fazia os pelos dos meus braços e das minhas pernas se eriçarem. Entrei ao lado dele, mas fiquei perto da porta.

Você é uma coisinha pequenininha. Quer algo para beber? Ele apontou para uma caixa de cerveja boa no chão, não a bosta que a gente sempre roubava, mas a que custava uma grana, com nomes que evocavam os estados do norte. Prédios de tijolos. Ele continuou sorrindo, lábios molhados de saliva. Dentes faltando e pretos na raiz. Era idêntico a todos os amigos do meu pai. Parecia seguro o suficiente, então peguei uma das cervejas. *Valeu.*

Ele ergueu os ombros e tomou um gole enorme da própria garrafa. *Meu nome é Thomas. Tommy. Olha só, vou te mostrar um negócio. Não é muito longe.*

Passamos por Brynn e Milo, roçando toras empilhadas e detritos ao longo da orla. Dava para ver os barcos no rio, os garotos com lanternas acesas na água, açulando o jacaré enquanto tentavam não emborcar de tão bêbados. O homem estacionou a van entre duas árvores, com a traseira apontada para a estrada. A lua tinha saído, alta e branca, cintilando na marola que se precipitava sobre as taboas.

Vem. Ele não me tocou, só apontou para o meu vidro aberto. *Lá embaixo.*

Pegamos nossa cerveja e andamos até a margem. A lama se infiltrava pelas minhas botas no lugar onde a água avançava sobre o mato. Ele estava meio altinho, cambaleando enquanto seguia adiante.

Tá vendo aquilo ali? Ali na beira. Ele então pegou minha mão, apontando para onde queria. *Tá vendo aquele montinho preto?*

Sim, eu estava. Era comprido e gordo, e cheirava a frango cru largado em uma lata de lixo. Cheguei mais perto com ele agarrado ao meu braço como um inválido, tropeçando quando o estabilizei, parando a menos de trinta centímetros do jacaré em decomposição.

Uma nuvem de moscas varejeiras se ergueu e voltou a pousar na carne. *Não é seguro,* falei, puxando-o para trás. *Qualquer coisa morta à noite perto da água vai atrair jacarés vivos.*

Meu pai e eu empalhamos cabeças de jacaré. Na maior parte das vezes só passávamos goma-laca nos crânios, mergulhando as mandíbulas abertas no verniz, substituindo os olhos por réplicas de plástico, embora parecessem bastante reais assim que os enfiávamos nas órbitas.

Nunca vi uma coisa morta assim antes. Ele soltou meu braço e se agachou ao lado do jacaré, espetando-o com um ramo de palmeira caído. Ele caiu para a frente, firmando a mão no dorso. *Ah, merda. Não queria encostar.*

Conseguia ouvir os garotos nos barcos e quis voltar para perto da fogueira com a Brynn, bebendo golinhos de Fireball. Quis que o Milo tivesse apenas ficado em casa; que ela estivesse passando os dedos pelas minhas costas em vez de pelas costas do meu irmão. Quando o Milo perguntou o que eu faria naquela noite, a expressão no rosto dele era a de quem esperava que eu lhe dissesse para cair fora. Como se soubesse que eu não o queria ali. Não consegui dizer não para ele. A cerveja misturada com o rum que eu tinha bebido mais cedo me deixava deprimida e sem esperança, então decidi que devia ficar bem mais bêbada. Tomei mais um golão da cerveja e ajudei o Thomas a ficar de pé.

Você é bem bonitinha, sabia? A mão que ele tinha enfiado no jacaré deslizou para a maciez do meu cabelo, acariciando os fiozinhos ondulados na têmpora. Deixei ele fazer isso por um tempo enquanto observava as luzes se desvanecendo na água, depois da margem, os garotos ainda gritando.

Voltamos para a van e deixei ele me tocar, por pouco tempo, por dentro da camisa. Ele agarrou meus peitos por trás do sutiã, torcendo os mamilos. Fechei os olhos e pensei na Brynn, mas o detive quando ele tentou abrir minha calça. Em vez disso abri a dele, examinando o conteúdo carnudo da cueca boxer sebosa. Tudo cheirava a sujeira e almíscar. Ele também não parecia assim tão excitado; estava basicamente mole e murcho. Ele fez uns barulhinhos chorosos, olhos apertados como os de um bebê. No meio da coisa, ele se inclinou para fora da janela aberta e vomitou o que quer que tivesse bebido. Limpei as mãos nos jeans e deixei ele ali para dormir e curar a bebedeira, caminhando pela estrada longa e sinuosa até o acampamento.

Brynn continuava empoleirada no tronco, bebendo grandes tragos da garrafa. Milo estava sentado ao lado, com o braço em volta do ombro dela. Ele roçava o nariz no pescoço dela, a mão livre metida no meio das coxas, o polegar friccionando círculos na pele nua. Aquilo não tinha parado, as apalpadas dos dois. Me perguntei se era um jeito de ela ficar com uma versão minha que fosse aceitável, uma versão masculina com a qual podia aparecer em público. Me perguntei se gostava mais do toque dele que do meu. Se ele beijava melhor. Milo se virou para mim e sorriu. Os dentes dele estavam manchados de batom.

Bom, perguntou ela, erguendo o olhar para mim. *Como foi?*

6

Lucinda queria ficar para dormir todas as noites. Ela não perguntava, só se enroscava ao meu lado depois de treparmos, nós duas suadas e pegando fogo de tão quentes. Era estranho acordar de manhã e ver outro corpo esparramado perto do meu. Eu estava acostumada a dormir sozinha. Agora havia pernas retorcidas nos meus lençóis, fios de cabelo de uma cor diferente na minha escova. Escova de dentes úmida da boca de outra pessoa e o creme dental sem a tampa. Ela fazia xixi com a porta aberta. Limpava os ouvidos com meus cotonetes e os deixava atirados na pia, manchados de cera amarela.

— Me conta a sua melhor lembrança da infância — pediu, lambendo meu peito de cima a baixo. — Qual era sua comida favorita quando você era pequena? A sua casa era grande?

Eu não podia responder a essas perguntas sem falar da Brynn; sem levar a Lucinda a pensar que ela foi uma parte mais significativa da minha vida. Era mais fácil encontrar utilidades melhores para a nossa boca e deixar a lâmina cega do sexo nos calar.

Fosse qual fosse a hora da noite em que voltávamos aos tropeços para o meu apartamento horrível, ela estaria ali no dia seguinte, preparando o café da manhã com o que quer que eu tivesse na geladeira. Coisas que eu achava que estavam vencidas viravam algo gourmet; refeições deliciosas eram extraídas de restos. Eu nunca disse obrigada, nunca disse que estava feliz em vê-la de manhã quando o sol iluminava o cabelo escuro e encaracolado dela. Acentuava muito o sentimento de intimidade, esse reconhecimento por ela fazer aquelas coisas amorosas e domésticas. Se lhe agradecesse, o que ela estava fazendo se tornava algo que era esperado. Melhor fingir que não estava acontecendo. Que não importaria quando inevitavelmente acabasse.

— Quer ovos? — Ela se inclinava por cima de mim de manhã, a boca já meio aberta, pronta para um beijo.

— Não tem ovos.

— Claro que tem. Sei que vi alguns.

— Sei o que tem na minha própria geladeira. Não tem nenhum.

— Vou olhar.

Me aconcheguei no edredom sujo e a esperei sair do quarto. Tentei transmutar os pensamentos confusos em algo que proporcionasse distância, o espaço de que precisava para me readaptar a como eu era antes que ela aparecesse.

Assim que a manhã iluminou o apartamento, soube que ela não devia estar ali. Era imundo, não era lugar para uma pessoa tão promissora quanto Lucinda, uma mulher que sempre combinava o sutiã e a calcinha, que sempre vestia umas roupas limpas que eu odiava que caíssem no carpete em que eu não passava um aspirador de pó havia meses.

Quando enfim saí cambaleando, vestindo uma camiseta e um short esgarçado, encontrei-a na cozinha, fazendo ovos mexidos na única frigideira que eu tinha, torrando pão na superfície do fogão usando as espirais do grill lamentável e horrível que funcionava só metade do tempo. Ela me serviu café, preto, bem como eu gostava. Pondo o café no balcão de forma tão gentil que mal se ouviu um ruído, ela passou os dedos pelo meu cabelo longo. Fechei os olhos e me deixei ser acarinhada, um tipo de sensação que eu conseguia aguentar por um minutinho só antes de ficar tensa de novo. Lembrando de outras mãos.

Podíamos brincar de casinha o quanto quiséssemos, fingindo que éramos algo além dos cinquenta e cinco metros quadrados do meu apartamento podre. Mas ao fim e ao cabo eu não tinha nada de bom para dar, e ela já estava abrindo mão de mim por outra pessoa. Eu sabia que devia existir alguém. Era como ela se comportava perto da mulher da galeria. Aquela que se parecia um bocado comigo. A linguagem corporal delas — como mulheres que trepam pendem uma para a outra como ímãs. Corpos prontos para se reconectar. A mulher havia acenado com a cabeça para mim mais de uma vez. Cabelo curto. Bochechas com covinhas que a faziam parecer mais jovem do que achei que fosse. Quarenta e poucos, era provável. Olhos que me esquadrinhavam e aí pousavam em algo mais bonito, no geral Lucinda. Essa mulher tinha um tipo, e não era eu. Mas eu também nunca gostei de mim de verdade. Sempre em busca de alguém que me fizesse lembrar de outra pessoa, alguém diferente o suficiente para me fazer esquecer que eu tinha um corpo que era meu.

Lucinda gostava de usar minhas camisetas aposentadas pelo apartamento. Ela nadava nessas camisetas de um jeito fofo, as pernas longas e morenas sob a barra. Ver ela usando minhas roupas me dava um prazer tão agudo que eu temia que transparecesse no meu rosto; esmaguei essa sensação como a um invasor radical, uma coisa que eu não deixaria viver dentro de mim. Depois que ela saía eu cheirava as camisetas, o cheiro limpo, solar dela impregnado nas minhas roupas. Um lembrete de que havia essa coisa boa na minha vida.

Ela espremia laranjas para fazer suco fresco, uma coisa que eu só tinha visto sendo feita na tevê ou em filmes. Sabia que eu não tinha comprado laranjas, que talvez nunca tivesse comprado laranjas em toda a minha vida adulta. Por que comprar laranjas, afinal, quando elas crescem por toda parte de graça?

— De onde saiu isso? — perguntei, tomando um gole lento, deixando o suco refrescar minha garganta. Ansiava por pouquinho de vodca para misturar num *screwdriver*, mas sabia que não tinha mais no armário. Tínhamos secado a garrafa juntas.

— Colhi no seu quintal.

— Não tenho quintal.

— Você entendeu o que eu quis dizer. Lá fora.

O condomínio tinha um pátio central lúgubre que ostentava uma acácia encarquilhada e o que me parecia um limoeiro atrofiado. As cascas na lata de lixo eram pequenas e amarelo-esverdeadas. Perguntei-me como é que ela sabia que estavam boas.

— Por que a gente não toma o café na sacada?

Pensei no que seria necessário para levar os pratos e copos lá para fora; o tampo de vidro estava imundo, assim como todos os assentos. Tinha chovido de forma intermitente a noite inteira, e sapos gostavam de se esconder debaixo das cadeiras, às vezes estendendo uma pata minúscula para dar um tapinha grudento nas suas pernas. Aquilo me fazia gritar, não importava quantas vezes tivesse acontecido. Não queria que a Lucinda me visse daquele jeito, jamais. Patética e com medo de um anfibiozinho, como se eu não abrisse animais para ganhar a vida.

— Não vai te matar — disse ela, e eu assenti, já me contorcendo. Segui atrás dela pelas portas de vidro de correr e inspirei na umidade. Ela segurava nossos dois pratos, me deixando apenas com o café para segurar enquanto olhava ao redor sonolenta, com medo de que um sapo pudesse saltar de repente.

Minha sacada dava para o estacionamento e para umas palmeiras esquálidas que se agitavam por cima dos telhados adjacentes. No geral o cheiro ali fora era o da comida de outras pessoas, aromas pungentes de carnes e temperos fumegando o dia todo nas panelas elétricas. Deixava todas as janelas bem fechadas em uma tentativa de manter os problemas dos outros do lado de fora. Mas naquela hora da manhã, com o vento soprando forte com a chuva que ainda ficou por cair, tinha mais o cheiro da terra revirada na beira da água: o odor pesado de plantas esmagadas, a lama fervilhante de vida.

O cabelo de Lucinda refletiu o sol e cintilou em tons de vermelho. O cabelo da Brynn sempre ficava loiro, às vezes âmbar. Ela amava o sol, mas detestava sair da cama cedo. Brynn sempre tomava o café da manhã às duas da tarde. Uma semana antes de ela ir embora, lhe preparei waffles em uma forma que comprara em uma venda de garagem. Ela parecia tão feliz, partindo os waffles com os dedos e mergulhando a bagunça no chantilly. Colocamos pedaços na boca uma da outra e tiramos uma soneca juntas, adormecendo ao sol da tarde. Ela se inclinou no meu ouvido e disse que me amava mais do que tudo. Como uma pessoa que parecia tão feliz podia abandonar você uma semana depois?

— É legal, né?

— É — respondi, bebendo um golinho do café. Nenhum sapo à vista. — É legal.

Comemos nossos ovos em silêncio, mergulhando pedaços de pão torrado na gema amarela derramada, vendo os carros passarem na rua. Era relaxante, o tipo de manhã preguiçosa que eu via meus pais aproveitando juntos quando era pequena. Lucinda me entregou o jornal, e eu o abri enquanto ela bebia o suco, me perguntando se íamos fazer as palavras-cruzadas ou outra coisa esquisita de casal. Aquilo parecia estranhamente normal, uma cena doméstica em que eu só pensava quando se tratava de outras pessoas. Peguei o restante dos ovos do prato dela, ela surrupiou meu último pedaço de torrada. Sabia que podia pedir a Lucinda uma migalha de afeto, por menor que fosse, e ela ficaria o resto do dia. Havia outra pessoa para quem ela voltava quando me deixava e ia para casa? Eu não sabia, mas parecia provável. A mulher atarracada que eu tinha visto entrando e saindo da galeria de arte

falava com a Lucinda do jeito como eu queria falar; com uma mão no braço dela, o polegar acariciando a dobra de um cotovelo. Lucinda era o tipo de mulher que tornava a vida de alguém mais fácil. Se eu quisesse, podia lhe pedir para ficar, e talvez ela ficasse um tempinho. Em vez disso, continuei sentada em silêncio enquanto ela esperava que eu pedisse. Quando terminamos, ela juntou as louças do café e as levou para dentro. O chuveiro ligou e fui me vestir, pondo uns jeans velhos e esburacados que estavam descosturando nos fundilhos.
Assim que Lucinda saiu do chuveiro, tinha se tornado inacessível mais uma vez. Ela permitiu que eu lhe desse um beijo de despedida na bochecha, mas não estendeu a boca. Fiquei vendo ela partir, levando consigo tudo o que havia de bom na manhã, e desejei que o quarto me engolisse.

Como tinha perdido a carteira de motorista e não tinha acesso a um carro, Bastien precisava de uma carona até o trabalho. Ia buscá-lo na casa da minha mãe assim que Lucinda saía, e pegávamos café no posto de gasolina que ficava na rua da loja. Tinha gosto de queimado e estava sempre cheio de borra, mas podíamos voltar a encher nosso copo de isopor gigante ao longo do dia. Chuchando nosso suprimento inesgotável de ácido escuro e alcatroado, parávamos lado a lado na oficina, trabalhando em peles e montagens. Às vezes ele fazia a raspagem, às vezes eu, porém nos revezávamos com as tarefas mais monótonas: trabalho de costura nas patas, tirar a carne de esqueletos com água fervente até as bolhas pipocarem nas mãos.
Eu preferia o trabalho entediante. Ele me fazia viajar. Bastien também não parecia se incomodar. Ele aceitava numa boa toda tarefa que eu lhe dava, até mesmo petrificar hamsters. Assim que o deixei trabalhar nas peças comigo, entramos em um bom ritmo.

Agora era confortável na maior parte do tempo. Ele aprendeu minhas rotinas. A ficar quieto. O mínimo de conversinha, só outro corpo morno. Ele estudava materiais de referência sobre vários animais e sobre como utilizar máscaras mortuárias para encontrar o melhor ângulo para o pescoço e as orelhas. Mantinha o próprio caderno com separadores para as diferentes espécies nas quais trabalhava: coelhos, esquilos, raposas, veados.

Passar tanto tempo sozinha, encarando olhos mortos de animais, era um jeito de levar você a sentir que não era nada além de um saco de carne. Trabalhar com o Bastien meio que me trazia a lembrança de ficar com o meu pai, que sabia exatamente quando eu precisava de uma ferramenta específica ou de um corte em uma linha. Como meu pai, o Bastien tinha uma naturalidade com os corpos; sabia o que fazer com as patas e como posicionar o pescoço para não os deixar rígidos demais. Ele seccionava a pele do pescoço dos veados mais rápido do que Milo jamais conseguira, e às vezes era difícil para mim acompanhá-lo. Esses paralelos com o passado me davam vertigem: eu era o meu pai, Bastien era eu, aqueles animais mortos — sempre as mesmas caras vazias — para sempre pousados na mesa entre a gente.

— Você vai sair cedo? — perguntou Bastien, terminando a última pele do dia. Tínhamos trabalhado várias horas, debruçados sobre uma pilha de cabeças de veado. O suor fazia o cabelo dele grudar no pescoço, formando uma linha úmida no colarinho da camisa.

Dei uma cheirada na minha axila e estremeci. Azeda.

— Vou encontrar uma amiga para beber.

Ele esfregou o rosto com um pedaço de pano limpo e o atirou na direção da pia.

— Tá. Acho que eu consigo fechar. — Bastien não fazia perguntas a respeito da minha vida pessoal e eu também não lhe perguntava nada. O sentimento — de que nenhum de nós precisava de um peso extra na vida — era totalmente mútuo.

— Telefona para o seu pai.

— Certo. Acho que vou ficar aqui um tempinho. — Milo não sairia do trabalho nas próximas horas. Se é que tinha ido trabalhar; era difícil saber onde ele estava ou o que estava fazendo. Era igualmente provável que estivesse em casa dormindo. Ele raramente atendia o celular. Na maior parte das vezes o troço nem estava ligado, só ficava atirado na caçamba da camionete, um tijolo inerte.

— Te vejo de manhã — falei, pegando uma camisa reserva no armário perto da porta. Tirei a suja por cima da cabeça, e Bastien se virou para me dar privacidade, mexendo em alguma das ferramentas que já havia limpado. — A gente trabalhou bem hoje.

— É.

Sabia que ele estava decepcionado, mas não ligava. Só a bebida e as horas escuras e secretas que passava com Lucinda nos destroços do meu apartamento cavernoso faziam eu me sentir bem naqueles dias.

Nós nos encontrávamos no bar e nos enfiávamos lá no fundão, bebendo jarros de cerveja artesanal vagabunda e mantendo contato visual prolongado. Quando dava aquele primeiro gole e olhava para o outro lado da mesa, para Lucinda, eu não conseguia me importar com o quanto minhas tripas lamentariam de manhã. Não ficava pensando na Brynn ou no meu pai e na minha mãe, ou em qualquer uma das preocupações que me sobrecarregavam o dia todo no trabalho. Não havia nada além dos copos de bebida e da frieza macia dos dedos da Lucinda alisando meu antebraço.

— Por que você não tem animais empalhados no apartamento? — Lucinda serviu uma provinha para cada uma de nós. Era como chamava, enquanto repartia dois centímetros e meio, o nosso primeiro copo. Veríamos quanto tempo éramos capazes de aguentar até uma jogar a toalha e beber. Aí enchíamos os copos e de fato abríamos os trabalhos. O jarro ficava entre a gente, um lugar seguro onde pousar os olhos quando encarava por tempo demais o decote de Lucinda.

— Por que nunca fui ao seu apartamento? — Deixei a mais leve bordinha de cerveja tocar minha língua. Ela espumou e permaneceu ali, fermentada como pão.

— Não tenho apartamento. Você não gosta de levar seu trabalho para casa?

Ela usava três pulseiras de ouro no pulso. Os fios eram finos e badalavam quando batiam um no outro. Eles refletiam a luz a cada giro delicado da mão dela.

— Não, não é isso. — Tomei meu primeiro gole de verdade e deixe as papilas gustativas aos prantos. — Você tem uma casa?

— Moro num condomínio. Tenho uma colega de quarto. — Lucinda sorriu enquanto eu bebia outro gole imenso, e aí ela mesma bebeu um. — Você perdeu rápido hoje. Então, se você empalha animais para ganhar a vida e não tem sequer um na sua própria casa, o que é que isso diz de você?

Sequei o resto do copo e deixei Lucinda me servir mais, ainda presa às palavras *colega de quarto* e tentando tirá-las da cabeça.

— Diz que não os mantenho no meu apartamento. Com quem você mora?

O último gole dela deslizou pela boca vermelha, marcas de lábios aderindo à borda do copo. *Colega de quarto* podia significar qualquer coisa, mas, do jeito como ela disse aquilo, soava como *esposa*. A mulher da galeria. Ou seja, eu já sabia. Dava para ver pela linguagem corporal. Uma mão. Um cotovelo. Aquele único toque de carne contra carne. Eu sabia o que aquilo significava. Tinha passado um bocado de tempo observando o rosto delas quando devia ter observado as mãos. Servi mais cerveja para ela, mas ela me deteve quando o copo estava cheio pela metade.

— Por que você não tem animais empalhados no apartamento? Um gole grande para mim.

— Não quero que pareça uma casa.

Mais dois goles para Lucinda, que usava uma blusa preta de veludo que aderia ao corpo como uma segunda pele.

— Isso é triste, Jessa. Todo mundo precisa de um lugar que considere seguro.

Casa e segurança não eram sinônimos. As ocasiões em que me senti mais vulnerável sempre envolveram minha família. Havia minha mãe, com o súbito desvio de qualquer coisa que eu sabia ou esperava dela. Meu pai tinha se suicidado em um lugar onde sabia que eu ia encontrá-lo, me deixando um bilhete que dizia que era minha responsabilidade cuidar das coisas com que ele não havia sido forte o suficiente para lidar. A única mulher com quem já me importara eu dividia com meu irmão, uma pessoa que eu ao mesmo tempo amava e odiava por conta disso.

Lucinda pressionou o dedo na reentrância do lábio e eu quis dar um safanão na mão dela, perguntar por que ela estava transformando algo que era para me fazer esquecer em outro calvário de lembranças. Quis beijá-la, quis muito. Quis sentir alguma outra coisa.

— Jesus Cristo, dava para você apenas responder? — perguntei, servindo o restante no meu copo. *Colega de quarto*, palavras que você podia usar para se referir a uma amiga ou a uma ficante. Mesmo que eu lutasse para manter as coisas casuais entre a gente, não tinha certeza de que estava a fim de outra pessoa que eu teria de compartilhar. Com base no jeito como as vira juntas na galeria, não parecia que aquilo tivesse acabado. Pelo menos não parecia que tinha acabado com base na linguagem corporal da outra mulher. Sabia como era aquilo, quando você ainda amava alguém depois que a pessoa tinha desistido do fantasma do romance fazia muito tempo. E aquela mulher tinha *anseio* escrito na testa de sapatão com cara de bebê.

— Tenho uma colega de quarto porque comprei a casa com essa pessoa e agora não posso pedir que ela saia sem dividir o imóvel. — Inclinando-se para a frente, ela deslizou um braço por cima da mesa e enfiou um dos dedos por baixo da pulseira do meu relógio. Ela deixou ali, se contorcendo sob o rosto.

— Também não tenho fotografias no apartamento — acrescentei. Não havia quadros, nada além da textura barata que tinham aplicado nas paredes antes de eu chegar. — É só um lugar para dormir.

O dedo, ainda se contorcendo, tentava abrir a pulseira devagar.

— Você sabe que pode contar comigo — disse Lucinda, o polegar alisando o vinco da palma da minha mão. A voz dela se suavizou. — Tudo o que você tem que fazer é pedir. Se abre um pouco, Jessa. Confie em mim, não vou machucar você.

Confiança era uma palavra muito forte. As coisas já estavam indo rápido demais; nenhuma surpresa, considerando-se que tantas mulheres queer contratavam um caminhão de mudança depois do primeiro encontro. Não era assim que eu funcionava, naquele nível de disponibilidade emocional, mesmo quando as mulheres com quem eu dormia ocasionalmente tentavam tornar as coisas mais significativas do que eram. Dava para sentir aquilo acontecendo com a Lucinda: eu pensava bastante nela, ignorava-a quando ela queria atenção e aí ficava chateada porque talvez ela estivesse saindo com outra pessoa. Ou quando eu *sabia* que ela estava saindo com outra pessoa. Eu não sabia o que queria. Eu me deixava esgotada.

Lucinda pegou o relógio no meu pulso e o virou. O relógio do meu pai, aquele com que ele tinha morrido. Eu o usava todo dia, a pulseira deslizando suavemente da pele dele e da minha pele e da pele do meu avô também. Eu podia contar tudo a meu respeito para a Lucinda, talvez lhe dar bocadinhos da minha história. Mas o que acontecia quando você punha iscas na água era que predadores maiores apareciam e devoravam tudo. Não havia isso de oferecer um pouco. Era tudo ou nada.

Grandes manchas de suor cobriam a parte de trás da minha camisa e escorriam de sob os braços. Bebi o restante da minha cerveja e depois bebi a dela.

— Vou pagar a conta — disse ela assim que sequei tudo e passei a olhar ao redor em busca de mais alguma coisa para mandar para dentro.

Lá fora estava escuro e quieto de um modo anormal, nenhum barulho, nem mesmo o rumor das cigarras. Lucinda colocou a mão na dobra carnuda do meu quadril e apertou duas vezes. Me contraí em ambas.

— Está silencioso — comentei de forma estúpida. Lucinda assentiu.

— Como é que ninguém nunca enxerga as cigarras? — Ela se inclinou para mim, cheirando às balinhas de canela que sempre mastigava depois de beber.

— O quê?

— Dá para ouvir elas a noite inteira aqui, especialmente no verão. Então como é que a gente não *vê* elas?

Era uma boa pergunta. As cigarras sempre ficavam na parte de cima dos carvalhos, escondidas na casca ou enfiadas sob touceiras densas de barbas-de-velho. Havia muitos sons penetrantes, mas eu nunca as vira se arrastando em lugar algum.

— Tenho um pedaço de uma — confessei, respirando o cheiro doce dela e lambendo os lábios. — A casca. É chamada de carapaça.

A mão de Lucinda se arrastou até o V dos meus jeans. Ela a pressionou ali de leve, esperando. Não havia mais ninguém ali fora. O único poste de luz piscou acima de nós, um espasmo, dois, e aí apagou. A escuridão nos engoliu. Eu me encostei na lateral da camionete e a deixei ir em frente. Ela me esfregou com suavidade, depois parou com a outra mão enfiada debaixo de um peito.

— Me fala mais das cigarras. — Ela lambeu o lóbulo da minha orelha, chupou. — Tudo que você sabe sobre elas.

— Não muita coisa. — Expirei devagar, medindo as palavras. — Só tenho a casca. Achei no quintal. — Cada frase fazia a mão dela se deslocar para um lugar diferente do meu corpo. Primeiro esfregou a parte interna macia do antebraço, aí deslizou sob a barra da minha camisa para alisar a pele acima do umbigo.

— O que mais? — A respiração dela era uma coisa densa e viva no meu ouvido.

Era difícil puxar pela memória. Os dedos dela se arrastavam pelas minhas costelas, escorregando com delicadeza sob o arame do bojo do sutiã.

— Estava embaixo do aro de basquete, perto do barracão. Meu irmão tentou esmagá-la com uma bola de basquete, mas só errava.

Um dedo alisou de maneira preguiçosa a parte inferior do meu peito, quase roçando meu mamilo.

— Como ela era?

— Amarelo-queimado. Como fita adesiva.

— Qual era o cheiro dela? — Com a outra mão ela raspou a costura dos meus jeans, para a frente e para trás. Primeiro de leve, e depois forte o suficiente para eu ouvir o arranhar das unhas contra o tecido.

Puxei mais ar e parei, a memória irrompendo da estática no fundo do meu cérebro.

— Nada. Não tinha nada para cheirar.

O que eu tinha feito fora prová-la, lambendo um orifício bem no meio do tórax. A Brynn me desafiou a fazer aquilo. Desafiou-me a encostar a boca na casca oca, segurando-a como se quisesse que eu a beijasse. Uma parte da casca se separara do corpo, aderindo à ponta da minha língua. Ela derreteu ali, grudenta, o gosto como o das bolinhas de tapioca quando são removidas do pudim. Brynn berrou e correu para dentro de casa, me deixando ali. Mantive o corpinho na palma da mão em concha como se ele pudesse tentar escapar também.

Lucinda esfregou mais forte e mais rápido, e gozei, os dentes afundando no lábio até eu conseguir sentir o gosto acobreado do sangue quase rompendo a pele. Segurei o pulso dela quando ela não parou, e os espasmos foram interrompidos pela grossura dos meus jeans, que esmagavam a virilha.

Um homem abriu a porta do bar e a luz do interior se alastrou ali fora em um círculo brilhante. Entramos na camionete e a deixei nos levar até o meu apartamento. Ela dirigiu oito quilômetros abaixo do limite de velocidade, lutando com a embreagem sempre que tentava passar da segunda marcha. Curvada em cima da direção, apreensiva com o câmbio manual, ela parecia pequena e frágil. Não o tipo de pessoa que conseguia fazer a outra ter um orgasmo em um estacionamento. Era perigoso ficar perto de uma pessoa tão maleável. Ela podia ser qualquer coisa que eu quisesse: doce, tímida, severa, protetora. Amável. As camadas dela estavam rachando. Temia o que eu descobriria a meu respeito se a examinasse a fundo demais.

— Você está arranhando as marchas — falei, rindo da expressão carrancuda dela. Ela dirigia feito uma velhinha. *Ela dirigia,* pensei, *como a minha mãe.* — Mantém o ritmo. Ritmo do sexo. Disso você entende, né?

Lucinda deu um tapa na minha mão quando tentei fazer a mudança para ela.

— Da próxima vez é só não beber tanto que você pode dirigir.

— Beleza. — Ela era fofa, ziguezagueando por toda a estrada. Fofa, mas assustadora. — Pisa mais fundo, a gente vai ser parada.

A camionete oscilou na terceira marcha e me agarrei ao banco, torcendo para não empacarmos.

De volta ao meu apartamento, Lucinda pediu para ver a cigarra. Tirei um Tupperware do fundo do armário do meu quarto e a encontrei envolta em jornal bem no fundo do recipiente, enterrada sob algumas camisetas velhas da Brynn e uma pilha de polaroides para as quais não conseguia olhar. Nós em festas de aniversário, festas do pijama. Abrindo presentes no Natal. Fotos da Brynn com as crianças no colo, usando só uma camisola. Nós duas espremidas uma ao lado da outra em um sofá estranho e sujo com orelhinhas de gato cor-de-rosa e roxas no Halloween.

A casca havia se desintegrado um tantinho no lugar em que eu tinha espetado a língua, mas a cabeça ainda estava toda intacta. Deixei-a nas mãos em concha enquanto Lucinda a olhava de cima, bebendo a última cerveja gelada da geladeira. Por que outras mulheres estavam sempre acabando com minhas cervejas?

— Eu tinha que te dar algumas obras de arte. Para o apartamento. Está vazio aqui.

— Já vi o tipo de arte que você curte. Eu passo.

Ela não respondeu ao meu cutucão, só se inclinou para examinar a casca do inseto. O suor da garrafa pingou e foi cair na palma da minha mão, se pirulitando em direção à carapaça. Inclinei o pulso para que em vez disso escorresse pelo meu braço.

— Tá, sem quadros. Coloca algumas fotos, Jessa. Recordações.

— Lucinda pousou a garrafa vazia na mesinha de café ao lado de outras que havíamos matado. A unha dela traçou com delicadeza as asas translúcidas, deu batidinhas nas patas inúteis e eriçadas. — É incrível. Perfeitamente formada, mas totalmente oca.

Os olhos eram pontinhos leitosos que se projetavam feito plástico-bolha.

— Gosto do barulho das cigarras — admiti, rolando a cigarra de um lado para o outro na mão. — Elas me dão a sensação de que o mundo inteiro está se preparando para dormir. Me lembram de ficar acordada até tarde com o meu pai.

Lucinda tirou a calça e a camisa, abrindo a janela do quarto usando só a calcinha e o sutiã pretos. Os peitos dela eram empinados e pequenos, tão diferentes dos meus, que afundavam como balões de festa murchos. Minha pele se enrugava sempre que ela erguia um mamilo para chupar. Doía um pouco, mas era um tipo de pontada boa. Quando ela voltou para a cama e tentou me beijar, eu a afastei e arranquei as botas e os jeans. Pensava na *colega de quarto*, uma mulher exatamente como eu, esperando por ela em casa, e aí a beijei para me fazer esquecer. Esquecer aquilo. Pensar só no corpo — em como se abriria para mim, ser aquilo de que eu precisava.

Ela se deitou nas minhas cobertas emboladas, a cama ainda desfeita da noite anterior. Fez eu colocar a carapaça da cigarra na barriga lisa dela, no sulco entre as costelas. Olhamos uma para a outra através do orifício aberto no corpinho. Eu podia ouvir as cigarras vivas se esganiçando de novo lá fora nas árvores, altas e estridentes. Quando minha boca tocou a cavidade até o corpo dela, o peito se ergueu de repente. A cigarra rolou para a frente, pronta para voar.

Lucinda acordou cedo na manhã seguinte. Vestiu uma das minhas camisas e puxou o cabelo para trás em um rabo de cavalo que caiu torto em um dos lados da cabeça. Quando se inclinou por cima de mim na cama, senti meu próprio creme dental no hálito dela.

— Vou comprar rosquinhas para nós aqui perto — sussurrou ela, alisando minha bochecha com uma mão. — Aí vamos falar de hoje à noite. A gente tem que ter uma estratégia para a casa da sua mãe. — Grunhi e rolei para o lado, fingindo que voltava a dormir.

Quando a porta se fechou atrás dela, me sentei e deixei a ressaca cair pesada sobre a cabeça, receando o medo e a exaustão que sempre acompanhavam a sobriedade matinal. A cigarra estava na mesinha de cabeceira. Erguia-a na luz, fluindo luminosa pelas persianas verticais quebradas. As asas eram translúcidas, o corpo vítreo em tons de amarelo.

Certa vez a Brynn me pediu para fazer uma fantasia de libélula para ela no Halloween. Levei semanas selecionando retalhos de tecido brilhoso e modelando asas cintilantes, erguendo-as nas costas dela, medindo-a em busca de algo esvoaçante e frágil. Ficaram perfeitas.

A Jessa fez para mim, não são incríveis? Ela dizia aquilo para qualquer um que quisesse ouvir, girando em círculos no meio da festa, batendo as asas faiscantes. Eu havia espalhado fileiras cuidadosas de minúsculos strass nelas. Ela gostou tanto da fantasia que a usou três anos seguidos. Uma criatura linda e brilhante.

Saí antes que a Lucinda voltasse e fui dirigindo até a loja. Bebi restos de café frio no escuro, pensativa, até que meu estômago deu sinal de vida e mudei para a água.

Todo mundo se encontraria na casa da minha mãe naquela tarde para uma prévia da mostra dela. Ela tinha convidado alguns dos amigos da família: Vera e o marido, Travis e a esposa. Eu não estava ansiosa. Não gostava do aspecto desconhecido daquilo que talvez fosse atirado na minha cara. Trabalhei em algumas montagens sem muito entusiasmo, aí escovei os balcões já imaculados com água sanitária. Milo telefonou algumas vezes e Lucinda também. Coloquei o celular no silencioso e tentei tirar uma soneca no catre dos fundos, mas meu cérebro não me deixava descansar.

O catre, enfiado nos fundos da loja, ficava bem em frente à mesa de metal reluzente em que meu pai mais gostava de trabalhar. Estreitando os olhos, conseguia facilmente imaginar ele ali. Imagens do passado se sobrepuseram, dois filmes rodando ao mesmo tempo: ele jovem e barbudo, sorrindo, cortando carne de veado, e então a última visão que tive dele, atirado ali e grisalho. Sem vida. No que ele havia pensado naqueles últimos instantes? Que a carta explicava o suficiente? Ele pensou que eu ia vê-lo como outra coisa para empalhar, algo que eu podia montar e pôr na casa? Caí em um sono intermitente, sonhando com o rosto do meu pai estranhamente esticado, como se a pele estivesse pronta para ser curtida.

Acordei grogue e irritada à noitinha, o pescoço rígido com milhares de nós minúsculos que só piorariam à medida que a noite avançasse. Pus as botas e percorri de carro a curta distância até a casa da minha mãe, cantando junto com o rádio em uma tentativa de despertar. O gramado estava alto e cheio de margaridas silvestres. Chovera direto durante duas semanas e ninguém o havia aparado. A grama, verde-néon com a nova vida, se erguia úmida acima dos quintais de ambos os lados. O carro da Lucinda não estava ali na frente, e senti um alívio que depressa se metamorfoseou em apreensão. Em vez de discutir as coisas, criara uma situação que deixaria Lucinda chateada porque acabei com nossos planos, e além disso tinha que lidar com a arte da minha mãe. Esperava que o Milo tivesse trazido cerveja.

    Dentro da casa, Lolee estava sentada no chão diante da televisão, raspando esmalte descascado das unhas e deixando as lascas caírem no carpete. Milo e Bastien estavam no sofá, cada um segurando um prato cheio de carne assada e salada de couve-flor tão saturada de maionese que parecia um pudim. Ao lado da porta de correr, o Travis Pritchard conversava com o marido da Vera Leasey, Jay, que tinha apoiado uma bota na quina de uma mesa a fim de mostrar um furinho perto do calcanhar.

    — Mordida de cobra. — Ele deu uma batidinha ali com um dedo. — Quase perfurou o couro.

    — Que tipo de cobra? — perguntou Travis, chegando tão perto da bota que o nariz dele quase ricocheteou no couro. — Cascavel?

    — *Nah*. Boca-de-algodão. Lá perto da margem sul do lago.

    Vera estava na cozinha com a minha mãe e a esposa do Travis, Bizzie Lee, cujo cabelo estava puxado para trás com uma enorme presilha de borboleta roxa. Bizzie era uma mulher bem magrinha com um nariz comprido que meio que se curvava para baixo na ponta, estilo bruxa, mas os olhos eram meigos. Milo costumava dizer que se ela tivesse coberto a parte inferior do rosto com um lenço, era provável que teria conseguido alguém bem mais bonito do que o Travis, porque a Bizzie era bem legal e sempre dava doces em dobro no Halloween.

— O que você quer no café? — Vera segurava o bule. Estava usando um vestido azul brilhante que tinha sido da minha mãe. Elas eram essa espécie de amigas, "amigas irmãs", compartilhando roupas e trocando receitas. A Vera era uma peça de mobília na nossa casa desde que eu nasci.

— Preto — falei, já antecipando a resposta dela.

— Bota um pouquinho desse creme, peguei na parte de laticínios hoje.

Era inútil dizer para a Vera que não queria nada no meu café. Ela só ouvia o que queria, motivo pelo qual ela e minha mãe eram amigas havia tanto tempo. Me perguntei se a Vera sabia alguma coisa a respeito da obra que minha mãe estava criando. Parecia improvável. Ela era conservadora e dirigia por aí com uma daquelas placas amarelas com os dizeres ESCOLHA A VIDA na parte de trás do carro. Não conseguia visualizar ela aprovando a pornografia animal horrenda da minha mãe.

— Pega um prato, todo mundo já terminou de comer. — Minha mãe tirou algumas tortas da geladeira. Uma de morango, grande e gelatinosa, estava no topo da pilha, coberta com uma camada de filme plástico azul.

— Sua mãe parece bem melhor — sussurrou Vera no meu ouvido. — Essa coisa de arte tem feito bem pra ela, né? Sempre soube que ela tinha uma veia criativa dessas. Tão talentosa. O que é que ela tá fazendo, aquarelas? Eles têm aulas de aquarela agora no centro para idosos. Fiz uma com aquele jovenzinho com um rabo de cavalo. Usa uns jeans tão apertados que dá para ver *tudo*.

Não consegui pensar em nada que me interessasse menos do que o que havia dentro da calça do professor de Artes. Peguei um prato só para ter o que fazer com as mãos.

— A arte dela é um pouco mais... escultural — falei, remexendo em uma vasilha de purê de batatas. *Escultural* era uma definição para aquilo. — Uma coisa contemporânea.

Vera resmungou e se encostou no balcão.

— Deus nos acuda, espero que não sejam aquelas flores que parecem vaginas. As mulheres chegam numa certa idade e ficam apenas vidradas nesse lixo.

Seria bem mais do que isso, mas não seria eu quem contaria para a Vera.

— Tem mais molho?

— Deixa que eu pego. — Vera puxou a molheira de trás de um pedaço cortado de pão branco. — Ela parece menos triste. Em relação ao seu pai, digo. Antes ela só chorava e chorava o tempo inteiro. Agora parece que ela tá melhor. Mais feliz.

Só tinha visto minha mãe chorar no enterro. Lembro de algumas lagriminhas escorrendo, como no meu caso. Milo havia soluçado do início ao fim do troço, enterrando o rosto no pescoço dela como uma criancinha. Ela tinha se sentado ereta e eu também. Ambas estoicas. Incrédulas.

— Deixa que eu lavo, querida. — Bizzie Lee tomou a esponja das mãos da minha mãe enquanto ela se esforçava com a assadeira.

— Você vai ficar com o vestido todo sujo.

Minha mãe estava usando um vestido tomara que caia que parecia ter sido feito para alguém da idade da Lolee. Justo no quadril e no peito. Ela tinha enfiado um lenço de seda na cabeça raspada. Com uma estampa do tipo caxemira, estava amarrado na base da nuca. Se eu a visse de costas, não a reconheceria.

Alguém bateu à porta da frente. Tinha que ser a Lucinda; qualquer outra pessoa que conhecesse nossa família ia apenas ir entrando. Não sabia ao certo de que jeito ela tinha trazido as obras da minha mãe para casa. Duvidava que as peças maiores fossem caber no carro apertado, mas aí lembrei que na noite anterior ela havia me perguntado se podia pegar a camionete emprestada, justo quando eu estava suficientemente bêbada para dizer que sim. Agora tinha certeza de que ela estava chateada comigo por abandoná-la e também com raiva porque a deixei sem ter como transportar as obras.

Obrigadíssima, é muito importante para mim, ela tinha dito, se aconchegando nua ao meu lado. Passei uma mão na barriga dela, mais lisa que a da Brynn, sem os inchaços e desníveis da gravidez para desfigurar a carne. Será que ela queria ter filhos? Ela falava disso com a colega de quarto, a mulher com quem vivia no condomínio? Com a *esposa* dela? Nunca haveria filhos para mim. Nunca haveria amor. Virei para o lado para ficar de frente para a parede, tentando esmagar fisicamente a dor no peito. Que jeito de pensar em outro ser humano. Que amaria tanto outra pessoa que só sobrariam restos para mim.

Novas batidas. Mais altas, contundentes. Beleza, era a Lucinda.

— Eu atendo — falei, largando o prato no balcão. Tinha comido só duas garfadas, mas já bastava para aquela noite.

Quando cheguei ao saguão ela já tinha entrado, arrastando uma caixa de papelão enorme atrás de si. Ela ficou de pé e tirou uma mecha de cabelo encaracolado do rosto, esticando a mão debaixo do braço para ajeitar o sutiã sob o blazer. Ela me viu ao se virar e fez uma cara azeda.

— Não — disse ela. — Não quero ouvir.

— Eu não disse nada.

Batendo os pés até o fim do corredor, ela parou e arrumou o cabelo de novo.

— Só para lembrar, eu podia ter tornado isso mais fácil. O que quer que aconteça agora é culpa sua.

— Que merda isso quer dizer? — perguntei, mas não tinha certeza de que queria saber. Perturbada pela raiva na voz dela, segui-a até a sala, onde todos os outros já haviam se reunido.

— Acha um lugar. — Minha mãe carregava duas tortas em um braço, e a caneca de café e uma mãozada de garfos no outro. Ela parecia uma garçonete de um coquetel domiciliar. — Vera, você pode pegar os pratos?

Mais cadeiras tinham sido trazidas, incluindo as mofadas que deixávamos no pátio dos fundos. Sentei em uma cadeira de metal dobrável perto da ponta do sofá, ao lado do Milo, que tinha pegado uma das tortas da minha mãe e colocado na mesa de centro. Tinha de morango e de creme de ovos, a favorita do meu pai. Milo cortou para mim uma fatia grande de creme de ovos, que também era minha favorita, e me entregou o prato. Soube que o que quer que estivesse a caminho era ruim de verdade.

— Sejam bem-vindos, todos vocês. Não esqueçam de pegar um pedaço de torta; a de morango é da Bizzie e vocês sabem como é boa. — Minha mãe gesticulava de um jeito estranho em torno da sala com um movimento amplo do braço, como se o vestido tomara que caia a levasse obrigatoriamente a agir como a Vanna White revelando as letras para o jogo de adivinhação final.

Lolee se escorou para trás ao lado dos meus pés, mexendo nos cadarços das minhas botas até eu chutá-la para que parasse. Ela se virou, sorriu e mordeu meu joelho através da calça jeans. Lucinda ficou encostada na parede ao lado da coruja bufo-do-cabo do meu pai, uma das primeiras peças dele, uma verdadeira perfeição. Ele a havia posicionado em pleno voo, colocando um rato empalhado nas garras dela. Havia ganhado um prêmio por ela, algum concurso. Os olhos da Lucinda disparavam de mim para a Lolee. Pus uma mão no pescoço da minha sobrinha e o girei para a frente.

— Então estamos todos acomodados?

— Ah, anda logo e mostra para a gente, Libby. Para de palhaçada. — Vera estava sentada em uma das cadeiras da sala de jantar, o pratinho de torta tombando para os lados no colo até a calda de morango quase derramar no vestido. Torci para derramar para a gente ter que fazer uma pausa de trinta minutos para encontrar um removedor de manchas. Aí poderíamos esquecer aquele desastre de noite e tocar nossas vidas.

— Lucinda, você poderia me auxiliar?

Desviando da asa estendida da coruja, Lucinda olhou para mim uma última vez antes de desaparecer pelo corredor. Ela mexeu a boca para formar o que pareciam ser as palavras *me desculpa*. Meus dedos apertaram com mais força o pescoço da Lolee até ela soltar um chiado e me dar um tabefe.

Minha mãe deu um passo para o lado e acendeu o interruptor de luz ao lado da luminária de chão. O corredor se iluminou, revelando o perfil de um animal enorme, avançando cambaleante. Bizzie Lee gritou e levou a mão ao pescoço, agarrando o braço do marido. O prato da Vera enfim virou. Uma poça de calda de morango se formou no meio da saia dela.

Era um búfalo-d'água, ou tinha sido em algum momento da vida sofrida dele. O animal estava em uma plataforma com rodas empurrada por Lucinda, que olhava resoluta para o chão e se recusava a fazer contato visual comigo. Minha mãe limpou a garganta e desenterrou uma pilha de fichinhas da parte de cima do vestido. Ela lia essas fichinhas e gesticulava, apontando para várias partes do animal.

— Bom, é só uma prévia. A exposição inaugura em duas semanas. Ela aponta para as similaridades entre os atos sexuais do reino animal e os do subúrbio moderno. Dor e raiva. Aponta, em específico, para correlações comigo e com meu falecido marido, Prentice.

Milo estava enfiando a faca na torta como se quisesse assassiná-la. Pus meu prato no chão e o peguei de novo, sem saber o que fazer com as mãos. Ninguém mais estava comendo.

Minha mãe foi em frente, sorrindo. Embaralhando as fichinhas.

— Quero usar a taxidermia dele para ilustrar a natureza repressiva dos relacionamentos e da sexualidade. Existe uma forte conexão entre o sadomasoquismo e a maneira como as uniões domésticas nos enredam num ciclo de punição. Essas obras exploram isso.

Ela meteu as fichinhas na parte de cima do vestido mais uma vez e pegou uma corda afixada a uma argola no focinho do búfalo. Ela puxou com força. Ele emperrou por um instante, arrastado pelo carpete felpudo que tínhamos desde antes de eu nascer, e aí rolou o resto do percurso até a sala. Ali estava ele, mudo e mutilado, entre o marido da Vera, Jay, e a mesinha de centro cheia de tortas.

— O que é que você fez, Libby? — Vera apontou e aí retraiu depressa o dedo, como se a coisa diante dela pudesse contaminá-lo. — O que é que *é isso*?

O corpo do búfalo estava adornado com chicotes e palmatórias de múltiplos tamanhos. Uma cota de malha e acessórios de couro tinham sido costurados no torso. Entre os chifres havia um bonezinho de couro cravejado ridiculamente pequeno. A boca do búfalo pendia aberta em um rosnado, a língua pendendo, lasciva.

Lolee se inclinou para a frente para ver melhor, e puxei as costas dela de encontro a mim, segurando-a no lugar com os joelhos.

— Mãe. — Milo esfregou o rosto até eu conseguir ouvir o ruído áspero da barba dele sob as palmas das mãos. — Por favor, me diz que esse não é quem eu acho que é.

— Jesus amado. — Travis expirou com reverência, os olhos enormes. — Tá bem ali em cima.

Montado no dorso do búfalo havia um manequim. Ele usava uma roupa justa feita de verniz, exibindo músculos esbeltos nas coxas e no peito. Quase todo o corpo estava coberto, exceto o rosto, que espreitava de um jeito fantasmagórico da abertura da roupa.

Era o meu pai. Não era sempre ele? Tufos de cabelo grisalho escuro surgiam logo abaixo do verniz preto apertado que cobria o crânio dele. O bigode era espesso e eriçado por cima um sorriso gentil. Faltavam os óculos, mas sem dúvida alguma era o rosto dele — aquele que pairava acima de mim quando me colocava na cama à noite. Os olhos que viravam fendas estreitas quando ele ria. As bochechas redondas. O nariz torto. Ao contrário do búfalo, com o olhar malicioso que destilava luxúria, meu pai parecia quase beatífico. Pacífico, pelo menos uma vez na vida.

— Não tem nada cobrindo a bunda dele — disse o Bastien, rindo. — Ela só tá ali de fora para Deus e o mundo verem. Puta merda.

Minha mãe só ficou ali parada, admirando a própria obra. Ela modelara o pelo do búfalo, penteando-o como cabelo de boneca. O joelho do meu falso pai resvalava no ombro dela. Ela lhe deu palmadinhas distraídas. Mesmo que eu soubesse o que esperar — mais do que qualquer um ali —, ainda era angustiante ver a peça na casa da minha infância. Quantas vezes, quando pequenos, não passáramos o Dia de Ação de Graças daquele mesmo jeito: amigos e parentes sentados em cadeiras dobráveis, comendo uma comida que todo mundo tinha preparado na cozinha da minha família, dividindo histórias que havíamos ouvido milhares de vezes. Comendo torta. Bebendo café doce demais. Aqui estávamos nós de novo, exceto meu pai, que, em vez de relaxar na poltrona reclinável, estava montado em um búfalo e usando uma roupinha sadomasoquista. Era surreal vê-lo em exibição, observar as pessoas que conhecíamos olhando para nossa família; observá-las repensando tudo o que achavam que sabiam a nosso respeito.

— Algo bem singular mesmo. — Vera pôs o prato no chão ao lado da cadeira e esfregou a calda de morango com um guardanapo. — É... bem singular.

Minha mãe respirou fundo e sorriu, a mão ainda pousada no joelho da figura.

— Tem mais algumas coisinhas que eu gostaria de mostrar para vocês. Mas antes, quem quer mais um pedacinho de torta?

PROCYON LOTOR — GUAXINIM-COMUM

Apertar a pele me deu menos vontade de arrancar meu próprio cabelo. Queria puxar chumaços dele desde a raiz, até que a dor no meu couro cabeludo me obrigasse a parar de pensar. Em vez disso, investi sem piedade contra o guaxinim ainda molhado, abrindo buracos nos pontos macios mais próximos da cauda. A pele dele pendia flácida, grande demais para o corpo de filhotinho. Os esqueletos estavam ao meu lado na mesa, próximos a uma coleção de feltro e arame. Uma linha desenrolara e pendia no chão. Os ossos estavam quase prontos para um banho de ácido, mas eu não conseguia parar de tremer por tempo suficiente para raspar a última cartilagem. Virando a pele de novo, olhei os lugares em que meus polegares haviam aberto sulcos raivosos no focinho. O filhotinho era pequeno. Ainda havia dentes de leite no maxilar.

Colocando o guaxinim na mesa ao lado do irmão gêmeo, limpei a mistura de sangue e suor nos jeans. Aí desfiz as tranças pelos elásticos e soltei o cabelo. Esfregando os dedos por ele, puxei e puxei, mas não ajudou. Como sempre, não sentia nada.

* * *

Mais cedo:

Milo disse que quando atropelou os filhotinhos com o carro eles só estavam parados juntos no meio da estrada. Em vez de deixá-los ali, ele sentiu a fisgada do velho impulso da taxidermia. Jamais conseguiríamos deixar um animal atropelado para trás. Algo dentro de nós sempre nos fazia parar e recolher coisas mortas.

Engraçado, né? Passar por cima de um animal morto e na mesma hora pensar no papai. Não desperdice, filho. *Não pude deixar de trazer eles para casa.* Ele os carregava debaixo do braço como dois bichinhos de pelúcia.

Ele riu, porém era um riso incerto que beirava as lágrimas. Limpando o nariz no braço descoberto, ele deixou para trás uma trilha cintilante de ranho. Dei uma olhada dentro da sacola plástica e os vi enroladinhos um no outro. Estavam totalmente intactos. Podiam estar dormindo.

Era tarde, e eu estava cansada. *Você não fez de propósito. Não fica chateado.*

Eu sei disso! Os olhos do Milo lacrimejavam sem parar. Estavam vermelhos havia semanas, e ele apenas os deixava escorrer, como se não conseguisse mais nem sentir as lágrimas. Meus próprios olhos estavam tão secos que pareciam pegajosos de areia. Ele ficou parado ali parecendo envergonhado, e não consegui sequer sentir empatia. Só queria dar uma bifa nele.

Brynn teria mandado ele engolir o choro. Teria enfiado um dedo no quadril dele para tentar fazê-lo rir, mesmo que ele odiasse que lhe fizessem cócegas. Ele fungou de novo, e meus dedos se fecharam em torno da alça da sacola, corpos mortos farfalhando de encontro ao plástico. A maioria dos taxidermistas nem aceitava guaxinins, e ele devia saber disso. O risco da raiva era alto demais.

Não deu tempo de virar a direção, disse ele. *Eles pareciam tão espantados.*

Não se preocupe.

Era difícil falar com meu irmão sem gritar com ele por conta de tudo o que ele tinha feito de errado. Desperdiçar lágrimas com guaxinins mortos quando devia estar fazendo de tudo para consertar o que de verdade fora destruído. Todos aqueles anos lutando para manter a Brynn comigo, represando meus sentimentos porque sabia que eles a afastavam, e ele tinha atirado as emoções dele em cima dela feito um vazamento no teto. E ainda assim ele se sentou ali chorando, sabendo que a Brynn jamais ficaria para ver aquilo.

Você fez isso com a gente, pensei, odiando a expressão estúpida e desolada na cara dele. *Você fez isso, e sabia que não devia.*

Eram duas horas da manhã e estava escuro como breu, sem estrelas para pontilhar o céu. Lolee estava enrolada num dos cantos do sofá dos meus pais. Ela tentara esperar acordada por Milo, as costas rígidas, como, se conseguisse se sentar ereta o suficiente, pudesse manter os olhos abertos. Veio o noticiário, depois um filme que não assisti. Havia perseguições de carro, tiroteios, destroços e sirenes guinchando até que meu pai apareceu e baixou o volume até um resmungo baixo. Lolee pegou no sono com a cabeça enterrada entre as almofadas. À medida que as luzes azuis ricocheteavam no cabelo claro dela, pensei no quanto era estranho vê-la dormir com exatidão da mesma forma que Brynn, sabendo que podia ser o único jeito de voltar a vê-la dormir. Através dos filhos dela.

Mas de volta ao trabalho.

Terminei minha última cerveja e levei os guaxinins para a camionete. Milo tinha caído no sono na poltrona do meu pai, então eu mesma pus a Lolee na cama, sabendo que ele jamais faria isso.

Os corpos dos guaxinins ainda estavam mornos, como se eles pudessem despertar e rastejar para fora da sacola até meu colo. Não havia feridas abertas. Nenhuma mancha na sacola, nenhum sangue ou matéria fecal.

Dava para pensar erroneamente que estavam dormindo se não fosse pelo pescoço. O crânio pendia, tombado frouxo contra o pequeno dorso. Nada fazia um animal parecer menos vivo do que o retesamento abandonando a espinha. Era por esse motivo que nos esforçávamos tanto para posicionar os animais empalhados do jeito certo. Flácidos ou contorcidos demais, e você não podia deixar de imaginar a morte deles.

Só tinha visto isso uma vez em um corpo humano.

Antes da Lolee nascer, tínhamos ido até o lago como uma família. Éramos só nós quatro: Milo, o Bastien de quatro anos que dormia em uma toalha, eu e a Brynn espirrando água uma na outra na esteira dos barcos. Quando meu irmão pegou o Bastien para levá-lo para a sombra, a cabeça dele tombou bem para trás, pendendo mole por cima do braço do Milo. Brynn gritou e atravessou a prainha desembestada, a toalha em volta da cintura caindo na água. Quando ela o tomou do Milo, temi que pudesse machucá-lo por acidente.

Não faça isso, murmurou ela no pescoço dele. *Nunca, nunca faça isso!*

Confuso, o Bastien se agarrou a ela e chorou. Eles ficaram daquele jeito por um bom tempo. Ela agarrada a ele, as perninhas gorduchas de criança forçando o corpo dela para baixo. A parte de cima do biquíni dela tinha se deslocado para o lado, quase deixando os seios à mostra. Milo tentou colocar uma toalha em volta dos ombros dela e ela se virou bruscamente, mostrando os dentes.

Quando ela ficava daquele jeito, eu sabia pela linguagem corporal dela que o melhor era deixá-la sozinha, mas Milo nunca sabia quando cair fora. Ele era bom ouvindo e se solidarizando, mas estava sempre perto demais, presente demais. De vez em quando Brynn precisava de espaço; precisava se sentir mal e ficar sozinha. Naquele momento com Bastien, ele queria tocá-la ainda que ela estivesse uma fera. Quando pôs uma mão no ombro dela ela ficou tensa, mas deixou-a ali. Recolhi nossas coisas enquanto os três se aconchegavam juntos. Ela precisava daquilo e eu não sabia.

Brynn gostava da solidez da vida de casada. Ela me dizia isso com frequência, apontando a mãe como um exemplo daquilo que nunca queria ser: três vezes divorciada, vivendo em um trailer, trabalhando no mesmo emprego de merda por catorze anos a fim de sustentar filhos para os quais nunca estava presente. *Se o casamento não der certo, vou cair fora. Não vou ser uma dessas mulheres que ficam no mesmo lugar a vida inteira. Porra, é deprimente demais.*

Sabia que o casamento dela daria certo porque eu tinha lhe oferecido exatamente aquilo que ela queria: um lar estável, filhos dos quais muito raro tinha que tomar conta e educar e um marido normal que a amava apesar dos defeitos dela. Alguém atencioso, que fazia coisas românticas como comprar flores para o aniversário de três meses. Um cara que ouviria e se importaria com as mágoas dela e falar dos próprios sentimentos abertamente. Tinha lhe dado alguém em quem eu podia confiar. Sabia que ele a amaria quase tanto quanto eu amava. Quase.

Onde é que eu estava?

Caminhei pela loja às escuras com a tranquilidade da experiência. Sabia a quantos passos da caixa registradora ficavam as prateleiras na parede oposta, sabia qual era a distância entre as presas do javali e o revisteiro. Sabia onde ficava o compartimento com as cabeças de jacaré e por onde andar para evitar derrubá-las. Quando acendi as luzes nos fundos, elas produziram o zumbido familiar que enviavam sinais de paz ao meu cérebro.

Coloquei a sacola de supermercado na mesa de metal e expus os guaxinins. Estavam maleáveis. Os olhos líquidos, as mãozinhas ainda tentando tocar um no outro.

Cadê a mãe de vocês?, perguntei, pegando o da esquerda. Acariciando o dorso macio dele com um dedo. *Cadê o bando de vocês?* Me ocupei com o trabalho de preparação que em geral me acalmava: dispor as ferramentas em fileiras ordenadas e arrumadas. A faca de corte de lâmina dupla, os raspadores. Escalpelos pequenos e tesouras de trinchar afiadas que eu utilizava para separar os pedaços duros de ligamentos. Lavei as mãos, esperei a água esquentar, aí lavei mais uma vez. Retirei o avental do armário e o ajeitei no corpo como uma manta. Parada diante da mesa de novo, olhei para os guaxinins e, para o meu espanto, descobri que não conseguia me concentrar.

Tirei um engradado de cerveja da geladeira e o coloquei na bandeja de metal dos utensílios antes de abrir uma. Aí peguei um dos escalpelos, testando a lâmina contra a ponta do polegar. Talvez não estivessem afiados o suficiente. Pegando a pedra de amolar debaixo da pia, sentei e afiei cada lâmina metodicamente. O roça-roça constante se somou à névoa turva que a cerveja já havia fervido no meu cérebro. Assim que tudo estava afiado e que terminei de beber, não havia nada a fazer a não ser olhar para aqueles dois filhotinhos mortos.

As mãozinhas eram menores que moedas. Orelhas macias, com tufinhos. As carinhas pareciam quase humanas. Peguei o da esquerda e o virei de barriguinha para cima para fazer a primeira incisão.

Voltando, voltando.

Sempre que falava em ir embora, a Brynn fazia aquilo parecer uma grande produção, como o enredo de um daqueles filmes imbecis do Hallmark Channel de que ela gostava. Nada nem remotamente plausível. *Vou para a Califórnia morar perto do deserto*, disse ela, cortando as cascas dos sanduíches de manteiga de amendoim e geleia das crianças. *Ainda dá tempo de virar atriz. Tipo, eu podia fazer preparação de elenco ou algo assim. Só usar vestidos de linho.*

E o Milo?, perguntei, colocando uma mecha de cabelo sujo atrás da orelha dela. *Você vai abandonar ele e levar as crianças? Cruel. Linda e cruel.*

Ela riu e me beijou. *Você sabe que nunca vou deixar vocês. Quem é que ia tomar conta de mim?*

Era verdade que nós dois sabíamos o que ela queria. Do que gostava. Estávamos dispostos a lhe dar aquelas coisas sem fazer perguntas. O Milo trabalhava, trazia dinheiro para casa e a ouvia quando estava chateada ou magoada. Nós dois cuidávamos das crianças sem reclamar, acalmávamos os medos dela quando estava preocupada, aflita e com ódio de si mesma. Eu lhe dei companheirismo e paixão, e ofereci uma saída para a irritação dela. Milo era aquele que conseguia tranquilizá-la, fazê-la se sentir lúcida de novo. Se eu queria estrangular ela, ele estava ali com um abraço e com um gesto meigo e romântico como um ursinho de pelúcia ou um doce idiota de que ela gostasse. Se ele era sentimental demais, eu a deixava ser egoísta. Ela podia ser gentil e querida perto do Milo sem se sentir vulnerável. Ela sabia que podia ser malvada e horrível perto de mim, porque eu a amaria de qualquer forma.

Eu sou coisa demais para uma pessoa só, sussurrou para mim uma vez, mordendo a cartilagem da minha orelha.

Mas ela não foi para a Califórnia, e não levou as crianças. Ela nos deixou um pouquinho depois do almoço em uma terça-feira. Não havia nada de especial naquele dia. Nada que tivesse antecedido o acontecimento, nenhuma briga homérica ou ultimato. Era um dia como outro qualquer.

Pensei muito nisso depois. No quanto era banal. Não era a cara dela dar tão pouca importância àquilo. Só uma tarde qualquer e comum com almoço e trabalho e casa. Eu me senti traída.

Nós comíamos todos juntos. Meu pai e eu voltamos da loja, minha mãe aquecendo tigelas de canja de galinha no micro-ondas. Milo estava trabalhando no turno da tarde, e, quando ele saiu, a Brynn o beijou e deu um tapa na bunda dele. Ela trouxe um rolo de papel-toalha e entregou a sopa do Bastien e da Lolee. Quando uma das crianças derramou Coca-Cola na mesa, ela nem sequer ficou irritada. Lavamos a louça juntas, e fiquei lá fora com ela na varanda enquanto ela fumava um cigarro. Ela usava um vestido velho, azul desbotado e sem mangas, e andava arrastando os pés com os chinelos grandes demais do meu irmão. Então meu pai e eu saímos para voltar à loja, e minha mãe correu para o supermercado.

Só fiquei vinte minutos fora. Minha mãe sacudia a cabeça, como se tentasse calcular como Brynn podia ter juntado todas as coisas dela e ido embora com aquela pressa do cacete. *Nunca pensei que ela fosse deixar os filhos aqui, pelo menos não sozinhos.*

Mas deixou. Colocou a Lolee para tirar uma soneca e pôs um filme para o Bastien, um daqueles da Disney que eles já tinham assistido um milhão de vezes. Aí juntou a maior parte das roupas dela, entrou no carro e saiu dirigindo. Quando minha mãe voltou, a Lolee estava dormindo e o Bastien ainda estava sentado no sofá. Nenhum deles sabia que a mãe tinha ido embora.

A Brynn não voltou para casa naquela noite, e não atendeu o celular. Liguei várias e várias vezes, certa de que, se conseguisse falar com ela só por alguns segundos, ela voltaria. O celular parou de chamar depois de alguns dias. Só caía direto na caixa postal.

Trabalho. Havia trabalho, sempre. Se fosse capaz de focar nele, eu saberia onde estava pisando. Estaria segura.

Raspei de forma metódica a pele do guaxinim, mas não consegui soltá-la. Estava tão fora de mim que nem parei para colocar as luvas. Carne crua deslizava sob meus dedos, se alojava nas cutículas. Os ossos estavam escorregadios de sangue e difíceis de separar. Os intestinos haviam rompido no interior do primeiro guaxinim, espalhando merda e pedaços de comida digerida por tudo. Na metade do trabalho com o primeiro animal, meu estômago embrulhou.

Os olhos do guaxinim estavam lustrosos. Os cílios estavam dobrados sobre a pálpebra como franjas, o que o fazia parecer meigo e tímido. Quando pressionei o dorso para alavancar melhor as patas de trás, as pálpebras deslizaram para baixo em uma piscada lenta e se abriram de novo. Brynn sempre quis um guaxinim como animal de estimação. Ela gostava do quanto eles eram selvagens — em um segundo brincando de um jeito fofo, no segundo seguinte sibilando com raiva em uma lata de lixo. *Nunca dá para saber se vão morder ou segurar sua mão*, disse ela, me mostrando um vídeo no celular. *Você devia pegar um, Jessa. Um guaxinim domesticado que a gente poderia levar para passear pelo bairro. Não seria fofo?*

Pus os ossos para dissolver em um tonel e fui direto para o banheiro. Encarei meu reflexo no espelho sobre a pia, inspirando pelo nariz e deixando o ar escapar em um sibilo por entre os dentes. Um pedaço de carne de guaxinim se sobressaía na parte da frente da minha bota. Me debrucei no vaso sanitário e vomitei tudo o que havia comido naquela noite: batatinha frita com molho, as cervejas.

Quando terminei, limpei a carne do calçado com um quadrado de papel higiênico e o mandei pela descarga com o resto. Bati no rosto até a cor voltar às bochechas. Aí abri outra cerveja da geladeira e bebi, ignorando a ardência na garganta.

Virei o segundo corpo, depositando-o ao lado da pele recém-removida do irmão. Pegando o escalpelo, cavouquei uma trilha no meio da barriga dele, que se abriu para um poço bem fundo de sangue coagulado. Era o pior ferimento que eu já vira. Todo o organismo do guaxinim tinha sido obliterado; olhando de fora, porém, ele parecia totalmente normal. Esvaziando a sujeira no balde de vísceras, iniciei todo o processo mais uma vez.

Como deixar o passado para trás quando ele fica olhando direto para você o tempo inteiro? Quando tem os dentes cravados em você que nem um animal com raiva?

Depois que a Brynn foi embora, pensei um bocado em transições. Na mesmice, na monotonia de tudo. Em como nada na minha vida parecia se mover depressa o bastante, mas ao mesmo tempo eu não conseguia suportar deixar o lugar em que Brynn tinha me deixado. O lugar onde a gente tinha se amado.

Para mim, limbo era relembrar a dor. A lembrança de fechar a porta de um carro com força nos dedos ou esmagar o mindinho numa parede. Era o calafrio que você sentia se lembrasse da topada da canela contra uma escrivaninha. Você podia lembrar dos sentimentos o tempo inteiro e eles nunca mudavam ou abrandavam. Sempre doíam da mesma maneira, e parecia que sempre doeriam.

Para onde Brynn tinha ido? Ninguém sabia, sobretudo o Milo, que nunca parava em casa no mês anterior ao desaparecimento dela. Fazendo horas extras na concessionária para que pudessem comprar uma casa em vez de jogar dinheiro fora com aluguel. Devia ter sido engraçado, Milo trabalhando tanto, ainda que durante a vida inteira tivesse feito de tudo para evitar o trabalho, quando na verdade tinha sido isso que permitiu que Brynn escapulisse sem ser notada. Se ele tivesse ficado em casa com ela, perdido aquele emprego ou apenas trabalhado em um posto de gasolina, ela o teria deixado?

Eu mal conseguia olhar para ele. A vida inteira tinha amado meu irmão sem reservas e sem limites, mas a partida da Brynn tinha rompido essa proximidade. Eu ia à casa dos meus pais para

ver as crianças, e ele se sentava do meu lado no sofá, fazendo perguntas para as quais não havia respostas:
Soube de alguma coisa?
Você acha que ela vai entrar em contato com as crianças?
Ela não me ama?
Ele chorava, e muito. Falava do quanto tinham sido felizes, descrevendo o relacionamento deles nos mínimos detalhes, à procura do botão que tinha mandado nossa vida pelos ares. O casamento deles. Os filhos. A casa que queriam comprar — a mobília que ela já tinha escolhido na loja alugue ou compre no centro. Não sabia dizer se estava zangada com ele por não antecipar a partida dela ou só irritada comigo mesma.

Um mês, dois meses. Depois do terceiro mês sem uma palavra, Bastien parou de perguntar por ela. Ela tinha perdido o aniversário de dez anos dele. Houve uma festinha no boliche ali perto. Várias pessoas apareceram. Vários balões, pizzas e serpentinas. Foi um dos piores dias da minha vida.

Milo comprou presentes aleatoriamente e sem pensar em quase nada: artigos esportivos que Bastien não queria e videogames que já tinha. Eram presentes que o meu próprio pai teria comprado para Milo. O tipo de presente que dizia *eu não sei nada a seu respeito; você é uma parte da minha vida que eu desconheço e seu aniversário significa muito pouco para mim.* Peguei tudo de volta e troquei por coisas que o Bastien de fato tinha pedido. Coloquei o nome do Milo na parte da frente, me segurando por pouco para não escrever o nome da Brynn ao lado. Esperava que ela lembrasse do aniversário do filho e aparecesse.

Servimos bolo e um sorvete meio derretido. Nove crianças vieram e jogaram três rodadas de boliche. Distribuí fichas em copinhos plásticos para jogarem joguinhos antigos: *Pac-Man, Donkey Kong, Galaga.* Quando crianças, Milo fez duas festas de aniversário ali, e eu, uma. Brynn e eu tínhamos tirado tantas fotos juntas na cabine fotográfica que podíamos ter forrado uma parede com todas as tirinhas.

Detestava ficar perto da lenga-lenga do Milo, mas não conseguia ficar sozinha. No meu apartamento, ficava sentada a noite inteira bebendo e assistindo tevê, rezando para me esvaziar e parar de me importar. Todo lugar que antes era acolhedor para mim parecia simplesmente repleto da Brynn. Todo lugar na cidade guardava uma lembrança. O cinema onde ela tinha vomitado Sno-Caps. O estacionamento de um posto de gasolina onde tínhamos conseguido que uns estranhos nos comprassem uma bebida alcoólica doce sabor limão. Não havia para onde fugir.

Passava todo o meu tempo livre na casa dos meus pais com as crianças e as usava como distração. Construíamos fortes, brincávamos com os irrigadores, íamos passear no cemitério. Minha mãe não dizia nada, só olhava para a gente com olhos tristes e preparava comida demais.

Quando estava lá, dei por mim procurando por rastros. Pistas. Brynn não era o tipo de pessoa que manteria um diário. Ela gostava de berrar as próprias emoções a plenos pulmões para que todos pudessem senti-las com ela. Sabia todas as coisas ruins que ela pensava a respeito de qualquer um, incluindo eu mesma. Ninguém a conhecia melhor do que eu, mas não conseguia imaginar um único jeito de entrar em contato com ela.

A mãe dela tinha se mudado para Boca Ratón um ano depois de a Brynn e o Milo se casarem. As duas não estavam em bons termos. Quando não aguentava mais, peguei discretamente o número dela da agendinha da minha mãe e telefonei. Enquanto o telefone tocava, rezei para ser Brynn a atender. Sabia que seria capaz de dizer se era ela até mesmo pela maneira como a respiração tocava o auscultador.

Um homem atendeu. Ele parecia bem novinho, até mesmo para a mãe da Brynn, que curtia maridos com metade da idade dela.

Posso falar com a Marsha?

Quem é que tá falando? A voz era taciturna, meio defensiva.

Diz para ela que é a Jessa-Lynn.

Houve uma pausa, e o tom de voz se animou. *Ei, Jessa. É o Gideon.*

A última vez que o vira tinha sido antes de ele atingir a puberdade, e ele ainda soava como um brinquedinho de borracha em que alguém tinha pisado. O irmãozinho da Brynn — meio-irmão, eu me corrigi, como a Brynn teria feito.

Sua mãe tá aí?

Nada, tá trabalhando. É provável que não volte até bem tarde hoje. Você conhece a mamãe.

O dia se estendeu diante de mim como um pesadelo interminável. Mesmo que ele lhe desse o recado, não havia nenhuma garantia de que ela ligaria de volta. Marsha Wiley era ainda mais estranha que a filha. *Você pode dar meu número para ela? Preciso falar com ela.*

Havia risadas no fundo; talvez um televisor. Talvez o rádio. Ele suspirou. *Sabe, você pode perguntar.*

Estava desesperada demais para fingir que não entendi o que ele quis dizer. Fui em frente e perguntei se eles tinham recebido alguma notícia dela. Prometi não contar para Milo. Teria prometido qualquer coisa em troca de uma resposta. Qualquer coisa para explicar por que aquilo tinha acontecido.

Não recentemente, disse ele. *Mas, sim, ela passou por aqui.*

Era uma resposta cuidadosa; uma resposta que eu havia antecipado. *Ela está bem?*

Tá bem. A mesma Brynn.

Mais risadas abafadas, uma porta batendo. Era ela? Não havia como saber. Enterrei as unhas na palma da mão e foquei na ardência.

Vou dizer para ela que você ligou, disse ele, e então desligou.

* * *

Espere. Ainda havia trabalho para terminar. Não havia alguma coisa, sempre? Chumaços de cabelo estavam espalhados pelo balcão. Meu pai sempre chamara o cabelo de "a maior glória das mulheres". Ele me disse para nunca cortar o meu, disse que era tão bonito quanto o da minha mãe.

Com cuidado, toquei os lugares em que havia arrancado chumaços direto da raiz, áreas ásperas onde o formigamento se irradiava da pele. Tinha extirpado duas unhas até o sabugo e o sangue jorrava sob o mindinho da minha mão direita. Todo o meu corpo tremia e se sacudia. Pressionei o rosto no metal frio da mesa e solucei até não conseguir respirar. Chorei até que o peito quisesse desmoronar.

Quando terminei, limpei o rosto com a barra da camisa. Recolhendo os chumaços de cabelo, separei o feixe em duas partes e as enrolei. Aí abri os corpos dos guaxinins e pus um emaranhado do meu cabelo em cada uma das barriguinhas.

Bebi mais uma cerveja e voltei a chorar. Meus olhos ardiam como se tivesse esfregado areia neles. Limpando o rosto de novo, terminei a cerveja. Joguei fora a lata vazia.

Desligando as luzes, deixei o trabalho pela metade na bancada e peguei no sono no catre. Quando acordei na manhã seguinte, os guaxinins tinham sumido. Meu pai havia me coberto com seu moletom da Universidade da Flórida, uma coisa gigantesca que ele sempre usava no lugar de um casaco nos cinco dias do ano em que a temperatura da Flórida Central de fato caía abaixo dos quinze graus.

Ele apertou meu ombro, aí pôs a mão quentinha na lateral do meu rosto. *Coloca o capuz, querida. Seu cabelo tá um desastre.*

7

Depois da apresentação do búfalo, os olhos de Milo estavam vidrados, como se ele estivesse preso debaixo d'água. Nós dois voltamos a atenção para o televisor, onde estava passando uma reprise de algum seriado policial. Na tela, uma mulher aplicava luminol no piso de linóleo de uma cozinha. Quando um investigador apagou as luzes, o cômodo brilhou como uma câmara radioativa.

— Nunca é assim — disse Bastien, cortando outro pedaço de torta para si. — Tá brilhante demais.

— O que é que a gente vai fazer? — perguntei para meu irmão. As pessoas circulavam por ali, agindo como se não houvesse um búfalo gigantesco coberto com adereços sadomasoquistas ocupando metade da sala de estar.

— Em relação ao quê? — Ele cutucou a massa da torta de creme de ovos até Lolee pegar o prato dele para limpar os restos. Pus as mãos nas orelhas dela.

— Em relação ao que acabou de acontecer, seu cretino. É óbvio que a mamãe teve um surto. — Acenei vagamente com a cabeça na direção da monstruosidade, sem querer erguer os olhos acima dos flancos enormes, onde a perna de verniz ainda balançava.

— Vai dar tudo certo. É provável que seja bom para ela, né? Pôr tudo isso para fora.

Era justo o oposto de *tudo certo*. Meu irmão, aquele que tinha percepção e empatia para entender as necessidades das pessoas, não servia nem mesmo para olhar para a coitada da nossa mãe e compreender que algo tinha dado terrivelmente errado.

Ele encarou a tevê, limpando os lábios imaculados com um guardanapo dobrado.

— Você tá delirando — observei. Lolee se levantou e andou até o búfalo-d'água, e eu a puxei de volta pelo passador do cinto.

— Vai brincar lá fora — falei para ela, empurrando-a na direção do quintal dos fundos.

— Concordo com a tia Jessa, a vovó despirocou de vez. — Bastien mandava ver na torta, farelos se juntando no canto da boca. — A merda mais bizarra que eu já vi.

— Cala a boca. Vai lá ajudar. — Milo apontou para os pratos vazios. — E leva esses aí junto.

Bastien fez uma careta, mas fez o que ele disse. Eu me virei para o Milo e tentei de novo.

— Estou sinceramente preocupada com o estado mental dela. Ela acha que esse é um jeito saudável de passar pelo luto depois da morte do papai. O que é que isso te diz?

Ele deu de ombros se recostou nas almofadas do sofá.

— E eu sei lá. As pessoas lidam dum jeito diferente com as merdas, acho.

Eu não conseguia entender por que ele estava agindo daquela maneira. Tomei fôlego, tentando pensar em algo razoável para rebater o argumento dele.

— Essa é a coisa mais estúpida que você já disse.

O Jay e o Travis estavam conversando de pé ao lado do búfalo enquanto terminavam o café. O Travis esfregava uma mão para cima e para baixo no pescoço do animal, perigosamente perto da coxa da figura coberta de vinil.

— Isso tá de fato bem-feitinho — disse Travis, pegando uma palmatória de madeira cravejada de metais pontudos. — Você já tinha visto um desses antes?

Parecia que o Jay ia responder, mas a Vera disparou um olhar na direção dele que continha a promessa de assassinato.

— *Nah*, acho que nunca vi. Tentei de novo.

— Não tá certo. Ela precisa de um psicólogo, de algo assim.

— O que é que você espera que a gente faça, Jessa? — O Milo esfregou uma mão na testa. Ela é uma mulher adulta. Ela pode fazer o que quiser.

— Bom, eu vou dar um basta nisso — falei, tentando convencer a nós dois.

Encontrei Lucinda no corredor, examinando algumas das nossas fotos de família. Ela tocou o canto da moldura de uma fotografia em que nós quatro estávamos parados diante de uma cachoeira íngreme. Tanto o Milo quanto eu estávamos de macacão. Minha mãe usava um vestido de brim com uma bandana vermelha amarrada ao redor do rabo de cavalo, meu pai com uma combinando em volta do pescoço, o braço dele enlaçando o ombro dela. Era a foto mais ridícula da nossa família, eu a amava.

— É adorável — disse Lucinda. — Olha esse corte de cabelo tigelinha. Você ainda tem esse macacão?

— Podemos conversar? — Em vez de esperar uma resposta, andei até o fim do corredor e porta afora. Insetos se agitavam na luz amarelo-mijo da luminária da varanda da frente. Uma mariposa enorme e felpuda se lançava sem parar contra o vidro sujo.

O ar estava completamente saturado, os carros já cobertos de condensação. Paramos perto da minha camionete e lembrei do jeito como ela tinha me empurrado contra a lataria, da sensação das mãos dela na minha pele.

— Essa exibição não pode rolar — falei, cruzando os braços para não tentar tocar nela. — Tô falando sério.

181

— Isso não é muito racional. — Ela se inclinou para mim e esfregou as mãos com rapidez pelos meus braços, friccionando e aquecendo a pele. — Além disso, é muita coragem da sua parte pedir qualquer coisa depois de me deixar sozinha hoje de manhã.
— Para com isso. — Coloquei mais um passo de distância entre a gente. É a minha mãe, e tem alguma coisa errada com ela. Não tá certo.
— O que é que você quer que eu faça? Não posso dizer não para ela. Investi um bocado de tempo e dinheiro.

Eu tinha certeza que sim, era provável que um bocado. A Lucinda não falava muito disso, mas eu sabia que tudo o que ela tinha estava atrelado ao condomínio e à galeria — uma graninha bem considerável. O pouco que eu tinha descoberto a respeito das finanças dela se devia às incursões no seu escritório enquanto ela se ocupava com a arte da minha mãe. Sempre havia pilhas enormes de correspondência amontoadas na escrivaninha, a maior parte endereçada a Lucinda Rex, mas algumas emitidas também para Donna Franklin. A *colega de quarto*, aquelas palavras de novo, palavras que podiam significar qualquer coisa mas que era possível que significassem parceira. Quem sabe esposa. Alguém com quem a Lucinda provavelmente estava dormindo, é claro, mas também uma segunda pessoa que investia no trabalho da minha mãe, que punha dinheiro nele. Alguém que talvez fosse capaz de pensar com a cabeça quando se tratava de impedir essa atrocidade, se tivesse o mínimo de distanciamento.

E se ao mesmo tempo eu conseguisse um pouquinho mais de informação a respeito do relacionamento, melhor.

— O que é que eu posso fazer? — repetiu ela. — O que é que você quer de mim?

— Dá o seu jeito. — Entrei na camioneta e liguei o motor. Foram três tentativas até pegar, eu estava tão estressada. Quando saí da entrada da garagem, ela ainda estava parada ali olhando para mim, o rosto brilhando irreconhecível à luz dos faróis.

Indo direto para o bar, bebi até ficar tão bêbada a ponto de não conseguir desabotoar a calça no banheiro. Havia outras mulheres comigo ali: uma loira aguada com uma tatuagem de golfinho no ombro, uma mulher mais velha que usava um moletom com uma guirlanda de Natal pintada na parte da frente. Desejei ser qualquer uma delas, poder trocar de corpo e voltar para qualquer que fosse a vida que tinham a fim de escapar da minha. Maridos, filhos. Famílias que não precisavam de tanto cuidado. Peguei um táxi para casa e vomitei tudo o que tinha bebido na pia da cozinha. Quando acordei na manhã seguinte, liguei para Bastien e lhe disse que ia tirar o dia de folga.

Passei o tempo em casa dormindo, sonhando com minha mãe, com a Lucinda e com a Brynn, todas misturadas num miasma sexual estranho. Figuras indistintas e grudentas bamboleando com os animais que meu pai e eu tínhamos empalhado: o urso, os guaxinins com as patinhas pequenas e pretas com dedinhos ásperos e aderentes. Acordei ao anoitecer e cambaleei até a sala. Uma fileira resoluta de formigas marchava pela parede ao lado da minha cabeça, seguindo uma trilha tortuosa até a cozinha. Havia louças empilhadas na pia, cheias de crostas de comida que tinham estragado fazia tempo. O ar estava azedo e denso por conta do lixo.

Só fazia um dia que tínhamos brigado, mas eu não conseguia mais ficar sozinha no apartamento sem enlouquecer. Liguei para Lucinda e a chamei para beber comigo.

Nós nos encontramos naquela noite. E aí nos encontramos na noite seguinte. Não mencionei o que acontecera na casa da minha mãe, nem ela, mas aquilo pairava entre a gente, outra das mágoas silenciadas da minha vida que lutavam para se decompor e surgir como algo bom. Era pura carne putrefata. Eu me recusava a pisar na galeria, nem um pouco disposta a apoiar ou a reconhecer sua existência. Sozinha em casa, entrava na internet e pesquisava coisas sobre a Lucinda. Sobre a vida dela antes de mim, fora daquilo que tínhamos. Eu não era muito boa nisso — meu cérebro não gostava de processar coisas numa tela; estava acostumada a trabalhar com as mãos —, mas tinha conhecimento suficiente para descobrir que ela era casada. A Donna Franklin, fiquei sabendo, era oito anos mais velha do que a Lucinda. Antes de comprarem a galeria juntas, ela vivera na Carolina do Sul e tivera uma carpintaria, uma das profissões mais lésbicas que eu conseguia imaginar. Havia algumas fotografias quando pesquisei mais a fundo no Google. Fiquei olhando para elas, me perguntando se éramos um tipo parecido de lésbica. Tínhamos o mesmo tipo físico, sem dúvida, ambas robustas e com um rosto mais propenso a uma cara fechada do que a se abrir num sorriso. Na parte de baixo de um dos sites desatualizados, achei informações de contato. Um número de telefone. Anotei-o num post-it e o escondi dentro de uma revista antiga no meu quarto. Ali ele ficou, enfiado entre as páginas de uma publicação de decoração e jardinagem de 1994 que falava de recursos hídricos. Só por precaução.

    Meu relacionamento com a Lucinda foi em frente, mas não era como antes. Nós não conversávamos. Não havia momentos em que o sexo beirava a ternura. Trepávamos encostadas em paredes ou no meu sofá podre; às vezes nos debruçando sobre a mesinha de centro ou batendo contra o balcão da pia da cozinha. Eu me ajoelhava no tapete, pressionando o rosto contra a virilha dela até achar que ela iria me absorver no corpo dela.

    Nunca trepávamos na cama. Eu mantinha a porta do meu quarto fechada e nos conduzia para outro lugar. Quanto mais eu a afastava, mais ela telefonava. Eu a tocava como se quisesse que entrasse em combustão, explodindo em pedacinhos afiados o bastante para derramar sangue. Donna podia cuidar da intimidade que eu negligenciava, pensava eu. Donna com o cabelo curtinho, Donna com aquelas mãos enormes e largas, Donna com as covinhas e o rosto macio de bebê. E daí se a Lucinda dissera que precisava de mim? Alguém que diz que precisa de amor quando no fundo só está à procura de um lanchinho não está falando de romance; está falando das demandas do corpo. Da sexualidade feroz do corpóreo. Bom, deixe a Donna manter a ternura acesa, eu pensava. Deixe Donna receber o amor dela, o que quer que essa droga signifique. Eu podia me concentrar nas pequenas mortes alegres que infligíamos uma à outra. Podia ficar com elas, se não houvesse mais nada.

Assumi mais trabalhos na oficina, feliz de deixar Bastien cuidar da loja na parte da frente. Removi peles com satisfação, fatiando e curando, os dedos dobrados no formato das ferramentas bem depois de o meu turno ter terminado. Quando chegava em casa, os braços doendo por conta do esforço, havia glóbulos de músculos cartilaginosos presos às minhas roupas. Bebia e dormia pesado; não queria mais sonhar.

A loja estava indo bem. Bastien cuidou do marketing e incluiu as redes sociais, algo que meu pai nunca teria feito e que eu quase não entendia. Nossa clientela cresceu até termos uma quantidade razoável de trabalho de novo. O antigo negócio estava morrendo, mas encontramos uma nova ancoragem em um público mais jovem que nunca imaginei que estaria interessado em taxidermia. Porém dava um bom dinheiro, e não me importava com o que queriam. Nunca questionei nada daquilo até uma mulher me abordar com um cupom.

— Com licença. Eu tenho um desses. — Ela agitou um papel amassado na minha cara. — Aqui é a Taxidermia dos Morton, né?

Ela não podia ter mais de vinte e dois anos. Usava uns shorts vermelhos de veludo cotelê e uma blusa estilo marinheiro branca acima do umbigo. Não era como os clientes habituais; esses eram homens carrancudos de cinquenta e tantos anos que falavam *para* mim, como se achassem que podiam me ensinar alguma coisa.

— É, somos nós, mas a gente não tem cupom.

A mulher meteu o papel debaixo do meu nariz até eu ser forçada ou a pegar ou a inalar aquilo. Fora impresso e a tinta tinha borrado na extremidade superior, mas lá estava nosso logo, assentado na parte de cima, O MORTON em letras maiúsculas.

— Fiquei sabendo que vocês devem receber uns pavões? — perguntou ela, e dei de ombros e contemplei o nosso anúncio, impresso. Coisas novas aconteciam o tempo todo na loja agora.

Bastien riu e me virei para olhar para ele, curiosa para saber o que era tão engraçado. Ele nunca ria, a menos que alguém caísse ou fizesse uma piada sobre usar o banheiro.

— Mais para o fim da semana — disse ele para ela, tirando o papel da minha mão. — Tenho que pegar eles primeiro.

Bastien e eu pegamos Lolee no caminho quando fomos buscar as aves. Ela passava a maior parte das noites na casa da amiga Kaitlyn, já que minha mãe estava sempre enfiada na galeria. Kaitlyn era uma menina baixinha com uma cara de buldogue e um sorriso meigo. Elas estavam na banda marcial juntas, ambas tocavam flauta. Lolee gostava de ficar lá, e eu não a culpava. Minha mãe estava tão ocupada que tinha parado de preparar refeições regulares. Da última vez que estive lá, todas as sobras tinham desaparecido e não havia nada para comer exceto um leite questionável e uma caixa de cereal Life rançoso sabor canela.

Bastien dirigia minha camionete por ruas que começavam a ficar púrpuras enquanto eu secava minha primeira cerveja da noite. Prendi-a no meio dos joelhos. Ele virou bruscamente na entrada da garagem da Kaitlyn, e meu gole escorreu pelo queixo e empapou a gola da camisa.

— Para onde a gente tá indo? — perguntei, abrindo mais uma cerveja e limpando a condensação nos jeans. — Existe saldão de venda por atacado? Nunca fui num desses.

— *Nah*, não é isso. É outra coisa. Mais fresca.

Lolee veio arrastando os pés e usando uns shorts de pijama antigos e meu velho moletom do Ensino Médio.

— Entra lá atrás — gritou Bastien pelo vidro. Ela tomou impulso no para-choque, os chinelos batendo no fundo corrugado da caçamba.

Pressionando a boca no vidro traseiro, ela fez uma careta de macaco, a língua riscando o vidro com cuspe.

— Não tira os chinelos — disse. — Pode ter garrafas quebradas aí atrás.

Bastien dirigia de forma atabalhoada, ziguezagueando por algumas das ruas residenciais mais amplas, fazendo Lolee guinchar enquanto tombava de um lado para o outro lá atrás. Em vez de nos guiar por uma das saídas, ele se aproximou do coração da vizinhança, perto do campo de golfe que a cortava ao meio. Apesar do nome, Fawn Creek, ou "riacho do cervo", não tinha qualquer tipo de água corrente, só bacias de retenção. Água jorrava do centro de uma fonte, as cores mudando segundo os feriados: verde e vermelho para o Natal, tons patrióticos no Quatro de Julho.

O anoitecer chegou depressa, precipitando uma horda de morcegos. Eles flutuavam de forma espasmódica no céu banhado por uma cor alaranjada, esbarrando um no outro em pleno voo. Bastien virou em uma rua lateral. A pavimentação era ruim; a camionete ricocheteava nos sulcos do asfalto, agitando minha cerveja até ela entornar na minha calça.

— Devagar, seu pau no cu — gritou Lolee, batendo a palma da mão contra o vidro. — Vou rachar a cabeça aqui.

Bastien riu e acelerou o motor, e então fez uma curva fechada no final do campo de golfe. Eu nunca estivera naquela região antes. Era onde os trabalhadores vinham descarregar coisas. De repente lembrei de algo enquanto ele estacionava a camionete perto dos carrinhos de bolas e sacava um chaveiro do bolso.

— Você não trabalhava aqui quando tava no Ensino Médio? Carregando tacos?

— Nada tão glamoroso. — Bastien saltou do banco do motorista e estalou as costas, esticando os braços acima da cabeça. — Eu aparava a grama. Às vezes dirigia a camionete que recolhia as bolas que as pessoas atiravam no campo de treino? Era uma merda.

Lolee ficou de pé na lateral, e a camionete inteira se inclinou sob o peso dela. Bastien a ajudou a descer, largando-a na grama com um grunhido.

— Você não é tão forte quanto o papai — reclamou ela, e aí se inclinou para massagear as panturrilhas.

— Também não sou tão legal. — Ele empurrou a cabeça dela para baixo até quase chegar aos joelhos. Lolee gritou e lhe deu uma bifa.

— Tá, sério. — Bebi o restante da segunda cerveja. Ainda havia três na camionete, e eu achava que precisaria delas logo. — Que porra a gente tá fazendo aqui? Seria legal jantar.

Havia uma barba rala crescendo no queixo do Bastien. Os olhos dele estavam incolores na noite enevoada.

— Não vai demorar muito.

Me arrastei atrás dos dois enquanto nos afastávamos dos postes de iluminação que pontilhavam as bordas do gramado aplainado e aparado. Estava quieto, exceto pelo farfalhar ocasional das nossas pernas se deslocando pela grama. Havia uma cabaninha escura e assustadora perto do fim do terreno. Parei para olhar enquanto Bastien e Lolee marchavam na direção dela.

— Ei — gritei. A Lolee se virou e trotou de volta. — O que é que é isso, o que é que a gente tá fazendo?

— Pegando os pavões. — Lolee puxou o cabelo por cima da cabeça e o amarrou com um elástico que mantinha enrolado no pulso. Ela dançava à minha volta, girando, rodopiando como uma criancinha.

Eu mal conseguia divisar Bastien com tão pouca luz. Nossas sombras estavam alongadas e fragmentadas na grama vagabunda que cobria a extremidade do campo. Lolee e eu andamos uma ao lado da outra, balançando os braços em conjunto. Me perguntei quando chegaria em casa para poder beber em paz e esquecer daquele dia.

Mais de perto, a cabana se parecia menos com algo saído de um filme de terror e mais com algo saído da série *Os pioneiros*.

O telhado inclinado era feito de tábuas de madeira, e havia um longo caminho de cascalho atrás dela. Em algum ponto alguém havia pintado as ripas em um tom de ardósia, embora elas tivessem começado a descascar com a umidade. Na frente, um cartaz afixado em uma tábua dizia ENTRADA PROIBIDA em uma caligrafia bem escolar.

Perto da cabana, o ar ficou espesso e com cheiro forte de víveres. Um pavão enfiou a cabeça de alfinete pela porta. Outro surgiu acima dele, dando a divertida impressão de serem duas crianças espreitando em um canto durante uma brincadeira de pique-esconde.

— Eles estão vivos? — perguntei. — Eles *estão vivos*, porra?

Três pavões desfilaram porta afora. Bastien seguiu atrás deles, o taco de golfe arriado sobre o ombro como se estivesse prestes a dar a primeira tacada. As aves andavam diante dele, as penas de um verde-dourado brilhante ao luar, sem medo.

A Lolee continuava a brincar com o cabelo, trançando as mechinhas que desciam pelas laterais em ferrões que se projetavam das têmporas. Totalmente confusa, segui ao lado do Bastien, que conduzia os pavões pelo caminho até a camionete.

— Que caralho a gente vai fazer com as aves vivas? — perguntei. — Que porra é essa, Bastien?

— Você sabe se o novo restaurante chinês já abriu? — Ele girou o taco com delicadeza para a direita quando uma das aves saiu da fileira para examinar algo rastejando na terra.

— Que restaurante chinês? — As aves tinham uma aparência imponente e régia, como emissárias rumando para um evento importante.

— Aquele ao lado da estação de ônibus. Perto da Bennett.

— Ah. Nem sabia que tinha um restaurante novo abrindo. Sempre vou naquele perto da casa da vovó.

Bastien riu.

— Aquele lugar fechou três anos atrás. — O taco de golfe girou de novo, guiando carinhosamente a última ave até a fileira.

De volta à camionete, ele entregou o taco para a irmã e subiu na cabine. As aves se agitavam no mato alto diante dos pneus, bicando a poeira e o cascalho. Fizeram um certo alvoroço quando o motor ligou, mas depois voltaram a vasculhar o solo, as penas brilhando e iridescentes à luz dos faróis.

Ele acelerou com vontade, e elas se assustaram, caindo desajeitadas uma em cima da outra antes de correrem de volta na direção do galpão. Bastien guiava no encalço delas, subindo a pequena elevação até o campo. As aves emitiram um som agudo e Lolee também, correndo atrás da camionete. Bastien dava cavalinhos de pau no meio do gramado enquanto os pavões guinchavam, parecendo quase humanos em seu terror.

Um dos pavões tombou na mesma hora. Ele caiu por cima das patas e desabou pesadamente de barriga para baixo, derrapando na terra. O segundo despencou bem ao lado do primeiro, as penas voando em torno dos dois corpos. Lolee correu atrás do terceiro, que estava meio que voando em qualquer direção que o levasse para longe da camionete. Tinha quase chegado à linha das árvores quando Bastien fez uma volta e quase passou por cima dele. A ave se precipitou na minha direção, guinchando, e aí caiu no meio do caminho.

Bastien dirigiu até onde jaziam os dois primeiros. Ele deixou o motor da camionete ligado e desceu, pegando as duas aves e atirando-as na caçamba.

Lolee saltitou até o terceiro e o cutucou com o taco de golfe. O pescoço dele caiu pesadamente, mas ele não se mexeu.

— A gente pegou todos dessa vez! — gritou ela para o irmão, antes de colocar o pavão morto em cima do ombro.

PAVO CRISTATUS — PAVÃO-INDIANO

A mãe da Brynn estava em um período *entre maridos*. Era assim que ela chamava, como se fosse apenas uma questão de tempo antes de o próximo andar até o juiz de paz e pôr uma aliança no dedo dela. Marsha Wiley passava boa parte das noites no bar à caça de um bom partido, mesmo que tivesse alertado a Brynn de quinze anos para o fato de que bares eram sem dúvida o pior lugar para encontrar um homem.

Tem perdedores demais. Ela se inclinou na cadeira de praia, óculos de sol espelhados encarapitados na ponta do narizinho. *Todos já foram casados antes e ferraram com tudo. Se não forem casados, são velhos demais.*

Ela apagou o cigarro pela metade no cinzeiro. Os olhos de Brynn seguiram a bituca, e eu sabia que ela a reivindicaria depois que a mãe saísse.

Todos os seus maridos são velhos. Brynn ainda estava de camisola. Tínhamos passado a noite no trailer. A mãe dela só tinha voltado de um encontro às três horas da manhã, e tínhamos ficado de olho no Gideon.

Não é disso que eu tô falando. Esses caras são, tipo, bois velhos. Como se tivessem sido treinados para trabalhar de um certo jeito, e assim que passam dos cinquenta não tem mais o que fazer. Não mudam mais. Só vão continuar a levar a mesma vida de solteirão que sempre levaram.

Não dava para você achar um que não vai mudar, mas que sem que isso importe?, perguntei, olhando bem para as pernas compridas dela. Elas ainda eram bastante impressionantes, bem bronzeadas e lisinhas. Não tão finas quanto as da Brynn mas musculosas, como as de uma corredora.

Marsha sorriu e acariciou meu braço com uma das mãos. *Ah, querida, esses caras são tipo criancinhas. Têm hábitos de higiene horríveis, não conseguem manter um emprego. Deixar um entrar na sua casa é como adotar um porco.*

Você fala como se os caras fossem nojentos pra caralho. Brynn puxou o cabelo para trás em um rabo de cavalo bem no alto da cabeça. Partes lisas do couro cabeludo apareciam sob a oleosidade. Nenhuma de nós era limpa. Eu conseguia sentir o cheiro úmido do meu sovaco pela camiseta.

Olha essa boca. Marsha pegou um dos pratos da noite anterior e catou o resto de uma fatia de pepperoni. *Vocês comeram toda a pizza? E agora o que o Gideon vai comer de café da manhã?*

Vamos pegar a piscina de plástico. Brynn me arrastou para dentro do trailer. Procurei a piscina enquanto ela colocava o biquíni. Vasculhando o armário da frente, removi as sacolas plásticas do Publix cheias de roupas descartadas e partes de carro que o último namorado tinha deixado para trás. A piscininha estava enterrada sob uma pilha de antigas coisas de escola e correspondências com cupons expirados. Parecia que tinha havido um vazamento. Os papéis estavam úmidos e deformados, curvados nas pontas. Vi o nome de Brynn em uma pintura vacilante e infantil de um gatinho cor de laranja. Ela tinha se dissolvido em uma mancha brilhante na manga de um moletom abandonado.

Arrastamos a piscina para fora e pelos degraus de madeiras cheios de pontas soltas do alpendre. Brynn se agachou na sua roupa de banho, achatando o plástico em cima da grama morta e dos espinhos. Um cara que consertava a camionete dele alguns trailers abaixo rosnou alto alguma coisa que me deixou desconfortável, mas Brynn apenas ignorou.

Encher a piscina era um esforço exaustivo. A gente se revezava, soprando nosso hálito de chiclete no pequeno mamilo de plástico. Quando estava meio inflada, Brynn a selou e a enfiou debaixo das moitas.

Já tá bom, disse ela, puxando a mangueira de onde estava, sob um canto do trailer, parecendo uma cobra por cima da qual alguém passara com um carro. Ela abriu a torneira, e a água saiu fervendo de tão quente. Tudo cheirava a produtos químicos e terra úmida.

Marsha voltou lá para fora usando um sarongue verde fosforescente e um biquíni cor-de-rosa cintilante. No quadril ela levava Gideon, que ainda dormia profundo. Ela desabou na cadeira de praia, que rangeu ameaçadoramente e quase afundou até o chão com o peso dos dois.

Brynn e eu nos sentamos na água e deixamos a mangueira esguichar acima de nós como uma fonte, o sol batendo na nossa cabeça, as moscas zumbindo na lixeira do vizinho. O cara consertando a camionete estava ouvindo música country bem alto e cantando junto. Ele parecia não conhecer várias das palavras.

Marsha se livrou dos chinelos e se arrastou para a frente até os pés tocarem a água. Ela os meteu ao lado das minhas pernas. Os dedos dela se contorciam no fundo da piscininha, unhas cobertas com esmalte azul-petróleo cintilante. A mesma cor brilhava nas unhas das mãos. Era a única mãe que eu conhecia que usava as roupas e maquiagens da filha adolescente.

Tem certeza de que não quer pegar um biquíni emprestado? Marsha enroscava os dedos no meu cabelo, penteando-o assim até me dar sono. *Não é possível que você não esteja com calor nessa roupa, amor.*

Eu estava usando uma das bermudas cargo velhas do Milo e uma camiseta de pescaria com a gola tão arregaçada que dava para ver as duas alças sujas do sutiã. *Eu tô bem*, disse, me inclinando na direção dos dedos dela. Eles esfregavam e agarravam, procurando nós.

Ah, dá um tempo, a Jessa nunca mostra muita pele. A Brynn se virou de bruços, a parte de baixo do biquíni subindo pela fenda da bunda. Tentei não ficar olhando, puxando os joelhos até o peito. Concentrada apenas nos dedos massageando meu couro cabeludo em círculos.

Deixa ela em paz. A Jessa não precisa ficar mostrando um monte de pele.

Por que não? Brynn se contorceu até as pernas ficarem penduradas para fora da piscina. A água entornou sobre a borda esmagada, formando riozinhos. A lama deslizou pela calçada suja até a rua.

Porque ela tem um corpo excelente. Dá para ver sem ter que mostrar. Ela tem um jeito muito classudo.

Brynn bufou. *É. Essa camiseta de pescaria é classuda pra cacete.*

Meus músculos se afrouxaram até os ombros caírem e a cabeça desabar sobre os joelhos. *Sou tão classuda que vou fingir que não ouvi isso.*

Você é uma piranha do caralho. Com as mãos em concha, Brynn mandou uma onda gigantesca direto para meu rosto. A mãozada seguinte passou por mim e foi parar na mãe dela e no Gideon. Ele acordou no susto e começou a chorar.

Pelo amor de Deus, Brynn. Marsha se pôs de pé, parte do sarongue balançando do braço, enquanto o Gideon se contorcia e esfregava os olhos. A parte de trás da cabeça dele estava suada e molhada. *Leva ele lá para dentro e dá uma Coca para ele.*

Brynn resmungou e se pôs de pé, sacudindo água em mim feito um cachorro molhado. Ela pegou Gideon do colo da mãe, cambaleando com o peso. As pernas dele pendiam dos dois lados do corpo dela, quase chegando aos joelhos. *Esse garoto tá quase arrancando minha parte de cima, Cristo do céu.*

Brynn abriu a porta do trailer com um pontapé quando ela emperrou no batente. Ela fechou atrás de si com uma pancada.

Marsha voltou a brincar com o meu cabelo. Conseguia senti-la separando os fios, trançando-os frouxamente, deixando-os cair de novo antes de pegá-los e recomeçar.

Você tá ficando um pouquinho rosada. Marsha apontou para a cartilagem da minha orelha com um dedo. *Precisa de protetor solar.*

A cadeira rangeu quando ela se levantou de novo e entrou na casa. Voltou com um frasco marrom de plástico que cheirava a coco e abacaxi. Aplicou um pouco onde havia tocado antes, espalhando o protetor na parte de baixo e dos lados até cobrir minha orelha inteira.

Tá trabalhando na loja esse verão?

Aham. Vou esfolar umas cabeças de veado hoje à noite. Meu pai vai me mostrar como encaixar os olhos. O último que eu fiz ficou vesgo.

Relaxei de novo com as carícias dela, e o cheiro do protetor encheu minhas narinas. Ela prendeu meu cabelo no alto da cabeça e começou a massagear meu pescoço, que estava tão tenso que parecia cartilaginoso e só metade humano.

Quando se abaixou para falar, o hálito ainda cheirava a cigarro. Inspirei e expirei, coco e cigarro, cigarro e abacaxi.

Você tá cheia de nós de tensão. As mãos dela se moviam devagar, mergulhando na gola da minha camiseta, os dedos deslizando suaves pelos dois lados da minha coluna, escorregando sob as alças do sutiã até penderem frouxas dos meus ombros.

É de costurar. A gente tem que dar os menores pontinhos possíveis. O papai quase sempre me obriga a refazer eles.

As mãos alisavam meus ombros, os dedos mergulhando nos vales da minha clavícula. Meus mamilos ficaram duros à medida que as mãos dela iam mais e mais devagar. A respiração ficou presa nos meus pulmões.

Você tem pele de bebê. Alisando, descendo, descendo mais, até a pontinha do dedo esfregar a ponta da minha auréola. *Como é que você é tão macia?*

Houve uma buzina alta e prolongada. As mãos da Marsha desapareceram e fiquei na mesma posição, ao mesmo tempo temendo e ansiando que voltassem para o lugar. Me perguntando o que é que desaceleraria a batida rítmica e terrível no meu peito. Até meus globos oculares pareciam ter uma pulsação.

O cara que estava consertando a camionete acenou para a mãe da Brynn. Ele tinha uma bandana enfiada no bolso de trás. Quando ele se virou, aquilo ficou parecendo um abanar de penas de uma cauda, uma ave exibindo a plumagem.

Vem aqui dar uma olhada nisso. A camisa subiu, revelando um bocado das costas bronzeadas dele. Marsha se levantou no mesmo instante, se apoiando no meu ombro para se equilibrar enquanto punha as sandálias. Fiquei olhando para os dedos dos pés dela, cobertos de terra e pedaços de gramíneas mortas.

Ela gingou pelo pavimento sujo, a canga se inflando brilhante e profusamente atrás dela, a bunda balançando de um lado para o outro enquanto atravessava a rua. Os strass costurados no tecido refletiam a luz. Senti sede de repente. Peguei a mangueira e bebi a água gelada e com gosto de borracha até meu estômago ficar cheio a ponto de explodir.

Porra, até que enfim. Brynn saiu do trailer pisando duro e se sentou espirrando água ao meu lado. Ela deixou as pernas caírem pesadas em cima das minhas, grudentas de hidratante de coco. Um pouco do hidratante deslizou para a água, deixando anéis iridescentes como derramamento de óleo. *A gente pode jantar na sua casa hoje à noite? Sei que a minha mãe vai falar comigo e tentar me convencer a ficar cuidando desse fedelho, e a gente comeu todas as coisas gostosas. Ela não vai comprar mais nada até o próximo pagamento.*

Marsha riu de alguma coisa que o homem disse, a voz vibrando alta e aguda, quase guinchando quando ele estendeu a mão e cutucou o quadril dela com um dedo.

Vou trabalhar numas cabeças hoje.

Por favor. Só vou ficar na sua casa, e a gente pode fazer alguma coisa quando você tiver terminado. Vou jogar cartas com a sua mãe e o Milo ou algo assim. Qualquer coisa é melhor do que isso.

Nós duas ficamos olhando para a mãe dela, que estava bem inclinada por cima das entranhas expostas da camionete. Uma sandália pendia de um pezinho levantado.

Acho que sim. Deixa eu ligar para a minha mãe primeiro.

Brynn ficou de pé, saiu da piscina e se balançou até pingar água no meu pescoço. *Nah, só vamos. Ela vai acabar saindo com esse cara hoje à noite e não consigo encarar isso. Deixa eles só ficarem aqui.*

Desocupando a piscina, nós duas batemos os pés para limpá-los, deixando a água meio enlameada. Lá dentro, troquei minha camiseta por uma da Brynn, pequena e apertada demais, mas pelo menos seca. Era cor-de-rosa e tinha um arco-íris na frente; uma onda de surfe grande e de um azul vivo dizia ALOHA em cima dos peitos.

Pegamos nossas bicicletas onde estavam encostadas, ao lado de um barracão pequeno e enferrujado. Eu estava com muito calor e meio enjoada, como se minha pele fosse pequena demais para o corpo. Subimos nelas e pedalamos pelo quintal malcuidado da frente, o mato alcançando os aros, os pneus afundando na terra molhada.

Marsha nos viu quando enfim chegamos à calçada. Ela gritou, agitando os braços sobre a cabeça, correndo atrás da gente. O sarongue era uma bandeira brilhante atrás dela.

Rápido, disse Brynn, ficando de pé e pedalando depressa.

Quando viramos a esquina do loteamento dos trailers, não consegui mais ouvir a Marsha.

Brynn riu, e o som flutuou até mim. *Faz o favor de me matar se eu ficar assim um dia*, ela berrou. O cabelo se espalhava selvagem atrás dela, duro de restos de laquê. Estava usando os óculos escuros espelhados da mãe. Estavam encarapitados na ponta do nariz dela e faiscavam à luz do sol.

8

Lolee se segurava no meio dos corpos caídos dos pavões na caçamba da camionete. Havia algo feroz nela, os dentes cintilando na luz branca e intensa dos postes de iluminação, a pele emitindo um brilho amarelado. Os caninos pareciam afiados demais no rostinho de elfo. Quando deu um tapão com a mão espalmada no vidro de trás para chamar minha atenção, me encolhi e virei de frente. Fingi que não tinha a ouvido uivar e esbofetear como um animal selvagem.

Ainda que meu sobrinho sem habilitação estivesse atrás do volante, abri a última cerveja antes mesmo de entrarmos na rua da loja. Bastien estacionou na entrada, pulando para fora para erguer Lolee da caçamba. Eles baixaram a traseira, cada um pegando uma ave. Sabia que esperavam que eu pegasse a terceira, a maior de todas, mas me ocupei com as chaves e entrei. A luz que vinha do lado de fora só me fornecia claridade suficiente para enxergar minha sombra correndo diante de mim no corredor.

O conhecido calor suave da cerveja circulando pelas minhas veias não foi capaz de conter o horror de assassinar três pavões a sangue-frio. Sentei no vaso sanitário na parte de trás da loja, sem nem me dar ao trabalho de fechar a porta. Bastien passou desfilando, e depois Lolee, cambaleando um pouco sob o peso da ave. Fiz xixi, o som de uma torrente barulhenta, e fechei os olhos, incapaz de me concentrar em outra coisa além da bexiga que se esvaziava.

— Quantos animais além dos pavões vocês mataram desse jeito? — perguntei, estendendo a mão à procura do papel higiênico no escuro.

— Não muitos, por enquanto. — Bastien passou por ali de novo, as botas batendo no linóleo. — Esses aí hoje, aquele falcão duas semanas atrás. Umas garças. Uma raposa-vermelha, acho que fêmea? Ah, e os gatinhos.

— Gatinhos? Você matou *gatinhos*?

— Eu não. A Lolee.

Houve um instante em que achei que precisaria levantar para poder vomitar, a calça nos tornozelos, a urina espirrando na minha própria cara. Pensar na minha pequena sobrinha estrangulando filhotinhos de gatos era demais para mim.

— Qual é. Não matei esses aí. — Lolee parou e sorriu para mim. Parecia muito magra. Receava que ela andasse por aí com Bastien, se ele a levava para matar coisas no meio da noite. Aquilo parecia algo que um assassino em série faria. Não era isso que diziam? Que o primeiro sinal de que alguém era sociopata era o assassinato de animais?

— O que é que você fez? — perguntei, encarando-a enquanto ela se exibia no vão da porta.

— Achei eles já afogados. Foi o padrasto da Kaitlyn que afogou, acho. Só um saco grande e molhado cheinho de gatinhos mortos. Foi bem triste. A Kaitlyn chorou tipo uma semana.

— Tem mais papel higiênico? — O tubo vazio sacudia debaixo dos meus dedos enquanto eu pensava nos lindos gatinhos com as carinhas adormecidas; aqueles que eu tinha tosquiado e reconstituído uma semana antes. — Achei que eles eram de alguém. Que a gente tava fazendo um encaminhamento de animais de estimação?

— A gente tá sem. Você tem que ir na loja. Ela empurrou uma mãozada de guardanapos de lanchonete para mim. — Não joga no vaso.

Como se eu já não soubesse. Sentei e me limpei com um chumaço daquilo. Conseguia ouvir os dois abrindo gavetas e pegando instrumentos. Teria de haver uma limpeza pesada. Nunca tinha esfolado um pavão inteiro antes, e havia três esperando pela evisceração.

— Maria Sangrenta — sussurrei, o rosto escuro e enlouquecido no espelho sobre a pia. Estava levemente tonta. Aquilo ajudou.

— Maria Sangrenta. — Lavei as mãos e sequei na calça. — Que caralhos a gente tá fazendo?

As ferramentas estavam espalhadas nas bancadas. A Lolee e o Bastien empilharam as aves na mesa do centro, o pescoço pendendo frouxo um sobre o outro.

— É trabalho demais para hoje. — Puxei o avental sobre a cabeça e preparei os tonéis para as vísceras ao lado da mesa. — Já passou das dez. Coloca dois no congelador. A gente vai se virar com esse aqui; ver o que precisa quanto à preparação.

— Acho que a gente pode fazer todos. — Bastien deu um tapão no dorso da ave mais próxima dele. Fragmentos de penugem se soltaram e ficaram suspensos no ar. — Vamos eviscerar eles hoje, aí esfolamos de manhã.

Olhei para Lolee, que estava pulando para cima e para baixo nas pontas dos pés.

— Você vai ajudar? — perguntei.

Ela já estava puxando um avental sobressalente — o que eu comprara em uma venda de garagem, com os dizeres SENHOR E MESTRE DA GRELHA bordados em amarelo.

— Então vai pegar a outra mesa. Não tem espaço aqui para três se mexerem.

Cada um de nós se encarregou de uma ave. Deixei Lolee escolher primeiro, porque aquilo me lembrou da primeira vez em que

Milo e eu nos amontoamos em volta do meu pai nos fundos da loja. Naquela altura aquilo ainda era emocionante, a graça de não saber, ambos imaginando o que poderia acontecer. A ponte entre vivos e mortos, operando como o canal entre esses dois pontos. Eu me perguntei o quanto da minha sede por nostalgia vinha do meu pai, um homem que de fato amava olhar para trás, como se o passado fosse um lugar que podia visitar quando quisesse.

Lolee arrastou a dela até a mesa de metal sobressalente que Bastien tinha extraído da despensa. Ajudei-a a acomodar o animal, primeiro o dorso, as penas se espalhando até irem parar perto do chão.

— Ia gostar de ler sobre isso primeiro. Talvez pesquisar como fazer antes de estropiar eles.

— Não pode ser tão difícil assim. — Bastien já tinha aberto o dele, cortando um pouquinho abaixo da garganta. Até aqui eu achava que estávamos dando sorte com uma série de trabalhos caros, quando o tempo todo aquilo era fruto dos esquemas assassinos do meu sobrinho. Quantos animais eu tinha retalhado que ele havia estrangulado? Passado por cima com o carro?

Talvez eu apenas não quisesse saber.

Mas talvez aquilo não fosse verdade. Eu estava projetando de novo, como sempre fazia. Ele só estava tentando ajudar. Só estava tentando ser aquilo de que eu precisava, de que a loja precisava. Ajudar a família.

Embora ele estivesse mutilando de verdade a ave. Ele nem sequer tinha colocado as luvas de trabalho. Entranhas coaguladas lambuzavam as mãos dele até os pulsos. Eu sabia graças à experiência que aquilo levaria um tempão para sair, sobretudo debaixo das unhas. O sangue de animais deixava tudo aquilo em que tocava amarelo nicotina.

— Põe isso aqui. — Peguei um par de luvas para Lolee e aí pus as minhas, ajustando-as em volta do pulso, puxando-as tão para cima que os pelinhos do meu braço se enroscaram no látex. Era uma sensação boa; como chegar em casa depois de passar um longo dia fora com estranhos.

— Como é que eu faço isso? — perguntou, segurando o escalpelo. A lâmina estava polida e limpa. — Me mostra.

Ajudei a firmar a palma da mão na lâmina, guiando-a. Mostrei o melhor jeito de fazer uma primeira incisão; pequena e limpa, algo fácil de cobrir com penas suplementares e pontos pequeninos.

— É aqui que a gente corta. Tem que ser delicada, não pressionar demais.

Os dedos dela eram fortes sob os meus, os pulsos cobertos de músculos, bem flexionados abaixo da articulação. Bastien grunhia enquanto esfaqueava o torso, transformando-o em uma bagunça que eu teria de cobrir com uma tonelada de pontos extras. Era incomum para ele pular direto para a carnificina. No geral ele ficava de pé a certa distância da mesa comigo e examinava a situação. Fazia incisões vagarosas e precisas. Mas o tipo de corte que levava a cabo agora era rudimentar, um verdadeiro trabalho porco. Ele parecia feliz, o cabelo ajeitado para trás como uma criancinha. Me perguntei se aquilo se devia à emoção de atropelar as aves com a camionete. O sorriso dele estava amplo demais; os ombros, rígidos demais. Havia uma covinha no queixo dele que afundava abaixo da barba rala. Ele se parecia com a mãe nas vezes em que ela se empolgava com cenas de luta em filmes. Meio sedenta de sangue.

— Se usar força demais você pode ferrar com a torção do pescoço. — Disse isso alto o bastante para ele ouvir, mas ele só continuou serrando. A Lolee se inclinou para mim e senti o cheiro do cabelo sujo e o aroma suave e leitoso da pele dela.

O que estava acontecendo aqui era ilegal. Era absolutamente contrário à lei. E não seria a única a me implicar. Meu cérebro trabalhava a mil, revirando a ideia, esfregando-a feito uma moedinha entre os dedos. Havia algo mais que podíamos tirar disso.

Dinheiro à parte, minha mãe estava trabalhando com peças da loja. Era possível que tivesse até usado algumas das coisas ilegais na obra dela.

Elas não podiam fazer uma exibição na galeria utilizando animais adquiridos de forma ilegal.

Né?

O interior do pavão era um caos fascinante. Ampliamos o corte o suficiente para ela alcançar a parte de dentro, retirando as entranhas com tanta delicadeza quanto era capaz: o balanço retorcido e espiralado dos intestinos, escurecidos pela ração, insetos e pedacinhos de vegetação; cartilagem e tendões; as partes gordinhas atrás das coxas onde todas as aves domésticas ganhavam peso.

— Abre um pouquinho mais, mas com cuidado. Esfola ele como um casaco.

Quando ela puxou a lâmina para baixo, a pele se abriu com facilidade. Me abaixei e pressionei a bochecha contra o cabelo dela. Ela estava quente; o calor do corpo se irradiava febril contra mim, até eu ter a sensação de estar ao lado da porta aberta de um forno.

— Eu consigo fazer isso — disse ela, tomando a faca de mim e abrindo o restante da ave. Ela ficou ali estendida, o interior úmido macio e vermelho.

— Você tá indo muito bem. Só retira os órgãos grandes; a gente vai fazer o restante amanhã.

Puxei o último pavão até o outro lado da bancada de metal, longe do lugar onde Bastien retalhava a ave dele com um entusiasmo de lenhador. A última era a mais bonita. As penas eram largas e tingidas com anéis dourados, verdes, índigo. Era um belíssimo animal, e provavelmente bem caro.

— A gente vai se ferrar por causa disso? — Cortei a linha comprida do pescoço do pavão, contornando as articulações e ossinhos menores. — Tipo, tinha câmeras de segurança naquele lugar?

— Não é algo que você tinha que ter perguntado antes?

— É provável. A gente vai para a cadeia? Eu, você e a sua irmãzinha aqui de macacão laranja?

Bastien riu e então tossiu, uma tosse de fumante que se alojou no peito dele e ficou ali chacoalhando, molhada e alta.

— *Nah.* Um cara me deve um favor. Eles têm tipo vinte dessas aves. Não vão sentir falta de três.

Embora aquilo provavelmente fosse verdade, não tornava o troço menos ilegal. A última coisa de que nossa família precisava era de mais estresse. A mostra de arte, os animais ilegais. Mostra de arte, animais. Meus dedos virando a moedinha de um lado para o outro. Seria tão fácil fazer uma ligação. Eu estava sempre procurando uma saída.

Empurrando o tonel de vísceras com o pé, despejei uma enorme porção do estômago e dos intestinos do pavão, tentando não arrebentar nada no processo. Raspei o interior utilizando minha faca favorita, uma com um cabo comprido de madeira, suavizado pelos anos de uso. Tinha sido do meu avô. Meu pai a tinha dado para mim certa tarde quando acabáramos de limpar oito veados em sequência. Estava tão exausta que os músculos do meu antebraço não paravam de se contrair. Quando me estendeu a faca, ele me disse que eu havia feito por merecê-la. Ela reluzia prateada na luz, e eu queria eviscerar mais um, só para provar que era capaz. Meu pai tinha esfolado dois a mais do que eu. Ele era forte. Quando falávamos do meu avô, era sempre em referência àquele tipo de força.

Ele nunca falava nada comigo, disse meu pai certa tarde, nós dois bebendo cerveja na varanda da frente enquanto o sol se punha, mergulhando em um vermelho-sangue no calor da Flórida. *Não como eu e você. Não como a gente conversa.*

— Você fazia isso com a mamãe? — perguntou Lolee, o rosto escondido sob uma longa mecha de cabelo que estava quase arrastando dentro da ave. Eu o meti depressa atrás da orelha dela para não pegar nenhuma sujeira. — Ela fazia esse tipo de coisa?

Era difícil Lolee chegar a perguntar por Brynn. Ela não tinha muitas lembranças concretas. Era o Bastien que tinha idade suficiente para recordar e sofrer, assim como eu. Lancei um olhar para ele. Estava bem concentrado no esforço com a faca, fingindo não ouvir.

Era esse o problema com o Bastien. Ele podia atropelar alguns pavões no meio do campo de golfe, mas no fim das contas tinha amor demais nele para lidar com a maneira escrota como os seres humanos tratavam uns aos outros.

— Na verdade não. — Desacelerei, localizando a carne dura perto do dorso da ave. Teria sido tão fácil para a lâmina deslizar direto, perfurar o outro lado e arruinar a plumagem brilhante. — Às vezes ela vinha e ficava um tempinho na loja. Ela não curtia muito o sangue e as tripas, na verdade.

— Não como você e o papai? — Os olhos da Lolee estavam enormes no rosto pálido. Eram bem separados como os da mãe, mas a cor era totalmente do Milo. De um castanho tão intenso que beirava o preto.

— O seu pai também não gosta muito. — Aquilo era um eufemismo. Se o Milo pensasse demais em esfolamento, ficava enjoado. Uma vez ele tinha se cortado por acidente enquanto fatiava tomates para um sanduíche, e quando viu o sangue se acumulando na palma da mão desmaiou na mesma hora, bem ali no chão. Minha mãe entrou na cozinha, viu a faca e os respingos, e achou que ele tinha sido assassinado. Brynn me ligou depois para contar isso e usou a voz que sempre fazíamos para a minha mãe, um tipo de guincho anasalado.

Você devia ter visto ele, disse Brynn, quase gargalhando. *Um clássico momento Morton.*

Ri com ela e pensei neles ali, na casa dos meus pais: o Milo e a Brynn, minha mãe e meu pai, as crianças. Todo mundo convivendo junto, fazendo exatamente o que deviam fazer. Vivendo vidas perfeitamente concebidas para trazer felicidade. O que é que constituía um clássico momento Morton? Não dava para ser um momento Morton só quando eu estivesse lá para participar dele? Algo naquela imagem me dava a sensação de que eu nunca a entenderia. Que minha família tivesse absorvido a Brynn, que fosse completa sem mim. Piadas, histórias pessoais, umas merdas idiotas que não significavam nada para eles e tudo para mim. Dava uma sensação ruim isso de saber que a minha família podia existir sem a minha participação ativa. Tinha bebido até cair no meu apartamento depois, pensando naquela frase e compreendendo que eu não estava incluída nela: *um clássico momento Morton*.

— Só você? — Lolee puxou a pata para baixo, tentando encontrar um ângulo melhor. A pata saltou para cima de novo e bateu no peito dela. — E o vovô, acho. Pensei que fosse um negócio familiar. Por que é que não trabalham todos aqui?

Era uma questão que eu tinha levantado também, anos atrás. Meu pai e eu estávamos fechando a loja. Estava tudo quieto, e eu fazia o balanço do caixa enquanto bebíamos Coca. *Deixa eu te falar uma coisa*, disse ele, ajeitando um corvo empalhado na prateleira atrás do balcão. *Amo sua mãe, mas se tivesse que ver ela no trabalho o dia inteiro e depois em casa a gente já teria se divorciado. As pessoas precisam de espaço para não acabarem se matando.* Tomamos nossas Cocas em silêncio por alguns minutos. *Seria melhor para o seu irmão se ele também não passasse tanto tempo em casa. A Brynn mantém ele em rédea curta.* Ele me deu um olhar penetrante quando disse isso. Foi uma das únicas vezes em que pressenti um reconhecimento do papel que eu desempenhava no casamento do Milo.

Mas como formular isso para a Lolee, que não entenderia essa explicação?

— Fazer esse trabalho é coisa para um determinado tipo de pessoa. — Baixei a lâmina e fui até onde ela estava, lacerando o dorso do pavão, guiando a faca por uma nódoa de carne de ave. — Quando eu tinha mais ou menos a sua idade, eu tinha montado pelo menos cinco veados. Também tinha aprendido técnicas de curtimento.

— O vovô gostava de trabalhar aqui? Tipo ele se matou, então isso talvez prove o quanto esse lugar é uma merda. — Bastien cortou um tendão com tanta força que a pata se separou por completo do torso. Ele xingou e a atirou junto com o escalpelo na mesa de metal. A pata deslizou pelo chão e parou perto de mim. Quando a peguei, havia manchas de pequenos respingos no concreto. Isso não me dizia tudo o que eu precisava saber sobre esse jovenzinho? Sentimento demais no corpo para conseguir lidar com eles da maneira apropriada.

— Deixa de ser burro, o vovô adorava esse lugar. — Estendi a pata de volta para ele. Com cuidado. — Você não devia usar um estilete tão grande. Esse é um trabalho sutil; você precisa de uma lâmina menor.

Eu entendia por que meu pai tinha escolhido a loja. Ele sempre estava feliz quando cercado pelas ferramentas e os animais que montava. Não havia nada que amasse mais do que fazer uma primeira incisão. Certa vez ele me disse que fazer os cortes era um dos momentos perfeitos da vida. *Quando você ainda tem o futuro daquele animal traçado na sua frente. Liberdade completa para brincar de Deus; para transformar uma criatura naquilo que você escolher.*

Vendo o sangue dele esfriar naquele balcão de metal, pensei em destino e escolha. Ele havia exercido aquele poder, mas, ao deixar o corpo para trás, tinha me forçado a acompanhá-lo. A carta, algo que deveria ter fornecido explicações, não era nada senão um amontoado de perguntas sem resposta. *Confio em você*, ele escrevera. *Sei que vai fazer a coisa certa.* Deveres, responsabilidades. Como podia escolher meu próprio destino quando ele sempre me era atribuído?

— É o suficiente por hoje. — Arranquei as luvas e as joguei no tonel de restos. Lolee resmungou. Tomei o escalpelo dela e a empurrei na direção da pia. — Esfrega tudinho. Até aqui em cima. — Mostrei um ponto acima do meu cotovelo. — Usa um montão de sabão.

Bastien pegou uns panos e um frasco de produto de limpeza que deixávamos num cesto ao lado das lonas. Limpamos em silêncio, envolvendo as aves em tecido molhado, encharcando as ferramentas com álcool, esfregando o chão e o tampo das mesas até o cômodo ficar cheirando a cloro.

Comprei pizza para eles e os levei de volta para a casa da minha mãe. Bastien se virou e acenou uma vez para me enxotar, mas fiquei ali vendo eles entrarem. Estava escuro feito breu, nenhuma luz acesa, nem mesmo na varanda. Voltei para o meu próprio apartamento às escuras e me sentei no sofá até a luz do dia tingir o céu de cor-de-rosa.

Havia um convite na minha caixa de correio, metido entre cupons de troca de óleo e extratos de cartão de crédito vencidos. O envelope era genérico, mas o papel ali dentro era suntuoso, o tipo de coisa cara associado a casamentos. Ensanduichado entre quadrados de papel de seda esticados, havia um pedaço espesso de cartolina com uma escrita dourada em alto-relevo. Passei os dedos por ela; era tão macia. Era como fazer carinho em um gato.

Bem em cima havia um touro dourado mandando ver em um garanhão prateado. O convite também incluía um bilhete rabiscado pela minha mãe em uma folha de caderno dobrada no qual ela me pedia para *trazer uns litros de chá gelado* e para *vestir algo decente*. *Decente*, como se soubesse que eu teria dificuldade em aparecer usando algo apropriado. Era culpa minha se toda roupa formal me dava a sensação de estar tentando me enfiar numa camisa de força?

— Foda-se.

Enfiei o envelope e todos os cupons na minha lata de lixo transbordante. Sabia de quem era o dinheiro que havia pagado pelo papel caro. Era a mesma pessoa que estava pagando pelo restante daquilo tudo, a mulher com quem eu continuava indo para a cama, mesmo que ela estivesse possibilitando a queda da minha mãe em um buraco pornográfico. A mulher que eu sabia que era casada com outra pessoa. Ela tinha o bem-estar da minha família na palma da mão. Pensei de novo no número de telefone que continuava escondido na gaveta da minha mesa de cabeceira. Com que facilidade eu podia fazer uma ligação e colocar um ponto-final em tudo.

Só quero ficar com você, a Lucinda tinha dito da última vez que nos encontramos, e eu queria acreditar. Porém já tinha ouvido aquilo antes, sussurrado por uma mentirosa com muito mais talento.

Temendo fraquejar na minha resolução, parei de atender as ligações da Lucinda. Deletava as mensagens de voz sem nem mesmo ouvi-las. Ela deu uma passada no apartamento uma vez e deixei-a bater até cansar. Conseguia ouvi-la respirando através do vão no batente da porta, a silhueta bloqueando a luz pelo que pareceram horas. Ela gritou meu nome, e aumentei o volume da televisão até os ouvidos doerem. Quando foi embora, bebi a garrafa de rum que ela tinha deixado na cozinha e caí dura no sofá.

Acordei de manhã com uma ressaca tão desgraçada que parecia que o mundo estava prestes a se partir em dois e que eu mergulharia agradecida direto nas entranhas do inferno. Do lado de fora do meu apartamento, um bando de pássaros cantava para acordar os mortos. Em vez de me levantar, rolei para o outro lado nos lençóis sujos e remexi na mesinha de cabeceira até encontrar a revista dentro da qual havia escondido o número. Abri-a, e o papel escorregou para fora, flutuando até pousar na minha barriga nua. Fiquei olhando para ele, os olhos injetados, e pensei em ligar naquele instante, mas lembrei que vivíamos na época do identificador de chamadas. Havia um orelhão ao lado do posto de gasolina onde Bastien e eu comprávamos café toda manhã, mas não tinha certeza de que funcionava.

Quem é que ainda usava orelhão?

Enfiei umas roupas sujas e uns óculos escuros, e entrei na camionete, a revista ao meu lado no banco, o papel enfiado direitinho lá dentro de novo.

No posto de gasolina, comprei o maior café que eles vendiam e uma rosquinha de geleia gigantesca que sabia que não comeria.

Aí me enfurnei na cabine telefônica e analisei os passos seguintes.

Quando éramos adolescentes, o Milo e eu às vezes usávamos os orelhões para ligar para o telessexo. Os primeiros minutos sempre eram de graça, e eu adorava ouvir a voz ofegante da mulher do outro lado, implorando para eu ficar na linha. Tinha um montão de moedinhas no bolso, então enfiava uma na máquina e ouvia o tinido e o baque dela aterrissando nas entranhas vazias do telefone. Ouvia um toque antes de desligar e recuperar meu trocado.

— Porra — sussurrei, derramando um pouco de café. Limpei a garganta. — Porra, *porra*.

Coloquei a moedinha de novo e disquei o número, aí esperei.

Do outro lado havia uma voz robótica de caixa postal, mas me assustei quando percebi que ela decidira dizer o próprio nome.

— Donna Franklin — disse ela, e foi isso. A voz era mais suave do que eu imaginara. Mais aguda, doce.

O bipe soou, sinalizando minha vez de deixar uma mensagem.

— Tem umas coisas que eu acho que você devia saber — falei. Fiz uma pausa. Pareceu um momento importante. — Sua mulher está traindo você.

Aí despejei tudo. Um caos ininteligível de meias-verdades: falei da mostra e dos animais, mencionei que foram abatidos sem qualquer humanidade (era provável que não fosse o caso). Disse que foram adquiridos ilegalmente (não foram). Disse para a Donna que se algo não fosse feito para impedir a mostra, haveria um protesto (certamente não ia). Que a PETA se envolveria. Gaguejei um pouco na palavra "PETA", chocada que uma taxidermista sequer invocasse tal grupo. Era como dizer o nome Beetlejuice várias e várias vezes: se não tomasse cuidado, você poderia conjurar aquela gente como demônios.

Desliguei e hiperventilei por alguns minutos. Aí bebi meu café, que tinha esfriado, voltei para a camionete e fui para casa para dormir o restante da ressaca.

Foi mais fácil no trabalho. Concentrei toda a minha energia nos pavões. Eram lindos e resplandecentes; espelhos perfeitos. Vendo-os escorados um contra o outro na mesa cirúrgica de metal, enxerguei o potencial do qual meu pai falara: uma miríade de possibilidades. Dando pontinhos azuis-claros e verdes, consegui religar a pata amputada até que a marca mal se fizesse notar. Prendi fios de cobre no interior dos pescoços elegantes, organizando as penas da cauda em leques enormes e esculturais que refletiam a luz como opalas flamejantes.

Posicionei-os de vários jeitos diferentes antes de enfim prendê--los todos juntos, girando uma das caudas para a frente para ocultar a base da montagem. Os bicos eram coisinhas tortas e tristes que demandaram um bocado de persuasão para ajustar. Não os queria soturnos e ansiosos, ou aterrorizados como estiveram no momento da morte. Queria que fossem distantes e majestosos. Queria que fossem lindos.

Empoleirados num tronco aparafusado de uma macieira, os pavões eram um acontecimento. As cabeças tricornes se juntavam amorosamente, penas cintilantes cobertas com spray protetor de goma-laca para repelir a poeira.

Quando viu o produto final, Bastien exultou de satisfação.

— Puta merda. A gente vai ganhar uma baita grana com esses aí. — Passando as costas da mão pelas penas mais longas da cauda, ele sorriu e deu palmadinhas numa das patas que terminavam em garras. Os corpos dos pavões emitiam luz, a plumagem drapeada em volta deles como joias.

— A gente não vai vender. — Passei por ele com o carrinho e abri um espaço ao lado do bode, que precisava de uma espanada.

— Do que é que você tá falando? Claro que a gente vai vender.

— Bastien agarrou meu braço quando fui erguer a base. — A gente precisa de dinheiro, não?

A gente sempre precisava de dinheiro. Havia uma fase na vida de uma pessoa em que ela enfim decidia que não precisava?

— Não quero vender.

— Tia Jessa, a gente não tem escolha.

Um trio de animais perfeitos que complementavam um ao outro. Um deles sozinho era adorável, mas havia algo na simetria dos três que me dava a impressão de que o mundo de repente tinha se ajustado. As penas tremularam na lufada repentina do ar-condicionado.

— Não. — Balancei a cabeça. — Esses são meus.

— Como a gente vai pagar as contas no mês que vem?

Pensei no fato de que o ramo de atividade do meu sobrinho era o de matar coisas por dinheiro. Amava aquele garoto, ainda conseguia ver aquela carinha contraída e aquele sorriso fofo debaixo da nova e mais magra cara de adulto, mas aquilo não encobria as qualidades mercenárias dele. Havia algo bem parecido na Brynn; a disposição de fazer o que fosse preciso para obter o que queria. Falei dos animais para a Donna, mas não mencionara o nome do Bastien. No fim das contas ele estava certo. Precisávamos do dinheiro.

— A gente vai dar um jeito.

Bastien me ajudou a deslocar a montagem pelo chão. Ficou ótima ao lado do nosso expositor de achigãs. A luz que entrava pela vitrine da frente era bastante boa, mas não era forte o suficiente para desbotar as penas. Horários diferentes atribuiriam cores alternadas ao conjunto. Roxo no meio da manhã, azul radiante no início da noite.

Bastien passou uma mão pelo cabelo, que parecia mais ralo do que o usual.

— Se eu conseguir mais, podemos vender esses aí? Aquela garota de antes ligou de novo, disse que queria penas da cauda para fazer algum tipo de máscara de carnaval.

Eu já tinha obtido o que queria dos pavões. Toda vez que olhava para eles eu sentia uma satisfação intensa, como se tivesse me livrado de um fardo. Me perguntei se era assim que minha mãe se sentia em relação à própria arte, o prazer egoísta de forçar a obra a lhe dar o que queria. Por um breve instante me senti repleta de culpa por cogitar privá-la dessa sensação insanamente boa. Então lembrei da figura paterna no dorso do búfalo-d'água, o rosto pálido espreitando da máscara de verniz. Do bigode grisalho e eriçado fixado acima do lábio inerte. Não havia nada redentor naquilo. Não podia permitir que aquela obra vivesse.

— Posso montar qualquer coisa que você trouxer — falei, ajustando a base até as penas captarem o máximo de luz do sol. Elas brilharam, douradas como pirita. — Só quero esses.

MICROPTERUS SALMOIDES — ACHIGÃ

Eis o que você tem que fazer: segurar a droga da agulha e ficar de boca fechada.

Minha mãe e eu estávamos amontoadas na namoradeira da sala, ambas curvadas sobre uns jeans com um rasgo enorme no gancho. Eu vinha reclamando sem parar desde que chegáramos da escola, e a paciência da minha mãe estava no limite. O sétimo ano havia me dado *um sério problema de comportamento*, de acordo com meus pais. Nosso pai estava doente de novo, o contorno da boca cinzento, e ele estava tão amarelado que parecia que tinha mergulhado em tinta fosforescente. Minha mãe levava a pior com o pavio curto dele, engolindo em seco enquanto cozinhava e limpava, e ficava de olho no meu irmão e em mim. Ela parecia abatida, as roupas sujas de fragmentos de comida e manchas de café.

Como é que a gente esconde a costura? Eu queria estar fazendo outra coisa. Havia uma carga de peixes na loja, e meu pai começaria a montá-los naquela noite. Nunca havia trabalhado com achigãs antes porque ele disse que eram fáceis demais de estragar, em especial em volta das guelras. Ele puxou a pontinha da minha trança, disse que às vezes as garotas não eram tão firmes quando o assunto eram trabalhos sutis. Foi esquisito ouvir ele dizer isso

quando eu sabia que minha mãe cuidava de tantas coisas de costura em casa. Ela fazia nossas roupas, fantasias de Halloween, cobertores e cortinas, tapetinhos para a árvore de Natal. Mas ele era meu pai e estava sempre certo. Eu confiava nele.
Isso é uma merda. Baixei a agulha, a linha se arrastando pela almofada da cadeira. *Tipo uma grande merda.*
O que é que eu falei? Boca fechada. Ela pegou minha mão e a guiou mais uma vez até o tecido. A agulha entrava com muita força e espetava minha perna.

Além de uma calça cargo que tinha pegado do meu irmão, eu só usava jeans. Odiava ir às compras, não gostava dos provadores com as luzes fluorescentes intensas. Minha pele parecia toda empipocada no espelho, como se alguém a tivesse esfregado com palha de aço. Só gostava de ir nas vezes em que ia com Brynn. Ela provava vestidos de verão, roupas de banho, blusinhas curtas. Eu segurava os cabides e arrumava as roupas na medida em que caíam na minha cabeça. Ficava olhando para ela no espelho enquanto ela se trocava, captando vislumbres de pele oculta, rosada e branca e macia.

Sei que você não gosta do dedal, mas usa.

Minha mãe fazia a maior parte das próprias roupas. Tivera aulas de costura quando era garotinha com uma professora de jardim de infância idosa que era vizinha da família dela. Aprendera a bordar; como dar pontos perfeitos, o melhor jeito de coser uma bainha.

Tipo isso?

Não um nó tão grande. Vai ficar um caroço, que será bem desconfortável quando você se sentar.

Meu pai era um especialista, os pontos dele tão pequeninos que eram quase invisíveis. Ele sempre dizia que dava para ver quando uma peça de taxidermia tinha sido feita por um profissional porque não havia um único pontinho à vista. Os coelhos com a pelagem felpuda, pombas com o peito branco macio, até mesmo cabeças de veado com o pelo liso e untuoso pareciam imaculados. Eu sabia que aquilo era feito passo a passo; havia visto ele fatiar e raspar os animais mais carnudos com o escalpelo, separando as peles. Mas quando terminava de costurar, eles estavam inteiros e limpos de novo, prontinhos para pular da mesa em uma tentativa feroz de liberdade.

Já estava mais do que na hora de eu aprender os pontos mais sofisticados, debruns com fios duplos que passavam por trás do couro curtido, porém meu pai não tinha tempo para aquilo. Ele raramente estava na loja na maior parte das tardes, tão enjoado do estômago que não conseguia ficar fora da cama por mais de uma hora sem vomitar, ou então pegava no sono sentado na poltrona. Quando perguntamos por que estava tão esquelético, nossa mãe nos disse que ele tinha pegado uma gripe. Só uma gripe, nada com que se preocupar. Milo e eu esperávamos pegar, mas nunca adoecemos. Nem mesmo um resfriadinho.

Por que é que a gente tá usando azul-claro aqui? A gente não devia usar dourado, como a linha da costura?

O azul casa com o tecido. Como a gente tá remendando, tem que parecer natural.

Minha mãe não observava as próprias mãos enquanto trabalhava. Ao contrário do meu pai, que não conseguia desviar a vista dos guaxinins e dos gambás, minha mãe olhava em volta, os olhos passeando por todo lugar. Das mãos para a revista aberta no braço da poltrona, para a televisão tremeluzindo, para o meu rosto. Ela fazia tudo parecer tão fácil, como se fosse algo que qualquer um pudesse fazer. Era assim que sempre tratava os trabalhos manuais. Como coisas simples que não significavam nada, só um jeito de tornar algo mais bonitinho. Ela pintava azulejos à mão e os punha na nossa cozinha atarracada como um mosaico. Quando vinham nos visitar, as pessoas sempre perguntavam onde o compráramos, e minha mãe só dava de ombros. As coisas que ela fazia não tinham valor para mim. Como eu podia levá-la a sério quando ninguém mais levava? Nem mesmo ela dava importância.

O ensopado fervia no fogão e ela tinha feito pãezinhos de forno, os favoritos do meu pai. Eu sabia que ele não comeria nenhum. Quando comia, ele encarava a comida de forma lúgubre, como se comer fosse uma tarefa importantíssima e exaustiva.

Puxei com muita força, e a linha se partiu, levando uma parte do tecido desgastado com ela. Uns fragmentos caíram no meu colo, se misturando aos pelos de cachorro acumulados na minha calça de moletom.

Você tem que puxar esses pontos. Com cuidado, ou vai acabar com um buraco ainda maior, e esse é o último lugar onde você quer um buraco mais largo.

Olhando para ela em choque, a vi sorrir para o próprio quadrado de patchwork.

Que nojo!

Sexo não é nojento, Jessa. Os olhos dela se voltaram para o trabalho. *Sei que seu pai age como se fosse a pior coisa do mundo, mas sexo é natural e normal. As pessoas deviam poder falar disso. Até mesmo as mães.*

Não. Isso é bizarro.

Ela riu da minha expressão séria. A garganta dela estava áspera do resfriado que estava tentando curar. Como estava ocupada cuidando da gente e do meu pai, não tinha sobrado ninguém para cuidar dela. Estava tão congestionada que eu havia visto o catarro que ela expelira na pia da cozinha enquanto fazia ovos mexidos para o café da manhã.

Utilizando o abridor de pontos, investi contra os nós que estavam se soltando do tecido. Os jeans eram curtos demais, mas eu os tinha pegado da Brynn na primavera passada quando ela decidira que não faziam o estilo dela. O tecido estava bem desgastado. Tudo o que eu comia ia parar nas minhas roupas: gotas vermelhas de Ki-Suco e manteiga de um bagel tostado. Havia manchas de graxa da garagem, manchas de sangue e rasgos nos dois joelhos de quando beijei o asfalto depois que o Milo me puxou por aí no skate atrás da bicicleta dele.

Por que é que a gente apenas não compra uma calça nova para você? Minha mãe pôs a mão na minha nuca e passou os dedos pelos cabelinhos curtos que se soltavam da minha trança. Ela enganchou em um nó, e soltei um ganido.

Eu gosto dessa.

Você vai gostar de muita coisa na vida. Ela terminou o café.

Muita, muita coisa.

Sei do que eu gosto.

Milo estava no tapete aos nossos pés, metendo a mão em um gigantesco Tupperware cheio de pipoca. Ele tinha comido quase tudo e estava mordiscando os grãos bem do fundo que não tinham estourado, lambendo sal dos dedos. O cabelo dele estava ficando comprido, o que era bom, porque o pescoço tinha começado a se encher de espinhas. Quando ele ia e voltava do chuveiro, eu via as costas tomadas de pústulas, cobertas de pus feito furúnculos. Brynn não parava de falar do quanto ele estava ficando bonitinho, e eu queria lhe mostrar aquela prova, apontar que, de nós dois, eu era aquela que não parecia uma vítima da peste.

Antes tirávamos ele para bobo juntas. A gente se livrava dele em casa e se esgueirava pelos fundos para não ter que levar ele junto quando fazíamos coisas: passeios de bicicleta, idas até a mercearia para comprar sorvete. Porém no ano letivo anterior ela havia começado a falar dele do mesmo jeito como falava dos meninos do nosso ano. Quando vinha aqui em casa, ela se pendurava no braço dele e puxava as mangas da camiseta. Punha uma mão dominadora na barriga dele e encostava a cabeça no ombro ossudo, como se pudesse oferecer algum conforto. Brynn ria das coisas idiotas que ele dizia em vez de zombar do quanto era burro. Meu irmão era um montão de coisas, mas nunca foi engraçado. Pensar nisso me deixou com um humor ainda pior. Era difícil me concentrar na costura quando eu queria beliscar a nuca do Milo até ele gritar.

Na metade da sutura do gancho da calça, meu polegar rasgou o tecido fino feito papel no fundilho dos jeans. Abri um buraco grande o suficiente para pôr a mão dentro.

Cacete. Com raiva, chutei o pote de pipoca. Milo pulou para trás e derrubou um copo cheio de Coca no tapete. *Que merda do caralho!*

Já chega. Minha mãe levantou e pegou um dos panos de prato que ficavam pendurados na porta da geladeira. Ela ficou de quatro e o pressionou no tapete, enxugando a maior parte do que fora derramado. *Vai lá pegar o removedor de manchas e uma toalha molhada no meu banheiro.*

Ao sair, achatei as pipocas cheias de manteiga no tapete de propósito. Milo se afastou de costas para sair do meu caminho.

E não vai acordar o seu pai. Ele acabou de ir dormir.

O quarto dos nossos pais ficava no fim do corredor. A luz estava apagada e a porta, fechada. Abri-a devagar, os olhos se ajustando aos poucos à escuridão. Havia um amontoado de cobertores na cama, calombos tão altos que eu não sabia dizer qual deles era o corpo do meu pai. Andei com cuidado pelo carpete, evitando escrupulosamente um cesto repleto de roupas que minha mãe ainda tinha que lavar, e suavizei o passo rumo ao banheiro.

A luminária em formato de concha que minha mãe comprara em Saint Augustine reluzia cor-de-rosa nas paredes acima do espelho. Houve um barulho esquisito, uma espécie de *róc-róc* que me lembrava dos cachorros vomitando no tapete. Entrei no banheiro e me virei em direção à banheira.

Meu pai estava parado diante do vaso sanitário. O contorno pálido das costas revelava toda a caixa torácica. Estava surpreendentemente esquelético, a pele pálida sob um punhado de cabelo escuro. Respirava com dificuldade, grunhindo. De início pensei que estivesse se segurando para não vomitar, como Milo fazia porque odiava demais pôr tudo para fora. Então vi que o braço dele estava se mexendo, só o direito, movimentos truncados, os músculos do bíceps flexionando e relaxando de forma espasmódica.

Ele estava murmurando alguma coisa, palavras abafadas pelos grunhidos que não consegui entender direito. Ouvi a palavra *merda* e depois a ouvi outras duas vezes. De vez em quando meu pai xingava na nossa frente, sobretudo na loja quando tinha estragado algo em uma das montagens, mas esse tipo de xingamento parecia diferente. Vinha das profundezas do peito dele.

Fiquei assustada de ouvir aqueles sons estranhos e animalescos vindo do meu pai. Eu me inclinei para trás e esbarrei na porta. A maçaneta se chocou contra o azulejo com um baque estrondoso. Meu pai se virou. A mão dele envolvia a região íntima, apertando. Ele soltou um ruído entre um latido e uma tosse. Quando ergui os olhos para o rosto dele, vi que estava chorando. A boca abrindo e fechando, ele baixou a outra mão e tentou cobrir a confusão molenga dos genitais.

Eu me virei e corri.

Atalhei pela porta lateral e entrei na garagem, passando pela sala, onde minha mãe ainda estava ajoelhada no tapete. Estava chovendo, e o vento soprava folhas e agulhas de pinheiro pelo gramado e pela entrada. Acelerei, por um momento resvalando desenfreada na calçada escorregadia antes de me endireitar e sair em disparada pela rua.

A chuva caía nos meus olhos e quase me cegava. Fui para o cemitério, ignorando o portão e me lançando por cima da cerca de arame. O solo estava macio e enlameado, e os pés também resvalaram ali, mas segui em frente. Corri por entre os túmulos recentes com lápides novas e brancas, pelas árvores gotejantes e até depois do mausoléu. A chuva escorria pelos bancos de pedra com as superfícies repletas de líquen, a base em ruínas, pedaços dela se soltando e caindo na terra.

Rastejei por baixo de uma cerca que contornava um carvalho próximo às lápides mais antigas. Relâmpagos espoucavam depressa um após o outro lá no alto, branqueando o céu. A imagem das costas nuas do meu pai aderiu ao meu cérebro. Esfregando os olhos, apertei as órbitas até as cores rodopiarem como fogos de artifício, faíscas vermelhas, azuis e douradas que seguiam o compasso dos relâmpagos.

Meu pai não falava de sexo. Não beijava a nossa mãe na frente da gente; não nos sentava no colo dele ou mesmo nos abraçava com muita frequência. Eu nunca o vira sem roupa. Pelo menos não antes desse dia, ou não lembrava. O corpo dele era um mistério para mim. Nem mesmo lembrava de ele ter nos dado banho quando éramos pequenos. Certa vez eu tinha saído do quarto vestindo só calcinha e camiseta, e ele gritou comigo, mandando eu me cobrir.

Fiquei um bom tempo sentada na chuva fria, temendo o que viria a seguir. Meu pai não ia mais querer que eu ajudasse na loja agora que o tinha visto daquele jeito, nu e vulnerável. Será que ele me olharia nos olhos de novo? Eu nem mesmo tinha certeza de que conseguiria encará-lo.

Conseguia ouvir o Milo vindo de muito longe até onde eu estava, chutando montinhos de folhas e saltando por cima de galhos caídos. Ele tinha um jeito bem específico de andar, uma espécie de passada curta-curta-longa, um arrastar vacilante que sempre o denunciava. Ele perdia toda vez que brincava de esconde-esconde.

Dá um espacinho. Ele estava ensopado. A camiseta dos Marlins estava em um tom de azul-petróleo molhado, e parecia que dava para encher um copão inteiro de refrigerante se ela fosse torcida. Mais. Tipo, mais trinta centímetros.

Sentamos juntos, mas sem encostar um no outro. Apenas ficamos ali encolhidos na sebe. Ele estava só de meias nos pés. Estavam cobertas de lama, as solas tão pretas que eu sabia que teríamos de jogá-las fora. Ele tinha acabado de pôr uma tira de chiclete Juicy Fruit na boca, e o cheiro me reconfortou. Aquilo me fazia lembrar de casa, como o cheiro de salgadinho de milho dos tapetes e a vela de maçã e canela que minha mãe acendia no Natal.

Ele não me perguntou o que tinha acontecido, e fiquei contente. Ele me conhecia tão bem. Gostava que pudéssemos nos sentar lado a lado e simplesmente sentir o calor emanando do corpo um do outro. As coisas não podiam ficar feias de verdade se tivesse meu irmão.

Ainda havia três tiras de chiclete. Ele me deu duas e aí enfiou a última na boca. Nós dois lambemos o restinho açucarado nos invólucros e abaixamos a cabeça para evitar as gotas. A chuva foi diminuindo, ficando mais suave até que o cemitério voltou a entrar em foco. Tudo estava verde de novo, as folhas lá em cima vertendo tiras grossas de barbas-de-velho.

Nós dois voltamos devagar pelo cemitério, correndo as mãos pelas lápides e evitando alguns dos galhos maiores que haviam tombado durante a tempestade. O ar parecia menos espesso de novo, a umidade cedendo um pouco. Meu rosto estava contraído de tanto chorar, e o ranho pingava do queixo. Limpei com a parte da frente da camisa, um brilho de muco se espalhando ali.

Quando chegamos em casa, fui direto para o quarto mas deixei a luz apagada. Não tinha certeza de onde meu pai estava. Não queria ver ele, e menos ainda pensar naquilo. Tirei toda a roupa e a deixei em uma pilha molhada e enlameada perto da porta. Aí rastejei para debaixo das cobertas vestindo só a calcinha e o sutiã molhados.

Um murmúrio baixo me acordou. Estava embrulhada na cama, uma única luz emanando do vão debaixo da porta. Minha mãe estava sentada do meu lado, deslizando uma mão pelo meu cabelo longo, que ela tinha destrançado. Meus olhos estavam remelentos e fechados de tanto chorar. Eles pareciam grandes demais para o rosto, as pálpebras caídas.

Consertei a calça para você. Era bom sentir as mãos geladas dela acariciando minhas bochechas coradas e minha testa.

Consertou?

Tá remendada. Você pode usá-la na escola amanhã se quiser.

Minha mãe acendeu a luminária da mesinha de cabeceira. Uma luz rosada se derramou do abajur de vitral. A coruja olhou para mim do centro da cúpula. Tinha os olhos arregalados e um corpo castanho e enorme, rodeada de folhas verdes e água azul.

Viu? Tudo consertado. O buraco no gancho tinha desaparecido. Nem sequer dava para notar que tinha rasgado. Ela virou a calça e enfiou a palma da mão aberta nos fundilhos para mostrar o lugar em que os bolsos tinham sido removidos do tecido jeans. Ela havia bordado ramos de flores entrelaçados ali, as pétalas luminosas em cor-de-rosa, amarelo e azul. Acompanhei a trama com os dedos, sentindo a lisura da linha do bordado.

Muito bonitinho. Como você fez isso?

Te mostro amanhã. Depois da aula, tá?

Assentindo, enterrei o rosto no colo da minha mãe. Ela estava quentinha e cheirava ao desodorante aerossol que sempre usava. Pensei na aula do dia seguinte, no tanto de inveja que a Brynn sentiria dos meus jeans. Era provável que ela fosse querer vir aqui em casa para minha mãe ensiná-la a fazer isso, assim poderia bordar todas as roupas dela.

Tá tudo certo? Meu pai parou na soleira da porta. Estava usando a camisa de flanela de sempre e tinha posto meias com as pantufas. Os óculos de leitura haviam deslizado até a metade do nariz.

Estava normal de novo, só o meu pai, não o cadáver emaciado que eu vira pelado no banheiro. Ele estava olhando para mim e sorrindo. Não parecia nadinha esquisito.

Tá tudo bem. Minha mãe enrolou uma longa mecha do meu cabelo em volta do dedo. Puxava um pouco, mas não liguei. Estava cansada e pronta para esquecer tudo, para fingir que nada daquilo tinha acontecido. A minha vida era como devia ser de novo. Bem como devia ser, com minha mãe e meu pai ali e o Milo algumas portas adiante, e um dos cachorros andava atrás do meu pai, cheirando a perna dos jeans dele.

Brynn pode vir amanhã e bordar com a gente?

Pode, querida.

Minha respiração vinha em movimentos vagarosos, sonolentos, o peito pesado. Alisando meu cabelo uma vez mais, minha mãe se levantou e desligou o abajur. Ela pendurou os jeans no encosto da minha cadeira de balanço de vime e fechou a porta atrás de si.

9

Milo e eu demos uma passada na casa da minha mãe na noite da inauguração da exposição. Quando cheguei lá ele já tinha saído da camionete, e usando uma roupa elegante. Aquele terno me era familiar: a gravata com listas azuis-marinhos e douradas, camisa azul-clara com o colarinho branco se sobressaindo em um paletó azul-marinho combinando. Aí eu lembrei. Na minha cabeça, Brynn estava parada ao lado dele com um vestido tubinho de linho branco que comprara no shopping, os olhos disparando pelas pessoas reunidas no quintal dos meus pais. Preocupada que mais alguém pudesse estar usando o vestido de casamento dela.

— Você tá chique — comentei, limpando a garganta. As calças ainda serviam. Os sapatos eram os mesmos mocassins marrons surrados que ele usara durante toda a vida adulta. Era um milagre que as solas não tivessem se soltado. — Faz um tempinho que não vejo esse paletó.

— Né? — Ele me apontou um dedo, desdenhando das minhas roupas. — Dá pra ver que você passou um tempão se arrumando.

Eu não tinha vestido algo decente. Tinha vindo direto da loja, ainda usando os jeans sujos e a camiseta arregaçada com a palavra "Bahamas" meio descascada em vermelho na frente. O meu plano era entrar e tentar colocar algum juízo na cabeça da minha mãe.

Tinha um fiapinho de esperança de que ela me ouvisse, talvez entendesse que o que estava fazendo era doloroso para as pessoas próximas a ela. Que talvez me escutasse e decidisse não levar aquela noite adiante. Não sabia ao certo o quanto minha ligação para a Donna tinha ajudado. Também não havia tido notícias da Lucinda — nem sobre a exposição nem sobre o que eu dissera a respeito da traição dela. Não havia como saber o que aconteceria, não sem telefonar de novo.

Começamos a subir o passeio, coberto por ervas daninhas, algumas brotando por entre as pedras do pavimento. As floreiras do lado de fora das janelas da frente estavam cheias de limo e de plantas tão mortas que pareciam aranhas gigantescas, trepadeiras escuras se erguendo retorcidas, tentando escapar.

— Achei que o Bastien ia dar um jeito nisso. — Tirei um galho de palmeira caído do caminho com um chute antes de me abaixar sob a treliça. Uma substância viscosa preta e mofada caiu de um canto do beiral, deixando manchas na pintura descascada. — Não é para isso que ele tá aqui? Para ajudar a mamãe?

— Eu diria que o benefício é mútuo. Além disso, ele tá muito ocupado no trabalho para lidar com essa merda toda. Você sabe disso.

— Beleza. — Da última vez que eu vira Bastien, ele estava carregando uma sacola preta da Hefty para os fundos da loja. Ele não abriu a sacola para me mostrar o que havia dentro, mas ainda estava se mexendo. Ele estava trazendo cada vez mais coisas vivas para a loja. Ela começava a parecer um matadouro. — Cadê a Lolee?

— Sei lá. Provavelmente com a Kaitlyn.

— Você não sabe?

— Eu tava no trabalho.

Eu duvidava muito. Era mais provável que ele não tivesse dado uma olhadinha na filha por alguns dias e não gostasse do fato de eu trazer isso à tona. Eu também não estava com um humor muito bom e não tinha tempo para a atitude birrenta dele. Nosso pai sempre criticava Milo pelo pouco tempo que ele passava com a filha. *Você sabe uma única coisa sobre sua própria filha? Sabia que você perdeu o recital dela? É esse tipo de homem que você quer ser? O tipo de pai que só presta atenção em si mesmo?*

Nosso pai, que ignorava o Milo na maior parte do tempo.

— Ela tá convivendo um bocado com o Bastien — falei, recuando quando o Milo abriu a tela com um puxão.

— O que é que você quer dizer com isso?

Um bafo forte de óleo de cozinha me atingiu, fazendo meu estômago roncar.

— E o que ela anda fazendo quando não tá com ele? Você sabe o que pode acontecer quando as crianças ficam o tempo inteiro sozinhas — falei, pensando em Brynn e no inchaço na barriga dela quando estava grávida de cinco meses do Bastien. Ela parecia uma pré-adolescente com uma bola de basquete enfiada embaixo da camiseta. Milo também tinha visto. Ele esteve com a gente no hospital. Ele sabia muito bem como os anos de adolescência evaporavam depressa; perdidos para sempre, sem volta.

— Não vem me ensinar a criar meus filhos.

— Não me responde com clichês — retruquei, passando de forma brusca por ele ao entrar.

Só o brilho azulado da televisão iluminava a sala. Ela sempre estava ligada, não importava a hora do dia. Minha mãe gostava do ruído de fundo, dizia que uma casa ficava mais acolhedora quando ela conseguia ouvir pessoas falando.

O corredor estava repleto de jornais e pedaços de tecido. Lucinda devia ter passado por ali, ajudando minha mãe a embalar quaisquer peças de última hora. Imaginei-a na galeria, dando toques finais em atrocidades que não deviam ver a luz do dia.

Ou talvez não, talvez a Donna tivesse feito algo a respeito no fim das contas. Senti vontade de telefonar mais uma vez, um último esforço desesperado, mas pensei em economizar esse estresse para lidar com minha mãe.

O Milo pegou o controle remoto e desligou a tevê. A sala ficou escura.

— Que raios você quer de mim, Jessa? Tô fazendo o melhor que eu posso.

Não acreditei nisso nem por um segundo. Ele estava fazendo o mínimo possível, sobretudo quando se tratava da filha.

— Só tô dizendo que a Lolee precisa de um pai ou de uma mãe. Deus sabe que a mamãe não tá fazendo esse papel agora.

— Cala essa boca, Jessa. Só... cala essa boca.

— Calem essa boca vocês dois, estão me dando dor de cabeça.

— Nossa mãe meteu a cabeça pela porta. — Aqueci um empadão e coloquei algumas daquelas batatinhas de que você gosta na fritadeira. Pus alho e sal nelas. — Ela se virou e voltou para a cozinha. — Jessa, você ajuda a me aprontar?

Minha mãe jamais havia me pedido ajuda para se vestir. Entrei depois do Milo e afanei um papel-toalha do balcão, enchendo--o com batatinhas fritas e levando-o comigo para o quarto. Não tinha comido desde a manhã e achei que era importante forrar o estômago, embora já estivesse me sentindo enojada.

Ela se sentou no banquinho diante da penteadeira. As costas dela estavam voltadas para mim, revelando o zíper aberto do vestido de noite de cetim preto. O sutiã estava afundado no tórax, a pele macia sobre as costelas saltando em torno do elástico. A cabeça estava bem raspada daquela vez, quase brilhando à luz do ventilador de teto. O quarto estava quentinho e tinha um cheiro conhecido: fermentado, como as roupas de cama que minha mãe raramente lavava.

— Fecha o meu zíper. Aí você pode fazer outras coisas.

Sozinha com ela no quarto, senti o início de um ataque de pânico se agitar no meu peito. Como não sabia o que mais podia fazer, trouxera a carta do meu pai comigo. Estava no bolso de trás dos meus jeans, dobrada, dando a sensação de que se incendiaria e abriria um buraco no tecido.

Não parecia haver um jeito adequado de trazer aquilo à tona, nenhum preâmbulo específico que não a chateasse de cara. Eu não estava acostumada a dizer coisas difíceis. Não fazíamos isso na minha família. Uma coisa era digerirmos o suicídio do meu pai; outra era mostrar para a minha mãe as últimas palavras que ele tinha escrito. Palavras que nem sequer eram direcionadas a ela. A carta não dizia especificamente que eu deveria guardar tudo aquilo para mim mesma, mas parecia que o conteúdo era só para mim. Toda aquela responsabilidade. A vulnerabilidade que ele mostrara. A tristeza e a necessidade esmagadoras.

Ela vasculhou a gaveta da penteadeira, pegando uma latinha achatada e um pequeno pincel. Procurei a maquiagem, esperando que ela desencavasse o estoque de paletas rosinhas da Mary Kay, mas foi isso. Sem blush, sem rímel. Nada do delineador que sempre acabava borrado sob as pálpebras dela depois de um longo dia correndo atrás de nós e cozinhando para o meu pai.

Ela remexeu os ombros para mim, impaciente, aumentando ainda mais a abertura do vestido para revelar outra porção de pele abaixo do sutiã. Coloquei o guardanapo cheio de batatinhas fritas na cama e corri até ela. Era difícil segurar o zíper com os dedos gordurosos, e grãos de sal caíram no pescoço dela. Ela tinha deixado passar uma pequena mecha de cabelo da última vez que o raspara. A mecha se projetava da base do crânio como uma minúscula barbicha, cinzenta e pontiaguda. Aquilo me lembrou do cabelo do meu pai. Eu me perguntei se, caso ainda estivesse vivo, eles começariam a se parecer mais um com o outro, como acontecia com os casais quando ficavam velhos. Toquei a ponta clarinha da mecha e imaginei que era o bigode dele.

— Ah, esse naco idiota. — Ela estendeu uma tesourinha de unha. — Corta para mim?

Um único cortezinho e o cabelo tinha sumido, restando apenas um borrão escuro. Por algum motivo, não consegui jogar aquilo fora. Enfiei o punhado no bolso dos jeans.

— Do que é que você precisa? — perguntei, removendo alguns pelos de cachorro soltos na parte de trás do vestido dela. Ainda não estava pronta para falar, embora tivesse tido semanas para me preparar. Sabia que, se conseguisse dizer certinho as palavras exatas, não teria de lhe mostrar a carta do meu pai. Algo sincero, quem sabe, algo que lhe mostrasse como eu estava sofrendo. Assim não teríamos de lidar com o que quer que resultasse daquilo que aconteceria na galeria. Com o que quer que a Donna tivesse decidido fazer.

Ela tirou a tampa da latinha. Estava cheia de pigmentos a óleo e de cores vivas em pequenos recipientes: azul-petróleo, índigo, fúcsia, um laranja tão fosforescente quanto um Doritos. Ela mergulhou o pincel no vermelho mais brilhante e o girou ali, estendendo-o para mim como tinha feito com a tesourinha.

— Quero que você pinte. Minha cabeça, digo. — Algumas gotas pingaram do pincel e foram parar no vestido dela. Passei a pontinha do dedo ali, usando a extremidade mais limpa da toalha de papel para absorver o excesso. Ficaram uns fiapos brancos no tecido preto.

Ela ergueu uma foto rasgada de uma revista. Era uma página inteira com vitrais, a luz se derramando pelas cores feito um arco--íris geométrico.

— Quero algo assim.

Fiquei ali segurando o pincel e encarando o couro cabeludo clarinho da minha mãe.

— Mãe — falei com cuidado. — Isso é extremamente bizarro. Tudo isso é muito, muito bizarro e tá me deixando desconfortável. Queria que você parasse.

— Não tem que ficar perfeito. Só quero as cores. — Ela tirou a tampa de um protetor labial. Era um tubo velho bem amarelado que cheirava a Vick VapoRub. Com certeza tinha aquilo desde antes de o Milo nascer. Ela o aplicou em círculos concêntricos até a boca ficar grudenta.

— Você não tá me ouvindo. — Segurei o pincel na minha frente, vermelho e prestes a pingar de novo. — Não quero que você faça essa exposição. Acho que é má ideia, para você e para a sua família. É perturbador, especialmente com aquelas coisas do papai.

Minha mãe gemeu.

— Se não vai pintar, só devolve.

— Tá. — Decidi que dava para falar enquanto fazia uma pintura de palhaço na cabeça raspada dela. Era bizarro, mas conseguia dar conta. Posicionei o pincel na base do escalpo e tracei uma linha vermelha brilhante para cima, dividindo o crânio no meio.

— Foi tão difícil assim? Pensa em todas as vezes que fiz coisas para você e o Milo. — Ela se inclinou para a frente e eu reforcei a linha vermelha, quase pressionando o rosto dela na penteadeira.

— Levando vocês para os lugares, cozinhando, limpando. São só uns minutinhos do seu tempo.

Minha mãe tinha feito tudo pela gente. A carta despontava do bolso traseiro e tudo em que eu conseguia me concentrar era na sensação dela ali; a mão do meu pai na caligrafia caprichada. Meu nome na parte de cima, numa escrita apertada e controlada. Como ele terminara com a palavra "amor", coisa que quase nunca dizia quando estava vivo. Minha mãe dizia o tempo todo que me amava, dizia isso com tanta frequência que eu me perguntava como podia estar falando sério. *Eu te amo*, me passa a manteiga, por favor. *Eu te amo*, você consegue pegar a roupa na secadora? *Eu te amo*, vou te machucar, mas *te amo*. Não se esqueça disso.

Afundei o pincel na lata e pintei um coração vermelho no lado esquerdo da cabeça dela. A textura oleosa e escorregadia da tinta e a maciez do couro cabeludo faziam o pincel deslizar. Senti que estava relaxando assim como quando reconstituía coisas na oficina: esculpindo um nariz, aperfeiçoando pontinhos intricados e pequeninos em peles de coelho. Pintei círculos azuis perto de cada uma das orelhas dela, mergulhando no índigo, depois no violeta, misturando laranja e amarelo para fazer um triângulo quase radioativo no espaço acima da testa. Criei uma explosão estrelar cor-de-rosa no centro, como se estivesse dividindo cabelo. Quase curti aquilo.

Minha mãe suspirou e se apoiou nas minhas mãos.

— Lembra quando a gente fazia aquarelas lá na varanda? Quando vocês eram pequenos?

— É, eu lembro. — Não tinha sido divertido. Brynn tinha derramado um copo cheio de água no meu trabalho depois que o dela caiu em uma poça no canto da varanda. Tínhamos oito anos; o Milo tinha acabado de fazer sete e pegado catapora. Ele não podia sair do quarto — a Brynn e eu estávamos deslizando gravuras por baixo da porta dele como cartões desejando melhoras.

Essas lembranças não me davam mais prazer. Em vez disso havia uma dor chata e constante, como um dente apodrecido que quebrara e tinha de ser extraído; um fragmento afiado que eu continuava tocando com a ponta da língua. Revisitar lembranças sempre deixava um gosto acobreado de sangue para trás.

— Estou louca pra você ver minha obra — disse ela. — Dei duro de verdade em tudo. Quero minha família lá.

— Por favor, não faça isso. — Minha voz falhou e fiz uma pausa com o pincel pressionado abaixo da orelha dela. — Isso me deixa doente. Não consigo aguentar.

— Me desculpa, Jessa. Vai acontecer.

Era isso. Ela não me dava escolha. Saquei a carta do bolso e lhe entreguei por cima do ombro, vendo o reflexo dela.

— O que é que é isso? — perguntou ela.

— Abre.

Ela a desdobrou e fiquei plantada logo atrás, desejando que a morta fosse eu. Aquilo parecia fácil. Ter sumido, não ter mais de lidar com o estresse e o trauma de dar conta dos meus pais.

Li a carta por cima do ombro dela, observei os olhos percorrendo o texto apertado, descendo pela página. Aquela carta em espaçamento simples que parecia mais uma lista de exigências. Jeitos como devia me comportar. Coisas que tinha de fazer para garantir o bem-estar da família.

Ela chegou ao final e ergueu os olhos para mim no espelho. Então a rasgou ao meio; rasgou de novo, de novo.

— Que lixo.

Ela tinha pegado a última lembrança do meu pai e destruído.

— Por que é que você fez isso? Não era sua!

Os pedaços se acumulavam pelo chão e pela penteadeira. O último *amor* no pé da página; eu nunca mais o veria. Estava arruinado para sempre.

— Sinto saudade do seu pai, mas também estou com muita raiva dele. Ele era um total controlador. Tão tenso que não conseguia deixar as coisas para lá. — Ela encontrou meus olhos no espelho. A superfície precisava de uma limpeza. Havia manchas por toda a forma ovalada, fazendo nós duas parecer espectros. — Às vezes queria que ele ainda estivesse ali, para a ter a satisfação de atirar nele eu mesma.

— É assim que se sente saudade? — Eu ainda estava com o pincel, borbulhando com verde-ácido. — Mutilando lembranças? Fazendo todo mundo participar disso com você?

Ela inclinou a cabeça, e o pincel roçou a borda da orelha dela, pingos verdes caindo na cartilagem. Limpei com o dedo e esfreguei nos jeans.

— Seu pai era um cuzão. — Ela balançou a cabeça, os olhos lacrimejando. — O que ele fez com essa família, com você, é imperdoável. Se matar e deixar a própria filha dele encontrar ele daquele jeito. Deixar uma carta? Forçar você a suportar esse tipo de fardo. É monstruoso.

Eu ainda segurava o pincel. Ele pingava no chão entre a gente.

— Só quero que tudo isso pare. Chega de conversinha, chega de arte nojenta.

Ela deu um tapão tão forte no tampo da penteadeira que emborcou uma foto emoldurada do Bastien e da Lolee.

— A gente tem que lidar com isso. — Ela rearrumou a foto e suspirou. — Quando você não lida com as coisas, como a nossa família, as pessoas se machucam. Machucam umas às outras. Olha o que o seu pai fez. Ele te amava, e olha o que ele fez!

— O papai tinha câncer. — Sacudi o pincel na direção do reflexo dela. Mais tinta saiu voando e atingiu o espelho, deixando um rastro de respingos brilhantes. — Ele atirou nele mesmo porque era coisa demais para lidar. E agora você vai exibir uma réplica dele para alguns estranhos que faz a vida inteira dele parecer uma piada. As pessoas vão *pensar* que aquele é meu pai. E não é.

A mão dela serpenteou para trás entre nós duas, agarrando meu pulso tão forte que as unhas romperam a pele.

— O seu pai foi muitas coisas. Foi um bom pai para vocês dois e eu o amava, mas o que ele fez foi uma bosta. E o que a Brynn fez com você e com o Milo foi uma bosta.

Quando tentei me soltar, ela apertou com mais força. Não conseguia sentir meus dedos.

— Para — falei. — Para de falar. — O pincel estava apertado entre a gente, deixando manchas de tinta nas minhas calças e no vestido dela.

— Isso foi longe demais, e em parte é culpa minha por não fazer você lidar com as coisas. Tinha minhas próprias questões que me machucavam e deixei suas feridas infeccionarem. Suas e do seu irmão.

— Se você não parar, eu vou — falei. — E você não vai gostar. E eu não ligo. *Puta que pariu*, eu não ligo!

Fazendo força para trás, enfim me soltei. Bati na lateral da cama e rolei para o chão. O pincel me espetou na barriga, quase me empalando. Minha mãe tentou ajudar a me levantar, e a afastei, meio rastejando em direção à porta até ser capaz de me apoiar na cômoda e me erguer. Pedacinhos da carta destruída do meu pai se grudavam nas palmas das minhas mãos suadas.

Ela gritou para mim enquanto eu cambaleava pelo corredor, mas minha cabeça estava cheia demais de estática para ficar ali um segundo a mais. Milo estava sentando em um banquinho perto do balcão. Havia um guardanapo enfiado na parte da frente do colarinho dele, cobrindo a gravata.

Olhamos um para o outro. Ele se pôs de pé e continuou a me encarar, o guardanapo balançando, aí caindo na mesa e cobrindo o prato dele.

— Que raios tá acontecendo? — perguntou ele. — Você vai me dizer o que é que foi isso? Você acabou de ameaçar a mamãe?

— Vai se foder. Tenho que ir. — Puxei a camisa por cima do ombro. O pescoço estava bem esticado e estranhamente torto, como eu se tivesse sido atacada.

— Acho que era melhor você ficar — disse ele. — Vamos pôr tudo para fora na inauguração, agorinha mesmo.

Peguei a bolsa e saí.

* * *

Havia quatro cervejas ainda, depois três. Bebi cada uma com pressa, sem sequer sentir o gosto dela ao tocar na língua. Dei uma passada na loja de conveniência antes de dirigir até o lago, comprando a cerveja mais barata que tinham. Brynn amava cerveja podre. Amava biscoitos cheios de açúcar, chá adoçado e aquelas balinhas vermelhas de morango que as senhorinhas sempre tinham na bolsa. Balinhas podres, claro. Brynn era podre. Meu irmão tinha sido podre. Meus pais eram podres. Eu era a pior de todos, a mais podre.

O ar estava mais seco do que estivera em meses. Ainda úmido, mas tolerável. Era o tipo de clima de que sempre gostáramos quando crianças, quando sair de casa e ficar lá fora era a melhor opção. Longe das nossas famílias. Eu, a Brynn e o Milo apenas andando de bicicleta e depois dirigindo por aí no carro da Brynn com os vidros abaixados.

Prendi a lata no meio das pernas. Aí fechei os olhos e ouvi os zumbidos das cigarras nos carvalhos. Embora o parque fosse isolado, dava para ouvir o rumor constante da autoestrada próxima. Me perguntei como a vida teria sido sem a Brynn. As decisões que tínhamos tomado nos destruíram, me fazendo ficar ali pra sempre, ainda ligada a ela, independente do quanto tivesse tentado se separar de mim.

Os últimos goles estavam quentes e com gosto de mijo. Mandei para dentro de qualquer jeito e abri outra, me inclinando para trás e me apoiando nos cotovelos na mesa de piquenique de madeira. Tinha escolhido a mais próxima da doca, posta ali ao lado do lago como uma farpa alojada na pontinha de um dedo.

Tinha se passado uma hora desde que a exibição estava programada para começar. Pelo menos uma hora, provavelmente mais. Esperava que a Donna tivesse feito alguma coisa. Impedido aquilo. Mas quem é que sabia o que tinha acontecido? Era possível que tudo só tinha seguido o curso conforme o planejado. Encarei o lago e me permiti cair num verdadeiro sentimentalismo. Pensei em começar tudo de novo, me curvando de volta até o útero e ganhando um recomeço, uma suspensão de toda decisão ruim que tinha tomado na vida.

Assim que matei a última cerveja, caminhei pela doca. Tropeçando em uma das velhas tábuas, dei alguns tapas no rosto para tentar ficar sóbria. Pensei na minha mãe, no meu irmão, nas coisas que as pessoas saberiam a respeito da minha família antes da noite acabar. Pensei em Lucinda e torci para que ela pudesse me perdoar. Talvez ela e a Donna fossem superar as diferenças. Quase conseguia imaginar: Donna, que se parecia tanto comigo, começando tudo do zero com a Lucinda. Fazendo aquilo dar certo. Ela poderia usar as habilidades de carpinteira para construir uma cama gigante para elas, onde pudessem se deitar de conchinha juntas e ter um milhão de bebês gays. Lucinda poderia esquecer que um dia me conheceu.

— Foda-se você, Donna Franklin.

O suor brotava debaixo dos meus braços e ao longo das costas. Encarando as taboas, desejei ter uma lanterna, aí conseguiria atrair de novo o brilho verde dos olhos dos jacarés. Sabia que não demoraria muito até alguém aparecer, e aí eu teria de voltar à realidade. Tirando os sapatos, sentei na beira e balancei os pés na água. Pareciam brancos feito peixes sob a superfície, algas deslizando pela parte de cima.

Luzes vermelhas e azuis faiscaram na água. Olhei para trás, para os juncos, esperançosa, mas nenhum olho brilhou para mim.

MONTAR

CANIS LUPUS FAMILIARIS — CACHORRO

No banheiro feminino do segundo andar, a Brynn botou pra fora a metade de um Toaster Strudel de morango. Estava caída no assento do vaso sanitário, o mesmo onde quase todas as garotas da nossa escola sentaram a bunda pelada.
 Ela quase vomitou de novo, soltando um arroto seco e soluçante que o corpo dela pareceu mais sentir do que expelir, as costelas tocando a borda do vaso quando as costas se arqueavam. *Tô morrendo. Peguei a gripona.*
 Não, não pegou.
 O que mais pode ser? Tô mal pra caralho. Quando quase vomitou mais uma vez, um fiozinho de baba escorreu pelo queixo dela. Tinha um pouco de geleia do Toaster Strudel nele; um pinguinho vermelho vivo que parecia sangue.
 Atrás da gente, a porta se abriu rangendo. Me virei no reservado para que o peso da minha mochila bloqueasse a visão da Brynn. Duas calouras pararam diante do espelho e cutucaram a franja escura e espetada, compartilhando um bastão de batom rosa-alaranjado e secando a gordura da testa com toalhinhas de papel áspero do dispensador.
 A camiseta da Brynn tinha subido o suficiente para eu enxergar a parte de baixo do velho sutiã cinza esportivo dela. No geral ela usava

o tipo de lingerie que eles vendiam nas promoções semestrais da Victoria's Secret, coisas cheias de rendas piniquentas com armações e cheias de tramas para os mamilos brincarem de esconde-esconde. Ela se segurou até o sinal tocar e as garotas vazarem para o corredor. Então quase vomitou de novo, um som desesperado de engasgo. Esfreguei as costas dela e tirei o cabelo suado de perto da boca, colocando-o atrás da orelha. Quando por fim se aquietou, puxei uma tira comprida de papel higiênico do dispensador e esfreguei a saliva e o vômito do queixo dela.

Você já fez um teste?

As lágrimas que tinham escorrido enquanto ela vomitava em seco se acumularam e deixaram linhas escuras de delineador na lateral do nariz. Passando um cantinho de um papel higiênico limpo sob o olho dela, coletei o máximo de líquido que consegui. O papel era barato. Quando o pressionei com mais força sob o olho direito dela, ela sibilou e recuou, batendo no vaso sanitário.

A gente pode pegar um hoje. Aí a gente vai saber com certeza.

Eu me ajoelhei e alisei a camiseta dela, que ainda continuava embolada por cima do sutiã. Minha bunda bateu na mochila. Eu me senti uma tartaruga, ali agachada no piso pegajoso. Um pedaço de papel higiênico estava preso na sola do meu tênis e, quando arrastei no chão, quase capotei.

Eu não quero saber. Ela esfregou os olhos, que estavam vermelhos onde eu tinha raspado.

Deixa de ser boba. Você já sabe.

Eu a ajudei a se levantar e a se recompor. Era como uma boneca de pano flácida. Escovei o cabelo dela e passei o gloss labial de novo, borrifando o spray corporal no pescoço. As gotas escorreram pelo decote e pontilharam a parte da frente da camiseta.

Só havia mais uma matéria antes de o dia de aula terminar, Trigonometria, em que eu estava prestes a reprovar e a Brynn passaria por pouco com a ajuda do dever de casa de outras pessoas. Em vez de chegarmos atrasadas, andamos direto para o estacionamento. O carro vagabundo dela estava parado ao lado da cerca de arame que contornava o colégio.

Peguei as chaves dela e a ajudei a entrar no lado do passageiro, jogando embalagens de fast food no chão. Fomos direto para o posto de gasolina mais próximo da minha casa, aquele em que de vez em quando comprávamos cerveja quando a caixa certa estava trabalhando. Só havia um tipo de teste de gravidez na prateleira. A embalagem estava empoeirada, e era de uma marca da qual nenhuma de nós tinha ouvido falar, mas a compramos junto com algumas Coca-Colas e uns Twizzlers. Aqueci um cachorro--quente de aparência decrépita no micro-ondas, enchendo-o de queijo e uns condimentos. Brynn comprou um maço de Marlboro vermelho com a atendente entediada, uma mulher tão enrugada e bronzeada que a pele dela parecia algo curtido na nossa oficina.

Baixamos os vidros do carro para deixar o ar parado entrar. Dirigi devagar pelo bairro enquanto a Brynn consumia sem parar tudo o que tínhamos comprado. Arrancando com os dentes as duas extremidades de um alcaçuz da Twizzler, ela o enfiou em uma das Cocas e a segurou para eu tomar um gole.

Sempre tem um gosto melhor com um canudo de Twizzler.

É, é bom. Como Coca sabor cereja.

Pus a mão livre na coxa descoberta dela enquanto ela continuava a me oferecer mais goles, passando por casas que pareciam todas iguais. Quintais, garagens e caixas de correio empoeiradas se repetindo. Quando chegamos ao lago, nos sentamos no estacionamento com os pés pendurados para fora das janelas do carro. Estava tão quente que a maior parte das mães estavam sentadas sob as árvores, ignorando os filhos enquanto espadanavam e chapinhavam na água e gritavam.

Bebi a Coca até o Twizzler ficar empapado e eu não conseguir sorver mais nada. Aí a dei para a Brynn, que já tinha terminado a

dela e estava abocanhando o cachorro-quente. Ela sugou a mistura de queijo e condimento nas extremidades e deu mordidas dos cantos do pão, como se não quisesse a carne, só o suco da coisa.
O Casey vai ficar puto. Ela beliscava o pão, fazendo bolinhas com os pedaços e atirando pela janela.
O Casey pode ir tomar no cu. Liguei o rádio e puxei o acendedor de cigarro. Aí retirei o papel-celofane da carteira e acendi um para Brynn. *Além do mais você nem sabe ainda. Não com certeza.* Ainda havia esperança, mesmo que fosse minúscula. Talvez ela estivesse mesmo com alguma gripe bizarra.

Assentindo, ela bateu o cigarro para as cinzas caírem do lado de fora da janela e não nas pernas dela. Casey e Brynn vinham se pegando nos últimos meses. Não estavam namorando de verdade, e eu não conseguia imaginar ele bravo por conta do bebê. No fundo, eu não conseguia imaginar ele reagindo a coisa alguma. Ele era o tipo de cara de expressão vazia que dificilmente falava mais de duas palavras por vez e que passava a maior parte do tempo jogando videogame com os amigos do futebol.

De jeito nenhum que o Casey se importaria com o que quer que fosse, mas havia algo mais. A outra coisa. Uma lembrança que passava pela minha cabeça sempre que via a Brynn e o Milo muito juntinhos. Eu tinha caído de cama com mononucleose alguns meses antes. Estava para lá de entediada, e a Brynn ia lá em casa na maior parte das noites para assistir tevê e me fazer companhia. Quando eu caía no sono, ficavam só ela e o Milo, conversando durante horas. Eles tinham as próprias piadas internas sobre os filmes a que tinham assistido sem mim. Desenhavam no meu rosto com canetinha quando eu apagava no sofá, inconsciente. Saíam para comer pizza e os dois pediam com abacaxi, que eu detestava. Bebiam a cerveja do nosso pai na garagem e terminavam bêbados o suficiente para brincar de pique-pega no cemitério ali do lado. Depois eu tinha visto algo no chão do quarto dele. Um sutiã rosinha-claro de bolinhas com um enfeite de renda em torno do bojo despontando de uma pilha de camisetas sujas. Uma peça que eu tinha visto milhares de vezes. Brynn amava bolinhas.

Sorvendo o finalzinho do refrigerante, ela atirou o resto do cachorro-quente pela janela. Ele atingiu o carro ao lado do nosso e deixou um anel de gordura, um círculo brilhoso na mesma altura da cabeça do motorista.

Vou fazer xixi, disse ela, pegando a sacola plástica e andando até o banheiro público.

Estava quente demais para ficar no carro, então levei os Twizzlers restantes até a água. Até mesmo as criancinhas pequenas tinham saído do sol forte. Elas descansavam em lençóis ao lado das mães, bebendo suco Capri Suns e enfiando os dentes em laranjas, os olhinhos caídos por conta do calor.

Arranquei os tênis e tirei as meias, fazendo uma bola com elas e as enfiando bem dentro dos sapatos. Conchas de mexilhões rachadas e pedacinhos de gravetos perfuravam as solas dos pés que o suor tinha amaciado. Eu me concentrei naquela sensação dolorosa e tentei não pensar no que um bebê significaria. Um bebê, quando eu estava sangrando e talvez manchando a essa altura a parte de baixo dos meus jeans largos.

O cais era velho e precisava de tábuas novas na maior parte dos trechos. A madeira estava amolecendo e apodrecendo nos cantos, e ainda havia as farpas. Caminhei até o banco numa ponta e me sentei com o pacote dos doces no colo. Fiquei olhando a luz brilhar na superfície da água como lascas de papel-alumínio cintilando ao sol.

Brynn já tinha mandado os documentos para tentar ser aceita na universidade. Para várias universidades diferentes. Havia visto os formulários na mesa da pequena cozinha do trailer, atirados na fórmica e acumulando manchas de comida. Eu também tinha alguns formulários, mas não os levava em consideração. De nós dois, era Milo quem de fato tinha interesse naquela merda, mesmo que estivesse uma série abaixo de nós. Ele estava de olho em alguns dos lugares em que a Brynn também estava. Pensei nos dois fazendo as malas e indo morar em outro estado. Me abandonando e indo morar juntos em um apartamento. Fazendo novos amigos, assistindo aulas. Eu seria deixada com meu pai nos fundos da loja. Brynn veio pisando duro até onde eu estava, as tábuas vibrando perto da extremidade do cais. Eu tinha mascado um buraco no lábio, mordendo a pele morta até que estivesse viva com sangue, escorrendo pelo canto esmagado da boca. Ela deixou cair o teste de gravidez. Ele atingiu a madeira com uma pancada surda que fez gotas de xixi respingarem no meu antebraço. Limpei a sujeira nos jeans.

Acho que vou ser mãe, disse ela, e riu.

O teste tinha duas linhazinhas cor-de-rosa atravessadas no centro. *Parece que sim.*

A menos que eu vá num lugar. Faça algo.

Pássaros chamavam nas árvores perto da margem. As crianças atrás de nós terminaram o lanche e pularam de volta na água. De algum lugar fora do campo de visão, o zumbido de um barco enchia o ar com ruído branco. Brynn estava com os sapatos na mão. Eram sandálias de couro que deixavam o pé dela com listas brancas e bronzeadas. Os dedos dos pés se retorciam no cais, as unhas cobertas com esmalte azul cintilante. Nunca quis um bebê na minha vida, mas agora olhei para a barriga da Brynn e pensei no preço de perdê-lo.

Você não devia tirar, falei, passando o braço pelo espaldar do banco. Ainda havia uma gota de xixi na minha pele, e a deixei ali; o sol a ferveu na carne. *A gente vai dar um jeito.*

Andando até a beirada da doca, ela tirou os sapatos. Um deles emborcou, a sola brilhando com chiclete verde.

Vou ser a pior mãe do mundo. Ela deu um passão para a frente e caiu no lago. A água espirrou pela doca, deixando pontos escuros e molhados como em uma explosão estrelar.

10

O policial não me prendeu, mas me fez executar todos os testes de sobriedade no meio do estacionamento. Pegou minha carteira de motorista e me apontou as linhas, recusando-se a me deixar ir embora até ter feito uma verificação completa de antecedentes. Depois que eu recitei o alfabeto de trás para a frente, duas vezes, ele disse que minha camionete seria rebocada e que eu seria responsável por arranjar outro jeito de voltar. Ele ficou ali parado, a lanterna emitindo raios de enxaqueca no meu crânio enquanto eu tentava lembrar como usar um celular. O táxi demorou vinte minutos.

Assim que cheguei no apartamento, entrei e rastejei até o sofá. Minha ressaca era tão forte que a língua tinha virado uma lixa na boca. Rolei nas almofadas até o sol surgir deslizando pelas persianas, aí abandonei por completo a pretensão do sono, tentando não pensar no que vinha em seguida.

Milo apareceu quinze minutos depois. Ainda estava de terno, embora estivesse um tanto amarrotado. A barba por fazer estava tão espessa que parecia falsa, como um adereço que ele estivesse usando.

— Quer um café? — Tirei umas tralhas da única cadeira extra que havia na sala. Milo se atirou no sofá, e me empoleirei na beirada do assento. O apartamento cheirava a comida passada e podridão. Fazia duas semanas que eu não tirava o lixo, e um odor nauseante e viscoso de carne rançosa permeava o ar.

— Uma cerveja cairia bem.

Eu não esperava essa resposta.

— Que horas são? — perguntei. Não podia ser mais de sete horas.

— Já amanheceu. Mal e mal. — Ele esticou as pernas até quase esbarrarem na mesinha de centro. — E não tô nem aí. Só me dá a porra da cerveja.

Fui até a cozinha e sacudi os ombros, tentando relaxar. Tinha umas Millers enfiadas na porta ao lado de uns frascos arcaicos de molho para salada, de uma Coca-Cola sem gás de dois litros e de um vidro caro de mostarda dijon chique que a Lucinda deixara para trás. Peguei as cervejas e me perguntei se ela chegava a pensar nessa mostarda idiota. O vidro custava mais de quinze dólares, uma mostarda que fazia a boca formigar quando passada nas bolachas. Era um desperdício horrível de dinheiro, e eu não conseguia deixar de ficar encantada por ela ter comprado algo tão inútil e sem sentido.

Revirando tudo em busca de algum tipo de lanchinho para acalmar o estômago, desenterrei um saco de batatinhas murchas do fundo do armário e levei tudo para a sala. Milo não tinha ligado nenhuma luz. Estava deitadão no sofá, as pernas esticadas por cima do braço. Ele tinha atirado os sapatos em cima de uma pilha de roupas sujas minhas.

Entreguei uma das cervejas para ele e tomei um bom gole da minha, esvaziando um terço da garrafa. Uma dor de cabeça de tensão fervilhava atrás dos meus olhos. Pousei a cerveja na beirada da mesinha de centro e desfiz a trança; ela se soltou aos poucos, um tipo de prazer doloroso. Meu cabelo ainda cheirava a xampu. Envolvi o rosto com ele e inalei.

— Então você não vai nem perguntar?

Milo encarava o teto, como se conseguisse enxergar o céu cada vez mais azul através do revestimento texturizado barato.

Rezava fervorosamente para que a Donna tivesse sido bem-sucedida em cancelar o evento. O Milo ter aparecido aqui parecia confirmar essa possibilidade, embora pudesse ser só meu desejo falando. Uma mensagem da voz não significava merda nenhuma se colocada em perspectiva. Pensei na minha mãe com a cabeça pintada, parada ao lado da figura do meu pai que havia colocado em cima do búfalo-d'água. O javali com os flancos abertos, as luzinhas de Natal da nossa família se derramando e se acumulando no chão como sangue coagulado.

— Pior do que a gente pensou?

Ele emitiu um zumbido, esfregando a bochecha contra uma almofada manchada. Lucinda tinha derramado uma taça inteira de vinho nela e eu nunca tinha limpado, então o tecido cheirava supermal. Precisava jogar fora.

— Nem cheguei a entrar. O lugar inteiro pegou fogo.

Quase virei a cerveja no colo.

— Que merda você tá falando?

— É. — Ele balançou a cabeça, pressionou a garrafa contra a têmpora. — Loucura. O lugar cheirava a borracha queimada.

Talvez ele estivesse mentindo para fazer eu me sentir melhor. Dando de ombros, ele cutucou o rótulo da cerveja com o polegar.

— Já era, tudinho.

Não, não podia ser verdade. Era conveniente demais. Um fogaréu gigantesco subitamente obliterando meus problemas. Todos os problemas da minha família. Os da Lucinda. Os da Donna também.

— Como isso aconteceu?

— Vai saber. — Ele estava mordendo o lábio, e com força. A pele parecia prestes a se romper. — A menos que tenha alguma coisa que você queira me falar.

Não queria falar nada para ele. Definitivamente não queria falar da ligação, e não queria falar nada do Bastien assassinando nenhum daqueles animais.

— Nem vou responder isso.

Ficamos em silêncio durante um minuto. Pássaros cantavam lá fora, totalmente irritantes. Mas eu não conseguia deixar para lá. Aquilo me chateou. Meu próprio irmão achando que eu iniciaria um incêndio criminoso.

— Você realmente acha que eu fiz isso?

— Não sei o que pensar.

Ele desencavou o controle remoto do meio das almofadas do sofá e ligou a televisão. Colocou ela no mudo e zapeou pelos canais antes de parar numa emissora de notícias locais. A repórter estava diante da galeria. Fumaça pairava sobre o telhado e era levada pelo vento até a rua. Uma fita amarela bloqueava o tráfego, cones laranjas posicionados para permitir apenas a passagem das vans da imprensa e dos caminhões de bombeiro. Na parte de baixo da tela, a chamada informava: GALERIA LOCAL PEGA FOGO, SUSPEITA DE INCÊNDIO ELÉTRICO.

— Alguém se feriu? — Todo mundo que conhecíamos devia estar naquela inauguração. Minha mãe, as crianças, Lucinda. Todas as pessoas do nosso bairro. Não conseguia imaginar ficar presa no meio do fogo com todos aqueles animais empalhados. Os produtos químicos na pele deles — os fluidos de curtimento, o formaldeído — encheriam o ar feito um cobertor sufocante e tóxico.

— Eu não sei. — O Milo tapou os olhos. — Acho que não. Eles não encontraram ninguém no prédio. A mamãe tá traumatizada. A Vera teve que levar ela para casa e dar um Xanax para ela.

— Onde tão as crianças? — Da última vez que vi o Bastien, ele estava fechando o caixa. Havia gel no cabelo dele, e lembro de ter pensado no quanto aquilo ficou tosco, com a parte da frente espetada.

— A Lolee dormiu na Kaitlyn. Não vi o Bastien.

Meu estômago gorgolejou, então enfiei uma mãozada de batatinha na boca para conter a acidez. Do meu lado vinha um tênue cheiro acre, e me dei conta de que havia fumaça e produtos químicos entrelaçados nas fibras do paletó dele.

Como as coisas tinham saído dos trilhos tão rápido? De todas as coisas que meu pai queria de mim, a primeira de todas que ele tinha enfatizado era a segurança e a proteção de todos. Não a felicidade deles, não os desejos, mas aquela palavra de novo — aquela que tinha usado para si mesmo. *Precisar*.

O que minha família precisava que eu fosse? O que eu deveria dar a eles?

O noticiário mudou para a previsão do tempo. Desliguei a tevê e ajeitei algumas roupas empilhadas no chão ao lado do meu pé. Aí tirei a cerveja da mão frouxa do Milo e peguei uma manta quase limpa no armário do quarto. Ele estava dormindo antes de eu sequer terminar de cobri-lo. Todas as rugas e veias em volta dos olhos dele se destacavam, um vaso sanguíneo rompido bem visível no nariz.

Fiquei observando o Milo e entendi que estava olhando para um estranho. Era uma pessoa que eu tinha permitido que se afastasse de mim, a quem nunca tentei entender fora do contexto do nosso relacionamento quando crianças. Esperava que a minha família me visse como adulta, mas de certa forma pensava que eles seriam os mesmos para sempre — uma família envolta na pele que eu havia estendido sobre ela, mal ajustada e irregular.

Liguei para o Bastien. Ele atendeu depois do segundo toque, e o alívio que senti quando ouvi a voz dele era como uma coisa viva esgravatando no meu peito. Disse que ele precisava trazer alguns animais para a loja imediatamente. Que ele precisava encontrar a irmã e trazer ela também. Que eu precisava disso tudo até as duas horas. Quando desliguei, tomei um banho e pus algumas roupas para lavar. Comi umas torradas. Escovei o cabelo.

O café no armário estava tão velho que temi que fosse veneno, mas o cheiro da primeira gota que pousou na máquina suja fez minha boca salivar. Chuchei três xícaras, bebendo até o corpo ficar trêmulo. Acordei meu irmão colocando uma xícara na mesinha perto do rosto dele.

Ele abriu uma pálpebra e me espiou.

— Acorda e vai trabalhar. — Empurrei o café na direção dele até respingar um pouco pela borda. — Eu cuido do resto.

Bastien trouxe um rato-almiscarado, um coiote, dois papagaios amarelos e vermelhos, um gambá, uma dupla de guaxinins que pareciam ter sido descolados direto do asfalto, patos-reais, esquilos e outro pavão que era de cair o queixo com o esplendor iridescente. Quando acariciei as penas, elas chacoalharam, magnificentes, um lindo ponto no cinza opaco da oficina.

— O que é que você acha? — Ele coçou o queixo e removeu uma espinha. O sangue brotou e deixou um rastro escorrendo pelo pescoço.

— Não é o suficiente, mas é um começo. — Cutuquei um dos esquilos com um dedo enluvado. Estava ficando rígido bem depressa, e provavelmente era inútil. Ia precisar que ele saísse e trouxesse mais, mas hesitava em mandá-lo atrás de qualquer coisa viva. Há pouco tempo eu tinha notado uma expressão carrancuda no rosto dele sempre que voltava com algo fresco. Ele não gostava tanto daquilo quanto fingia gostar; só era muito bom em ocultar os sentimentos. Uma coisa muito Morton da parte dele.

Lolee bufou e rolou no catre, virando o rosto para a parede. Bastien tinha buscado ela no boliche. Ela estava na lanchonete com um veterano do Ensino Médio, um garoto com um rabicho na parte de trás da cabeça e uma picape verde-garrafa com relâmpagos pintados à mão nas laterais. Bastien parecia pronto para estrangular alguém, provavelmente a Lolee, que continuava rosnando para ele sempre que ele se aproximava demais do lugar em que ela estava parada fazendo beicinho.

— Então a gente vai destripar esses? Qual deles primeiro?

— A gente vai para a galeria. Quero ver o que a gente consegue salvar.

Bastien riu.

— Aqueles troços tão destruídos. Tostados e crocantes. Sem chance de você conseguir usar qualquer um deles.

— A gente não tem o suficiente aqui. Não para o que eu tenho em mente. Podemos usar algumas peças da loja, mas vamos precisar de mais.

— Vou tirar tudo da camionete.

Puxei um avental da pilha limpa na oficina, e, pensando melhor, peguei mais alguns. Lolee ainda estava encarando a parede, então dei um tapão na bunda dela. Ela ganiu e se virou, franzindo a testa para mim, furiosa.

— Uau, você fica parecida com a sua mãezinha quando faz isso — falei. — Para de se comportar feito um projeto de pau no cu. Vamos lá pegar as tralhas da sua avó.

Lolee e eu carregamos material de limpeza e pegamos uma caixa gigantesca de sacos Hefty, meu conjunto de ferramentas, lonas e alguns rolos de papel-toalha. Jogamos tudo na caçamba da camionete quando o Bastien encostou no meio-fio.

No caminho, abaixamos os vidros e ouvimos o tráfego daquela tarde. Nenhum de nós falou. Só ficamos sentados e aspiramos o frescor do outono que enfim chegava, o ar inteiro impregnado de fumaça. Pensei na minha mãe e na mostra de arte. Era difícil imaginar o que ela podia estar sentindo. Eu achava a obra repugnante, mas era dela. A única coisa exclusivamente dela desde que o meu pai morreu. A sensação de perder isso deve ter sido catastrófica. Então foi necessária uma catástrofe para eu reconhecer esse fato?

O que é que eu achei que aconteceria quando abri as comportas do inferno?

A fita amarela tremulava na calçada diante da galeria, mas não havia carros de polícia ou caminhões de bombeiro. Fomos direto para a parte da frente e tentamos abrir a porta, que estava destrancada.

— Venham — chamei. — Vamos acabar com isso. — Pegamos as lonas e as enchemos com os materiais, carregando aquilo tudo para o prédio.

Um odor pungente de produtos químicos e de queimado pairava no ar.

— Cuidado — falei depois da Lolee passar por uma tábua avariada do piso. Ele estalava sob os pés, dando à sala um ar de casa de parque de diversões. Água parada empoçava nos cantos, repleta de cinzas molhadas. Lolee tocou na parede e fez uma careta para a sujeira preta que se desprendeu na mão dela, esfregando-a no short esportivo. Fiquei feliz de ver que ela tinha colocado tênis em vez dos chinelinhos de sempre. Havia muitos pregos e detritos pontiagudos que podiam arranhar o pé descalço dela.

No centro da sala, Bastien e eu nos ajoelhamos ao lado do que restava do esqueleto do búfalo-d'água. Grande parte do exterior estava carbonizada. As entranhas tinham derretido, o arame brilhante envolvia os ossos restantes. O trabalho de sustentação que sobrara era suficiente para deixar o animal parado como uma coisa semiafogada; o tipo de resíduo preto e viscoso que lembrava os restos pré-históricos nos poços de piche de La Brea. A réplica do meu pai com roupa de verniz tinha se liquefeito e escorria dos flancos do búfalo. Uma poça escura manchava o piso.

Bastien enfiou um dedo no pelo desintegrado. Ele o limpou na camiseta.

— Não tenho certeza de que a gente vai conseguir salvar qualquer coisa desse desastre. Tipo, tá tudo bem molhado. Esquece a preparação de campo. Isso vai mofar. E logo.

O isolamento do teto tinha caído e estava espalhado no meio das peças. Era difícil distinguir as partes queimadas do prédio dos animais empalhados. Um alce jazia de bruços junto à porta, como se tivesse caído enquanto tentava escapar.

— Só juntem tudo o que vocês acham que poderia funcionar.

— Subi na pilha derretida e olhei em torno. — Até os pedacinhos pequenos. Peles, cabeças. Especialmente crânios.

Evitei os fragmentos de ossos e a sucata enquanto me dirigia à parte dos fundos. A Lolee encontrou a carcaça de um tigre escondida sob um pedaço de gesso tombado. A metade inferior estava ressecada e enegrecida de tão queimada, mas a superior ainda era de um laranja vibrante e feroz. Pela cara dele, ele queria abocanhar o mundo.

— Tá cheirando mal. — Ela fez uma careta. — Tipo fedor de bicho morto.

— É um bicho morto. Põe ele com os outros.

Ela o arrastou pelo chão, as patas enormes juntando sujeira do lamaçal. Recolhi pedacinhos de chifre e os meti numa sacola plástica antes de me pôr a caminho da porta tombada do escritório da administração.

Toda a papelada da Lucinda tinha virado alimento para o fogo. Os quadrinhos das pin-ups tinham sumido, mas não havia vidro no chão, nenhum vestígio das molduras. Pus a palma da mão na parede, lembrando da primeira vez que nos beijáramos no escritório. Todo o corpo dela havia engolido o meu. Foi uma sensação boa. De segurança. Eu odiara aquilo porque não foi como eu achava que o romantismo era: estressante e um tanto sangrento, uma luta constante pelo poder.

Salvei o crânio de um cervo, o couro de um jacaré, algo que podia ter sido uma parte de um flamingo. Sob os restos da escrivaninha havia várias camadas de lona grossa e limpa. Quando ergui um canto dela, a água escorreu pelo lado e se derramou nos meus jeans, pingando na parte de cima da bota. Uma caixa de metal cobria o que quer que estivesse ali embaixo. Não lembrava de tê-la visto antes. Era bem grande e maciça, e ocupava todo o espaço para as pernas sob a escrivaninha. Quando ergui a estrutura de metal, me vi diante dos dentes amarelados e arreganhados de um carnívoro. Me ajoelhando no caos de cinzas, enfiei as mãos na pelagem parda da pele.

Gritei para a Lolee e o Bastien. Quando eles apareceram, entreguei um canto para cada um.

— Deixa ele bem alto, bem longe do chão — falei. A pele era pesada e de excelente qualidade. — Não quero ele arrastando nessa merda toda.

— Ainda tá fedendo. — A Lolee ergueu o canto dela bem alto, mais alto do que nós dois juntos. Os músculos do bíceps dela se avolumaram e tremeram com o esforço.

— Cheira melhor que você. — Bastien não estava conseguindo manter o canto dele acima da cintura. A cabeça do urso pendia, o focinho quase indo parar num amontoado de papelada grudenta e carbonizada.

— Cacete. Concentra, faz favor.

Lá fora o ar estava fresco e limpo. Estrelas cintilavam no céu. As lembranças me acertaram com força. De estar do lado de fora, nós três. Quando ainda era bom ficarmos juntos, nós três.

— Seu pai, sua mãe e eu costumávamos ir nesse lugar e olhar as estrelas cadentes. — Pusemos a pele do urso na caçamba da camionete, junto com os sacos de lixo com as coisas que Lolee e Bastien tinham recolhido. — No parque estadual Paynes Prairie, logo depois de Gainesville.

— Dava para ver elas mesmo? As estrelas cadentes? — Lolee fez carinho na cabeça do animal. Parecia um ursinho de pelúcia bravo no brilho amarelo da luz do poste.

— Ah, dava. São brilhantes pra burro porque o parque fica muito longe das luzes da cidade. A gente se deitava no capô do carro da sua mãe e ficava ali durante horas, só olhando a chuva de estrelas no céu. Também tinha jacarés lá, e eles saíam da água para ver a gente vendo o céu.

— Nojento — disse Lolee, subindo na camionete. — Odeio jacarés. Parecem dinossauros.

— Não são tão ruins. — Bastien atirou outro saco de partes queimadas em cima dos outros. — Qual era o tamanho deles, aliás? Tão grandes quanto aqui?

— Maiores, com certeza. — Joguei meu conjunto de ferramentas no piso do banco da frente e abracei o pescoço da Lolee. Ela bocejou e se encostou no meu braço. Inalei o cabelo fumacento dela, pressionando a bochecha ali. — Chuvas de meteoros. Se estivesse claro o suficiente, eles caíam sobre a gente durante horas.

Não disse a eles como bebíamos raspadinha de cereja misturada com vodca, gelo e energético que deixava nossa boca vermelha e ardendo. Ou como ficávamos chapados, fumando ali no capô, passando o cigarro para as pessoas nos carros próximos. As estrelas pendiam tão próximas que eu imaginava que conseguiria colhê-las se quisesse mesmo.

Da última vez que saímos de carro, tudo parecia indistinto e maravilhoso. Depois eu havia pegado no sono no banco de trás e acordei quando estávamos a meio caminho de casa, o cabelo emaranhado no cinto de segurança. Esfreguei as remelas e o sono dos olhos. Vi o Milo e a Brynn de mãos dadas, os dedos entrelaçados no painel central. Ela se inclinou e pôs a mão no ombro dele, sorrindo de um jeito esquisito e suave que eu nunca vira antes.

— Ainda tem muita coisa para fazer. — Joguei uma lona limpa sobre o urso e o prendi com uma corda elástica. — Se a gente se apressar, podemos parar e pegar algo para comer.

URSUS ARCTOS — URSO-PARDO

Todas as flores tinham murchado com o calor, exceto as de seda. Fiquei olhando o cacho de flores-do-campo cinza-prateadas no cabelo da Brynn e lutei contra a vontade de pegar as perolazinhas coladas ao longo das folhas falsas. Havia tantos grampos encravados no couro cabeludo dela que era provável que as flores ficariam presas ali para sempre.
Você tá tão bonita, como uma estrela de cinema das antigas.
Minha mãe estava cacheando o próprio cabelo, bem perto do espelho. Brynn estava sentada no banquinho acolchoado diante da penteadeira. O zíper do vestido dela não estava fechado até em cima, e as alças rosa-choque do sutiã se destacavam contra o triângulo visível da carne bronzeada.
Pareço um porco. Um porco nojento e suado.
Vintage, disse minha mãe, tirando o modelador do cabelo e soltando um cacho. Uma fumaça emanou dali. Ela já tinha passado spray de cabelo naquela maçaroca duas vezes. *Tipo a Greta Garbo.*
Brynn e eu estávamos com uma super-ressaca. Ela bebia uma Coca de garrafa de canudinho, e toda vez que a pousava ela a pegava de novo no mesmo instante. Havia um bocado de delineador

em torno dos olhos dela, que pareciam ter sido socados, o que só exacerbava os círculos.

Minha mãe usava um vestido que tinha comprado na Legião da Boa Vontade alguns anos antes. Estava todo frouxo nela, um saco de aniagem cáqui amarrado no meio com um pedaço de fita verde. Eu estava usando meus jeans mais sujos e não tinha planos de trocar de roupa tão cedo. Eles tinham que ficar felizes se eu pusesse um sutiã. Lá de fora vieram umas batidas, a banda fazendo a passagem de som com os instrumentos. Não era ninguém decente, só alguns dos velhos amigos de escola do Milo que ainda moravam na cidade e tocavam em uma garagem nos fins de semana. O repertório era de baladinhas clássicas dos anos oitenta. Pensei ter ouvido os acordes de "Total Eclipse of the Heart" vindo da guitarra do Dustin, mas não tinha certeza. Bastien estava gritando em algum lugar da casa. Ele tinha dois anos e odiava pessoas estranhas. Nossa casa estava cheia de gente que ninguém conhecia.

Me dá um gole da sua Coca?

Brynn a passou para mim por cima do ombro. Tomei alguns goles com cuidado e tentei mantê-los no estômago. Estava doce demais, como se alguém tivesse derrubado açúcar na garrafa.

Não consigo me concentrar. Brynn pressionou um lenço sob o olho, tentando limpar um pouco do excesso de delineador. *Alguém pode fazer ele calar a boca?*

Minha mãe colocou spray em um cacho bem fechado, tão rígido que parecia ter saltado de um colchão. *Posso dar um pouco de suco para ele?*

Porra, dá o resto dessa Coca para ele se isso fizer ele ficar quieto.

Vou procurar aqueles biscoitos de bichinho de que ele gosta.

Ela abriu a porta e nos deixou ali, o corredor saturado dos sons da cozinha e do zumbido constante do aspirador.

Ele vai ficar com cobertura de biscoito por todo o terninho, disse Brynn. Ela esfregou o pescoço. Fiquei olhando para o anel que o Milo tinha lhe dado, que mal e mal continha uma lasquinha de diamante. Eu o ajudei a escolher na Sears. Depois que fez o pedido, ele voltou para casa e disse que ela tinha ficado tão feliz que chegou a chorar. Eu não acreditava de todo naquilo. Meu irmão estava tão radiante que não conseguia parar de sorrir. Quem era eu para lhe dizer que a coisa que ele achava que era verdadeira no fundo era só uma mulher tentando fabricar uma vida normal para si mesma?

Você se importa mesmo? Deitei de costas na cama dos meus pais e rolei de lado, escorando a cabeça no pulso. *Cobertura? Quem dá a mínima pra essa merda?*

Ela suspirou e a franja flutuou um pouco para o lado, revelando uma espinha vermelha grande que crescia na testa. *Ah, merda.*

Mal dá para ver. Eu estava mentindo; era enorme. Com a parte de cima branca e uma aparência irritada, ela podia explodir a qualquer minuto. *Só coloca a franja por cima.*

Não dá, agora ficou estranho. Preciso espremer.

É uma péssima ideia, contestei, mas ela já estava apertando a espinha com os polegares, mordendo o lábio com força até os dentes ficarem manchados de carmim por conta do batom. Ela soltou um ganido e um espirro cintilante de pus e sangue atingiu o espelho da penteadeira. Um grumo de resíduo ceroso pairava no meio dela, em uma ilha de nojeira.

Tá de sacanagem? Pressionei o rosto no travesseiro, com vontade de rir do absurdo da situação. O amor da minha vida espremendo a espinha colossal no espelho da penteadeira da minha mãe enquanto se aprontava para se casar com meu irmão. E aqui estávamos nós, fingindo que isso era normal. Normal que eu lhe desse doses de bebida na boca na noite anterior, lambendo o suor do pescoço dela. Totalmente aceitável que dançássemos juntas em uma boate com alguns dos amigos dela do trabalho, nos esfregando durante as notas graves até eu conseguir sentir a umidade dela na perna. Completamente de boa comer ela no banco de trás do carro naquela noite, farelos de Cheerio colados na minha bunda enquanto a gente suava, gritava e gozava, sem parar. O que era normal? Normal para a Brynn era se casar com um homem. Era isso que queria; era isso que teria.

Me ajuda, disse ela, acenando. *O sangue vai pingar no meu vestido.*

Pegando o lenço, pressionei-o com força na testa dela para estancar o sangue. *Te disse para não fazer isso.*

Bom, agora é tarde demais.

Não olhávamos uma para a outra. Observei minha mão enquanto segurava o lenço, a cobertura da maquiagem dela saindo, revelando a pequena linha de sardas que pontilhavam o queixo, da cor de canela. Gostava daquelas sardas, provei-as para ver se eram doces e sim, eram.

E se eu vomitar bem na frente de todo mundo?

Não vai acontecer.

Eu tô nojenta pra caralho. Ela pegou um tubo de batom e tirou a tampa antes de recolocá-la no lugar.

Você tá ótima. Erguendo o lenço da testa dela, esperei para ver se o sangue jorrar de novo. Não jorrou. *Você sabe que sempre tá ótima.*

Você é a única que acha isso. Ela pegou meu pulso, os dedos tremendo. *Não sei se consigo fazer isso.*

Tinha sido bem simples pôr aquilo em marcha. Como bater com a mão no lago e observar as ondas se espalharem, cada vez mais longe, até não ter mais controle sobre elas. Brynn tinha um filho e precisava de alguém para tomar conta dela. Ela queria um marido, queria estabilidade. Milo a amava, eu sabia disso. Ele faria qualquer coisa por ela. Eles só estavam namorando havia poucos meses quando ele me disse que estava pronto para se casar com ela. Era doloroso, mas uma parte de mim também queria isso — que ela se sentisse segura, que tivesse tudo aquilo de que precisava. Como eu podia reclamar de ter sido magoada quando estava levando o que havia pedido?

É claro que consegue. Pegando o pó, apliquei-o sobre a espinha, que ainda estava vermelha, mas não tão feia quanto antes. Ela fechou os olhos e passei o pincel com delicadeza pelas bochechas e pelo nariz dela, cruzando o queixo. *Vai ser fácil.*

A pele dela estava macilenta e úmida do álcool que ela ainda transpirava. Ela rescendia ao perfume frutado e ao odor bem forte do próprio corpo, que fazia as extremidades do meu coração coagularem. Tudo em mim cozinhava em fogo baixo.

Como é que você sabe? Ela se recostou, e o peso pontiagudo das flores no cabelo dela perfurou minha camiseta. *Me diz como é que você sabe.*

Espalhando bem a sombra dourada na pálpebra dela, me esforcei para cobrir o caos de delineador preto e das veias pequeninas que brotaram ali depois que ela vomitou pela terceira vez na pia do meu banheiro. *O que é que é tão difícil? Só fica ali em pé e repete as frases. Se o Milo consegue fazer isso, é bem óbvio que você também consegue.*

Brynn sorriu para mim, e as covinhas dela se aprofundaram e apontaram para cima, e eu a amava, eu sabia, a amava mais do que amava a mim mesma. Destampando o rímel, passei a escovinha depressa nos cílios dela, que já eram tão longos, enrolados e dourados que mesmo uma pequena quantidade a fazia parecer uma boneca piscando.

E se ele acabar me odiando?

Ri e soprei o rímel, tentando secá-lo. *Ele te ama. Deixa de ser burra.*

É, agora. Agora ele me ama.

O blush dela estava escuro demais. Tirei o excesso com um lenço, com ternura, as maçãs do rosto ficando rosadas e com um brilho suave. Eu não ia dizer o que sentia, que era que todos nós a amávamos um pouquinho demais. Que Milo era uma escolha sábia porque tinha um emprego em vista na concessionária e porque era gentil, e sempre disposto a se doar, e nunca pediria que ela fosse mais do que era. Ele era para ela algo que eu nunca conseguiria ser, ou seja, um marido, algo que a mãe dela invejaria. Sabia que, se ficasse com o Milo, ela sempre estaria por perto, que eu não teria de perdê-la, mesmo que não conseguisse tê-la do jeitinho como queria. Era o que importava para mim. Nunca a perder. Nunca perder aquilo que eu queria.

A única mulher que eu tinha amado. A pessoa com quem havia sido mais vulnerável, a única que me conhecia de verdade, que conhecia o pior de mim e ainda me queria por perto. Uma pessoa que eu achava linda, mesmo quando era terrível. Olhei para ela, olhei de verdade, e ela me olhou também, e eu soube. Ela não queria que eu dissesse aquilo. Brynn queria outra coisa.

Aí. Fechei o pó e me recostei, olhando para o rosto dela. *Prontinho.*

Puxei as laterais do vestido dela e fechei o zíper. Dividimos o que sobrou da Coca-Cola, eu tomando os últimos goles. Ela me beijou, deixando batom com gosto de giz de cera na minha língua. Deixei ela ali, no quarto dos meus pais, usando o vestido que tinha comprado no shopping, com flores bordadas no cabelo que pareciam ter saído de um arranjo.

Bastien jogou as alianças no chão enquanto acompanhava o cortejo. O terninho azul estava sujo de cobertura de biscoitos, manchas brancas no coletinho com listas douradas. Todos os que não participavam da cerimônia estavam sentados em cadeiras dobráveis no meio do nosso quintal dos fundos. Tudo era verde, como se todas as plantas estivessem encharcadas de umidade e desse para você torcê-las como panos de prato, se quisesse. O mato tinha sido mais ou menos domesticado para o evento, mas ainda havia uma quantidade enlouquecedora de trepadeiras subindo pela cerca dos fundos. Nosso jardim era basicamente um matagal desigual que tinha sido aparado para parecer um gramado. Restos de paletes se alinhavam no lado esquerdo do quintal. A banheirinha de pássaros à direita fora enchida, e alguns gaios estavam grasnando na bacia com água aquecida pelo sol. As plantas eram fluorescentes na luz. Queria me lembrar de tudo exatamente como estava naquele momento. Jamais, jamais esquecer.

Não havia muitos de nós. Meus pais, a mãe e o irmão da Brynn, que estava sentado em cima das mãos e tentava não roer as unhas, Vera Leasey e o marido, que mascava tabaco, cuspindo discretamente em um copo vermelho de plástico a cada poucos minutos, os caras da banda cover, alguns garotos que foram nossos colegas no colégio e o pastor da igreja da Vera, que estava presidindo a cerimônia. O cabelo branco e felpudo dele o deixava parecido com uma galinha choca estressada.

Segurávamos flores que atraíam os insetos. Nós os golpeávamos agarrando os buquês e deixávamos as pétalas caírem numa profusão murcha na grama. Ficou nublado, e a chuva ameaçou cair durante mais de uma hora, mas o céu se recusava a desabar.

Esperava que chovesse. Eu brilhava de oleosidade e achei que ia desmaiar, a ressaca, o peito doendo e vazio. Meu irmão estava alto e lindo de terno, parecendo de repente muito competente — o tipo de pessoa que devia estar se casando, alguém que podia lidar com um emprego e com as contas e com as responsabilidades, apesar do passado medíocre em todos esses aspectos. Brynn tinha passado pó suficiente para parecer incrivelmente seca na umidade sufocante, fofa, rosada e bonitinha. Cada um repetiu os votos, de mãos dadas como se fizessem aquilo há anos, em vez de se encontrarem com o Bastien a tiracolo como uma pequena família pré-pronta.

Os rostos deles se encontraram castamente por cima do buquê moribundo. A boca da Brynn deixou uma marca cor-de-rosa nos lábios do meu irmão, que ficou ali pelo resto da noite. Os rostos deles continuavam se encontrando, sem parar. Eles se beijavam enquanto comíamos frango frito, a gordura cobrindo os dedos, os garfos tremulando com porções de macarrão com queijo e *croutons* feitos em casa. Eles se beijavam enquanto dançavam em uma pista de dança improvisada que meu pai havia montado com madeira compensada no meio do quintal, balançando devagar ao som da música horrível. Todo mundo bebia espumante rosé em copos altos de plástico comprados na Dollar General. Meu pai propôs um brinde e a mãe da Brynn também, e oscilou bêbada nos saltos altos, chorando, até alguém ajudá-la a voltar para casa.

Achei que seria como ver a mim mesma com ela, mas não foi. Meu irmão parecia uma pessoa desconhecida. Mais forte. Estava tão distante quanto ela, os dois agarrados um ao outro enquanto criavam algo onde não havia espaço para mim.

Milo mantinha o braço em torno da cintura da Brynn. Eles riam juntos, as cabeças inclinadas para cochichar no ouvido um do outro. Quando foram embora, foram com discrição, esgueirando-se pela porta lateral até o carro dele. Saíram dirigindo na luz alaranjada e púrpura do anoitecer em direção ao hotel Marriott do centro, onde ficariam durante dois dias e três noites enquanto meus pais tomavam conta do Bastien e eles nadavam na piscina.

Fiquei na minha cadeira dobrável e bebi garrafas suadas de cerveja, arrancando os rótulos e colando-os no tampo da mesa. Abalada por tudo aquilo que me recusava a sentir e ainda presa da ressaca, me enterrei em mim mesma. Ninguém tentou falar comigo. As pessoas continuavam a dançar no pátio, se pendurando umas nas outras nas luzes bruxuleantes das tochas. Era uma noite cálida. Tudo cheirava a gordura e citronela.

Minha mãe, suada depois de servir a comida e dançar com meu pai, deslizou uma mão pelo meu pescoço. Ela me entregou um pedaço de bolo, mármore de chocolate e baunilha, da padaria do Publix. O enfeite com os noivinhos tinha afundado no topo antes que fosse cortado, fazendo-os parecer duas vítimas da areia movediça. Bastien carregava o casalzinho de plástico para lá e para cá como um troféu, chupando os pés da noiva. Enterrei o garfo no bolo, que ainda estava meio congelado. Os dentes de plástico dobraram até quase quebrarem. Comi um bocado de glacê, e ele escorregou na minha boca como manteiga sem sal.

11

Encarreguei o Bastien de todo e qualquer trabalho na parte da frente e passei uma semana fazendo uma triagem nos detritos da exposição de arte da minha mãe. Colocamos os itens em jornais, um pedaço mole de uma asa e patas finas e enegrecidas, espigadas e retorcidas por causa do calor. Cada um dos tampos tinha sido coberto por papel-manteiga, lenços absorvendo o líquido, substituídos o tempo todo por folhas novas. Eu me sentia como a chefe de uma unidade de queimados enquanto fazia as rondas. Virava torsos, trocava bandagens, dava batidinhas para secar feridas que exsudavam um líquido amarelo e preto dos couros curtidos. Os abalos secundários do trauma se alinhavam em tabuleiros nas minhas mesas. A maior parte do trabalho fora destruída, mas via potencial nas partes das quais cuidava, cautelosamente aplicando curativos novos no pescoço e no focinho do javali, embranquecendo a crosta úmida da matéria óssea carbonizada. Reduzi os restos relegando qualquer material irrelevante à lata do lixo: fios de cobre queimados, enchimento de algodão ensopado, qualquer estrutura de espuma que tivesse se retorcido até se transformar em fragmentos quebradiços aderidos ao osso como cola quente.

O cheiro era opressivo. Fazia a Lolee usar uma máscara quando me ajudava, uma coisa branca e cirúrgica que escorregava do nariz dela e ficava deslizando pelo queixo. Como uma assistente de cirurgiã, ela auxiliava com o trabalho mais medonho — me entregando esfregaços de algodão ou trocando roupas de cama, virando peles e cabeças no chão molhado.

Trouxemos ventiladores que agitavam os papéis, criando brisas carregadas com o cheiro de coisas mortas e fumaça. Não tinha certeza se algum dia conseguiria tirar aquele cheiro do nariz ou do cabelo. As roupas eu enfiava em sacos de lixo quando chegava em casa, torcendo para que depois de algumas lavagens elas voltassem a cheirar de um jeito normal, mas sem apostar muito naquilo. Quando esfregava o rosto no chuveiro, tentava me concentrar no frescor do sabonete. Assoava o nariz com frequência, os seios nasais tão entupidos que achava que sufocaria.

Bastien cumpriu a palavra. Coletou novas espécies para mim, às vezes ainda frescas do asfalto onde haviam sido atropeladas, outras tão já em *rigor mortis* que me perguntava se seria capaz de salvar os membros, sólidos como estátuas. Nós as mantínhamos no congelador enquanto eu trabalhava sem parar nas partes queimadas, tentando salvar as peças para a minha mãe, que não saía de casa.

Ela não falava com ninguém. Nem mesmo com Vera, que ficou parada perplexa segurando um ensopado de batatas na entrada da garagem depois que a minha mãe se recusou a atender a porta. Eu também não a tinha visto, mas não tentei fazer uma visita. Eu não sabia exatamente o que estava fazendo, e não estava bem certa de como encarar meus pensamentos sobre o trabalho dela e os meus sentimentos. Parecia mais sábio esperar; ter certeza de que sabia a coisa certa a ser dita antes de ir até a casa. Não queria repetir minha última visita. Não queria magoá-la mais.

Era difícil sair da loja. Estava lá antes de o sol sair e ficava até bem depois que ele se punha, sobrevivendo do fast food que Bastien deixava para mim. Eu me sentava atrás do balcão à luz da lua que vinha da vitrine da frente, comendo hambúrgueres e batatas fritas frios enquanto repassava os recibos do dia, contando o dinheiro que tinha entrado e as contas que havia para pagar.

Pela primeira vez na vida, pensei em como seria vender a loja. No que significaria ter tempo livre. Nunca tinha vivido em nenhum outro lugar. Só tinha havido um bairro, uma mercearia. A mesma cerveja no posto de gasolina. Brynn tinha feito aquilo — apenas dado no pé sem olhar para trás. Se ela era capaz disso, então eu também era. Mas havia coisas me prendendo em casa: a família, minhas lembranças. A nostalgia abria caminho pelas minhas entranhas, estofando meus ossos até os membros ficarem rígidos e distendidos. Congelada no tempo, me recusando a viver.

Lolee trouxe um desidratador de alimentos e enfiamos tufos de pelo, pezinhos de coelho e asas de aves nele. Nos revezávamos tostando coisas com um secador de cabelo, aproximando tanto que o pelo começava a soltar um cheiro de queimado diferente. O tapete de pele de urso eu levara a uma lavanderia ali na rua, a mesma que costumava engomar as camisas do meu pai. Deixei a pele envolta em uma lona até o dono vir lá dos fundos da lavanderia; o sr. Gennaro com a dentadura excessivamente branca, mais baixinho até do que eu, a pele curtida e vincada.

— Tenho uma encomenda especial, se você estiver dentro. Ele assentiu.

— O que é? Um saco de dormir? — Ele sacou um lencinho do bolso de trás e limpou o nariz com tanta força que temi que fosse começar a sangrar. — Tem cheiro de fogueira de acampamento.

— Tipo isso. — Puxei a cabeça para fora e a coloquei no tampo de vidro do balcão. O sr. Gennaro ficou ali parado encarando o urso até eu pigarrear e puxar o plástico sobre os olhos dele de novo.

— Isso não é um troço que dá para limpar.

— Você podia tentar? — Como ele não respondeu, empurrei a cabeça do urso de novo até o focinho espreitar por baixo da lona, um nariz de cachorro escuro e trêmulo farejando guloseimas.

O sr. Gennaro estendeu a mão e tocou a bochecha do animal. Passou a pontinha do dedo no pelo eriçado, coçando os fiapos atrás das orelhas como se tentasse abaixá-los.

— Talvez. Vai ser caro.

— Só vê o que você consegue fazer.

— Não tem garantia nenhuma. — Mas ele tinha o mesmo olhar do meu pai quando estava avaliando uma peça que era boa mesmo. Deixei-o ali no balcão sendo admirado pelo sr. Gennaro, que conferia os dentes como um dentista realizando uma limpeza.

Sentada com um pedaço de um rabo de esquilo chamuscado nas mãos, olhei para o pelo desgrenhado e não consegui entender que diabos estava fazendo. O que é que estava tentando salvar? Ainda havia tanta coisa que eu não compreendia sobre o que minha mãe tinha feito. Coisas sobre mim mesma que não compreendia e os sentimentos envolvendo tudo aquilo.

Joguei fora os animais que estavam além de qualquer salvação.

— Adeus — falei para o esquilinho que meu pai montara atrás do volante do próprio carro em miniatura. Ele ficou olhando para mim da pilha de lixo, os olhos acusadores, as perninhas chamuscadas até se transformarem em grumos enegrecidos. — Desculpe por não poder fazer mais.

Estava levando uma amostra das peças que havíamos salvado para a minha mãe. Uma variedade de caixas de espécimes estava ensanduichada entre tapetes na caçamba da minha camionete. O céu estava razoavelmente aberto — só um punhadinho de nuvens finas e alongadas pontilhava a linha das árvores próximas ao horizonte —, mas decidi ser precavida e colocar uma cobertura de plástico em tudo. Mantive-a no lugar com tijolos, aí empilhei mais um cobertor para uma segurança extra.

Bastien achou que eu tinha ficado maluca e repetia isso sem parar.

— Tem certeza de que você tá bem? — Ele puxou outro tijolo do paisagismo perto da calçada da frente e o limpou, espanando a terra grudada na parte de baixo antes de colocá-lo com cuidado ao lado dos outros. — Quer que eu vá com você ou algo do tipo?

— *Nah*. Tá tudo certo.

— Se tá mesmo, por que você tá forrando a caçamba da camionete que nem a porra de um ninho de pássaro?

Peguei outro tijolo e o pus ao lado daquele que ele havia acabado de encaixar.

— Só cala essa boca e me ajuda.

Depois que estava tudo pronto, Bastien me entregou as chaves.

— Vou pegar um carregamento. Consegui uns furões e uns porquinhos-da-índia, alguns ratinhos brancos.

— Me diz que você não tá furtando caixas de animais mortos de pet shops.

— Claro que não. — Ele aplainou a terra onde os tijolos tinham estado com o salto da bota, sulcos alinhados um ao lado do outro, lápides faltando num cemitério. — Talvez eu vá conferir uns pinguins hoje. É algo que te interessa?

Os olhos dele resvalaram para os meus e fui eu quem os desviou, com vergonha de admitir que sim, me interessava, e muito.

— Talvez. Depende da condição.

— Ah, é provável que estejam bem fresquinhos. — Ele abriu um sorriso enorme. Boa parte da felicidade dele, eu estava começando a entender, vinha de obter coisas para nossa família. Ele queria ajudar a prover. Era muito fofo, de um jeito um pouquinho mórbido.

Esse era o novo normal. Eu e meu sobrinho discutindo o assassinato de animais a fim de manter a loja funcionando. Porém eu gostava da ideia de pegar alguns pinguins. Minha criança interior se lembrava de todas aquelas viagens para o SeaWorld e mal podia esperar para ver os corpos. Para criar meus próprios dioramas.

Apostava que podia fazer melhor do que o parque temático. Só precisava de um pouco de isopor para os bancos de neve. Ele bateu na tampa de trás quando saí para a rua. Era outubro, e as lojas cafonas com decoração de Halloween estavam de volta, uma delas fixando residência em uma antiga T. J. Maxx onde minha mãe comprara todos os vestidos de Páscoa que não havia costurado.

Quando estacionei na entrada da garagem da casa dos meus pais, todas as luzes estavam apagadas. Estava escuro, a escuridão da Flórida, o que significa que havia um montão de insetos. O crepúsculo se aproximava depressa, e eu não queria deixar as caixas de espécimes na camionete, onde só Deus sabia o que é que começaria a roer o conteúdo delas.

Bater à porta da frente não resultou em uma resposta, nem tocar a campainha, que ainda tinha o toque que minha mãe configurara para o último aniversário do papai. Bati com mais força e gritei por ela, esperando que pelo menos acendesse a luz, mas nada. Ao contornar a casa, passei pelas floreiras ressecadas ao lado das janelas da frente, carrapichos se agarrando à bainha dos meus jeans enquanto seguia até o quintal dos fundos.

A grama alta ultrapassava minhas canelas, o matagal chegando aos joelhos em alguns pontos. Mariposas com linhas brancas esvoaçavam enquanto eu seguia em frente. Tinha passado do ponto em que o Bastien podia dar um jeito com o cortador de grama. Precisaria de uma limpeza profissional. Quem sabe um serviço de jardinagem. Como seria quando minha mãe não pudesse mais tomar conta de si mesma? Ela moraria comigo ou com Milo? Quem cuidaria da casa e das necessidades básicas dela?

Tentei puxar a porta de correr, mas estava trancada. Pressionando o rosto contra o vidro, espiei para dentro, mas não consegui enxergar nada além do "12:00" piscando azul no DVD/VCR. O calor da minha respiração embaçou minha boca e fez uma barba de Papai Noel. Deslizei minhas iniciais na umidade.

Só havia um lugar para tentar: a janela do meu quarto. As ervas daninhas estavam maiores ali, pingando e repletas de mosquito. Tateei o parapeito, procurando o lugar em que mantinha a lasca de bambu que usava para escapar de fininho com Brynn quando estávamos no Ensino Médio. O ar-condicionado escapava pela pequena fresta na janela e feriu a pele quente da minha bochecha. Abri um centímetro, depois mais um centímetro, por fim abrindo o suficiente para caber toda a minha cabeça ali dentro.

O quarto estava cheio de mofo. Ninguém o tinha usado desde que o Milo e a Brynn viveram ali com as crianças. Sempre havia uma umidade desconfortável no meu antigo quarto. O caruncho impregnava os tapetes. Quando eu vinha jantar, evitava o quarto como se a deterioração pudesse me infectar com as piores partes de mim que eu havia deixado para trás.

Deslizei a janela até o fim, voltei a tropeçar no caos molhado de folhas empilhadas, então corri desengonçada até a casa e saltei pelo parapeito. Metade do corpo ficou preso para o lado de dentro, a beirada pressionando a barriga com força. Usei os braços para me ejetar pela abertura. Caindo no quarto, tentei me segurar em uma antiga estante de livros, que na mesma hora desabou com o meu peso. Deslizei para a frente sob um maremoto MDF porcamente assentado e livros que não lia desde o Ensino Fundamental.

Chutei alguns livros por baixo da saia da cama, então abri a porta que dava para o corredor.

— Mãe? — Minha voz ecoou e o granito a mandou de volta para mim. — Você tá bem?

Levou um tempo até eu achá-la. Ela tinha se escondido no banheiro principal e estava sentada sozinha no chuveiro. Quando acendi a luz, ela se encolheu e abaixou a cabeça.

Eu me agachei ao lado dela e gemi com o esforço que aquilo demandava das minhas costas.

— É isso que a gente faz agora? Bate um papinho no chão sujo dos banheiros?

Um forte cheiro de suor emanava das axilas dela, um aroma empoado de mãe, intensificado pelo fedor da roupa íntima velha e das meias usadas. A camisola favorita dela pendia frouxa de um só ombro, deixando os seios quase à mostra.

Sir Charles estava sentado ao lado do vaso sanitário. Ele já tinha visto dias melhores. Era um dos animais que meu pai tinha empalhado, concluído em tempo recorde depois que o cachorro morreu por conta de uma obstrução intestinal. A cara estava franzida em um rosnado, mas eu sabia que meu pai tinha apostado na fofura. Era muito difícil dar aos animais de estimação uma expressão amigável e alerta; melhor recriá-los dormindo, enroladinhos em uma caminha artificial. Mas minha mãe queria o cachorro preservado daquele jeito, e meu pai tinha feito isso para ela, para ela ficar contente. Mesmo que tivesse dificuldade com as palavras, ele fazia o melhor possível com ações a fim de demonstrar que se importava. Tentava manter aquela lembrança fresca na cabeça sempre que odiá-lo parecia mais fácil.

— Tava trabalhando numas coisas para você. — Passei a mão na cabeça dela. O cabelo tinha voltado a crescer; um prateado puro e brilhante que brilhava no couro cabeludo dela como enfeites de Natal. Eu me perguntei se estava com frio. Inclinando o rosto dela para mim, notei a maquiagem acumulada em volta dos olhos. Havia sujeira ou era possível que fumaça encrustada nas rugas do pescoço.

— Vamos tomar um banho — falei. — Aí a gente pode conversar.

Foi difícil erguê-la do chão. Sentei-a na tampa fechada do vaso sanitário e liguei a água, um jato congelante atingindo meus braços e respingando no meu rosto antes de aquecer aos poucos. Deixei a cortina meio aberta, procurando deixar o vapor invadir o banheiro.

Quando puxei a camisola por cima da cabeça dela, ela se curvou na minha direção, o corpo muito macio e pequeno. Os seios pressionavam meu tronco. A pele das costas estava ressecada, tão fina que eu sentia que podia romper a pele até a carne com as pontas dos dedos. Que estranho considerar a mulher que tinha me criado tão indefesa quanto um bebê.

Ela encolheu mais ainda sob o jato d'água, até o queixo quase encostar no peito. Ensaboei um paninho que encontrei debaixo da pia, uma das relíquias florais da minha infância, desbotada até ficar de um cinza suave com as constantes lavagens. Esfreguei a cabeça dela com delicadeza, tomando muito cuidado em torno do nariz, em carne viva e vermelho ao lado das narinas. Lavei-a debaixo dos braços, mas entre as pernas eu deixei para ela, me virando para lhe dar privacidade.

Ela chorava em silêncio, lágrimas e ranho se misturando com a água que espirrava em direções malucas por conta do acúmulo de cal no chuveiro. Peguei o paninho dela e deixei-a ali, o jato caindo no rosto e no peito, bolhas de sabão se acumulando nos pelos eriçados entre as pernas.

O que havia para dizer? Nenhuma mentira seria plausível.

— É tudo terrível, eu sei — falei, apertando a nuca dela. — Não vai ficar assim para sempre. — Ela se virou e afundou em mim, o corpo liso e ainda ensaboado.

— Você não tem como saber. — Ela fungou na minha clavícula. A cabeça era pesada, sólida feito uma bola de boliche. — Coloquei tudo o que tinha naquele trabalho. Era a única coisa que fazia eu me sentir bem.

Me desculpe eram as únicas palavras que pareciam corretas, mas não conseguia me forçar a pronunciá-las. *Me desculpe* nunca consertava nada. Eram só palavras, e não havia qualquer ação por trás delas para tornar a vida um pouquinho mais fácil. A carta do meu pai estava recheada de desculpas: *me desculpe por ter falha-*

do, me desculpe por fazer isso, me desculpe por não conseguir ser o homem ideal. O que era o homem ideal? Era uma pessoa que assumia as responsabilidades? Se de fato sentisse muito, ele não teria visto como estava prestes a destruir nossa família e se detido? Resquícios de rímel pontilhavam os cantinhos dos olhos da minha mãe como mosquinhas mortas e pegajosas.

— Seu pai me abandonou. — A boca dela se movia junto à minha camisa, o tecido abafando a voz. — Ele era controlador e repressor, mas era meu marido e eu amava ele. A gente construiu uma vida juntos, e agora ele se foi. Não tenho nada que seja meu.

O hálito dela estava forte e azedo. Deixei a acidez me inundar, aceitei aquilo e não me esquivei. Tomei a imundície como o meu dever, como um dia ela havia tomado a do meu pai. Ela estava encolhida e ferida, e eu a amava. Peguei uma toalha branca e limpa no armário e a envolvi com ela. Sir Charles estava sentado desgrenhado e molhado no chão ao lado do vaso sanitário, rodeado pela água que pingava da cortina do chuveiro. Peguei-o e o entreguei para a minha mãe, que o acomodou no braço como um ursinho de pelúcia.

Fomos para a sala. Pela primeira vez em um certo tempo, a televisão estava desligada. Os animais estavam arrumados nas estantes, no escuro e quietos, como se tudo exceto nós estivesse adormecido. Acendi o abajur que meu pai mantinha ao lado da poltrona, o com o vitral verde brilhante que ele chamava de a tartaruga.

Liga a tartaruga, dizia ele, virando páginas de jornais, buscando anúncios de peças empalhadas antigas que pudesse remontar e passar adiante. *Não dá para ver porra nenhuma nesta casa.*

Sentando-a na beirada da poltrona, enrolei a toalha nos ombros dela e usei o canto para secar o rosto. Sir Charles estava sentado sob o brilho verde da tartaruga, encarando nós duas com olhos cintilantes e arregalados. A água formava uma poça abaixo dele sobre a madeira, ensopando os porta-copos que meu pai sempre gostara de pegar nos restaurantes.

Segurei as mãos dela e me agachei diante da poltrona. Eram menores do que as minhas e muito, muito mais macias.

— Do que mais você quer falar?

— Você não conhecia o seu pai.

— Não — respondi, apertando ritmicamente as mãos dela para poder focar nessa sensação e não no meu estômago afundando no corpo, caindo no chão no meio dos meus pés. Meu corpo fragmentado. — Não, acho que não conhecia ele.

— E você também não me conhece.

Nossos rostos estavam bem próximos. Conseguia ver os pequenos poros pretos que se enfileiravam no nariz dela. As narinas estavam ressecadas dos lados e tinham começado a descascar. Uns pelinhos cresciam nos cantos da boca, eriçados e escuros. Quando suspirou, pude ver que um dos dentes da frente dela tinha uma mancha branca na parte de cima. Que estranho isso de distinguir partes do corpo que nunca havia visto em uma mulher que conheci a vida toda.

— Você me conhece? — perguntei, catalogando os pequenos defeitos na pele da minha mãe. As marcas na carne perto do olho direito, que por algum motivo estava mais caído que o outro. Uma mancha escura cobria a clavícula, algo que podia ser um hematoma ou uma marca de nascença. Havia uma verruga na bochecha dela que parecia quase roxa na luz verde.

— Agora não. — Ela apertou minhas mãos de novo, esfregou o polegar contra o meio da palma. — Te conhecia quando você era pequenininha.

— Ninguém chega a conhecer outra pessoa.

Houve vezes em que achei que conhecia as pessoas. Brynn, que eu amava mais do que qualquer coisa. Minha outra metade. Meu pai, um homem que eu adorava, alguém que considerava a pessoa mais forte do planeta. Passamos tanto tempo procurando pedacinhos de nós mesmos nos outros que nunca nos damos conta de que eles estão ocupados buscando as mesmas coisas em nós.

Ela alisou minha sobrancelha com delicadeza. Estava grossa e desalinhada, uma herança do meu pai.

— Gostaria de saber mais sobre você, se você deixar. Sei que para você é difícil se abrir. Dividir as coisas.

A toalha despencou e ficou caída perto de um mamilo escuro. Puxei-a para cima de novo e a prendi debaixo da axila para ela.

— Ninguém me conhece. Nem eu me conheço, mamãe.

— Também não me conheço. Ninguém além do seu pai me conhecia, e ele se foi. — O branco dos olhos dela estava tão vermelho que temi que eu tivesse deixado cair sabonete neles. — Não sei se consigo recomeçar.

— Ninguém além da Brynn me conhecia. Às vezes me pergunto se conhecia mesmo, ou se me convenci disso para me sentir menos sozinha.

Minha mãe sorriu. Os dentes dela estavam escurecidos por anos de café, lascados, esburacados nos cantos. Os caninos achatados já não eram carnívoros.

— Seu irmão te conhece.

— Não é a mesma coisa.

Ela deu de ombros e limpou o nariz, que estava escorrendo de novo.

— É tudo intimidade. Só são tipos diferentes.

Sabia quem Milo tinha sido. Mas agora não era capaz de dizer qual era o filme favorito dele. Quando foi a última vez que ele havia me falado de um encontro que tivera, ou se preferia gatos ou cachorros? Onde gostava de almoçar? O amor era uma coisa que demandava cuidado frequente. Nossa intimidade era uma planta desenraizada, murcha e seca.

Minhas pernas tinham adormecido enquanto estava debruçada diante da minha mãe. Eu me sentei para trás e cutuquei o tapete, que estava repleto de farelos e precisava ser aspirado. Tudo precisava de uma limpeza. Queria sair por ali com um saco de lixo e começar a arremessar coisas. Todas as coisas paradas e empoeiradas das quais não precisávamos mais.

— Intimidade significa abrir mão de partes de você mesma em nome de outra pessoa, mesmo quando isso significa que ela pode te machucar feio. Mas às vezes a gente deixa, porque a dor também pode ser boa. — Ela pressionou a palma da mão contra minha bochecha.

Bocejei até o maxilar estalar.

— Não quero me esforçar o tempo todo. Tô só cansada.

— Tá tudo bem. — Ela deu uns tapinhas na minha nuca e alisou meu cabelo. — É difícil falar das partes feias. Como podemos ser tão horríveis assim e ainda ser dignos de amor.

— Não quero sentir nada. — Eu me inclinei para a frente e ela segurou minha cabeça contra o peito. Era esquisito e desconfortável. Eu me obriguei a entrar num estado de entorpecimento, a mergulhar no ruído branco.

— É assustador precisar das pessoas.

Enterrando o rosto na dobra do pescoço dela, senti os dentes afundados na carne enrugada. Descobri que era difícil falar sem sufocar.

— Gosto de sentir dor, de me sentir magoada com a Brynn — confessei, me odiando por dizer isso. — Gosto porque é uma coisa minha e é a única que sobrou dela. Se parar de me sentir mal, então ela vai ter ido embora de verdade.

Minha mãe enfiou os dedos na minha trança. Então me permiti chorar também. Nós duas agarradas uma à outra, a toalha em volta da cintura dela caindo. Sir Charles nos encarava, as patinhas encharcadas arruinando a madeira.

GOPHERUS AGASSIZII — TARTARUGA-DO-DESERTO

Encontramos as camisinhas no terreno atrás do trailer da Brynn. Uma caixa inteira, fechada, como se tivesse acabado de cair da sacola de compras de alguém. Eu vira camisinhas antes na tevê, mas nunca pessoalmente. Brynn me disse que a mãe usava, mas não tinha certeza de onde guardava. Ela achava que talvez os caras com quem a mãe saía é que tinham a obrigação de trazer aquilo. Eu não sabia se meus pais usavam, mas não era algo que eu perguntaria.

Vamos encher que nem balões. Ela sacudiu a caixa, segurou-a acima da cabeça e sacudiu de novo, batendo-a na bunda feito um pandeiro. *Camisinhas, porra!*

Estava quente demais para ficar lá fora. Era o início de agosto e estávamos sufocando. Minhas costas estavam terrivelmente cheias de espinhas, e eu usava uma camisa de flanela cinzenta na tentativa de cobri-las, sendo tostada viva. Tinha largado o Milo na 7-Eleven porque ele não dividiu a raspadinha comigo. Ele ia nos achar em algum momento, mas agora éramos só nós duas, o que era melhor. Brynn vivia pendurada nele, tocando-o com muita frequência. Passando os braços ao redor do pescoço dele, cutucando a cueca quando o elástico aparecia por baixo da bermuda. Aquilo o fazia corar, e aí ela gargalhava daquela cor nas bochechas, se inclinando para dar risadinhas ao pé do ouvido dele.

Brynn estendeu as camisinhas para mim. *Vamos lá. Vai ser divertido.*

Alguém vai ver, falei, cruzando os braços. *A gente vai fazer papel de otária.*

A gente tinha que ir atrás do seu irmão. Ele ia gostar disso.

Pensar nos dois juntos me deixava de péssimo humor. Nada me fazia contente; muitas espinhas, o cabelo oleoso demais por causa dos hormônios. Brynn parecia à vontade, confortável com o short recortado e o top branco. Dava para ver os mamilos dela através do tecido fininho, e eu lhe disse isso, mas ela só deu de ombros e balançou o torso para mim. Sabia que se Milo a visse ele surtaria e ficaria com aquela expressão que sempre significava que estava pensando em sexo. Aquilo me incomodava por várias razões que não conseguia organizar. Brynn era minha, mas Milo também era meu. Odiava a ideia de que os dois tivessem um ao outro sem mim.

Não, vamos lá. Você e eu.

Iei! Ela saltitava pela grama, chutando a terra com os chinelos.

Bebemos água da mangueira, puxada da parte da frente do trailer até a traseira, onde podíamos nos esconder de olhares bisbilhoteiros. A mãe da Brynn não estava em casa, mas era raro estar. Ela havia conhecido um sujeito novo, e ele já estava morando no trailer. Brynn disse que ele não tinha um emprego e só ficava ali sentado assistindo tevê de cueca boxer. Aquilo me parecia nojento, mas a Brynn disse que todos os homens que a mãe permitia que se mudassem para lá eram assim. O tipo de cara que a faziam querer trancar a porta do banheiro quando ia tomar banho.

Enche com água. Ela segurou uma das camisinhas, inflada e escorregadia com o gel lubrificante. Era isso que Brynn tinha dito que a coisa brilhante era: L-U-B-R-I-F-I-C-A-N-T-E, soletrado para mim como se eu fosse estúpida.

Como um Acredite se quiser *de porra.** Brynn a sacudiu e ela se agitou, tão cheia que parecia prestes a explodir.

É nojento. Não consigo nem olhar.

Se acostuma. De que outro jeito você vai ter um bebê? Vai precisar de um pouquinho de mistura de bebê, bobinha. Ela a jogou de leve de uma mão para a outra, a camisinha tão escorregadia que quase a deixou cair. A mangueira tinha molhado o top, e agora de fato dava para enxergar através dele, os pequenos mamilos duros feito borrachas de lápis.

Eu não quero um bebê.

Brynn bufou. *Claro que quer. Todo mundo quer um bebê.*

Bom, eu não quero.

Quase todas as crianças me enojavam. O jeito como os bebês eram feitos me repugnava acima de tudo. Nunca quis pensar em ter que fazer algo assim com um menino, deixar ele deitar em cima de mim e lançar uma gosma esquisita no meu corpo. Parecia um filme de terror. Até mesmo pensar nisso me deixava enjoada.

Conseguia sentir o cheiro do cecê na minha virilha e axilas, captava lufadas da maçaroca gordurosa do meu cabelo, como batatas fritas velhas. Queria nadar na piscina comunitária, espirrar água clorada pela fenda entre os meus dentes da frente. Na piscina eu me sentia leve e fora da gravidade como qualquer outra pessoa.

Enchendo a boca com água da mangueira, segurei-a ali e desejei que não tivesse um gosto tão pronunciado de borracha derretida. Era o finalzinho do verão, e tudo parecia fora de lugar. Minha mãe já havia tirado do armário a decoração com folhas de outono, a

---

* No original, *Ripley's Believe It or Not!*. Uma coluna de jornal que trazia fatos inusitados e que se transformou em um programa de televisão exibido na primeira metade da década de 1980 na rede ABC. Ganhou uma nova versão exibida entre os anos 2000 e 2003. [*N.T.*]

guirlanda em cima da mesa em torno das grandes velas brancas que nunca podíamos acender.

Quatro, cinco, seis balões de água de camisinhas metidos em um velho cesto de Páscoa de plástico que Brynn catou embaixo do trailer. A casa deles era um aterro, tão cheia de lixo o tempo inteiro. Nunca jogavam nada fora, e o lugar sempre cheirava a madeira inchada e podre. No geral eu não ligava. Era tão diferente da minha, e me fazia pensar na Brynn, no quanto amava as coisas e não suportava jogar nada fora. Mas pensava no Milo, em como ele ia nos encontrar logo, e aí a Brynn ia me ignorar e daria risadinhas com ele, o que me fazia querer morder alguma coisa. Estava quente demais. Só queria ficar sozinha.

Tá, estamos prontas. Vamos lá.

Seguia até o terreno vazio onde encontráramos a caixa, e ela se sentou com o cesto com os balões improvisados. Eles bamboleavam de um jeito obsceno. Esperei que estourassem, enfiados no meio de saliências de plástico afiadas, mas continuaram inteirinhos e reluzentes.

Queria uma Coca. Eu me deixei cair em um trecho de grama e peguei um dos raminhos em forma de V, dividindo ele ao meio e jogando os restos para o lado. *Ou sorvete de Snickers.*

Não quer, não. Lembra a última vez?

Eu me lembrava. Brynn, eu e algumas amigas nossas estávamos ali de bobeira enquanto esperávamos o treino dos garotos terminar. O chocolate do sorvete tinha derretido nas minhas mãos e no meu rosto, mas a Brynn não me disse nada. Ela só lambia o picolé de morango, segurando aquele troço pingando longe do macacão branco. Então o Milo nos encontrou e me disse que parecia que eu tinha merda na cara. A Brynn riu tanto que achei que fosse se mijar. Ela tinha dado o último picolé para o Milo, e ele o mordia com os dentes da frente. Os dois pareciam à vontade juntinhos, como se soubessem tudo a respeito um do outro — cada segredinho idiota, cada má ideia. Minha pele estava sensível e porosa, como se as ações deles de fato tivessem arranhado a carne.

Foi a coisa mais engraçada do mundo, dizia ela agora, rindo. *Queria poder ver tudo de novo.*

Falar disso me dava vontade de cavar um buraco na terra para poder me enfiar. Deixei cair os restos do raminho e peguei uma lasca de carvalho apodrecida. Cutuquei a madeira, os fragmentos virando pó na minha mão, se alojando sob as unhas e deixando a pele como se estivesse coberta por calcário.

O que a gente pode fazer com elas? Jogar nos carros passando?

Mas na real não tem ninguém por aí, falei, tirando o pó das mãos.

Brynn pegou uma. Ela a lançou, trinta centímetros, sessenta, aí quase um metro acima da cabeça, aparando a queda todas as vezes. Fazendo uma pausa, ela a segurou pelo nó, encarando o microcosmo de água e lubrificante.

Tão oleoso. Ela a lançou de novo, de leve. *Pega!*

Aquilo me atingiu antes de eu preparar as mãos. Em vez de se romper, a camisinha ricocheteou no meu rosto, batendo com força suficiente para virar minha cabeça. Estupefata, fiquei ali sentada com as mãos pressionando o nariz, que doía tanto que eu mal conseguia respirar sem gritar.

O que saiu foi um coaxar como o de uma rã-touro. Brynn ria de forma histérica, correndo para apanhar o balão no lugar para onde tinha rolado. Fiquei sentada em volta das ervas daninhas, salpicada de leve com areia.

Ela atirou aquilo para cima e pegou de novo, fragmentos de folha voando. As mãos estavam cobertas de sujeira, e ela fez uma cara enojada. Deixando o balão cair, ela enxugou os dedos no fundilho do short minúsculo.

Doeu, sua filha da puta.

Ah, supera.

Meu nariz parecia ter inchado até ficar com o triplo do tamanho normal. Tocando as narinas com cuidado, procurei o sangue que podia jurar que escorria pelo rosto. Só tinha um bocado de ranho clarinho.

Você pode ter quebrado. Talvez esteja quebrado.

Não, não tá. Ficaria muito pior.

Brynn pegou um balão novo do cesto de Páscoa e o lançou cada vez mais alto. Observei a trajetória dele enquanto um avião sobrevoava, o zumbido alto enquanto perdia altura a fim de pousar. Meu nariz latejava. Queria que doesse em qualquer outro lugar do corpo, mesmo que por um segundo, só para dar um pouco de alívio para o meu rosto.

Tá doendo mesmo, de verdade.

Você é uma cagona. Ela revirou os olhos e se agachou. Fazendo força com um grunhido, ela o lançou mais alto ainda. O balão se contorceu em formas malucas e bamboleantes no ar. Brynn correu na direção dele, tropeçando nas minhas pernas e se estatelando no chão. O balão tombou bem ao lado dela e se espatifou com uma força terrível, espirrando água nas pernas e no top dela e encharcando meus jeans.

Ah, que droga. Ela me chutou com o chinelo, enfiando os dedos na minha perna. *Ia usar isso amanhã!*

Quando chutou de novo, os músculos na minha panturrilha se retesaram, sentindo um pouco de cãibra, e eu explodi. Chutei ela de volta, e com força. Nunca tinha feito aquilo com a Brynn antes. Era o tipo de luta física que eu tinha com meu irmão — os dois erguendo os braços e batendo, beliscando, estapeando. Brynn nunca estivera no papel de saco de pancadas. Eu estava de tênis, e meu calcanhar foi se cravar direto na rótula do joelho dela.

Ah!, exclamou ela, os olhos arregalados pelo choque. Então me chutou de novo, e chutei ela de volta, dessa vez acertando com tudo no músculo da coxa.

Éramos um borrão de pernas entrelaçadas. Os chinelos de Brynn voaram, e os pés descalços delas me atingiram várias vezes, tomando impulso nos jeans suados. Lutamos e grunhimos até que meu último chute saiu selvagem, acertando a massa macia da barriga dela.

Aí nos afastamos uma da outra. Meu cabelo estava cheio de nós, as tranças meio desfeitas. Brynn parecia alucinada. O gloss labial manchando as bochechas e o queixo de vermelho.

Sua puta cretina. Ela esfregou o rosto com as mãos tremendo. Tinha ouvido as crianças dizerem aquela palavra antes, mas nunca a tinha ouvido da Brynn. Fiquei ali sentada na terra e a encarei enquanto ela respirava com dificuldade e recolhia os chinelos a um metro e meio de distância um do outro.

Desculpa, falei, esfregando a sujeira das mãos nos jeans. Estavam ardendo. Havia cortezinhos e arranhões por toda a palma. Nem tinha me dado conta de que havia me machucado. *Não queria fazer isso. Me desculpa.*

Eu estava chorando, e aquilo também doía. Meu nariz estava tão inchado que não queria soltar nada do ranho que se acumulava nas cavidades. O suor pingava da testa e se misturava com as lágrimas. Esfreguei tudo com as palmas das mãos e senti areia e terra resvalarem pelas pálpebras.

Para de chorar! Cala a boca!

Era difícil escutá-la por cima do sangue martelando nas minhas orelhas e do sibilo do meu nariz. Continuava a repetir a palavra *desculpa*, me perguntando quantas vezes teria que repetir até ela se acalmar. Mas aí ela estava se afastando de mim correndo, tropeçando em tufos e touceiras de grama. Quando chegou na beira do terreno, ela se abaixou e pegou alguma coisa. Voltou a gritar e atirou aquilo em mim. Era um casco de tartaruga.

Outra coisa morta para você, sua aberração do caralho!

Se virando, ela correu para o trailer. O namorado da mãe abriu a porta — se inclinando para fora de camiseta branca e cueca boxer. Brynn recuou um tantinho, e ele se inclinou na direção do rosto dela. Não conseguia ouvir o que ele estava dizendo, mas vi ela responder. Parecia que ela ainda estava gritando. Ele a agarrou pelo braço, bem perto do ombro, e a puxou para dentro do trailer. Ela não olhou para trás.

12

Minha mãe me ajudou a puxar as caixas dos espécimes até a sala. Não eram pesadas, mas o formato era estranho e algumas delas exigiam que cada uma de nós pegasse uma extremidade. Depois de um punhado de viagens, a cabeça dela pendeu para a frente e ela se recostou na parede para recuperar o fôlego. Sentei-a no sofá, pus um bule de café ali e acabei de descarregar a camionete. Fora uma noite clara até então, mas não tinha certeza do quanto aquilo duraria, ou se o orvalho invasivo ia danificar qualquer uma das peças que eu tinha tido tanto trabalho para secar.

Ela parecia mais humana com a caneca nas mãos. Tinha posto os óculos de leitura, e eles ficavam embaçados a cada gole, meias-luas de opacidade que se dissolviam por conta própria.

— Ah, uau — disse ela, a cabeça girando para trás no pescoço, afundando na almofada superestofada do sofá. — Sim. Uau. Isso é ótimo.

— Quando foi a última vez que você bebeu café?

— Eu não sei.

Era estranho pensar na minha mãe sem café, uma mulher que ficava com enxaqueca se passasse mais de seis horas sem uma xícara. Ela massageou a nuca. Limpa, ela exalava um cheirinho de sabonete aconchegante. O roupão de banho cheirava excessivamente a sabão em pó.

Indicando cada um dos itens, mostrei-lhe as partes que eu tinha conseguido reunir. Asas de morcego, uma couraça de tatu, torsos de aves, um pescoço de flamingo rosa-salmão que ainda trazia uma parte do bico acoplada. Tínhamos fragmentos de pelos e de chifres. Havia patas de diferentes animais — dois cascos de porco, uma porção de fêmur de alce. Havia conservado ossos, branqueando o que consegui. Era difícil ver qualquer coisa do meu pai nos restos. Não era algo de que ele teria gostado ou que teria compreendido. Eu ainda não entendia direito o que é que ela estava tentando fazer, mas achava que estava disposta a aprender mais. A ser o tipo de filha que ouvia. Em comparação com o tipo de filha que se desviava do caminho para arruinar alguma coisa, que fazia ameaças em segredo porque era covarde demais para encarar algo de frente.

Quando ela perguntou a respeito dos brinquedinhos sexuais, exibi um par de algemas solitário. Todo o acabamento de pelúcia tinha sido queimado, mas o aço ainda estava impecável. Ela o pegou com os dedos trêmulos e o colocou dentro do bolso do robe.

— Seu pai gostava muito dessas algemas.

— Tá — respondi, tentando esconder a careta. — Beleza.

— Ele agia feito um puritano na frente de todo mundo, mas a gente tinha uma vida sexual bem saudável, na verdade. — Ela sorriu. — A gente se divertiu um bocado com essas algemas.

— Vou pegar mais café — anunciei, levando as xícaras cheias para a cozinha.

Havia deixado a pele de urso na loja. O sr. Gennaro tinha feito um trabalho excelente com a limpeza, embora tenha ameaçado me cobrar o dobro se algum dia lhe trouxesse outro animal. A cabeça estava macia, o pelo tão sedoso que quase não parecia real. Até mesmo os dentes pareciam mais brilhantes.

Creme dental clareador. Ele pigarreou e se ocupou com alguns recibos enfileirados no balcão. *Diz para a sua mãe que mandei um oi.*

Mencionei o nome dele quando falei da pele de urso e ela também desviou o olhar, alisando uma das orelhinhas de coelho macias entre os dedos.

— O que é que a gente faz com tudo isso? — perguntou ela. As caixas estavam espalhadas ao nosso redor, as partes reunidas no chão e na mesinha de centro ao lado das nossas canecas.

— Sendo sincera? Não sei. — Eram só pedaços, um quebra-cabeças exposto esperando que a gente o montasse. — Eu só... queria te devolver algumas das coisas. Te mostrar que quero que você seja feliz, mesmo que eu não entenda o que você tá fazendo.

Ela pegou minha mão. Desviei o olhar para uma caixa aberta, encarei o corpo de um ornitorrinco, as patas retorcidas e tostadas, mas o rosto ainda meigo e fervoroso.

— Fico muito contente — disse ela. — Tô falando sério.

— Não sei o que isso significa. Não sei com o que tô disposta a ajudar. Mas quero tentar. — Ergui a caixa menor e a segurei no colo. Continha partes de filhotinhos de animais: patas de guaxinim, penas chamuscadas e rabinhos eriçados.

— Tentar o quê?

Dei palmadinhas nos bicos de patos e nos cascos de vacas, penteei a crina de um cavalo com os dedos.

— Alguma coisa. Qualquer coisa.

Minha mãe acariciou o cabelo na minha têmpora e o pôs atrás da orelha.

— Acho isso ótimo.

Milo e eu fomos dar uma olhada no prédio vazio ao lado da loja. A propriedade tinha sido usada para uma série de coisas, mas na última encarnação fora um restaurante. Quando entramos ali, o lugar ainda cheirava como um. Havia um odor adocicado e azedo, como o de leite ficando rançoso.

Um bar acompanhava a parede direita com garrafas de bebida espalhadas por cima. Milo pegou uma e chacoalhou.

— Nada. — Pegou outra, então outra. — Merda. Era de se pensar que pelo menos eu descolaria uma bebidinha nisso aqui.

Cabines com mesinhas ocupavam a parte da frente, cardápios engordurados ainda espalhados pelas toalhas de papel, frascos de ketchup com a base cheia de marcas vermelhas e pegajosas de dedos faziam parzinho com pequenos vidros repletos de pimentões amarelos boiando em um caldo.

— Vamos olhar a parte dos fundos — falei. — Não é para isso que a gente tá aqui.

Havia uma bancada de refrigeradores, fogões e fritadeiras. O cheiro penetrante de gordura rançosa deixava o ar carregado. Na parede do fundo havia uma escada em espiral que conduzia ao segundo andar.

— Vem cá — pedi, tirando Milo de perto dos refrigeradores. Ele tinha aberto uma das portas e o bodum fétido que emergiu me lembrou o cheiro da caçamba de lixo no parque de diversões.

Ele pôs uma mão no nariz e fez um som de engasgo.

— Puta que pariu. Acho que deve ter um cadáver ali dentro.

Subimos a escada um atrás do outro. Aquilo levou algum tempo. Os degraus estavam enferrujados e rangiam sob o peso de nós dois juntos. Quanto mais subíamos, mais opressivo o calor se tornava. Quando chegamos lá em cima, fiquei feliz de ver que todas as coisas ainda estavam ali.

— Mas que porra é essa? — Milo deu alguns passos para a frente, as botas deixando rastros no linóleo empoeirado.

Era um espaço para exposições. Dezenas de caixas de vidro formavam caminhozinhos em meio à bagunça. Manequins antigos e desbotados estavam de pé em algumas delas. Nenhum usava roupas, exceto uma figura solitária no primeiro mostruário. Aquela estava vestindo uma tanga de folhinha e segurava um taco de madeira feito de papel machê.

— Eles tinham aquele Museu da História do Cristianismo aqui — comentei, me abaixando para olhar um mostruário repleto de bíblias. — Você deve lembrar. Aquela coisa antievolução? — Contornamos outra caixa que continha dinossauros de plástico superdimensionados e uma árvore empoeirada cheia de maçãs falsas e cintilantes. — A gente teve que vir num passeio com a escola.

Milo parou diante de uma que continha restos de palmeiras. Ao lado havia estatuazinhas de cera representando animais, meio derretidas por causa do calor.

— Nunca fui nisso. Foram só você e Brynn.

Uma das caixas estava aberta. Enfiei a mão lá dentro para arrancar uma guirlanda de flores. As pétalas soltaram pelotas de poeira quando a sacudi.

— Só rolou naquele ano. Eles se meteram em vários problemas por conta disso.

Milo tampou uma caixa vazia. Fez um barulho surdo que reverberou pelas paredes.

— O que é que a gente tá fazendo aqui, Jessa?

— Olhando para ver se nos interessa.

Ele girou em círculo, absorvendo a coleção estranha de manequins bizarros e plantas falsas.

— Interessa *para quê*?

O lugar inteiro teria de ser esfregado e desinfetado, e o andar de baixo destruído por completo. Podíamos quebrar as paredes da loja e expandir para o térreo, mas isso demandaria bem mais tempo e dinheiro.

— A gente vai alugar esse espaço. Para a mamãe.

Milo inspirou, devagar e fundo. O som de "exausto com a Jessa" dele.

— Por quê?

— É bem aqui do lado, é barato e vai deixar ela feliz.

— A gente não pode dar só a vitrine para ela?

Eu podia ter mencionado o fato de que ele tinha avacalhado aquela ideia antes, mas ignorei esse instinto e demorei para responder. Pus a guirlanda na cabeça de um manequim como uma coroa.

— É uma boa localização. Vai ser um investimento inteligente.

— Num sentido financeiro, você diz?

— Sim. Talvez. — Parei e pensei por um segundo. — E também... artisticamente. Tenho obras que posso mostrar. Sou criativa.

Peguei a guirlanda de novo, tocando cada uma das flores em separado, contando-as. Me acalmando.

— Você também podia ter um espaço.

— Não sou artista e não faço taxidermia. — A linguagem corporal dele me disse que estava procurando briga: o peito estufado, os punhos cerrados. O maxilar se contraía ritmicamente; era algo que eu nunca vira nele antes. Lembrei do nosso pai. — Que raios eu ia exibir?

— Não sei. Alguma coisa. Podia ser significativo.

Ele parecia confuso, como se tivesse falado com ele em uma língua diferente.

— *Significativo*? Que merda você tá falando?

— Só estou dizendo que a gente podia encontrar uma forma de encerrar esse capítulo.

O piso estava tão coberto de areia que meus pés resvalavam sempre que eu dava um passo. O lugar estava um caos e precisaria de um bocado de trabalho, mas eu já era capaz de visualizar. Criar mostradores e incluir a iluminação. Auxiliar com as montagens, preparar o fundo, criar o cenário. Podia ter espaços para mim, para a mamãe. Mais trabalho para Lolee e Bastien.

— Eu não preciso encerrar esse capítulo. Eu já encerrei! — Milo deu um tapa em uma das caixas. Ela emitiu um som agudo, tilintante.

— Jesus, não quebra. Ainda não são nossas.

— Você não tá ouvindo! — Ele grunhiu, lançando as mãos para o alto. — Mas você nunca ouve. É sempre o que *você* quer. O que é melhor para a Jessa.

A coragem que deve ter custado para ele dizer algo feito aquilo. Eu estava quase impressionada.

— Isso não é nem remotamente verdade — respondi, controlando as palavras até cada uma virar basicamente a própria frase. Meu rosto e pescoço estavam quentes, em brasa. — Tudo o que eu faço é por essa família.

— Você é totalmente egoísta, e a pior parte é que tem um complexo de salvadora em relação a isso! Como se algum de nós precisasse que você nos salvasse? Você não é Deus, Jessa. Você não tá no comando.

Baixei a voz em uma tentativa de acalmá-lo. De *me* acalmar.

— Sei disso. Só quero que todo mundo seja feliz.

Ele riu.

— É. Feliz. Porra, a gente é tão feliz nessa família. É um clássico filme da Disney. — O rosto dele se contorceu até um ponto em que eu não sabia se gritaria comigo ou choraria. — Isso é idiota. É tão idiota, caralho. — Virando para o outro lado, ele se inclinou sobre a caixa e se apoiou contra o tampo. As costas subiam e desciam em uma respiração truncada. — A gente devia ter feito a mamãe se consultar com alguém, você tinha razão. Talvez você precisasse se consultar com alguém.

— Talvez. Mas vou fazer isso também. — Cheguei mais perto, e ele se afastou. — E acho que vai ser bom. Por que não tentar algo diferente em vez da mesma merda de sempre que tem deixado a gente infeliz a vida inteira?

— Eu não fui infeliz a vida inteira!

— Sério? Eu tenho sido bem infeliz. — Os ombros dele estavam tensos, erguidos quase até as orelhas. — A gente não consegue lidar com nada porque se recusa a deixar as coisas para trás. A gente aprendeu isso com o papai. Olha para ele, ele preferiu se matar a lidar com as coisas. Não devia ser assim.

Um tapa forte e ele atravessou o vidro, que choveu nos animais dentro da caixa e se acumulou no menino Jesus de plástico. Quando ele ergueu as mãos, estavam cobertas de sangue.

— Olha o que você me fez fazer — disse ele, os olhos se enchendo de lágrimas. — Vou pegar tétano.

— Você pega tétano com metal enferrujado, cretino. Não com vidro. — Peguei o pulso dele e olhei os cortes na palma. Ambos tremíamos. — Sei que você não quer falar disso, mas a gente sabe por que isso é necessário.

O sangue pingava da mão dele e escorria pelo antebraço, pela articulação do meu polegar. Pingava no linóleo empoeirado e deixava formas reluzentes para trás.

— Odeio falar da Brynn — sussurrou ele. — Sempre fico na merda.

— Eu sei, eu também. — Extraí um pouquinho do vidro do braço dele. Os cacos eram pequenos, difíceis de pinçar. — Mas você não acha esquisito que a gente amava ela e nenhum dos dois consegue falar dela? Ela era minha, ela era sua. É algo que não vai mudar. Mesmo que ela tenha ido embora, ainda assim isso aconteceu.

O sangue continuava a pingar dos cortes, dificultando a visão do que eu estava fazendo. Um fragmento espetou meu dedão perto da unha. Ele sibilou e se livrou da minha mão. Mais vidro voou e se espalhou pela caixa.

Ele se afastou e enfiou os punhos na barra da camisa. O sangue pontilhava a parte de cima dos tênis dele. Minha calça tava toda manchada.

Ainda sem saber o que fazer com as mãos, recolhi a guirlanda do chão, arrancando pétalas de flores dos caules de plástico verde.

— A gente amava a Brynn e ela foi embora. Nos deixou por uma pessoa que só conhecia há um mês. Isso aconteceu anos atrás, e a gente ainda não superou.

— Tá, entendi. — Ele tentou rir, mas tudo que saiu foi um coaxar rouco. — Ninguém vai gostar da gente.

Assim que comecei a falar, tudo transbordou: fétido e podre, um acúmulo de esgoto.

— O papai se matou porque não conseguia lidar com o corpo dele desmoronando. Ele não suportava ser fraco. Aí fez uma coisa horrível. — Puxei mais pétalas e deixei-as flutuar até o chão. Centáureas azuis, cor-de-rosa reluzente. As cabecinhas felpudas das florezinhas secas. — Em vez de conversar com alguém, o que teria exigido coragem de verdade, ele atirou nele mesmo.

Com as duas mãos enterradas na barra da camisa, meu irmão parecia uma criancinha envergonhada.

— Você não sabe se foi por isso.

— Sim, foi exatamente por isso. — Suspirei e larguei a guirlanda de novo, dessa vez no tampo quebrado. — Ele me deixou uma carta.

Talvez eu o conhecesse melhor do que achava, no fim das contas. Percebi que ele queria ler. Captei pelo modo nervoso como os olhos dele desviaram depressa do meu rosto para o chão que estava se perguntando se havia qualquer coisa a respeito dele na carta. E havia duas coisas que eu podia fazer: podia lhe dizer a verdade, que a carta não mencionava o Milo em absoluto, ou podia fazer a segunda coisa. Podia dizer aquilo que ele queria ouvir.

— Disse que sentia muito. Que queria ter sido um pai melhor. Que te amava muito. Que estava orgulhoso de você e dos filhos que você criou.

— Arrã, tá certo — respondeu Milo, olhando para as mãos ensanguentadas. — Então deixa eu ver a carta.

— Foi destruída. E a gente não precisa da porra de uma carta para nos dizer isso.

Milo afundou tão devagar que parecia que estava desinflando. Então estávamos os dois sentados no chão. Puxei as pernas até o queixo. Milo se sentou com as mãos abrindo e fechando na camiseta.

— A Brynn nunca vai voltar — falei, deixando as palavras rolarem na boca como objetos estranhos. — Ela foi embora. A gente age como se, se esperarmos o suficiente, ela fosse retornar e as coisas fossem voltar a ser o que eram. — Esfreguei o queixo para trás e para a frente nos joelhos, até o jeans irritar a pele. — Mas isso é cretinice. Nunca vai acontecer. Ela foi embora porque ela não queria as mesmas coisas que a gente queria. Ela não queria a gente.

Lembrar disso era ruim o suficiente; falar disso era como mastigar papel-alumínio. Milo torceu as mãos na camiseta e a mancha de sangue aumentou.

— O que é que isso diz sobre mim, que a única pessoa que cheguei a amar nunca me amou? — perguntou ele. A voz soou muito juvenil. Se eu fechasse os olhos, podíamos voltar a ser adolescentes.

— Isso não é verdade.

— Ela só chegou a amar você. — O suor brotava ao longo da testa dele e pingava de ambos os lados do rosto. — Ela não me amava, e tivemos uma filha juntos.

Sentar no chão devia parecer esquisito, mas era confortável. Tirar pelotas dos rodapés. Deixar piruetas de impressões digitais na sujeira do linóleo. Assinei meu nome com um floreio. Desenhei um coração, aí uma estrela.

— Por que é que a gente tinha que amar a mesma pessoa? — sussurrou Milo.

— Não sei. A gente simplesmente amou. — Estendendo o braço, puxei as mãos dele da barra da camiseta. O sangue tinha coagulado. Examinei-as na luz fraca. O vidro ainda estava alojado nos cortes, caquinhos que brilhavam como gelo. — Acho que uma pergunta melhor é por que a gente ainda ama tanto a mesma pessoa que não consegue amar mais ninguém. Ela foi embora. Acabou.

Ele me deixou segurar suas mãos enquanto eu começava a extrair o vidro de novo.

— Você e a Brynn transavam quando eu era casado com ela?

Não adiantava mentir.

— Sim.

Caquinhos passavam das palmas das mãos dele para os meus dedos. Estava me machucando com as lascas. Nosso sangue se misturou, a pele roçando uma na outra.

— Eu sabia. Digo, sabia que vocês estavam transando. — Ele riu. — Ela e eu, a gente não transava com muita frequência.

— Você não tem que me contar isso.

— Sabia que vocês estavam juntas, mesmo no Ensino Médio. Eu não me importava. Só queria ela. — Nosso sangue escurecia à medida que secava. Parecia sangue menstrual, coágulos se formando entre os nossos dedos. Ele desviou os olhos das mãos ensanguentadas. — Vi vocês duas juntas. Várias vezes.

— Quando? — Era difícil pensar em retrospecto, em todos os lugares em que ela e eu estivemos juntas. No meu quarto, no carro dela. No sofá da casa dos meus pais. Do lado de fora, apoiadas contra a árvore no quintal dos fundos.

— Várias vezes. Vocês não eram muito cuidadosas. Até o papai viu você uma vez na loja.

— Isso é constrangedor. — Me perguntei o que meu pai tinha pensado ao ver a gente ali. Nem uma única vez ele me perguntou a respeito da Brynn. Se ela era minha namorada. — Eu achava que ninguém sabia.

— Todo mundo sabia, Jessa.

O cômodo estava asfixiante. Cada inspiração minha parecia conter um quarto de pó. Tossi, aí tossi de novo. Meus olhos queimavam por conta da secura.

Tinha alguma coisa sob um dos armários. Eu me abaixei e me estiquei o máximo que consegui. Os dedos esbarraram em algo que chocalhava. Agarrei aquilo e puxei para fora. Quando o ergui na nossa frente, a poeira caiu do pelo desgrenhado de um bichinho de pelúcia. O sininho ainda brilhava e repicou quando o sacudi para soltar o pelo.

— Gatinho de brinquedo.

Milo estremeceu.

— Você acha que ainda tem um gato aqui?

— Não vivo, provavelmente.

Ele o arrastou pelo chão entre a gente, formando um padrão na sujeira.

— Você é lésbica. Como é que nunca teve gatos?

Pegando o gatinho de volta, bati na cabeça do Milo com ele até a poeira encher o ar.

— Essa é a coisa mais idiota que você já disse.

Tossindo, ele agitou uma mão diante do rosto para dissipar a nuvem.

— Acho difícil de acreditar.

— É. Você já disse coisas mais idiotas. — Deitei de costas no chão, exausta. — Acho que esse lugar vai funcionar.

— A gente vai ter que botar tudo para fora.

Abri bem os braços e as pernas, trombando em Milo.

— A gente vai ter a Lolee para ajudar. Trabalho infantil, né?

— É o que o papai teria feito.

Arrastando os braços para cima e para baixo na madeira suja, fingi que eu era um anjo de poeira. Nunca tinha visto neve na vida, nem uma única vez. Isso me parecia muito triste. Nunca mais tinha viajado, ou visto alguma coisa. Nunca saíra dos Estados Unidos. Nem tinha passaporte. Me perguntei qual seria o melhor lugar para ver neve. Talvez levasse a Lolee junto.

— O papai sempre fez a gente trabalhar — falei. — Ele achava que era bom para a gente. Para formar o caráter.

— Ele sempre fez *você* trabalhar. — Milo estendeu o braço para a minha perna, e o chutei até ele parar. — Eu não tinha que fazer nem a metade daquela merda. Era você que gostava daquilo. Era você que sempre queria ficar lá.

— Ainda gosto. É o que eu sei. É confortável.

— Tá ouvindo o que você tá dizendo? — Ele deu tapinhas na sola da minha bota, o que me fez chutá-lo de novo. — Você fala como se tivesse sessenta e cinco anos de idade. Como se estivesse descrevendo a vida em uma casa de repouso.

— Nada de errado com isso. — Rolei para o lado. Havia outra coisa debaixo do armário. Espremi o rosto no vão entre ele e o linóleo, a sujeira grudando na bochecha. Não conseguia divisar o que era. Algo escuro e enrodilhado. Uma forma misteriosa. — Gosto de estar confortável.

— Seria bom ficar um pouquinho desconfortável e descolar um encontro.

— Não quero ir em um encontro que me deixe desconfortável. — Enfiei o braço debaixo do armário de novo, mas era curto demais para pegar o que quer que aquilo fosse. Bufando, me deixei cair de costas. As luzes fluorescentes não acendiam direito e estavam instáveis, piscando fracas.

— É disso que você gosta na Lucinda? É confortável? — Milo atirou o gatinho de brinquedo no ar, nuvenzinhas de poeira voando toda vez que o aparava com a palma das mãos.

— O que é que tem a Lucinda?
— Vocês tão trepando, não?
— Deixa de ser asqueroso.
— Não tô sendo asqueroso. — Ele jogou o gatinho de brinquedo em mim, que foi parar no meu peito e rodopiou até o pescoço, onde ficou alojado como uma coisa viva assustada. Atirei de volta.
— A gente estava saindo. Agora não mais.
— Por quê?
Uma das razões era que ela era casada. A outra razão era que eu tinha feito uma ligação anônima para a mulher dela, falando da traição da Lucinda. Precisava de mais uma razão? Se sim, tinha uma: eu tinha destruído a empresa dela. Tinha que presumir que ela estava puta da vida com aquilo. No arremesso seguinte, fiz ele girar bem alto, chegando o mais perto que consegui da luminária sem de fato atingi-la.
— Não sei. Acho que gosto de mulheres emocionalmente indisponíveis.
Milo o fez subir da mesma forma, se aproximando ainda mais da luminária.
— Você é uma mulher emocionalmente indisponível, Jessa.
— Você acha que eu não sei disso?
— As pessoas não são tão indisponíveis emocionalmente quanto você acha.
A pontaria do arremesso seguinte foi a cabeça dele. Ele o atirou de volta com quase a mesma força.
— Sei que não são — falei. — Só não tenho certeza do que eu quero.
— Talvez você deva pensar nisso.
— Certo. Quando foi a última vez que você saiu com alguém?
Meu arremesso seguinte atingiu a luminária. Choveram pedaços de plástico rachado sobre nós. Eu me sentei e tentei evitar que os fragmentos caíssem nos meus olhos. Puxei umas mechas

da trança, lembrando tarde demais que meus dedos estavam destruídos de ajudar o Milo com as palmas das mãos dele. Meu cabelo se enfiou nos cortes e aquilo doeu.

— Caralho. A gente precisa limpar.

Ele se levantou e me ajudou a ficar de pé, nós dois tomando cuidado com as mãos feridas.

— Aposto que a gente consegue dar um jeito nesse lugar — disse ele.

Chutei o gatinho de brinquedo para o corredor, lá perto da porta. Tentei afastar o armário da parede para poder ver o que estivera tentando pegar. Era muito pesado para eu erguer sozinha.

— Me ajuda com isso.

Milo pegou do outro lado e nós dois puxamos. O armário raspou com força no piso e se moveu uns quinze centímetros para a frente. Ele olhou lá trás.

— Achei o gato — disse ele. — Quer?

— Vou pedir para o Bastien trazer um saco de lixo.

CATHARTES AURA — URUBU-DE-CABEÇA-VERMELHA

Não éramos o tipo de família que saía para viajar. Nosso pai achava que um dia de folga do trabalho eram férias; mesmo então, não conseguia me lembrar de um único período na infância em que ele tivesse ficado longe da oficina de bom grado. *Sou mais feliz quando estou ocupado*, disse ele para nossa mãe quando ela empurrou um folheto do Carnival Cruise para ele numa manhã de sábado. Ele estava costurando um gorro de pele de guaxinim na copa durante o café da manhã, mesmo depois de a minha mãe lhe dar um olhar de soslaio e lhe dizer para deixar a taxidermia longe da margarina. *Não consigo imaginar ficar preso em um barco com todo tipo de pessoa horrível. Prefiro ficar aqui, na minha própria casa, com pessoas de quem eu até que gosto.*

Então brincávamos pelo bairro durante as férias de verão, fazendo do lago nosso local de lazer. Pedalávamos pelo cemitério, acampando na casa da árvore quando ficava fresquinho e as baratas enfim davam no pé. E, quando fiz catorze anos, meu pai me levava com ele uma vez por semana na nossa jornada pelas rodovias nos arredores da cidade. Era onde procurávamos tesouros para empalhar em promoção. Estávamos de olho em animais atropelados.

Procurávamos animais atirados entre a grama morta e ressecada e a estrada. Pegávamos esquilos e aves aquáticas, gambás, tatus e cobras. Alguns estavam ali há tempo demais e tinham ficado rançosos; esses nós tínhamos de deixar lá, a menos que meu pai decidisse que alguma das partes ainda era utilizável: asas ou bicos, pernas ou orelhas, talvez uma cauda se estivesse em condições razoáveis e os vermes ainda não tivessem chegado. *De manhã é melhor. Antes do sol sair e cozinhar a carne.* Isso significava madrugar em um sábado. Meu pai parava descontraído na frente do balcão da cozinha, moendo café preto forte enquanto eu me forçava a engolir uma tigela de um cereal que ficava preso na garganta.

Gostava do quanto as ruas eram desertas àquela hora da manhã. A camionete cheirava a gasolina e a vinil aquecido. Recibos deslizavam pelo painel com um chiado satisfatório sempre que ele virava uma esquina ou mudava de pista. No geral era silencioso, mas às vezes ele ligava o rádio, e outras vezes falávamos do que quer que ele tivesse em mente, que quase sempre era a loja e os tipos de animais que esperava que encontrássemos.

Enquanto o sol saía, eu observava disfarçadamente meu pai dirigindo a camionete. Gostava das especificidades no rosto dele. Os vincos perto da boca, a cicatriz causada por alguma erupção na pele entre as sobrancelhas. A tez era pálida como a minha, e oleosa, com uma barba escura hirsuta no queixo e nas bochechas. O cabelo, ainda molhado do banho, secava em mechas pontiagudas que esvoaçavam feito pássaros na parte de cima da cabeça.

Acelerávamos pelas ruas vazias, passando por todos os lugares que eu conhecia tão bem. Eles pareciam diferentes na escuridão do amanhecer, como pessoas que eu nunca vira antes. Até a nossa loja parecia estranha quando passávamos por ela, as luzes todas apagadas, a varanda de madeira da fachada com as cadeiras de balanço solitárias e escurecidas pelas sombras. Era sempre bom saber que não seria assim por muito tempo, que logo, logo passaríamos pelos mesmos lugares e eles voltariam a parecer amigáveis e familiares.

Na maior parte das vezes nos atínhamos às rodovias nos arredores da cidade, mas sempre gostei quando não havia nada por perto e meu pai nos levava na longa viagem até Ocala. Os campos passavam voando em uma trilha verde, rolos de feno empilhados como rocamboles de noz-pecã ao lado de vaquinhas pretas que pontilhavam o horizonte como alfinetes, espreitando através da névoa.

Eu gostaria de ter uma vaca. Apontei para uma tão próxima que conseguia distinguir a boca ruminando, visualizando o alimento dentro das bochechas.

Para comer? Ele riu, como se não tivesse feito aquela piada mil vezes.

Enquanto passávamos pelas vacas, tranquilamente reunidas atrás das cercas, pensava no quanto aquilo era bacana. No quanto era acolhedor e encantador imaginar que havia animais vivos e mantidos em currais, e não mortos como aqueles com os quais sempre lidávamos. Aí meu pai me lembraria de que as vacas não duravam muito neste mundo também.

Vai parar de comer cheeseburguer? Acabou o McDonald's para a Jessa-Lynn? É o fim dos bifes tão malpassados que juntam sangue no prato?

Eu me virei e fingi que estava chateada, mas estava sorrindo. Estava feliz de ter meu pai só para mim — de saber que tínhamos essas piadas e essas manhãs juntos, e que ninguém mais os compartilharia. Sempre seriam só nossos.

Aí um de nós identificava uma forma escura na estrada. Meu pai freava, e nós dois adivinhávamos qual espécie de animal tínhamos encontrado. Ele quase sempre estava certo. Meu pai conseguia precisar a mais de quarenta metros de distância se fosse um animal maior, como um cervo ou um peru, podia até especificar os menorzinhos que tinham sido atropelados, apontando a diferença entre um gambá e um guaxinim.

Tá vendo ali? Apontando para o para-brisa, ele notava os abutres circulando lá em cima. *Quantos são?*

Ele assentia enquanto eu contava. Quanto mais abutres, maior o corpo. A caçamba da camionete dele já estava preparada com a lona, aquelas azuis que conseguia de graça com um dos clientes que pagava melhor, que era dono de uma construtora.

Meu pai decidia a ordem da operação, que era diferente para cada animal. Ele trazia sacos de lixo, corda de náilon e a pá da garagem, no geral ainda coberta com merda de cachorro recolhida do quintal. Ele sempre carregava um pequeno serrote e um canivete bem afiado para separar as partes mais cartilaginosas.

Era melhor quando o animal era pequeno e ainda estava intacto. Aí os enfiávamos em sacos de lixo pretos: eu segurava os sacos abertos enquanto meu pai os apanhava com a pá. Os piores eram os que meu pai tinha que dissecar bem ali na estrada, levantando um fedor desagradável que não saía, mesmo depois que íamos embora. Conseguia senti-lo na pele, farejá-lo no cabelo e nas roupas. Meu pai mal reparava quando estavam apodrecidos a tal ponto; parecia não conseguir se importar com as caras esmagadas, as entranhas espalhadas no lugar onde os pneus haviam feito uma arte surrealista nos órgãos deles.

Animais inteiros enfiados em sacos com a pá. Se fosse algo como um gambá ou um esquilo, era provável que apenas os deixássemos ali, embora meu pai sempre os tirasse da estrada. Ele odiava que os carros passassem por cima deles sem parar, como se não conseguissem enxergar que aquilo havia sido uma coisa viva.

Havia vezes em que ele me entregava o canivete ou o serrote e então indicava os pedaços que podíamos usar. Sempre rabos de raposa, chifres de veados, asas de falcões. Nas poucas vezes em que vimos um jacaré, meu pai pegou só a cabeça — os turistas amavam crânios de jacarés e pagavam um bom dinheiro por eles, então os pegávamos mesmo que a carne estivesse se descolando em grumos pastosos do crânio. Eles sempre valiam o tempo, mesmo com a decomposição.

Esfolar jacarés é um trabalho sem sentido. Meu pai manteve a bota pressionada no dorso de um, apoiando o corpo enquanto a lâmina afundava nas dobras do pescoço. A cabeça do jacaré se agitava para cima e para baixo enquanto ele serrava a cartilagem e o osso, como se concordasse com o que meu pai estava dizendo.

As pessoas não comprariam a pele?

Não conseguia entender por que não íamos querer o jacaré inteiro. Conseguia visualizar a gente forrando e montando o monstro de dois metros e meio que alguém havia atropelado com um carro, que fora parar a apenas alguns metros da beirada da relva. No rosto dele havia uma expressão de surpresa, a expressão de um predador que não tinha entendido que existia um objeto maior que podia obliterar sua existência sem danificar o motor.

Muito trabalho. Difícil alcançar a pele sem romper a gordura.

Meu pai se inclinou e passou um dedo enluvado pelas saliências da coluna do jacaré. Ele se parecia com os dinossauros dos nossos livros didáticos, pré-históricos, vagando por aí desde o início dos tempos, muito antes de pessoas como nós aparecerem com os carros para esmigalhar a vida deles.

Não dava para você só cobrar bem caro?

Vou terminar de serrar essa cabeça. Ele apontou para a camionete. *Pega a minha faca no porta-luvas. Você vai esfolar ele enquanto eu termino isso. Aí a gente pode discutir o assunto.*

O naco de carne era pesado, mas não tinha cheiro de podre. Achei a faca enterrada sob mapas dobrados da Flórida e guardanapos de lanchonetes de fast food. Então me abaixei até o churrasquinho fumegante, cravando a lâmina afiada e achatada na carne enquanto meu pai terminava.

Foi um trabalho duro. Tão cartilaginoso, e a carne era diferente da dos mamíferos que esfolávamos regularmente — veados de pelo áspero, porcos-bravos, guaxinins com uma grossa camada de gordura no estômago. A pele do jacaré quase se fundia ao músculo rosado e firme por baixo, tão reluzente que parecia atum fresco. Toda vez que a faca escorregava por baixo, ela perfurava a pele que eu estava tentando preservar. Quando meu pai enfiou a cabeça do jacaré num saco de lixo preto, eu havia penetrado só um centímetro na ponta da cauda.

Deixa isso aí, disse ele, entrando na camionete e voltando a ligar o motor. *A gente ainda tem uma meia hora antes do trânsito piorar e o sol começar a torrar de verdade.*

Pus a cauda em cima do torso do jacaré. Ele ainda parecia ameaçador, mesmo sem cabeça. Não sabia ao certo por que me deixava tão inquieta. Mas quando voltamos para a camionete e passamos por ele, reparei que nenhum abutre circulava o corpo.

Não me importava com a maior parte das mortes, mas havia algumas coisas para as quais não tinha estômago. Sempre havia um bocado de cachorros. Tanto pequenos quanto grandes, vira-latas desafortunados de pelo malhado, magros demais, as costelas tão salientes que você podia enxergar o interior do corpo. Não conseguia olhar para esses animais; eles me deixavam tão triste.

Meu pai sempre parava quando via os cachorros. Ele colocava o corpo com delicadeza em qualquer trecho em que houvesse mais grama. Sempre havia abutres quando se tratava de cachorros atropelados, e meu pai tinha de espantá-los para remover o corpo da estrada. Então saíamos dali e as aves voltavam, sacudindo as asas umas contra as outras enquanto abriam espaço até a carcaça.

Só uma vez levamos um conosco. Era uma manhã de domingo e não havia ninguém por perto. A umidade estava tão densa que quase doía respirar. Meu pai estava falando de um cliente que tinha cozinhado seu achigã por acidente quando estava bêbado, um peixe que estava guardando no congelador para empalhar. Ele estava sorrindo, o sol mal despontando no horizonte como uma fatia brilhante de fruta. Deixava a pele do rosto dele fresca e brilhante. Ele riu com a boca escancarada, de modo que consegui ver a parte de trás dos dentes. Aquilo o deixava com uma aparência jovial. Fiquei com vontade de rir também.

Havia uma horda de abutres voando em círculos no céu. O número parecia impressionante, o maior que já vira em muito tempo. Sabia que meu pai devia ter pensado o mesmo, porque a boca dele se fechou em um átimo. Ele diminuiu o volume do rádio, que estava sintonizado em algum programa matinal barulhento.

Deve ser algo grande, falei, tentando distinguir a forma. Era difícil ver com o sol nascendo quente e alaranjado, uma contusão sangrenta brotando na beirada da terra.

Reduzindo bastante a velocidade, nos aproximamos do animal. Estava coberto de abutres que se agitavam e se contorciam. Eram tantos que não conseguimos distinguir a forma irregular do corpo. Meu pai desceu da camionete e pegou a pá na caçamba antes de se aproximar da multidão de aves. Ele brandiu a ponta como uma lâmina. Os abutres bateram as asas e voltaram a pousar, ávidos demais para prestar muita atenção a qualquer coisa que não fosse carniça.

Meu pai sibilou para um com a pá, batendo nele como em uma bola de golfe. Ele soltou um grasnido forte e gutural, e oscilou desajeitado para o lado. O restante das aves se dispersou, se acomodando no mato irregular a um metro e meio de onde meu pai estava agachado.

O braço dele se ergueu, acenando para mim.

Me traz um daqueles cobertores. Quando não me mexi na mesma hora, ele virou a cabeça depressa e gritou meu nome.

Tropecei nas minhas próprias pernas pulando da cabine. O cheiro lá fora era pura grama molhada e esmagada com o bodum das aves. Algumas ainda circulavam lá em cima, mas outras estavam empoleiradas ao longo da rodovia. Elas me lembravam daqueles abutres de desenho dos filmes da Disney. Aqueles eram engraçados; esses só pareciam ameaçadores. A cara e o pescoço deles eram feios e flácidos. Eles se moviam de um jeito desengonçado, como se não soubessem como conduzir o corpo.

Meu pai mantinha uma pequena pilha de cobertores para móveis no compartimento de ferramentas. Eles tinham um cheiro forte de metal e óleo. Levei depressa um para meu pai, que estava conversando com o animal, emitindo ruídos sussurrantes, palavras suaves que não conseguia distinguir bem.

Era um cão preto, talvez um labrador. Havia um corte profundo no pescoço dele, e uma coleira vermelha suja que um dia tinha sido reluzente puxava o pelo emaranhado. Ajoelhando ao lado do meu pai, estendi a mão para tentar tocar o flanco do cachorro.

Não, disse meu pai, a voz cortante. *Pode machucar ele.*

Ele tá vivo? Para mim o animal parecia morto. Estava virado para cima, o corpo contorcido da maneira que sempre associei aos animais ensacados que carregávamos de volta para a loja. Já havia tantas feridas abertas no torso do cachorro. O sangue pingava no asfalto.

Meu pai balançou a cabeça, estendeu o cobertor. *Quase morto, Jessa. Mas ainda não chegou lá.*

O cão deu um ganido agudo, um som que me fez querer tapar os ouvidos. Meu pai o ergueu com cuidado até o cobertor, mas ainda assim o animal chorava.

Senti uma ferroada horrível no joelho. Olhei para baixo, me deparando com uma trilha enorme de formigas-de-fogo saindo de um monte gigantesco ao lado da cerca. Estavam escalando minhas pernas. Pulei e bati nelas, varrendo-as da calça e dos sapatos.

Formigas!, gritei, bem estúpida.

Também subiram em mim. Estão por todo o maldito cachorro.

E estavam. Por todo lugar onde havia sangue líquido, havia formigas. Dezenas delas. Tentei tirar das patas dele, mas estavam tão retorcidas e dobradas que só se emaranharam ainda mais no pelo.

Sai do caminho, vou colocar ele no banco da frente. Segura a cabeça dele, tá?

Meu pai pegou o cobertor, carregando o cachorro como uma criancinha pequena. Ele não estava mais fazendo barulho, ou talvez estivesse e eu apenas não conseguia ouvir por causa do som dos abutres. Eles começaram a crocitar, agitando as asas onde o corpo estivera. Irritados com a privação, eles se chocavam uns contra os outros e bicavam a terra.

Queria jogar algo neles. Procurei uma pedra, qualquer coisa para me vingar deles por colocar aquele olhar horrível no rosto do meu pai, mas não havia nada. Exceto pelas aves, o chão estava quase limpo.

Meu pai gritou meu nome de novo, e corri de volta para a camionete. O cheiro dentro da cabine fechada era pesado, como o de ferro, como o barracão cheio de ferramentas do meu pai.

Dirigimos rápido, meu pai fazendo um retorno tão preciso que mal passamos por cima da grama. Os abutres se espalharam, se agrupando em uma massa escura. Eu não conseguia enxergar muita coisa do cachorro, só a ponta do focinho emergindo do cobertor. Estava muito seco e rachado. Me perguntei de quem era o cão. Quem o havia abandonado, largando-o quando mais precisava de alguém.

Ergui os dedos em concha diante daquele focinho, sentindo a respiração dele. Breves lufadas de ar na palma da minha mão me faziam ter certeza de que ainda estava conosco. Meu pai estendeu o braço sobre o corpo imóvel do cachorro e segurou meu ombro com a mão. Ele o segurou pelo resto do caminho, até mesmo quando viramos na autoestrada estadual que levava de volta à cidade.

13

Passava quase todos os dias nos entulhos enquanto desmontávamos o restaurante ao lado. Como estava abandonado, falamos com a imobiliária para nos deixar ficar com o aparato do restaurante desde que cuidássemos do descarte. Algumas coisas nós colocamos à venda no Craigslist. As cabines, as mesas, as bancadas, os banquinhos — todos velhos, mas em condições bem aceitáveis. Os outros itens nós vendemos para o Winnies: o conjunto enorme de geladeiras industriais, os balcões de vidro para tortas. Um dos novos bares de cerveja artesanal do centro levou as torneiras e o tampo vintage do bar. Deixei Bastien ficar com o letreiro de cerveja de néon da parede dos fundos, mas lhe disse que não podia mantê-lo na loja.

— A varanda da vovó — disse Bastien, segurando-o diante dele. As luzes eram de um azul vívido e claro. — É ali que tô guardando a maior parte das minhas coisas.

— Pelo menos tá mais fresquinho agora. Quente demais no verão.

— Não é ruim. Consegui um frigobar para cerveja. — Ele colocou o letreiro com cuidado no banco da frente da camionete. — Ela vai me deixar colocar um novo barracão lá atrás para poder guardar coisas.

Pensei no velho barracão, envergado e instável durante tantos anos até enfim desabar sobre si mesmo numa pilha enferrujada. Mal conseguimos extrair o cortador de grama do montinho.

— Quem sabe consegue um de plástico dessa vez. Alguma coisa em que os esquilos não vão fazer um ninho.

Minha mãe estava refazendo as criações, mas dessa vez tanto ela quanto eu usávamos a oficina. Bastien tinha parado de arranjar criaturas vivas depois de eu lhe dizer que se não deixasse aquilo de lado eu começaria a atirar os restos na cama dele. Dava para ver que tinha ficado aliviado, mas isso não o impediu de terceirizar a mão de obra de um dos colaboradores mais questionáveis. Havia uma grande quantidade de animais para tirar do congelador: uma jaguatirica, mais alguns pavões, duas lontras e uma capivara com uma carinha que lembrava tanto um hamster gigante que Lolee gritou feito louca quando a tiramos da lona. Ela subiu na mesa de metal para fugir do bicho, tremendo.

— Como assim, você consegue extrair as entranhas de um veado mas não consegue lidar com um roedor tamanho família?

— Bastien se ajoelhou no chão e jogou a cabeça monstruosa da coisa para a frente e para trás enquanto a Lolee guinchava. Tentei sem sucesso esconder o sorriso. Ela fez uma careta e estendeu os braços, como fazia quando era pequena.

Eu não conseguia mais erguê-la, mas dei um chute nos freios da mesa e a empurrei sobre as rodinhas até o outro lado da oficina. Ela saiu pulando pela porta aberta, os dedos do meio em riste.

— Vou para a casa da Kaitlyn. Me liga quando essa coisa tiver desaparecido.

Ela andou até a porta da frente com a bolsa trespassada no peito. Achava que ela parecia mais velha desde que tinha cortado o cabelo. Ela tinha raspado a parte de baixo e aparado o cabelo na de cima bem curtinho. Minha mãe havia cortado para ela, e aí a Lolee raspou o da minha mãe. Nunca tinha me dado conta do quanto eram parecidas até o cabelo das duas ter saído de cena. Olhar para a Lolee era como encarar uma fotografia borrada, coberta com uma película transparente da Brynn: vestígios dela no jeito de andar, na inclinação dos quadris, nos braços compridos e finos e quase desproporcionais em relação ao corpo.

— Precisa de uma carona? — perguntei. — Como você vai voltar para casa?

— O papai vai me pegar.

Milo tinha voltado a morar na casa da nossa mãe com Lolee. Ele estava consertando uma boa parte da fiação e de coisas que tinham ficado uma bosta na ausência do meu pai. O tapete foi limpo com vaporizador, os lençóis foram lavados, e de algum jeito ele tinha domado o mato alto no quintal dos fundos com a ajuda de um cortador de grama emprestado. O próximo projeto dele era dar um jeito nas goteiras do telhado na varanda de trás.

Minha mãe passava as manhãs com o Milo, supervisionando a limpeza, e aí me encontrava por volta do meio-dia na loja. Sentávamos lá na frente e comíamos sanduíches que ela havia preparado — eu mastigando os pedacinhos de picles que ela havia embrulhado em papel-manteiga ao lado do presunto no pão de centeio, ela mandando ver nos tomates que havia posto em ambos os sanduíches embora odiasse tomates.

Aí íamos lá para a oficina.

Era esquisito; não havia outro jeito de descrever. Ainda não sabia bem o que pensar das coisas que minha mãe criava. O tipo de obra que ela concebia não dialogava comigo por uma série de razões, sobretudo porque lidava de uma forma tão próxima com o meu pai e a sexualidade dele. Aquilo me deixava desconfortável, o que me fazia pensar em desconforto em termos gerais. O que é que me levava a acreditar que o sexo não estava conectado com os sentimentos? Por que aquilo fazia eu me encolher de constrangimento? Fiz perguntas para a minha mãe a respeito do trabalho dela e, quando sentia que era demais para mim, bebia uma cerveja ou apenas ia até o lago. Tentava me concentrar no que quer que tivesse me paralisado.

Por vários anos fora apenas meu pai ali, uma presença forte e silenciosa. E aí de repente havia minha mãe. Dividíamos as ferramentas e as bancadas de trabalho. Às vezes colocávamos uma música. Eu raspava e eviscerava, preparava e costurava. Ela ia até as caixas com partes de animais empalhados e trazia tonéis grandes repletos de material de artesanato: miçangas de plástico e fios com luzinhas de festa multicoloridas, paetês, folhas de alumínio, CDs antigos. Também havia caixas de trabalhinhos que havíamos feito no Ensino Fundamental, cartões de aniversário que ela havia guardado, álbuns de fotos de família e retratos do meu pai quando era mais novo que o Bastien. Era estranho vê-lo nessas imagens, tão parecido com o Milo. Em uma das fotografias favoritas da minha mãe, ele tinha uma cabeça tomada de cabelo escuro e estava montado numa moto no jardim da frente da casa dos meus pais.

Quando nossas mãos ficavam rígidas e enjoávamos dos vapores que emanavam da solução de tingimento, fazíamos uma pausa. Às vezes íamos até a calçada em frente, relaxando em cadeiras dobráveis de metal, absorvendo o sol enquanto dividíamos um cigarro. Ficávamos viradas para a loja, olhando para qualquer que fosse a vitrine nova que minha mãe tivesse criado para a semana. Eu a havia encorajado a assumir a fachada; ela poderia usá-la como um ensaio.

— Tem certeza de que não se importa? — perguntou ela, me olhando lá do lugarzinho pequeno e vazio diante da vitrine. Desviava e olhava, como se quisesse determinar se eu de fato estava falando sério. — Você não se importa com o que eu monto?

— É sua loja também. Você tem voz ativa.

— Tem razão. — Os olhos dela ficaram sonolentos, como sempre ficavam quando ela se voltava para o que estava acontecendo dentro da própria cabeça: formando as estruturas, posicionando os animais, escolhendo os cenários e os objetos. O tema, ela disse, era a parte mais importante. Todo o resto vinha em segundo lugar. Eu me perguntei por que meu pai não a havia usado mais na loja;

ela era criativa e boa em combinar coisas. Mesmo as coisas que me deixavam desconfortável me faziam pensar.

— É bom quando você não consegue parar de pensar em uma obra — disse ela. — É quando você sabe que o trabalho funciona. Quando você não consegue tirar ele da cabeça depois.

Aquilo me parecia correto.

Fiquei com a pele do urso. Amava o quanto ele parecia vivo, mesmo sem ter sido recheado. Mesmo que tivesse dado uma boa peça, não conseguia vendê-lo. Abri a pele sobre dois cavaletes, tentando decidir como ficava melhor. Minha mãe dissera que o que contava era o tema, mas para o meu pai era a apresentação. A apresentação, dissera ele, era a parte mais importante do processo. Era o toque final depois de semanas de trabalho em um animal. Se não o montasse corretamente, não fazia diferença que você tivesse costurado a pele de forma perfeita ou que os olhos estivessem posicionados do jeito certo. A montagem significava que o animal tinha onde viver; que tinha um lar. Se a montagem estivesse errada, todo o resto parecia falso. A mágica não funcionava. Monte direito, meu pai dizia, e você dá à plateia algo em que acreditar.

A cara do urso fora bem-feita. Adorava olhar para a abertura vermelha e reluzente da boca, os caninos afiados posicionados de modo tão perfeito sob o lábio retorcido. As garras eram finas e brilhantes, polidas até as pontas amarelas. Olhava para ele de todos os ângulos possíveis — sentado ereto como um animal molenga empalhado, preso à parede e rosnando para mim, achatado contra o piso com os membros estendidos, como se quisesse tocar todos os cantos do cômodo ao mesmo tempo. Não havia nenhuma forma de posicioná-lo de que eu não gostasse; o urso era uma companhia e um amigo. Ele olhava para mim com os olhos pretos e reluzentes, e parecia tão vivo que quase conseguia escutá-lo fungar e respirar.

Levei-o para o apartamento e o coloquei aberto no sofá, aí o movi para o quarto. A pele cobria o colchão inteiro. Era onde ele ficava melhor, me dando boas-vindas toda noite. Depois de passar longas horas curvada sobre a mesa com a agulha e a linha, extraindo as entranhas de coisas, sempre tinha um amigo esperando para me dizer olá.

Lucinda Rex, um nome por si só bem marcante, se recusava a abandonar meu cérebro. Ainda que não ligasse, pensava nela. Via o cartão dela no balcão ao lado da caixa registradora da loja ou encontrava o garrancho dela no fundo da minha bolsa, bilhetinhos com coisas para trazer do mercado: ovos, bacon, queijo cheddar. Na casa da minha mãe, convites para a mostra haviam migrado da porta da geladeira para o balcão da cozinha, até mesmo para o meu quarto de criança.

Quando saía, passava de carro pelos lugares onde achava que Lucinda podia estar: o bar onde costumávamos passar os finais de tarde, o restaurante perto do lago onde ela me disse que serviam o melhor camarão. Pensei no corpo dela de um jeito vago e fantasmagórico que me deixou triste e excitada ao mesmo tempo. A qualquer momento eu era capaz de conjurar a pele macia do antebraço e a linha forte e marcada do maxilar dela. A massa cacheada do cabelo quando o prendia para cima em um rabo de cavalo depois do sexo, o cheiro do pescoço quando ficava suada. Ela trincava os dentes com tanta força quando gozava, com força suficiente para romper a pele do lábio e deixar verter sangue, que deixava um gosto de cobre quando eu a beijava. Havia dois sinais na têmpora dela e três na base da coluna, bem em cima da bunda. Ela pairava no pano de fundo da minha mente, às vezes escapando nos padrões do meu discurso ou no modo como posicionava as mãos na minha própria pele. Pensava nela quando me tocava na cama à noite. Depois olhava para o urso e desejava que ela estivesse ali comigo.

Quando não consegui aguentar mais, me sentei ao lado da minha mãe na cozinha enquanto ela preparava um frango e dei batidinhas com o dedo em outra cópia do convite expirado. De algum jeito ele tinha ido parar no balcão, despontando do cesto onde deixávamos os pãezinhos.

— Você acha que temos tudo? — perguntei, dando tapinhas no cesto até ele escorregar pela bancada. — Tem mais alguma coisa de que você sente falta? Alguém que devíamos chamar para ajudar?

Minha mãe abriu a geladeira e tirou de lá meio tablete de manteiga, um pote de creme azedo e uns pedaços de bacon em um pequeno saquinho de plástico. Ela jogou tudo ao lado do frango cru.

— Todas as peças que eu tenho são boas o bastante.

— Tá bem. — Deslizei o cartão pelo balcão, para a frente e para trás. O nome da Lucinda brilhava dourado sob a luz, piscando para mim.

— Por que é que você tá perguntando? — A cabeça dela despontou por trás da porta da geladeira. Os óculos de leitura estavam presos na parte de cima da cabeça, e ela estreitava os olhos para mim como se aquilo a ajudasse a enxergar melhor. — Você tem em mente alguma coisa que eu esqueci?

— Nunca cheguei a ver a coisa toda. Como eu ia saber o que tá faltando?

— Só me perguntei.

Abrindo o interior da ave, ela pegou a faca de serrinha no balcão e fez um corte na parte traseira.

— Você pode pegar um pouco de espinafre para mim na gaveta de verduras?

— Que porra você tá fazendo?

— Ballotine de frango. Ou alguma variação. — Ela gesticulou no ar com a faca, desenhando um coração. — É francês. Achei a receita na parte de trás de uma caixa de bolachinhas Ritz.

— Se vai bacon então eu como. — Peguei o espinafre, reparando nas maçãs murchas no fundo da gaveta que precisavam ir para o lixo. — Por que é que você ainda compra maçãs Red Delicious se era só o papai que comia elas?

— Você não come?

— Você sabe que não. A casca é muito dura. É tipo roer plástico.

Minha mãe virou o frango e começou a esmagá-lo com o rolo de massa.

— A Lolee gosta delas.

— Roubei um pedaço de bacon.

— Não, não gosta. Da última vez que você deu uma para ela, ela lambeu toda a manteiga de amendoim e enfiou a fruta no meio das almofadas do sofá.

— Quer pegar um pouco de vinho tinto? Acho que tem uma garrafa em algum no armário. — Ela apontou com o rolo de massa. Um pedaço de frango cru que estava preso na extremidade foi arremessado para o chão.

— Vou jogar essas maçãs fora.

— Deixa. A Lolee gosta delas, sim.

Aquela lembrança da maçã fez eu me sentir estranha, como se o tempo estivesse escorregando num lodo gorduroso. Tentei me lembrar do que senti na ocasião; tinha ficado brava porque me sentei no sofá e os pedaços da maçã ficaram grudados na minha calça. Gritei com a Lolee até ela chorar. Aí ela havia tentado lavar os pedaços na pia, montando-os no formato de uma maçã antes de deslizá-los de volta para a geladeira. Ela havia escrito bilhetes pedindo desculpas para todos nós, desenhando a gente como uma família de bonecos de palito. Nossos sorrisos eram tão grandes que ultrapassavam os rostos redondos. Ela até tinha incluído o sir Charles nos desenhos. Brynn já tinha ido embora fazia um ano, e a Lolee tinha parado de colocá-la em qualquer trabalho artístico envolvendo a família que ela criava. Tinha olhado para aquele bilhete de desculpas e ficado tão triste que achei que meu peito afundaria. Parecia que eu era a única que se lembrava da Brynn.

Desenterrei uma garrafa de merlot que tinha sobrado da fatídica festa. Tirei a rolha e senti o aroma, torcendo o nariz para o cheiro de vinagre. Minha mãe continuava curvada sobre a ave, desossando-a, lutando com a coxa.

As costas dela estavam voltadas para mim enquanto tirava a pele do peito. Pousei a garrafa perto do convite, olhando para o nome da galeria e para o nome de Lucinda ao lado dela. Girei-o em círculos até toda a escrita ficar de cabeça para baixo, aí para cima, e aí de cabeça para baixo de novo. O nome de Lucinda num círculo vicioso até todas as letras deixarem de parecer reais.

— Você sabe como aquele fogo começou? — perguntei, empurrando o cartão para a frente e para trás pela bancada. Produzia um chiado na fórmica.

— Acho que você sabe quem foi.

— Ah, Deus — falei, pegando a garrafa de vinho. — Quer um pouco?

— Sim, por favor. — Ela deu um puxão nas asas e virou a ave de novo. Fiquei olhando ela socar a carne com o rolo, as linhas fortes dos músculos e tendões nos braços dela.

Tomei um gole do gargalo da garrafa. A abertura não estava limpa e deixou uma sujeira na minha língua.

— Então foi a Lucinda? Tocou fogo na própria galeria?

— Acho que sim.

— Ela e a Donna. Provavelmente.

Tomei outro trago, depois limpei a boca e peguei duas canecas de café limpas do escorredor na pia, servindo metade da garrafa de uma só vez. Dei uma para a minha mãe, que na mesma hora tomou dois grandes goles.

— Ela te disse isso? — disse. — Sobre ela e a mulher dela. Precisando do dinheiro.

— Não precisei perguntar. — Minha mãe tomou outro gole e aí segurou a caneca na minha frente, balançando-a com os dedos gordurosos de galinha. Enchi-a de novo e bebi mais um pouco da minha. — Também acho que ela não está mais casada. Ou pelo menos não quer estar.

Ela recheou as laterais do frango com folhas de espinafre e umas pitadinhas de sal e pimenta. O queijo ela já havia ralado em uma pilha ao lado da tigela enorme de farelos de pão.

— Ela me mandou um pouco de dinheiro. Depois.

— Dinheiro do quê? — Sabia que a investigação sobre o incêndio ainda estava em andamento. Não tinha certeza do que aconteceria, se alguém seria processado. — Seguro? Como é possível que paguem tão rápido?

— Adiantamento de sinistro. Seu pai deu uma olhadinha nisso uma vez para a loja. Só para o caso de algo... acontecer.

Aquilo era novidade para mim. Mas vejam só, eu aprendia coisas novas sobre a minha família o tempo inteiro. Lembretes diários de que não éramos, nenhum de nós, o que achávamos que éramos. Só Deus sabia o que eu teria descoberto em um mês. Ou em um ano.

— Você não tá brava? Ela destruiu sua obra.

— Sim. No começo. — Ela chupou o lábio por um instante, depois expirou. — Mas aí, de novo, a questão não era ter aquelas coisas. Era criar elas, para início de conversa.

— Ainda assim.

— Ela destruiu as coisas dela também.

Nós duas ficamos em silêncio por um tempinho, minha mãe enfiando os pedacinhos de bacon no frango, virando-o e o apertando bem numa assadeira que era mais velha do que eu.

— Me ajuda a amarrar aqui, aí a gente mete eles no forno.

Pressionando a carne crua, ela amarrou o barbante duas vezes ao redor dos rolinhos achatados, enlaçando-o em torno dos meus dedos. Lembrei de amarrar meus sapatos. Do meu pai me ensinando, eu ensinando o Bastien. Não sabia quem havia ensinado a Lolee. Talvez tenha aprendido sozinha.

Trespassando o barbante, minha mãe prendia enquanto eu ajudava a dar o nó. Havia dois rolinhos para cada um de nós: a Lolee, o Bastien, minha mãe, o Milo e eu. Tinha uma grande jarra de chá, tinha pão e tinha uma salada que ninguém comia a não ser minha mãe. O de sempre, o de sempre. Mesmo quando as coisas mudavam, tudo voltava a um equilíbrio.

— Você tava saindo com ela, não tava?

Puxei o dedo depressa demais do último rolo, e o recheio se derramou no papel-manteiga. Pedacinhos de queijo e bacon revestiam uma folhinha frágil de espinafre. Ela pegou minha mão e a empurrou para baixo de novo, enrolando o recheio mais uma vez com cuidado.

— Todo mundo nessa família tá por dentro dos meus assuntos pessoais?

Prender, dar a volta. Os rolinhos estavam um ao lado do outro como um presente saboroso.

— Você achava que estava disfarçando? Você não é muito boa em esconder as coisas, Jessa.

Ela pôs os rolinhos no forno e nós duas lavamos as entranhas de frango das mãos, esfregando as laterais das canecas. Servi o restante do vinho, dividindo-o por igual entre a gente. Os lábios da minha mãe já estavam manchados com o beijo roxo daquilo.

Ela chamou o Bastien e a Lolee para pôr a mesa. Eles vieram lá da varanda e pegaram no armário os copos de plástico que tínhamos desde que eu era pequena. Serviram a jarra de chá, o gelo rachando com o líquido ainda quente, e pegaram as tigelas e os pratos junto com mãozadas de talheres. Milo veio lá da sala e se abaixou diante da geladeira aberta, procurando algumas sobras do dia anterior, embora estivéssemos prestes a comer.

— Vocês acabaram com aquele vinho?

— Mas é óbvio.

Estendi a mão por trás dele e tirei o saco plástico com as maçãs murchas. Esperei minha mãe sair para pegar uma toalha de mesa limpa e joguei aquilo tudo no lixo.

— Já foi tarde — disse Milo, roendo um pedaço de queijo. — Aquele vinho é horrível.

STRIX VARIA — CORUJA-BARRADA

Uma última boa lembrança:
Pegamos um filhotinho de coruja que ficava pulando do ninho. A mãe o construíra no beiral nos fundos da nossa casa, um lugarzinho pequeno e apertado repleto de agulhas de pinheiro e fragmentos de casca.

Elas são chamadas de saltadoras quando ficam pulando. Meu pai embalou o pacotinho felpudo de encontro ao peito. *Essa desgraça tem energia demais. Não sabe que é noturno.*

Depois de chamarmos a patrulha ambiental, ele e eu nos sentamos no quintal dos fundos com o pássaro escondido em uma caixa térmica Igloo entre a gente. Bebíamos Arnold Palmers, com um bocado de limão. Dei ao filhote de coruja pedacinhos de gafanhotos que eu havia matado, uma praga recente nos arbustos brancos e rosados das azaleias. A ave engoliu pernas, cabeça, pedaços carnudos de um torso gorducho.

Vamos chamar ele de Oscar. É um bom nome para uma coruja.
Acariciei a cabeça redonda dele com a pontinha do dedo. A cabeça era do tamanho de uma bola de golfe, e muito macia.

Você não devia dar nomes para animais silvestres. Não são bichinhos de estimação. Meu pai franziu a testa e pôs a tampa na caixa, deixando espaço suficiente apenas para o filhotinho respirar.

Os percevejos apareceram assim que a patrulha ambiental levou a ave embora. Tudo coçava: pontinhos mal e mal visíveis que rastejavam pelos meus olhos e cabelo, fazendo cócegas na parte de dentro das minhas orelhas até eu achar que enlouqueceria ao tentar não me coçar.

Minha mãe teve que esfregar tudo. Ela fez a gente se despir na varanda antes de nos deixar entrar na casa. Ferveu nossas roupas em uma tina no fogão, nem sequer pensou em colocá-las na lavadora. Fiquei no quintal dos fundos, de calcinha e tremendo.

Milo observava da segurança da casa, pressionando a boca contra o vidro da porta de correr e soprando um hálito molhado. A língua dele deixou para trás manchas no formato de coração. Quando o Milo não estava olhando, nosso pai deu um tapão contra o vidro. Aquilo assustou tanto o Milo que ele caiu para trás, aterrissando de bunda no meio do carpete da sala.

Foi tão engraçado que achei que nunca ia parar de rir.

14

Fui ao shopping comprar uma nova camisa porque não queria me parecer comigo mesma quando visse Lucinda. Abri caminho pelos cantos da primeira loja que reconheci enquanto observava os compradores mais experientes andarem com segurança pelos corredores, cabides pendurados na ponta dos dedos, as bolsas metidas debaixo do braço ou enfiadas no ombro. Duas garotas experimentavam blusas por cima das roupas lá no fundo. Uma surrupiou um esmalte prateado. Ela tinha cabelo platinado com raíz escura e uma expressão de *foda-se* que me lembrava muito a da Brynn. Ela captou meu olhar fixo até eu virar para o outro lado, envergonhada. A camisa que escolhi era azul e de manga longa. Não estava na promoção e me recusei a experimentá-la no provador. Fui para casa e a deixei em uma sacola no chão.

A fachada fora transformada e a galeria estava pronta. Naquela manhã, minha mãe moveu as peças prontas na loja ao lado, guiando os carregadores para o espaço de exibição recém-reformado. Toda uma nova iluminação fora instalada. As caixas tinham sido limpas, o gato morto removido e enterrado sob um canteiro de ervas daninhas no terreno dos fundos. Eu tinha terminado a peça em que estava trabalhando e estava me divertindo com ela, colocando as aves em diferentes posições e lugares. Encontrando probleminhas que podia repassar e consertar, abrindo aquilo tudo de novo e de novo como feridinhas.

— Você precisa falar com a Lucinda. — Minha mãe tinha dito, empacotando a última das coisas dela em uma caixa de papelão. Ela me lembrava uma jovem que finalmente estava indo para a universidade. Nenhum dos filhos dela tinha ido embora para cursar o Ensino Superior.

— Eu sei. Eu vou falar.
— Quando? Hoje?
— Amanhã.
— Hoje — disse ela, e saiu apressada da sala. A ponta do vestido dela tinha varrido uma pelota de poeira no canto. Peguei-a e a meti no lixo.

E aí tinha ido para casa e me dado conta de que não tinha nada legal para vestir. Logo, a camisa nova. Tinha comprado a camisa e aí depois me sentido um bocado estúpida por causa dela. Fazia meses que não via ou ouvia falar da Lucinda. Não havia razão nenhuma para pensar que algo fosse acontecer, e também não esperava nada; porém não conseguia tolerar a ideia de usar algo velho e seboso ao vê-la. Então pus a camisa e desfiz a trança. Deixei o cabelo cair no rosto e nas costas, uma cortina protetora. Uma margem de mim mesma para me proteger do mundo.

A rua onde ela vivia não era longe da casa dos meus pais. Minha mãe me deu o endereço. Era uma zona residencial silenciosa, situada atrás de um bosquezinho perto do lago. Era um condomínio que eu reconhecia dos tempos de Ensino Médio. Tínhamos ido a uma festa em uma das casas, e a Brynn tinha apagado no banheiro depois de beber gim demais. Milo teve de carregá-la até o carro.

Lucinda morava no número 4. Bati, olhando a fachada de tijolos limpa, arruinada apenas pelas teias de aranha que cobriam os cantos da porta. Não tinha certeza se ela estaria em casa. Não quis tentar telefonar, temendo que, se ouvisse a voz dela antes, fosse amarelar e não conseguisse dar uma passada lá. Então esperei. Por um segundo desejei que ela não estivesse ali, mas me dei conta de que só precisaria voltar, o que parecia ainda pior.

A porta se abriu mais rápido do que eu desejava. Ela estava usando um roupão de banho, uma coisa felpuda e cor-de-rosa que parecia da Victoria's Secret. Eu tinha trazido uma sacola do Publix, e a coisa lá dentro se chocava contra a minha cintura.

— Ei — falei, bem estúpida, depois de termos nos encarado por longos e constrangedores instantes. — Posso falar com você?

— Me dá um minuto. — Ela bateu a porta na minha cara.

Um minuto se transformou em quinze. Pensei em bater de novo, ou em me sentar no meio-fio, mas temia que um dos vizinhos dela pensasse que eu era uma Testemunha de Jeová ou uma vendedora de revistas. Então só fiquei parada ali feito uma idiota, as mãos enfiadas nos bolsos de trás.

Algo rastejou pelo meu pescoço. Eu me inclinei para a frente, esfreguei o cabelo loucamente e gritei. Meu cotovelo esbarrou na porta e a abriu alguns centímetros. Assim que tive certeza de que não havia uma aranha rastejando pelo meu decote, entrei.

Lucinda estava sentada diante do balcão da cozinha. O cabelo estava preso bem em cima da cabeça e uma perna nua balançava da fenda no robe. Sentei ao lado dela em uma das cadeiras altas. Minhas pernas pendiam deselegantes e esbarravam no balcão em frente. Eram banquinhos para pessoas altas.

— Você parece uma criancinha assustada — disse ela. Estava bebendo uísque em um copo baixo. Um quadrado gigante de gelo boiava no meio, como uma ilha congelada.

— Você tem uma forminha para isso?

— É disso que você veio falar? Gelo?

Um relógio sobre o console da lareira tiquetaqueava alto. Os braços dourados balançavam para a frente e para trás no corpo.

Havia uma estante contra a parede mais distante que continha um bocado de esculturas. Os pôsteres do escritório dela estavam pendurados em ambos os lados da sala.

— Não sei como começar — disse eu. — Sou ruim nisso.

— É um início. — Terminando o uísque, ela se levantou para pegar outro. — Quer um?

— Não, não precisa.

— Toma alguma coisa. — Ela serviu dois dedinhos no próprio copo, então o levou de volta para o balcão e o deslizou até onde eu estava. Olhei para o líquido que rodopiava em volta do cubo gigantesco de gelo.

— É tipo um iceberg. — Tomei um golinho e o deixei parado no fundo da garganta por um minuto. — Isso melhora o gosto? O gelo especial?

Ela o pegou mais uma vez, pôs os lábios onde os meus tinham encostado.

— Agora o gosto melhorou — disse ela. Nos alternamos tomando golinhos da bebida até ela acabar. Meus nervos se acalmaram um pouco, mas ainda me sentia eletrificada, como se tivesse esfregado os pés em um carpete e a qualquer momento pudesse tocar um objeto de metal e dar um choque em nós duas.

— O que é isso? — Ela apontou para a sacola plástica do supermercado, que estava ao lado da minha cadeira no chão. Eu me abaixei para pegá-la, mas não conseguia alcançar a alça direito. Lucinda a pegou com o dedão do pé e a segurou para mim daquele jeito — a perna estendida, a pele macia e linda. Peguei a sacola dela e ela deixou o pé ali, na beira do meu banquinho. Engoli, tirei os dois itens e os deixei ali no balcão para ela ver.

Lucinda puxou o convite para si. Ao contrário dos que ela havia encomendado para a inauguração da exposição na galeria, esses eram simples e baratos. Impressos em cartolina, com fonte em negrito, o logotipo da Taxidermia dos Morton na frente.

— Eu deveria ir?

— Eu ia gostar que você visse as obras.

— Achei que você não gostasse desse tipo de arte.

Dei de ombros, toquei a pontinha do dedo na unha do dedão do pé dela. Estava com um esmalte vermelho brilhante.

— Por muito tempo eu não soube o que queria. Só tô descobrindo agora.

— Por que você acha que eu iria?

— Sei o que aconteceu. — Acariciei a perna dela. A pele era macia como cetim. Era esquisito sentir uma pele tão macia depois de lidar com couros cheios de pelo que deixavam as minhas próprias mãos ásperas e rachadas. — O que você fez. Ou a Donna, acho. A galeria.

Ela deu de ombros.

— As coisas acontecem porque têm que acontecer.

— Você vai ter problemas?

— Vai saber. Ainda estão investigando. Mas não ligo.

Ela baixou a cartolina e pegou o segundo objeto, uma bola de tecido fechada com fita durex.

— E o que é isso?

Deixei ela abrir, esperei que visse e decidisse. Desembrulhando aquilo no balcão, ela ergueu o objeto. Tinha lhe trazido a carapaça, a casca da cigarra preservada com tanta perfeição.

— Outra coisa sobre as cigarras. Elas vivem embaixo da terra quase a vida inteira.

— É mesmo.

— É. Elas deixam essas cascas quando saem pela primeira vez, a última muda como adultas. Mas leva um tempão. Elas vivem basicamente às escuras, recobertas. Esperando para emergir.

Ela pôs a casca na palma da mão e a deixou rolando ali, para a frente e para trás, inclinando-a para enxergar melhor na luz. Então fechou os dedos, apertando com força, com mais força, até ouvir a trituração. Quando voltou a abrir a mão, a carapaça parecia feita de caquinhos de plástico partido.

— Onde está a Donna?

— Se mudou. — Ela limpou a mão e os caquinhos caíram no carpete como uma poeira inútil. — Com o adiantamento do sinistro, consegui comprar a casa. Conseguimos dividir tudo. O que queríamos.

Peguei a palma da mão dela e lambi os restos. Senti os músculos cederem, o braço dela se movendo para me envolver. Deixei que me conduzisse até o quarto, e dessa vez passei a noite toda com ela. Eu queria. Ela nem precisou pedir.

Enquanto pairava acima de mim na luz da manhã, observei o dedo dela traçar uma linha desde o meu rosto até o meio do meu corpo nu.

— Onde está sua costura? — Os dedos fazendo cócegas, vasculhando. — Por onde você sai?

Pus a mão dela onde eu queria. Nos beijamos e procuramos o lugar por onde eu abriria. Quando enfim encontrou, minhas entranhas tremeram e toda a minha pele pareceu ter sido substituída por algo novo. Lucinda ficou ali comigo, a mão alisando meu quadril e minha cintura, me tirando dos destroços.

Convidamos todos os nossos amigos próximos e vizinhos, e colocamos um aviso na loja: entrada franca no primeiro dia. Minha mãe deixou Lolee encarregada de recepcionar os convidados. Estava diante de uma mesa do lado de fora, sentada com um vestidinho de lantejoulas que minha mãe havia costurado para ela.

Enquanto as pessoas se amontoavam diante da loja, fizemos limonada em um galão de plástico e deixamos uma pilha de copos descartáveis à disposição delas. Havia uma caixa térmica com cerveja e algumas tortas de morango, uma de limão com merengue e uma de manteiga de amendoim para Milo, que amava manteiga de amendoim mais do que qualquer outra pessoa que eu conhecesse. Lolee cortou as fatias e as colocou em pratinhos com os garfos fincados na parte de trás. As pessoas estacionavam os carros na Dollar General e aí iam até lá para conversar e comer. Todos nós comemos torta, parados ao lado da vitrine de vidro onde minha mãe havia arranjado a última exibição.

Embora a temperatura lá fora estivesse perto dos trinta graus, lá dentro estava gelado como picolé — neve em spray e fibra de algodão cobrindo todas as superfícies. Havia purpurina por cima de tudo, como pedacinhos de plástico congelado que pareciam lascas cintilantes de diamantes. No meio desse país das maravilhas de inverno estavam o Papai Noel e a Mamãe Noel. Duas raposas-do-ártico, brancas e fofinhas. Porém a Mamãe Noel estava usando uma camisolinha e se inclinava de forma sugestiva em um banco de neve que parecia um travesseiro. O Papai Noel tinha as costas voltadas para a vitrine e o casaco bem aberto.

Era o nosso único trabalho em conjunto. Perguntei as especificidades dos animais — como minha mãe queria posicioná-los, se os visualizava de pé ou abaixados, como os membros deviam ficar. Depois que aquele trabalho fora concluído, dei os dois para ela e deixei-a tomar as rédeas. Era bizarro ver como havia se apossado dos animais e os antropomorfizado, mas eu estava começando a compreender. Ao menos um pouquinho. Muita coisa na minha mãe, e naquilo que ela estava se tornando, estava presa ao passado. Criar aquelas peças a deixava feliz porque ela sentia um tipo de liberdade rebelde a que nunca tivera acesso antes.

Vera Leasey, que tinha acabado de voltar de um cruzeiro de duas semanas da Norwegian com o marido, se abaixou e afanou um pedaço de morango do prato da minha mãe.

— Essa instalação aqui parece bem artística. Vimos umas coisas assim quando saímos do navio. Os europeus são muito exigentes em relação à arte.

— Talvez eu devesse fazer um cruzeiro — disse minha mãe.

— Ah, com certeza! Eles têm vários cruzeiros para solteiros também.

Lolee recolheu o prato vazio da minha mãe, e entrei na loja atrás dela. Era um alívio fugir do sol e das pessoas reunidas. Eu me sentia um pouco indisposta, mas sempre me sentia indisposta quando fazia coisas novas. Nos últimos tempos tinha vontade de vomitar todos os dias, e isso parecia melhor. Como se talvez estivesse de fato vivendo minha vida.

Afastei o cabelo de Lolee da lateral do rosto, onde havia assentado. O corte ficava muito bonito nela, embora eu achasse que a deixava com uma cara bem mais velha. Destacava os ângulos das maçãs do rosto. Ela se parecia muito com a mãe.

Milo entrou e deu batidinhas no relógio.

— Vamos lá. Vamos começar.

O interior do novo local estava enfeitado com lençóis pretos que cobriam as janelas e davam ao lugar um ar mais íntimo. O caminho até a parte dos fundos estava iluminado com uma variedade de luzes que tínhamos surrupiado do estoque de Natal de todo mundo. Lá em cima cintilavam luzinhas brancas, vermelhas e verdes piscantes. Tiráramos a escada enferrujadas dos fundos e as substituíramos por uma nova. Segui atrás dos convidados, minha mãe guiando o caminho.

Foi satisfatório escutar o coral de "aaah" e de engasgos que vieram do grupo. Minha mãe inflava diante da atenção. Ela ficou parada ao lado, vendo todo mundo assimilar os expositores. Havia um bocado de gente para quem olhar.

— Ah, Libby... — Vera se inclinou na direção da primeira caixa, uma panorâmica de dois gambás no estilo homens das cavernas fazendo amor ao lado de um mamute-lanoso de papel machê. — Isso é tão incrível.

Minha mãe tinha reunido todas as obras, com exceção da que estava na vitrine dos fundos, um espaço que me deu de presente. O grupo andava em silêncio, examinando os expositores a cada poucos passos — apontando para os cenários, os objetos. O pano de fundo e a iluminação. Os animais nas poses provocantes.

Uma mão pousou na minha cintura. Enrosquei os dedos nos da Lucinda, e andamos atrás do grupo, apreciando as reações do pessoal que conhecíamos e até mesmo dos poucos desgarrados que haviam visto os cartazes e entrado.

— Vai manter a exposição aberta o ano todo? — Lucinda colocou a boca bem perto do meu ouvido. Os pelinhos da minha nuca se arrepiaram.

— Quase todo — respondi. — Vem ver a minha obra.

No canto de trás havia um expositor separado dos outros. Era grande, um gabinete de curiosidades de um metro e oitenta de altura no qual havia substituído a parte da frente por vidro. Lá dentro estavam meus pavões, todos os três tão bonitos quanto quando os empalhei, ainda montados nos galhos. Atrás dos pavões, uma réplica da casa dos meus pais, emoldurada por uma reprodução do lago e por pinheiros confeccionados em feltro e veludo. Miramos a obra juntas, Lucinda e eu, e deixei a cabeça cair no ombro dela. Miramos as aves, e eu não conseguia desviar o olhar da maior, da mais brilhante. A estrela no meio.

Saímos junto com os outros e fomos lá para baixo comer mais torta. Dei o último pedaço de morango para Lucinda, e olhamos os carros passando na rua até chegar a hora de fechar a loja.

— Você acha que vai boiar?

Milo olhou para o pedaço de isopor que havíamos tirado de uma caixa de geladeira. Nele estavam as três aves. Ainda não estava escuro, não totalmente, mas o céu tinha adquirido o tom violeta do crepúsculo que se aproximava. Estávamos na beira do cais. Sabia que estava me arriscando, voltando ali à noite quando já havia me metido numa enrascada duas vezes por conta disso, mas parecia o lugar certo para realizar um funeral viking.

— Só precisa flutuar por um segundo — falei. — Tudo o que importa é que pegue fogo.

— Tá bom.

Já tínhamos terminado um fardinho de cerveja e estávamos nos empenhando em terminar o segundo. Tínhamos tirado as aves do expositor e as levado até o lago, carregando-as juntos, cada um em uma ponta.

— Tem certeza de que quer fazer isso? — Milo passou a mão pela extremidade das penas, que flutuaram no dorso da ave maior. — Quem sabe você não devia ficar com elas. Colocar no apartamento ou algo assim.

Peguei o combustível que tinha comprado no posto de gasolina e borrifei uma boa quantidade em cima delas.

— *Nah*. Vamos tostar essas aí.

— Vamos, é.

Lancei mais uns jatos nas aves, tomando cuidado para atingir as penas da cauda e o peito. Elas escureceram e murcharam com a umidade. As penas pendiam da cabeça da ave da direita, até parecer que ela estava usando um chapéu.

— Definitivamente parece que você tá mijando nelas.

— Cala a boca.

Aves encharcadas o suficiente, me virei para o Milo e ergui a mão.

— Isqueiro?

Vasculhando o bolso, ele extraiu um isqueiro de metal com o nome dele gravado — aquele que a Brynn tinha lhe dado de Natal um ano depois de terem se casado. Meu irmão nem sequer fumava.

O isqueiro ligou na primeira tentativa, brilhando laranja e vermelho e aquecendo meus dedos.

— Coloca elas no lago.

Milo ergueu a ponta do isopor com delicadeza e o deslizou pela beira do cais. Ele oscilou na água por um minuto, deixando um leve rastro, e então se acomodou.

— Nossa. Pensei que iria virar, com toda certeza.

Ficamos olhando para o isopor oscilando do nosso lado. Então peguei o isqueiro e me inclinei, pressionando a chama no pescoço da ave do meio. As penas pegaram fogo na mesma hora; era como ver uma árvore de Natal em chamas. Milo e eu recuamos e observamos a luz brilhar no céu noturno e na superfície do lago. Fragmentos das aves já estavam ficando carbonizados, se desprendendo e caindo na água, flutuando macios como uma penugem.

Milo ergueu a cerveja. Também ergui a minha. Então bebemos o resto. Atrás de nós, consegui ouvir pneus esmagando o cascalho e ver o arroxeado de luzes vermelhas e azuis. Não nos viramos, só ficamos assistindo à desintegração das aves diante de nós. Era lindo demais. Parecia que podia olhar aquilo a noite inteira.

— Você cuida desse cara para mim? Ele é meio burro. — Coloquei a garrafa vazia no banco ao lado das outras.

Milo andou até a beira do cais para deter o oficial. Em vez de ir com ele, sentei-me e observei o último pavão queimar, brilhando com uma cintilação alaranjada na água. O céu estava roxo e coberto de nuvens. O sol parecia a fatia de um coração no horizonte, flutuando no escuro. Mantive os olhos nele até que nadou para longe.

Este livro foi impresso pela Vozes, em 2024, para a HarperCollins Brasil. A fonte do miolo é Minion Pro. O papel do miolo é avena 70g/m² e o da capa é cartão 250g/m².